Querverlag

Jan Stressenreuter

Und dann der Himmel

Roman

Alle Charaktere, Schauplätze und Handlungen dieses Romans sind frei erfunden. Ähnlichkeiten mit lebenden und toten Personen sind unbeabsichtigt.

Erste Auflage März 2006

Umschlag und grafische Realisierung von Sergio Vitale unter Verwendung einer Fotografie von getty images.

Druck und Weiterverarbeitung: Druckhaus Köthen
ISBN 3-89656-126-X
Printed in Germany

Bitte fordern Sie unser Gesamtverzeichnis an:
Querverlag GmbH, Akazienstraße 25, D-10823 Berlin
http://www.querverlag.de

Weitere Informationen zum Autor unter www.stressenreuter.de

Für Norbert, wie jedes Mal –
und für Susanne,
weit weg und doch immer nur ein Telefongespräch entfernt

Am Anfang …

… ist es Sommer und es ist heiß. Die Sonne brennt an diesem Julitag erbarmungslos vom Himmel herunter. Schon seit Wochen hat es nicht mehr geregnet. Die Luft riecht nach Staub, das Gras auf den Wiesen ist braun und vertrocknet, die Erde knochenhart. Die Häuser im Dorf haben die Türen geschlossen und die Fensterläden gegen die Hitze verbarrikadiert, kein Geräusch dringt nach außen. Die Straßen sind wie leer gefegt, nur ein paar herrenlose Katzen streifen über die Bürgersteige und suchen nach Schatten unter den geparkten Autos. Auch abseits des Dorfes, dort, wo die Felder und der Wald beginnen, ist es merkwürdig still; nirgends ist das sonst übliche, unentwegte Vogelgezwitscher und das Summen von Insekten zu hören. Nicht einmal der kleinste Windhauch fährt durch das Unterholz und raschelt im Laub des vergangenen Jahres. Die Natur ist wie betäubt.

Das Ufer des kleinen Baggersees einige Kilometer entfernt ist jedoch überfüllt mit Menschen, die im Wasser und im Schatten der Bäume nach Abkühlung suchen. Am Wochenende sind vor allem junge Familien hier. Auf ausgebreiteten Decken stehen Kühlboxen bereit mit Tupperdosen voller Kartoffelsalat, kalten Koteletts und Getränken. Badehosen und Handtücher liegen zum Trocknen in der Sonne, Schwimmflügel und Kreuzworträtselhefte sind fein säuberlich in den mitgebrachten Tragetaschen untergebracht, die Geldbörsen vorsichtshalber in Schuhen versteckt. Gebrauchsgegenstände für einen Tag im Strandbad.

Die Väter verschanzen sich auf Liegestühlen, lesen Zeitung oder verfolgen mit kleinen Transistorradios die Spiele der Bundesliga. Ihre Mienen deuten an, dass sie an diesem Familienausflug nur gezwungenermaßen teilnehmen. Die Mütter stricken unermüdlich an Pullovern für den Herbst, verteilen Sonnenschutzcreme und versuchen, ihre Sprösslinge nicht aus den Augen zu verlieren. In regelmäßigen Abständen rufen sie Ermahnungen zum See, die im Geschrei und Lachen der herumtobenden Kinder untergehen, oder sie kümmern sich um den noch nicht lauffähigen Nachwuchs, der unter einem Sonnenschirm am Schnuller nuckelt. Die größeren Kinder halten sich in der Nähe des Wassers auf. Sie kraxeln auf Bäume, springen Arschbomben ins Wasser, spielen Fangen und Ball oder planschen in Ufernähe herum.

In der Mitte des Baggersees, wo das Wasser eine Tiefe von mehr als vier Metern besitzt, ist ein Ponton aus Holz verankert, den man nur erreicht, wenn man schwimmen kann oder zumindest eine Luftmatratze hat. Dorthin haben sich die Teenager zurückgezogen, damit sie so weit wie möglich außer Sichtweite ihrer Eltern sind. Hier sonnen sie sich, rauchen Zigaretten, die sie heimlich in wasserdichte Hüllen unter ihre Badehosen geklemmt haben, und üben Kopfsprünge von den Holzplanken, um die anderen zu beeindrucken. Beliebt sind auch kleine Raufereien, bei denen die Jungen die Mädchen unter allgemeinem Gelächter ins Wasser werfen oder sie unter die Oberfläche tunken. Gemeinsame Sache machen die Jugendlichen aber immer dann, wenn es darum geht, ihre Insel gegen Eindringlinge zu verteidigen, wie zum Beispiel kleinere Kinder, die sich neugierig zum Ponton vorwagen.

Eines dieser Kinder, ein Junge, nähert sich langsam und etwas ängstlich den Planken. Er hat den schmalen, unfertigen Körper eines Siebenjährigen und ein paar Sommersprossen auf der Nase. Die rotblonden Haare kleben nass an seinem Kopf und auf seinem Rücken pellt sich die Haut. Von seinem Vater hat er den Auftrag erhalten, seine Schwester zurückzuholen. Der Nachmittag neigt sich dem Ende zu und die Familie möchte aufbrechen. Besonders gut schwimmen kann der Junge noch nicht, deshalb hat er sich auf seine blaugrün gestreifte Luftmatratze gelegt und paddelt mit Händen und Füßen.

Als er in Rufweite ist, schreit er den Namen seiner Schwester, aber das Mädchen ignoriert ihn mit einer genervten Grimasse und dreht ihm den Rücken zu. Sie und ihre Freunde finden es peinlich, an Familienverpflichtungen erinnert zu werden. Außerdem sitzt neben ihr ein Junge, für den sie sich schon seit langem interessiert und der ihr an diesem Nachmittag erstmals seine Aufmerksamkeit geschenkt hat.

Ihr Bruder ist unschlüssig, was er jetzt tun soll. Kehrt er unverrichteter Dinge ans Ufer zurück, wird sein Vater verärgert sein, schwimmt er noch näher an das Holzfloß heran, bekommt er Krach mit seiner Schwester. Der Junge entscheidet sich für das kleinere Übel und dockt zaghaft an dem Ponton an. Noch scheint niemand Notiz von seinem Vorstoß zu nehmen und der Junge wird mutiger. Er stützt sich mit den Ellenbogen auf den Planken auf und versucht, sich hochzuziehen. Dabei ruft er erneut den Namen seiner Schwester, aber seine Kräfte reichen nicht aus, seinen Körper auf das Holz zu wuchten. Seine Beine rutschen von der wackeligen Luftmatratze und plötzlich hat er nur noch Wasser unter den Füßen. Als er sich umsieht, treibt die Matratze schon außerhalb seiner Reichweite. Über ihm tauchen zwei Jungen auf, die doppelt so alt und doppelt so kräftig sind wie er. Sie grinsen zu ihm herab und machen sich über seine Versuche lustig, sich nach oben zu ziehen. Dann erinnern sie ihn daran, dass Kleinkindern das Betreten des Pontons verboten ist. Der Junge registriert neidisch, dass seinen Widersachern schon dunkle Haare auf den Waden wachsen. Er sieht hilfesuchend zu seiner Schwester, die gerade die beiden Freunde beschwichtigen und sie ungnädig bitten will, ihren Bruder nach oben zu ziehen, als die zwei nach dem Jungen greifen und ihn lachend zurück ins Wasser werfen.

Mit einem Schrei taucht er unter und verschluckt sich. Heftig mit den Armen rudernd versucht er, wieder an die Luft zu kommen, dabei ist er schon erschöpft von seinen Bemühungen, sich auf das Holz zu ziehen. Der Junge kann nichts sehen und verliert die Orientierung, denn das Wasser in der Nähe des Floßes ist grün vor Algen. Plötzlich weiß er nicht, wo oben und unten ist, links und rechts. Er macht ein paar hektische Schwimmzüge dorthin, wo er die Oberfläche vermutet, und dabei schlägt sein Kopf gegen etwas Großes, Dunkles genau über ihm. Der Junge ist in seiner Panik genau unter das Holzfloß geschwommen, nun machen ihm die Planken das Auftauchen unmöglich. Etwas Scharfes, vielleicht ein Nagel, mit dem die Bretter zusammengehalten werden, ratscht an seinem Gesicht entlang und reißt eine Wunde in die Haut über der Oberlippe. Der Junge schmeckt Blut. Er bekommt keine Luft und schluckt noch mehr Wasser. Sterne beginnen vor seinen Augen zu tanzen. Verzweifelt schlägt er um sich, strampelt mit Armen und Beinen. Luftbläschen und Algen wühlen das Wasser auf und das Bedürfnis nach Luft wird immer größer. Der Junge hat das Gefühl, dass ihm gleich der Brustkorb platzt. Er hat Angst, er kann nicht mehr klar denken, er will nur atmen, atmen, atmen. Wieder stößt sein Kopf gegen den Ponton, er versucht sogar instinktiv, mit letzter Kraft die Holzplanken nach oben zu stemmen – und dann kann er nicht mehr. Er muss atmen. Der Junge öffnet seinen Mund und das Wasser strömt in seine Lungen.

Im letzten Moment, als seine Arme schon erschlaffen und sein Körper nach unten, auf den Grund des Sees, zu sinken beginnt, fühlt er eine Hand unter seiner Achsel, dann zwei, und er wird zur Seite gezogen, weg von dem Ponton und nach oben. Ein Gesicht taucht vor ihm auf, das Gesicht eines jungen Mannes, das er noch nie zuvor gesehen hat, auf jeden Fall war er bestimmt nicht eben auf dem Holzfloß. Das

Gesicht strahlt Zuversicht aus und lächelt und der Junge hat plötzlich keine Angst mehr. Er schaut nach oben und sieht, dass das Wasser heller wird. Er hat es fast geschafft, gleich wird er wieder Luft holen können.

Der Junge streckt seine Arme aus und fremde Hände ziehen ihn hoch, bis sein Kopf die Wasseroberfläche durchbricht. Eine Stimme raunt ihm etwas ins Ohr, das er nicht versteht, und dann wird er auf den Ponton gehievt und auf den Rücken gelegt. Jemand pumpt Luft in seine Lungen. Der Junge hustet und erbricht einen Schwall brackiges Seewasser und dann tut er seinen ersten, rasselnden Atemzug. Er starrt in das hysterische und verheulte Gesicht seiner Schwester, die sich über ihn beugt, und fragt sie: „Wo ist er? Wo ist der Mann aus dem Wasser?" Er blickt sich suchend um, aber sein Retter ist nicht zu sehen und seine Schwester schüttelt den Kopf und fragt, wen er denn meine, da sei niemand gewesen.

Aber der Junge weiß es besser.

1. Etwas fällt von oben herab

Vollmond. Na klar. Kein Wunder, dass ich nicht schlafen kann. Entnervt starre ich auf die große, pockennarbige Scheibe am Himmel, die ihr fahles Licht durch das Fenster genau auf mein Kopfkissen wirft. An den Scheiben haben sich Eiskristalle gebildet, denn draußen herrscht klirrende Kälte. Weihnachten ist nur noch wenige Tage entfernt.

Die Mondsucht habe ich in dieser abgewandelten Form von meiner Mutter geerbt, die seit jeher in Vollmondnächten im Tiefschlaf wie das sprichwörtliche Gespenst im Nachthemd durch das Haus geistert. Als Kinder mussten meine Schwester und ich jegliche Stolperfallen aus dem Weg räumen, wenn es wieder so weit war, und mein Vater schraubte und nagelte alles fest, was sich nur irgendwie befestigen ließ, um das Verletzungsrisiko für meine Mutter und die Beschädigungen des Mobiliars so gering wie möglich zu halten. Selbst der Esstisch war im Holzboden verschraubt. Einmal allerdings vergaß mein Vater, die Luke, die von meinem Kinderzimmer zum Dachboden führte, zu verschließen, und wir fuhren nachts um drei aus unseren Betten, geweckt von den aufgebrachten Schreien meiner Mutter, die soeben mit nackten Füßen in eine ausgelegte Mausefalle getreten war.

Aber heute Nacht ist es nicht nur der Vollmond, der mich vom Schlafen abhält. Irritiert schaue ich mich in meinem Zimmer um, suche die Schatten ab nach dem eigentlichen Grund für meine Schlaflosigkeit. Doch alles ist an seinem Platz: der Schreibtisch, der überquillt mit unerledigten Rechnungen und Merkzetteln. Der Stuhl, auf dessen Lehne ich meine schmutzigen Klamotten so lange stapele, bis er das Gewicht nicht mehr halten kann und nach hinten kippt;

das Bücherregal, das meine fast komplette *Perry-Rhodan*-Sammlung beherbergt und einen Roman von Tolstoi, den ich nie gelesen habe und an dessen Herkunft ich mich beim besten Willen nicht erinnern kann; der halb vertrocknete Farn auf dem Fensterbrett, den ich am Straßenrand gefunden habe, und sogar die Pornohefte, die ich immer unter dem Bett platziere, damit ich sie mit einer Handbewegung erreichen kann, falls ich sie benötige, bevor ich abends das Licht ausknipse. Auch die Gerüche, die ich gewohnt bin, sind dieselben wie immer: Da ist der Gestank des überquellenden Aschenbechers auf meinem Nachttisch; der leicht modrige Duft der angegammelten Mandarine neben dem PC, die ich schon seit Tagen entsorgen will; der Mief meiner dreckigen Socken, die ich nicht waschen kann, weil meine drei WG-Mitbewohner seit Wochen die Waschmaschine blockieren.

Nein, es sind die Geräusche in meinem Zimmer, die mich wach halten. Normalerweise gibt es nur das leise Ticken meiner Charlie-Brown-Wanduhr, die ich zu meinem zehnten Geburtstag geschenkt bekommen habe und die entgegen jeglicher Wahrscheinlichkeitstheorie auch nach über zwanzig Jahren ihren Dienst auf die Minute pünktlich versieht, und da ist natürlich das leise Quietschen des Laufrads, das Fridolin XIV., meinen Hamster, bei seinen nächtlichen Joggingübungen im Käfig begleitet. Nur nebenbei bemerkt: „Der Vierzehnte" deshalb, weil ich einen Hamster besessen habe, seit ich denken kann. Da diese putzigen, kleinen Nagetiere allerdings höchstens drei Jahre alt werden und mein Einfallsreichtum beim Aussuchen origineller Namen begrenzt ist, habe ich mir angewöhnt, jeden neuen Spross meiner Hamsterdynastie einfach mit dem Namen seines Vorgängers zu versehen und eine fortlaufende Ordnungszahl an den Namen zu hängen. Im Übrigen sollte man aus der Anzahl der Hamster und ihrer maximalen Lebenserwartung keine Rückschlüsse auf mein Alter ziehen. Tatsächlich bin ich erst Mitte dreißig und nicht zweiundvierzig. Das hat damit zu tun, dass – um es taktvoll auszudrücken – einige der früheren Fridoline in der Blüte ihrer Jahre aus dem Leben gerissen wurden und die Segnungen des Alters nicht mehr erleben konnten. Fridolin V. zum Beispiel ist in eine Dachrinne gefallen und in der darunter stehenden Tonne mit Regenwasser ertrunken. Fridolin VIII., der gefräßigste Nager, den ich jemals hatte, ist bezeichnenderweise an einem Stück Mohrrübe erstickt, und Fridolin XIII., der direkte Vorgänger des jetzigen Käfiginhabers, ist erst vor drei Wochen tragischerweise von einem Pfund Kaffee erschlagen worden, das Anja, eine meiner Mitbewohner, beim Nachfüllen der Kaffeedose aus der Hand gefallen war.

Aber es sind nicht diese gewohnten Geräusche, die mir den Schlaf rauben. Das Ticken und Quietschen höre ich längst nicht mehr. Seit heute ist jedoch etwas hinzugekommen, mit dem ich nicht gerechnet habe. Ein Schnarchen. Es kommt aus dem Zimmer nebenan, dessen Tür ich vorhin nur leicht angelehnt habe und das wir – Anja, Patrick, Lars und ich – nur als Abstellraum benutzen. Eigentlich sollten wir das Zimmer neu vermieten, da die Wohnung relativ teuer ist und wir uns einen leer stehenden Raum im Grunde gar nicht leisten können. Doch nach Rebeccas Auszug waren wir alle so froh, dass jetzt niemand mehr nach jeder Toilettenbenutzung mit einer *Sagrotan*-Flasche bewaffnet ins Bad springt, um die Klobrille von imaginären Bakterien zu befreien, dass wir sämtliche Desinfektionsmittel in den Müll geworfen und uns stillschweigend darauf geeinigt haben, keinen neuen Mitbewohner zu suchen. Mir war das sowieso lieber, da mein Zimmer eigentlich ein Durchgangsraum ist und somit für die Rumpelkammer, wie wir sie jetzt nennen, die einzige Verbindung zum Rest der Wohnung darstellt. Stattdessen haben wir an einer Wand ein schmales Feldbett aufgestellt – Lars hat es in einem Armyshop erstanden –, auf dem hin und wieder jemand übernachten kann, der es von unseren Samstagabend-Exzessen, für die unsere WG berüchtigt ist, nicht mehr nach Hause schafft. Und genau von diesem Feldbett dringt jetzt ein ungewohntes, nervtötendes Schnarchen zu mir herüber und macht mich ganz unruhig.

Eigentlich ist es mehr ein Grunzen. Es klingt laut, kehlig, satt und zufrieden, irgendwie schweinisch – und es verursacht eine Erektion bei mir. Ich setze mich verärgert auf. Ich kann es wohl vergessen, heute Nacht noch ein Auge zuzumachen. Lautlos steige ich aus dem Bett, ziehe meine Schlafanzughose zurecht und schleiche mich auf Zehenspitzen zur Tür. Millimeter um Millimeter schiebe ich sie auf, bis ein Spalt entsteht, der groß genug ist, damit ich den Mann auf der Liege betrachten kann. Ich komme mir vor wie ein Spanner. Auch bei ihm fällt das Mondlicht genau auf das Bett und ich beobachte mit angehaltener Luft, wie sich sein nackter Brustkorb bei jedem geräuschvollen Atemzug hebt und senkt. Seine Arme sind sehr behaart, bis hinunter zu den Handrücken. Einen Arm hat er weit von sich gestreckt, sodass er aus dem Bett heraushängt, der andere Arm verschwindet unter der Decke, die ich ihm vor ein paar Stunden zugeworfen habe. So wie er daliegt, erinnert er mich an ein Gemälde von Caravaggio: Er besitzt die gleiche Sinnlichkeit und Erotik, die ich verspüre, wenn ich mir ein Bild des Malers ansehe.

Die Liege ist zu klein für den Mann, immerhin überragt er mich um ein paar Zentimeter, und seine Füße baumeln über das Bettende hinaus. Er bewegt sich im Schlaf und dreht mir das Gesicht zu. Es ist so hell in dem kleinen Raum, dass ich erkennen kann, wie sich seine Augen unter den geschlossenen Lidern bewegen. Er träumt. Eine dunkle Haarsträhne fällt über seine Stirn und er streicht sie im Schlaf zurück. Noch ein Unterschied, den ich nicht erwartet habe. Ich habe immer gedacht, dass alle, die so sind wie er, blonde Locken haben. Blonde Locken und strahlend blaue Augen. Seine Augen dagegen sind pechschwarz, und wenn man ihn ansieht, kann man nicht erkennen, was er denkt. Außerdem hat er Grübchen auf den Wangen, wenn er lacht. Und wer hat schon mal gehört, dass einer wie er Grübchen hat! Zu gerne würde ich seinen nackten Rücken betrachten, ob da nicht irgendwo … aber nein, das wäre mir aufgefallen, gleich zu Anfang. Im Grunde sieht er völlig unglaubwürdig aus. Genauso wie das, was er sagt, unglaubwürdig ist. Und wie er sich benimmt, erst recht. Jemand wie er würde niemals fluchen. Glaube ich wenigstens. Und seit ich ihn kenne, was zugegebenermaßen erst ein paar Stunden ist, hat er zweimal laut und vernehmlich „Scheißdreck!" gesagt.

Über meine Gefühle diesem Mann gegenüber bin ich mir unsicher. Wenn ich die kontinuierliche Blutzufuhr in meinen Schwanz als Maßstab nähme, wäre die Sache klar. Ich würde mich zu dem Feldbett schleichen und so schnell wie möglich unter die Decke kriechen, um die erogenen Zonen dieses Neuankömmlings zu erkunden. Mein Kopf allerdings sagt mir, dass ich mich besser von diesem Mann fern halten sollte, er bringt nur Chaos in mein Leben. Er hat diese Aura, unsichtbar, aber deutlich zu spüren, die mir „Achtung: Schwierigkeiten!" signalisiert. Und Probleme sind das Letzte, was ich zurzeit gebrauchen kann. Außerdem habe ich eigentlich genug von Männern. Nach dem Reinfall mit Finn habe ich mir Beziehungsverbot erteilt. Trotzdem kann ich meine Blicke kaum von dem Mann abwenden, denn ich habe das irritierende Gefühl, ihn zu kennen.

Seufzend schließe ich die Tür und achte darauf, dass sie diesmal richtig ins Schloss fällt. Es wäre mir peinlich, wenn mein Gast morgen früh denkt, ich hätte ihn in der Nacht ausspioniert.

Aus der Küche dringt leises Gemurmel. Die anderen sind also auch noch wach. Hätte ich mir denken können. Gesprächsstoff haben sie ja im Moment genug. Missmutig schlurfe ich nach vorne und gehe zum Kühlschrank, um mir ein Glas Wasser zu holen. Anja, Patrick und Lars sitzen um den Küchentisch wie eine Gruppe von Geschworenen, die sich zur Beratung eines Gerichtsurteils zurückgezogen haben, trinken Kölsch und futtern Spekulatius und Dominosteine aus einem Sonderangebot von *Aldi*. Das heißt, Lars und Patrick essen und Anja sieht ihnen mit hungrigen Augen dabei zu. Als ich die Küche betrete, verstummt ihr Gespräch, und während ich umständlich mit der Sprudelflasche hantiere, spüre ich, wie sie mich von der Seite beobachten.

„Was ist?" frage ich schließlich genervt, als ich die Spannung nicht mehr aushalte.

Lars stellt seine Bierflasche geräuschvoll auf den Tisch. „Und?" fragt er zurück. „Schläft er?" Mit dem Kopf deutet er vage in Richtung der Rumpelkammer.

Ich nicke.

„Okay", sagt Anja betont vorsichtig. „Vielleicht kannst du uns die ganze Geschichte noch mal erzählen. Ich meine – ohne dass er dabei ist." Sie sieht mich an, als wäre ich gerade aus der Klapse entlassen worden.

„Ja", ergänzt Patrick und zwinkert mir zu. „Ich will das noch mal hören, Marco. Du weißt schon, wie du ihn getroffen hast und wer oder was er angeblich ist."

Ich fingere mir eine Zigarette aus der Packung, die er mir anbietet, und inhaliere gierig den Rauch, bevor ich antworte. „Sein Name ist Rafael. Er ist direkt vom Himmel auf meine Kühlerhaube gefallen und er ist ein schwuler Engel", sage ich patzig. „Behauptet er jedenfalls." Die anderen sehen sich fassungslos an und brechen in tosendes Gelächter aus. Ich würde gerne mitlachen, aber irgendwie bleibt mir das Lachen im Halse stecken. Ich habe mir das Ganze schließlich nicht eingebildet. Ich brauche nur nach draußen zu gehen und die riesige Delle vorne auf meinem Auto anzusehen.

Kontinuität und eine gewisse Sicherheit sind Grundvoraussetzungen für mein seelisches Gleichgewicht, auch wenn ich diesen Zielen meist vergeblich hinterherrenne. Doch bis gestern habe ich eigentlich ein – zumindest für meine Begriffe – rundum normales, geregeltes und geradezu solides Leben geführt. Es mag zwar verwunderlich erscheinen, dass ich mit vierunddreißig Jahren noch immer in einer Wohngemeinschaft wohne, aber das ist Absicht. Ich bin WGler aus Überzeugung. Ich hasse es, morgens alleine zu frühstücken und abends nach der Arbeit nur dem Radio oder dem Fernseher erzählen zu können, was für ein Idiot mein Chef oder wie nervend die neue Kollegin ist, weil sie immer noch nicht gecheckt hat, dass ich schwul bin und mir permanent ihre fast frei schwingenden Möpse ins Gesicht hält. Wenn ich dagegen abends Anja oder Patrick mein Leid klagen kann, kippen wir dazu ein paar Martinis oder eine Flasche Grappa hinunter, ziehen über die Schlampen dieser Welt her und bestellen uns eine fettige Familienpizza von unserem Lieblingsitaliener mit allen Zutaten, die Tonios Abfalleimer hergibt, und anschließend bin ich mit der Welt wieder versöhnt. Würde ich allein wohnen, stünden mir nur Sabine Christiansen oder Johannes B. Kerner als Seelentröster zur Verfügung.

Außerdem fördert das Leben in einer Wohngemeinschaft Spontaneität und Kreativität, im Hinblick auf meinen Job eine nicht zu unterschätzende Nebensächlichkeit. Als letzten Sommer während einer dieser feucht-warmen Hitzeperioden, bei denen selbst Sex eine unzumutbare Belastung des Kreislaufs darstellt, aus irgendeinem unerfindlichen Grund unsere Heizung ansprang, sich trotz unserer intensiven, wenn auch wenig fachmännischen Versuche nicht mehr abstellen ließ und die Temperatur in unserer Wohnung innerhalb einer Stunde auf 45 Grad gestiegen war, hatte Lars die brillante Idee, einen Karibikabend zu veranstalten. Wir riefen ein paar Freunde an, legten meine Salsa-CDs auf, mixten Caipirinhas, bis es im ganzen Viertel keine Limetten mehr zu kaufen gab, und tanzten in Badehose oder Bikini durch die Wohnung. Anja drehte zusätzlich die Höhensonne auf, und als wir am nächsten Morgen aufwachten, hatten wir alle neben einem Kater einen wunderschönen Sonnenbrand und eine Anzeige bei der Polizei wegen nächtlicher Ruhestörung. Das hat Spaß gemacht.

Trotzdem hat jeder von uns genug Freiraum und kann sich in seine eigenen vier Wände zurückziehen, wann immer er will. Gemeinsam nutzen wir nur Küche, Bad und Balkon – dort allerdings kommt es schon mal zu Streitigkeiten, da wir zu viert sind und nur drei Stühle darauf Platz haben.

Im Laufe der letzten paar Jahre sind meine Mitbewohner wie eine Familie für mich geworden, was sehr praktisch ist, denn zu meiner eigentlichen Familie habe ich nur wenig Kontakt. Anja ist Kunststudentin im ungefähr dreißigsten Semester – die genaue Zahl ist das von ihr bestgehütete Geheimnis – und seit mehr als zwanzig Jahren in Harrison Ford verknallt. Das erklärt einerseits, woher ihre Vorliebe für ältere Männer stammt, und andererseits, warum sie seit Jahren keinen festen Freund mehr gehabt hat. Niemand, der nicht mindestens alle drei *Indiana-Jones*-Filme mitsprechen kann, überlebt die Vorauswahl. Außerdem scheint sie von jedem ihrer graumelierten Verehrer zu erwarten, dass er ein Ausbund an Sportlichkeit ist, und wundert sich, wenn sie beim Köln-Marathon nach zwei Kilometern mit Herz-Rhythmus-Störungen das Erste-Hilfe-Zelt aufsuchen müssen. Dezente Hinweise, dass auch Harrison Ford seine besten Tage schon hinter sich hat und heute sicherlich nicht mehr wie Indiana Jones von Liane zu Liane springt, ignoriert Anja stoisch.

Ein weiterer Tick von Anja ist ihre niemals endende Suche nach der perfekten Diät. Obwohl sie spindeldürr ist und im Spiegel kaum mehr als ein Strich zu sehen ist, wenn sie sich im Profil davor stellt, bildet sie sich ein, Fettröllchen am Bauch und den Oberschenkeln anzusetzen. Infolgedessen wird unsere Küche alle paar Wochen mit ungewöhnlichen und abstrusen Nahrungsmitteln überflutet, die wir sonst nie im Haus haben, wie zum Beispiel zehn Kilo Tofu, acht Kohlköpfen oder fünfzehn Schachteln Diätmargarine. Unnötig zu erwähnen, dass Anja ihre Abmagerungskuren nie durchhält und meist durch nächtliche Ausflüge in die Küche, bei denen sie unsere Schokoladenvorräte plündert, konterkariert.

Lars ist Chemiker bei einem großen Pharmakonzern ganz in der Nähe von Köln. Ich habe bis heute noch nicht verstanden, womit er seinen Lebensunterhalt verdient, aber es hat etwas mit Forschung zu tun. Jedenfalls ist er in der Lage, uns ständig mit einem ausreichenden und vor allen Dingen kostenlosen Vorrat an Aspirin und Vitaminpillen zu versorgen – als Gegenleistung müssen wir nur hin und wieder als Versuchskaninchen für die neuesten chemisch-medizinischen Kreationen seiner Abteilung herhalten. Die Abende, an denen Lars uns eine Mischung kleiner gelber, roter, violetter oder blauer Pillen auf den Küchentisch wirft, haben etwas von „Russisch Roulette" oder „Die Reise nach Jerusalem". Mit Todesverachtung spülen wir die Tabletten wie empfohlen mit viel Flüssigkeit herunter – meistens mit einer Flasche Bier – und Lars beobachtet gespannt, ob sich bei uns Nebenwirkungen zeigen. Sicherheitshalber stellt er immer einen Eimer mit kaltem Wasser neben den Tisch, falls wir in Ohnmacht fallen. Bisher ist allerdings nie viel passiert. Ich habe mir einmal fast die Seele aus dem Leib gekotzt und ein anderes Mal haben sich bei Anja kurzfristig alle Fußnägel blau verfärbt. Natürlich könnten wir uns alle weigern, seine Versuchskaninchen zu spielen, aber wir trauen uns nicht, denn Lars ist Hauptmieter unserer Wohnung, und wir sind offiziell nur seine Untermieter – er hat also immer ein prima Druckmittel in der Hand.

Lars ist bisexuell, behauptet er zumindest. Allerdings beschränken sich seine schwulen Erfahrungen fast ausschließlich darauf, dass ihm während der Schulzeit ein Klassenkamerad auf der Jungentoilette mal einen geblasen hat. Eine Zeit lang war ich verliebt in Lars, denn er sieht wirklich ziemlich gut aus: groß, schlank, niedliche Segelohren und einen dunklen Bartschatten und Teint, der ihm eine gewisse Ähnlichkeit mit Enrique Iglesias verleiht. Meine Liebe erkaltete allerdings ziemlich schnell, als er eines Tages den Hauptcharakterzug seiner derzeitigen Freundin mit drei kleinen Wörtern zusammenfasste: „Geile Titten, Mann!" Außerdem ist Sex für Lars eine rein sportliche Aktivität, während ich Gefühle damit verbinde.

Diese unterschiedlichen Standpunkte haben in der jüngsten Vergangenheit schon mal zu heftigen Auseinandersetzungen zwischen uns geführt – um genauer zu sein, wir hatten vor einigen Wochen ziemlichen Zoff miteinander –, aber nachdem wir uns darauf geeinigt haben, dieses Thema in Zukunft einfach auszuklammern und Lars mal kurz mit meinem Mietvertrag gewedelt hat, verstehen wir uns wieder etwas besser. Außerdem muss ich bei meinen moralischen Werturteilen über Lars im Hinterkopf behalten, wie billig die Miete für mein Durchgangszimmer ist.

Patrick ist derjenige von uns vieren, der richtig schwer schuften muss für sein Geld, denn er ist von Beruf Sozialarbeiter und die Erfahrungen seines Jobs haben sowohl sein Äußeres als auch sein Weltbild geprägt. Wenn er von einem anstrengenden Arbeitstag nach Hause kommt, an dem er sich acht Stunden lang um jugendliche Knackis, verwahrloste Obdachlose und gewalttätige Ehemänner gekümmert hat, ist sein Rücken gekrümmt, seine Stirn von Sorgenfalten zerfurcht und seine Augen stumpf. Erst wenn er ein oder zwei Joints geraucht hat und seine Pupillen sich tellergroß geweitet haben, ist er wieder halbwegs ansprechbar. Das Elend, mit dem er tagtäglich konfrontiert wird, hat außerdem dazu geführt, dass er eine fürchterlich pessimistische Lebenseinstellung hat. Patrick ist eine männliche Kassandra. Nach den Anschlägen vom elften September hielt er die marokkanische Putzfrau unserer Nachbarn für einen Schläfer, obwohl sie so dick ist, dass sie kaum die Treppen hinaufkommt. Da er auch noch Hypochonder ist, denkt er bei jeder Zigarette, die er raucht, an den Lungenkrebs, der jetzt seine Atemwege zerfressen könnte, und als *Deutschland sucht den Superstar* im Fernsehen lief, sah er das Ende der westlichen Zivilisation gekommen, mit Dieter Bohlen als dem personifizierten Antichristen. Da konnten wir ihm allerdings nicht widersprechen.

Dass diese negativen Gedanken sein Liebesleben beeinträchtigen, versteht sich von selbst. Seine letzte Freundin hat es nur zwei Monate mit ihm ausgehalten und befindet sich nach Patricks Aussage noch immer in therapeutischer Behandlung wegen anhaltender Depressionen. Wir dagegen haben uns an seine Launen gewöhnt, achten aber darauf, immer einen kleinen Vorrat an Hasch oder Marihuana im Haus zu haben.

Beruflich gesehen führe ich sicherlich das interessanteste Leben. Ich bin Schauspieler. Eigentlich. Ich habe zumindest eine richtige Ausbildung an einer Schauspielschule erhalten und kann ausgezeichnet den *Faust* und den *Hamlet* deklamieren. Gerade für die letztere Figur habe ich meiner Meinung nach auch das ideale Äußere: Ich bin jung, sportlich und kann wunderbar sorgenvoll gucken, wenn ich mit einem Totenschädel spreche. Leider ist es auch so, dass ich von uns vieren den brotlosesten Beruf erwischt habe – Anjas Studentendasein darf man da nicht so richtig zählen –, denn ich bin zurzeit gewissermaßen im Grunde vorübergehend … freischaffend tätig.

Ich meine damit, dass ich momentan nicht fest angestellt an einer Bühne spiele, sondern alles annehme, was Kohle bringt. Zum Beispiel mein derzeitiger Job als Synchronsprecher für Werbespots, für den mich meine sonore und melodische Stimme geradezu prädestiniert. Jetzt kann man sich sicherlich fragen, wozu man in der Werbung Synchronsprecher braucht, denn Herr Kaiser von der *Hamburg-Mannheimer* oder Frau Antje aus Holland sprechen ja Deutsch, zumindest halbwegs. Ich leihe meine Stimme daher auch eher denjenigen Dingen, von denen man gar nicht erwarten würde, dass sie überhaupt sprechen. So war ich zum Beispiel schon eine steppende Ananasdose, eine depressive Bakterie und ein hyperaktiver Fruchtzwerg. Der Tiefpunkt meiner Karriere war allerdings der Job als singende Kloschlüssel. Absolut erniedrigend. Dazu kommt noch, dass selbst das Geld, das ich damit verdiene, nicht zum Leben reicht und ich nebenbei noch kellnern muss, in einem Café direkt bei uns um die Ecke. Mir graut vor dem Tag, an dem einer der Gäste mich erstaunt ansieht und sagt: „Deine Stimme kommt mir irgendwie bekannt vor!" und dann die Verbindung zwischen mir und dem lila Schokoladenweihnachtsmann zieht, den er eine halbe Stunde zuvor in einer Reklamesendung kurz vor den Sieben-Uhr-Nachrichten gesehen hat.

Wie schon erwähnt, ist beziehungsmäßig im Augenblick eine Nullrunde bei mir angesagt. Ich scheine es nicht auf die Reihe zu kriegen, den Traumprinzen zu finden, und das schon seit Jahren. Alle Männer, die ich kennen lerne, setzen es sich in den Kopf, mich jederzeit und überall zu betrügen, obwohl ich von Anfang an klar mache, dass ich eher der treue Typ bin. Spätestens nach ein paar Wochen kommt es mit meinem Lebensabschnittsgefährten *in spe* zur großen Krise, er schreit mich an oder umgekehrt, es werden Türen geknallt und wertvolle Haushaltsgegenstände wie zum Beispiel ein Icecrusher gegen die Wand geworfen. Der letzte Kandidat, mit dem ich es immerhin fast ein halbes

Jahr versucht habe, hat sogar gedroht, Fridolin XIII. mitsamt seinem Laufrad aus dem Fenster zu befördern – das war, bevor Anja den Hamster mit einem Pfund *Jacobs Krönung* platt gemacht hat. Und das alles kurz vor Weihnachten. Männer sind Schweine. Meine Stimmung ist also zurzeit nicht die Beste.

Jedenfalls, nachdem ich Finn, den Fremdgeher und Hamsterhasser, in die Wüste geschickt hatte – beziehungsweise dahin, wo er hergekommen ist, nämlich zurück in die Alpen –, atmete ich tief durch und betrachtete mich kritisch im Spiegel. Abgesehen von den Sommersprossen auf meiner Nase, die mich schon seit meiner Kindheit nerven, sah ich doch eigentlich ganz gut aus. Ich hatte einen modernen Stoppelhaarschnitt, der die rotblonde Farbe meiner Haare minimierte, eine passable Figur, und der Kinnbart, den ich mir vor einiger Zeit hatte stehen lassen, verdeckte die kleine Narbe an der Oberlippe. Es konnte also doch nicht an meinem äußeren Erscheinungsbild liegen, dass ich bei Männern immer wieder daneben griff, oder?

Gedankenverloren drückte ich an einem Pickel herum, der sich auf meiner Stirn gebildet hatte. „O Gott", murmelte ich schließlich deprimiert, denn in Finn hatte ich mehr Hoffnungen investiert, als ich mir eingestehen wollte, „warum suche ich mir immer solche Idioten heraus? Das ist einfach nicht fair!" Danach hing ich einem wunderschönen Tagtraum nach, in dem es darum ging, dass jemand anders für mich auf Männerfang geht, mir den Mann meiner schlaflosen Nächte auf einem Silbertablett serviert und ich nur noch zuzugreifen brauche.

Und jetzt liegt der schönste und geilste Mann, den ich je in meinem Leben gesehen habe, auf einem Feldbett in der Rumpelkammer, schnarcht und behauptet, mein helfender Engel zu sein.

Obwohl es mitten in der Nacht ist, hackt Finn Holz. Er trägt eine verwaschene Jeans und einen ausgeleierten roten Pullover, der sein breites Kreuz und die Muskeln seiner Oberarme verbirgt. Seine dunklen, kurz geschnittenen Haare glänzen verschwitzt. Eine kleine Gaslampe an der Hauswand erhellt notdürftig den lehmgestampften, gefrorenen Platz vor der Eingangstür und in dem fahlen Lichtkreis kann man nicht erkennen, dass Finn ein Riese von über einem Meter neunzig ist. Der Wald, der an das Grundstück angrenzt, liegt im Dunkeln, gerade außerhalb von Finns Blickfeld, aber man kann ihn hören: knarrende Äste, Rascheln im Unterholz und hin und wieder das verärgerte Gezänk eines Vogels, der sich in seiner Nachtruhe gestört fühlt. Auf einem der Nachbargehöfte schlägt ein Hund an, ansonsten herrscht Stille in der Einöde um ihn herum.

Finn schwingt das Beil mit beiden Händen über den Kopf und lässt es mit voller Wucht auf das Holzscheit niedersausen. Das Beil bohrt sich bis zur Mitte des Scheits und bleibt dann stecken. Finn stöhnt angestrengt und schlägt erneut zu. Diesmal gibt es ein lautes Knacken und der Holzblock fällt in zwei Stücken zu Boden. Zufrieden betrachtet Finn den Stapel Kaminholz, den er in der letzten Stunde geschlagen hat, und wischt sich den Schweiß von der Stirn. Die körperliche Anstrengung hat ihm die Kälte vom Leib gehalten und lässt das Blut in seinen Adern zirkulieren. Und sie erlaubt ihm, seine kreisenden Gedanken wenigstens für eine Weile abzustellen.

Schon am Abend, bevor er sich ins Schlafzimmer zurückgezogen hat, hatte Finn gewusst, dass er kein Auge zumachen würde. Auch die zwei Gläser Brandy, die er schnell hintereinander heruntergekippt hatte, und der Versuch, sich mit einem seiner Lieblingskrimis abzulenken, haben daran nichts geändert. Er hat hellwach im Bett gelegen, sich hin- und hergewälzt und den Schlaf wie eine Droge herbeigesehnt. Selbst das eintönige Nachtprogramm im Radio hat nicht den gewünschten Effekt gehabt. Schließlich ist er verärgert aufgesprungen, hat sich angezogen und seinen Frust und seine Wut auf Marco am Kaminholz ausgelassen. So hat er wenigstens das Gefühl, etwas Sinnvolles getan zu haben.

Gedankenverloren kratzt Finn sich die Bartstoppeln und registriert abwesend, dass er sich rasieren muss, wenn er nicht Gefahr laufen will, einen Vollbart zu bekommen. Ein weiteres Zeichen der schleichenden Vernachlässigung, die er in den letzten Tagen an sich bemerkt hat. Im Mülleimer stapeln sich leere Suppendosen und die aufgerissenen Schachteln von Mikrowellenmenüs; der Abfluss im Badezimmer müsste repariert werden und vom Dach sind bei dem Sturm vor vier Nächten einige Ziegel heruntergefallen. Beim nächsten Unwetter wird es durchregnen, aber all das geht ihm am Arsch vorbei.

Finn schnalzt verärgert mit der Zunge. Er hasst die Macht, die Marcos Abwesenheit über ihn hat.

Jetzt, da er reglos in der Dunkelheit steht, kann er die Kälte der Nacht wieder fühlen. Wie ein Schimmelpilz kriecht sie an ihm hoch, fährt ihm in die Glieder und lässt ihn frösteln. Finn bläst in seine Hände und sein Atem steigt wie eine Nebelbank vor seinem Gesicht auf. Er haut das Beil ein letztes Mal in den Baumstumpf und lässt es dort stecken. Dann dreht er sich um und geht zurück ins Haus.

In der Küche wirft er einen kurzen Blick auf die Uhr über der Spüle und entscheidet, dass es sich nicht mehr lohnt, noch einmal ins Bett zu gehen. Stattdessen macht er die Kaffeemaschine an. Das Pulver muss er mit einem *Zewa*-Tuch filtern, die richtigen Kaffeefilter sind ihm am Vortag ausgegangen und er hat sich nicht aufraffen können, zum Einkaufen ins Nachbardorf zu fahren. Dort gibt es einen Tante-Emma-Laden, aber wenn er dort auftaucht, weiß innerhalb weniger Stunden jeder im Umkreis von zwanzig Kilometern, dass er wieder allein ist. Auf dem Land verbreiten sich Neuigkeiten in Windeseile, als wären die brachliegenden Felder und Äcker besonders gutes Leitmaterial für Gerüchte und Vermutungen, und Finn will nicht, dass man sich über ihn das Maul zerreißt. Er hätte nicht überall erzählen sollen, dass er endlich den Mann fürs Leben gefunden hat.

Mit einem abgehackten Piepen erklärt die Kaffeemaschine ihre Arbeit für beendet. Finn füllt einen Becher mit der dampfenden, bitteren Flüssigkeit, setzt sich an den Küchentisch und schiebt einen gebrauchten, mit Essensresten verkrusteten Teller beiseite. Zum wiederholten Mal checkt er das Display seines Handys. Nichts. Kein Anruf in Abwesenheit, keine SMS. Marco wird sich nicht melden. Finn weiß es genau, aber er kann die Hoffnung nicht aufgeben. Sie ist das Rettungsseil, das ihn wie einen Bergsteiger vor dem Absturz bewahrt.

Er starrt in die heiße Kaffeetasse und fängt plötzlich an zu weinen. Dicke, hässliche Tränen rinnen ihm über die Wangen, seine Augen sind rot und verquollen, Rotz läuft ihm aus der Nase. Finn vergräbt sein Gesicht in den Händen.

Nach einer Weile hat er sich einigermaßen im Griff. Er wischt die Nase am Ärmel des Pullovers ab und schlurft mit hängenden Schultern nach oben ins Bad. Ein paar kleine Holzspäne lösen sich von der Sohle seiner Schuhe und verteilen sich auf der Treppe. Finn stützt sich am Waschbecken auf und schaut prüfend in den Spiegel. Was er sieht, macht ihm Angst. Den Mann, der ihm verzweifelt und trostlos in die Augen glotzt, hat er noch nie zuvor gesehen. Als ob er durch einen ungewollten Zufall über eine ältere, ausgebrannte Version seines eigenen Ichs gestolpert wäre.

„Arschloch!" sagt er zu seinem Spiegelbild. Es fühlt sich gut an, sein Gegenüber zu beschimpfen. „Idiot!" fügt er versuchsweise hinzu. „Hurensohn!" Der Mann im Spiegel nimmt seine Beleidigungen fast dankbar entgegen, als hätte er nichts anderes verdient.

Die Erschöpfung überfällt Finn wie ein Raubtier, das die ganze Zeit im Hintergrund gelauert hat. Mit Mühe schleppt er sich ins Schlafzimmer. Angezogen legt er sich auf sein Bett und zusammen mit einem Glas Wasser schluckt er alle Tabletten hinunter, die er in der Schublade seines Nachttischs aufbewahrt hat. Dann lässt er sich erleichtert in das schwarze Loch fallen, das hinter den geschlossenen Lidern auf ihn wartet.

Es wird Tage dauern, bis ihn jemand findet.

„Marco?" sagt Patrick und reißt mich aus meinen Gedanken. „Erwartest du wirklich, dass wir dir das abnehmen?"

„Eh ... nun ja", erwidere ich zögernd, „es ist so, wie ich gesagt habe, ob ihr mir nun glaubt oder nicht. Der Typ ist plötzlich mit einem Riesenknall aus dem Nichts auf meine Kühlerhaube gefallen. Ich kann auch nichts dafür."

„O Gott", stöhnt Anja, „er glaubt es wirklich!" Sie macht lange Finger und versucht, sich einen Dominostein aus der Packung zu angeln.

„Schätzchen, du hattest vor einer Stunde ein *Tic Tac*", grinst Lars und haut ihr auf die Hand. „Essen gibt's erst wieder am Dienstag."

Anja sieht Lars wütend an und setzt sich wieder auf ihren Platz. „Sehr witzig", murmelt sie.

„Vielleicht hat Marco ein Hirntrauma oder so was", sagt Patrick. „Ich hab mal was Ähnliches in einer Zeitschrift gelesen. *Deutsche Medizinische Wochenschrift*. Genau. Obwohl ... wenn ich darüber nachdenke, könnte es auch die *Apotheken-Umschau* gewesen sein. Jedenfalls ging es um die Ursache von Einbildungen und Wahnvorstellungen. Marco hatte einen Autounfall, und weil der Schock so groß war, hat sein Gehirn den eigentlichen Vorfall verdrängt und halluziniert jetzt. So eine Art theistische Hysterie – nichts, was sich nicht jeder mal einfangen könnte."

„Eine was?" frage ich.

„Du liest dieses Käseblatt, das kostenlos in den Apotheken ausliegt?" fragt Lars ungläubig.

„Warum nicht? Da stehen nützliche Sachen drin", verteidigt sich Patrick. „Was man gegen Eisenmangel tun kann,

Tipps zum Gesundbleiben im Alter, Ratschläge bei Prostataproblemen."

„Leute, könnten wir uns mal auf das Wesentliche konzentrieren?" unterbricht Anja den Wortwechsel. „Anscheinend unterschätzt ihr den Ernst der Lage! Nebenan liegt ein ... ein Mann, von dem wir nicht viel mehr wissen als seinen Namen und dass er glaubt, ein Engel zu sein, noch dazu ein schwuler, und Marco scheint den Verstand verloren zu haben, weil er diesem Rafael seine durchsichtige Masche auch noch abnimmt!"

„Wieso Masche?" protestiere ich. „Vielleicht sagt er ja die Wahrheit!"

Anja legt mir sachte eine Hand auf die Schulter und sieht mich durchdringend an. Irgendwie habe ich den Verdacht, sie hält hinter ihrem Rücken eine Zwangsjacke für mich bereit. „Marco", sagt sie, „jetzt reiß dich zusammen. Versuch, das Ganze mal objektiv zu sehen. Du befindest dich zurzeit in einer emotional äußerst instabilen Lage ..."

„Du meinst wegen Finn?" unterbreche ich sie. „Über den rege ich mich nicht mehr auf. Das ist er gar nicht wert." Dabei werfe ich Lars einen giftigen Blick zu.

Lars beobachtet mich stirnrunzelnd; Anja schüttelt den Kopf und versucht es auf eine andere Weise. „Bist du ein sehr religiöser Mensch?" fragt sie. „Ich meine, glaubst du an die Wiederauferstehung, dass Jesus über Wasser wandeln konnte und an die Enthaltsamkeit vor der Ehe?"

„Nein, eigentlich nicht."

Anja nickt erfreut. „Sehr schön. Für wie wahrscheinlich hältst du es dann, dass es tatsächlich Engel gibt?"

„Für ziemlich unwahrscheinlich."

„Und wie groß ist dann die Glaubwürdigkeit von jemandem, der behauptet, er sei ein schwuler Engel und gerade aus dem Himmel verstoßen worden?"

„Sehr gering", erwidere ich kleinlaut.

Anja lächelt mich gütig an und sieht so zufrieden aus, als hätte sie mich gerade erfolgreich aus den Fängen einer Sekte gerettet. „Na also! Das war doch gar nicht so schwer!" sagt sie. „Und wenn wir all das in Betracht ziehen, ist es dann nicht möglich, dass die Delle an deinem Wagen vielleicht tatsächlich von einem Unfall stammt? Vielleicht ist dir ja ein Skater oder ein Fahrradfahrer vor das Auto gefahren und vielleicht ist die Vermutung von Patrick gar nicht so weit hergeholt und dein Gedächtnis spielt dir einen Streich?"

„Ja, vielleicht", flüstere ich und schweige. Dann aber füge ich störrisch hinzu: „Und wieso hat dieser Rafael dann keine einzige Schramme und wieso ist er direkt vom Himmel gefallen? Nicht mal einen Fallschirm hatte er umgebunden! Außerdem war es eine völlig unbelebte Landstraße, zehn Kilometer vor der Stadt. Da gibt es keine Skater, es sei denn, die Bauern schnallen seit neuestem ihren Kühen ein paar Skateboards unter."

Lars haut mit der flachen Hand auf den Tisch. „So kommen wir nicht weiter", erklärt er. „Wir sollten uns die ganze Geschichte noch mal von vorne anhören. Diesmal aber mit allen Details."

„Ja", sagt Patrick. „Eine gute Idee. Ich könnte etwas Erheiterung gebrauchen. Mein Tag war nämlich wirklich beschissen. Das fing schon heute Morgen an, als ich …"

„Halt die Klappe, Patrick, niemand interessiert sich für dich", fährt Anja dazwischen. „Jetzt ist Marco an der Reihe. Fang am besten an der Stelle an, als du nach Hause gefahren bist", sagt sie zu mir gewandt.

Also schön, denke ich resigniert. Alles noch mal von vorne.

Jedes Mal, wenn ich mich in einer Sinn- oder Lebenskrise befinde, fahre ich aus der Stadt heraus und suche mir ein Plätzchen mit einem kleinen, verträumten See oder einem träge vorbeirauschenden Fluss und ein paar hübschen Bäumen am Ufer zum Nachdenken. Die Ruhe, die die Natur ausstrahlt, ist Balsam für meine Nerven. Diesmal war die Trennung von Finn der Grund für meine Sehnsucht nach Einsamkeit. Sein Versprechen ewiger Liebe und Treue und sein anschließender Verrat, der gerade mal einen Monat zurücklag, hatten mich doch stärker in Mitleidenschaft gezogen, als ich mir eingestehen wollte. Da denkt man, man hat endlich den Mann fürs Leben gefunden, ist froh, die unendlich anstrengende Suche nach dem Richtigen nicht fortsetzen zu müssen. Man wird ja auch nicht jünger, und die Nächte, die man in dunklen, verräucherten Kneipen auf der Pirsch verbracht hat, lassen die Haut und die Leber vorzeitig altern –, freut sich auf eine gemütliche, vorhersehbare Reise in eine Zukunft zu zweit, mit Toskana-Urlauben, Kabelfernsehen und einer Eigentumswohnung –, und dann begibt sich der Unterleib des Auserwählten auf Abenteuerfahrten, die bei der Ferienplanung im Pauschalangebot nicht mit inbegriffen waren, noch dazu in meinen eigenen vier Wänden. In solchen Fällen zücke ich dann immer sofort die Reiserücktrittsversicherung, aber ist es ein Wunder, dass meine Enttäuschung groß und mein seelisches Gleichgewicht trotzdem aus dem Lot gekommen waren? Immerhin ist es nicht das erste Mal, dass meine Erwartungen mit Füßen getreten wurden. Eigentlich waren Finns Vorgänger alle vom selben Schlag gewesen.

In meine rechtschaffenen Gedanken vertieft, stieß ich nach einer knappen Stunde Autofahrt endlich auf den idealen Platz, um ein weiteres trostloses Kapitel meines Lebens abzuschließen und neue Kraft zu tanken. Die ersten Ausläufer des Hunsrück ließen die Straßen hügelig werden und etwas zurückgesetzt hinter einem kahlen Eichenwäldchen fand ich einen schmalen Bach, der eiskaltes Wasser querfeldein führte. Am Ufer des Gewässers war sogar eine Holzbank aufgestellt, die dazu einlud, den Blick über die schneebedeckte Landschaft streifen zu lassen. Ich parkte den Wagen neben einem Mülleimer, stieg aus und fütterte gedankenverloren ein paar herbeischwimmende Enten mit einer angebrochenen Tüte extra scharfer Tortilla-Chips, die ich auf dem Boden des Beifahrersitzes gefunden hatte. Die meisten Enten lehnten meine Futterkrumen schon nach einer kleinen Kostprobe angewidert ab, aber ein besonders gefräßiger Erpel bekam gar nicht genug. Vielleicht hatte er ja mexikanische Vorfahren. Immer wieder bettelte er mich um Nachschub an und trat mir in seiner Gier sogar auf die Füße. Schließlich hatte ich die Nase voll.

„Du unersättliches, blödes Miststück!" schrie ich den Erpel an. Irgendwie erinnerte er mich auf einmal an Finn. „Kannst du dich nicht zufrieden geben mit dem, was du hast?" Aber anscheinend war mein Wutausbruch etwas zu heftig ausgefallen oder die Ente hatte ein schwaches Herz oder eine Überdosis Tortilla-Chips intus, jedenfalls zuckte sie erschrocken zusammen, dann quollen ihr plötzlich die Augen aus den Höhlen und dann fiel sie tot um.

„Ach, du Scheiße", flüsterte ich und starrte entsetzt auf den Leichnam vor mir im Schnee. „Ich habe eine Ente totgeschrien!" Im Grunde hätte mir da schon klar sein müssen, dass dieser Tag nur noch schlimmer werden konnte.

Unschlüssig, was ich nun machen sollte, wanderte ich am Bach entlang, warf ein paar Steine ins Wasser und rauchte eine Zigarette, um meine Nerven zu beruhigen. Danach betrachtete ich erneut die Leiche neben meinem Auto und stupste sie vorsichtig mit dem Fuß an. Kein Zweifel, der Erpel war nicht nur ohnmächtig, er war wirklich richtig tot. Zögernd öffnete ich den Kofferraum, packte die ermordete Ente an den Füßen und legte sie auf die Wolldecke neben den Verbandskasten. Ich hatte die vage Vorstellung, meinem Opfer zu Hause wenigstens ein würdiges Begräbnis zukommen zu lassen. Anschließend setzte ich mich in den Wagen und machte mich noch verstörter als vorher auf den Heimweg. Die untergehende Sonne des klaren Wintertages blendete, während ich über eine dieser verschneiten, einsamen Landstraßen tuckerte, und ich fluchte innerlich, weil ich vergessen hatte, meine Sonnenbrille einzustecken.

Es passierte, als ich versuchte, durch die Windschutzscheibe nach oben zu linsen, ob nicht vielleicht doch irgendwo eine Wolke in Sicht war, die das grelle Sonnenlicht verdecken würde. Aber anstatt einer Wolke entdeckte ich einen winzig kleinen Fleck sehr hoch über mir am Himmel, der mit erstaunlicher Geschwindigkeit auf die Erde zuraste und größer und größer wurde. Zuerst hielt ich es für einen Vogel, vielleicht eine Art Bussard, der in den Feldern eine Maus erspäht hatte, dann erwog ich die Möglichkeit, dass ein Flugzeug seine Fäkalabfälle zielgerichtet auf mein Autodach abließ, und zum Schluss tippte ich darauf, das höchst unwahrscheinliche Privileg zu genießen, von einem Meteoriten erschlagen zu werden. Wenn schon mein Leben keine einzige Zeitungszeile wert gewesen war, so würde mein Tod doch eine Kurznachricht in den Abendmeldungen hergeben. Zu weiteren Überlegungen blieb mir keine Zeit, denn in diesem Moment gab es einen ohrenbetäubenden Knall, etwas Schweres und etwa Mannsgroßes krachte mit voller Wucht auf meine Kühlerhaube. Ich prallte mit dem Kopf gegen die Windschutzscheibe, trat reflexartig auf die Bremse, kurbelte wild am Steuerrad und brachte den Wagen mit quietschenden Reifen im nächsten Graben zum Stehen.

Als Nächstes erinnere ich mich, dass der Meteorit auf meinem Auto den Kopf hob, die dunklen, ungewaschenen Haare schüttelte, als hätte er einen Brummschädel und lautstark „Scheißdreck! So habe ich mir das nicht vorgestellt!" fluchte.

Mit zitternden Händen stieß ich die Fahrertür auf und wankte aus dem Wagen, um mir anzusehen, was denn da jetzt wirklich auf mich herabgestürzt war.

Kein Zweifel: Auf meiner Kühlerhaube lag ein Mensch, genauer gesagt ein Mann, ungefähr in meinem Alter, bekleidet mit einer Jeans, einem verblichenen T-Shirt mit dem fast unleserlichen Aufdruck *Gott sieht alles außer Dallas* und ein Paar Turnschuhen. Er lag auf dem Rücken, schien nicht im Geringsten verletzt zu sein und starrte mit einem verärgerten Gesichtsausdruck direkt in den Himmel.

„Scheißdreck!" wiederholte er und zog die Stirn in Falten.

Ich räusperte mich unsicher. „Eh ... ha ... haben Sie sich irgendetwas getan?" stotterte ich. „Irgendwelche gebrochenen Knochen, Platzwunden oder innere Blutungen? Eine Prellung der Milz, ein Riss in der Leber? Schädelbasisbruch?"

Der Mann rappelte sich auf und drehte den Kopf zu mir. „Nein", sagte er unwirsch, „natürlich nicht." Behände sprang er von meinem Wagen herunter. „Und du?"

„N... nein, ich glaube nicht. Eine Beule auf der Stirn vielleicht ..."

„Gut. Dein Auto ist allerdings schrottreif." Der Mann warf einen kritischen Blick auf die Kühlerhaube. „Na ja, war eh nicht mehr viel dran kaputtzumachen."

„Wo ... wo sind Sie hergekommen?" fragte ich verwirrt. „Ich meine, da war auf einmal so ein Fleck am Himmel und dann sind Sie auf mein Auto ..."

„Er hat mich rausgeschmissen!" antwortete mein Gegenüber verärgert.

„Rausgeschmissen?" fragte ich verblüfft.

„Ja! Verbannt, sozusagen."

„Wer hat Sie rausgeschmissen?"

„Na, wer schon! Gott!"

„Gott?"

„Ja ... das Wesen, das in sechs Tagen Himmel und Erde erschaffen hat und anschließend den arbeitsfreien Sonntag! Ich habe nur versucht, ihm die Sache mit Jesus und Judas zu verklickern, du weißt schon – dass die beiden seit Ewigkeiten was miteinander haben hinter seinem Rücken. Ich meine, das kann man sich doch an fünf Fingern abzählen: Schließlich haben sie sich in Gethsemane vor allen Leuten geküsst! Wenn das nicht nach latenter Homosexualität riecht, dann weiß ich es auch nicht. Und nach über zweitausend Jahren wird es langsam Zeit, dass der HERR sich mit der Realität auseinander setzt, oder?" Der Mann starrte wieder wütend nach oben zum Himmel. „Aber nein", schimpfte er dann laut weiter, „wenn es um seinen einzigen Sohn geht, dann tut der Allwissende lieber so, als wüsste er von nichts! Ha! Und Jesus steht daneben, macht einen auf unschuldig und leugnet alles. Petrus hätte es nicht besser anstellen können! Und das alles nur, weil ich Judas bei einem Betriebsausflug ein bisschen angegraben habe! Vor zweihundert Jahren! Da soll noch einer sagen, der Sohn Gottes sei nicht nachtragend! Jedenfalls bin ich wegen angeblicher Verleumdung aus dem Himmel verbannt worden. Und ich darf erst wieder zurückkehren, wenn ich ‚ein wenig über mich nachgedacht' und die auferlegte Strafe erfüllt habe."

„Die ... die auferlegte Strafe?" wiederholte ich mit schwacher Stimme. Was redete der Kerl für einen Blödsinn zusammen? Krampfhaft überlegte ich, ob es hier in der Nähe eine geschlossene Psychiatrie gab, wo man ihn vielleicht schon suchte.

„O ja", bekam ich unbekümmert zur Antwort. „Verstoßene Engel dürfen erst zurück in den Himmel, wenn sie genug Buße getan haben. Die Strafe ist auch immer dieselbe: Man muss eine verirrte Seele retten, einen verkorksten Lebensweg richten, so was in der Art. In deinem Fall wollte Gott allerdings zwei Fliegen mit einer Klappe schlagen. Mit meiner Verbannung ist sozusagen auch dein Gebet erhört worden!"

„Was für ein Gebet?" Meine Verwirrung wurde immer größer.

Stirnrunzelnd sah mich der fremde Mann an. „‚O Gott, warum suche ich mir immer solche Idioten heraus!'" zitierte er mich. „Und dann hast du darüber nachgedacht, wie schön es wäre, wenn dir jemand bei der Suche nach dem Mann deines Lebens behilflich sein könnte. Voilà, da bin ich!"

„Aber das war kein Gebet, das war ein Stoßseufzer!" erklärte ich irritiert. „Es war rhetorisch gemeint!"

„Alle Sätze, die mit ‚O Gott' anfangen, werden bei uns als Fürbitten oder Gebete registriert und nach Eingangsstempel abgearbeitet. Wenn du es nicht so meinst, dann überleg dir beim nächsten Mal ein bisschen genauer, was du sagst!"

„Was soll das denn heißen?"

„Das heißt, dass die Aufhebung meiner Verbannung mit der Aufgabe verbunden wurde, dir einen Mann zu besorgen. Sechs Tage Zeit wurden mir eingeräumt, bis Heiligabend. Also erzähl mir jetzt nicht, dass du einen Rückzieher machen willst! Auch für mich als Engel steht hier einiges auf dem Spiel! Davon abgesehen ... du *brauchst* einfach Halt in einer festen Beziehung, dann geht es mit deinem Leben auch wieder aufwärts. Ich meine, du willst doch nicht ewig Synchronsprecher für Tomatenketchup bleiben und Latte Macchiato mit einer Prise Zimt auf dem Sahnehäubchen durch die Gegend tragen, oder?" Der entschlossene und leicht spöttische Tonfall in seiner Stimme war kaum zu überhören und ich war ziemlich sicher, dass einer von uns beiden bei dem Aufprall einen gehörigen Dachschaden erlitten hatte. Im Zweifelsfall der Schwachkopf vor mir.

„Sie ... Sie sind ein ... Engel?" fragte ich vorsichtig nach.

„Du hast es erfasst, Marco! Alles Gute kommt von oben!" Der Mann fing an zu lachen und kriegte sich kaum noch ein. „Ach, ich liebe Sprichworte! Sie sind so nichts sagend und fassen doch die gesammelte Weisheit der Menschen kurz und prägnant zusammen. Mittlerweile habe ich für jede

Situation eines parat", sagte er schließlich hicksend und wischte sich ein paar Tränen aus den Augenwinkeln.

Meine offene Kinnlade war wahrscheinlich nicht die Reaktion, die er sich erhofft hatte, deshalb riss er sich zusammen und fuhr mit seiner Erklärung fort. „Ich bin wirklich ein Engel. Um genau zu sein, ein schwuler Engel. Jedenfalls der einzige, der sich dazu bekennt. Es gibt da so einige Kandidaten, die ihr Coming-out noch vor sich haben", raunte er mir vertraulich zu. „Mein Name ist übrigens Rafael. Und bevor du nachfragst, ich bin nicht derjenige, der so theatralisch die Geburt des Gottessohns verkündet hat. Das war natürlich Gabriel, unsere Rampensau. Er drängelt sich immer gerne in den Vordergrund. Dabei kann er noch nicht mal Trompete spielen, das war alles Play-back. Ich bin mehr im Stillen tätig und zuständig für alles, was irgendwie mit Heilung zu tun hat. Du kannst mich übrigens ruhig duzen, wir werden ja jetzt viel Zeit miteinander verbringen." Rafael klopfte mir aufmunternd auf die Schulter und stieg ins Auto. „Was ist? Wollen wir fahren? Mir wird kalt!"

Das war der Moment, als mir schwarz wurde vor Augen und ich umkippte.

Als ich wieder zu mir kam, lag ich im Schnee, und der Mann, der behauptete, ein Engel zu sein, saß ein paar Meter von mir entfernt und kaute auf einem vertrockneten Grashalm, den der vergangene Herbst übrig gelassen hatte.

„Sie sind ja immer noch da!" stöhnte ich. „Ich hatte eigentlich gehofft, das alles nur geträumt zu haben!"

„Ihr Menschen seid so kleingläubig", erwiderte Rafael. „Alles, was ihr nicht sehen könnt, kann eurer Meinung nach auch nicht existieren."

„Das ist nicht wahr", widersprach ich frierend, „ich bin zum Beispiel der festen Überzeugung, dass uns eines Tages die Vulkanier besuchen werden – im Moment allerdings glaube ich noch nicht einmal an das, was ich vor mir sehe", fügte ich hinzu und klopfte mir eine Hand voll Schnee von der Hose.

„Und was ist daran so schwer zu glauben?"

„Sie ... du wirkst nicht überzeugend", gab ich entnervt zurück. „Ich meine, so eine beknackte Geschichte habe ich noch nie gehört! Ein Typ, der vorgibt, aus dem Himmel rausgeworfen worden zu sein, weil er Jesus der Homosexualität bezichtigt hat! Ich bitte dich! Außerdem hast du keine Flügel und jeder weiß, dass Engel Flügel haben. Es ist sozusagen ihr Hauptmerkmal! Und dann deine Beschreibung des Himmels! Den hab ich mir immer irgendwie – würdevoller vorgestellt. Stattdessen scheint es bei euch zuzugehen wie auf dem Olymp der griechischen Götter!"

„Natürlich habe ich im Moment keine Flügel! Hast du mir nicht zugehört? Ich bin ausgestoßen worden. Was, denkst du, würde passieren, wenn ich hier unter euch Menschen mit einem Paar zwei Meter großer, blendend weißer Flügel herumlaufen würde?"

„Ist das eine rhetorische Frage?" erwiderte ich, aber Rafael ignorierte meinen Sarkasmus.

„Und was die Zustände im Himmel angeht, so möchte ich dich nur daran erinnern, dass schon im Alten Testament steht, dass Gott der Herr den Menschen nach seinem Antlitz erschuf." Rafael sah mich erwartungsvoll an.

„Ja, und?" gab ich verständnislos zurück.

„Das ist natürlich symbolisch gemeint, du Null! Wie überhaupt vieles von dem, was in der Bibel steht, nicht so wortwörtlich genommen werden sollte, wie ihr es gerne tut." Rafaels Atem bildete in der Kälte eine Dunstwolke vor seinem Gesicht. „Gott hat den Menschen und die Welt um ihn herum als Abbild dessen erschaffen, was schon existierte. Das bedeutet, dass die Erde und der Himmel sich in mancher Hinsicht ziemlich ähnlich sind. Es gibt natürlich auch ein paar gravierende Unterschiede."

„Wie zum Beispiel die Unsterblichkeit?" warf ich ironisch ein.

„Genau", sagte Rafael zufrieden. „Außerdem haben wir kein *McDonald's*."

„Willst du mir allen Ernstes weismachen, dass Gott die Welt erschaffen hat?" sagte ich. „Ich habe Neuigkeiten für dich, Engel Rafael: Daran glaubt die Menschheit seit Darwin nicht mehr!"

Rafael seufzte. „Darwin war tatsächlich ein Problem für uns, das muss ich zugeben. Deshalb lassen wir ihn auch schon seit gut hundert Jahren im Fegefeuer schmoren. Gib uns noch fünfzig Jahre und wir haben ihn soweit, dass er widerruft. Wenn du aber darauf bestehst, jetzt mit mir alle Details der Schöpfungsgeschichte durchzugehen, sitzen wir in tausend Jahren noch hier. Mir persönlich kann es ja egal sein, denn wie du eben richtig bemerkt hast, bin ich unsterblich. Du allerdings wirst in tausend Jahren zu Staub zerfallen sein. Außerdem wird dir langsam kalt", erklärte er und zeigte auf die Gänsehaut meiner Arme. „Übrigens hätte ich auch nichts dagegen gehabt, wenn Maria Jesus im Hochsommer zur Welt gebracht hätte. Können wir die Diskussion nicht auf der Fahrt nach Hause fortsetzen?"

„Mein Auto fährt nicht mehr", erklärte ich missmutig. „Jemand ist auf die Kühlerhaube gefallen und hat einen Totalschaden verursacht. Ich werde Lars anrufen müssen, ob er uns abholen kann." Nach ein paar Versuchen musste ich fluchend feststellen, dass das Netz meines Anbieters nicht bis in die Einöde des Hunsrück reichte. „Scheiße", sagte ich und stampfte mit den Füßen auf, um die Kälte aus meinen Gliedern zu vertreiben. „Ich schätze, wir sitzen fest."

Mein Begleiter hatte inzwischen unbekümmert auf dem Beifahrersitz Platz genommen.

„Rafael", sagte ich ungeduldig, „was tust du da? Das Auto ist kaputt!" Um es ihm zu beweisen, kletterte ich in den

Wagen und drehte den Schlüssel im Zündschloss. Der Motor krächzte einmal ungesund und gab dann keinen Mucks mehr von sich. „Glaubst du mir jetzt?"

„Du bist nicht angeschnallt!" erwiderte Rafael ruhig. „Man sollte niemals ohne Gurt fahren. Du hast keine Ahnung, wie viele unnötige Neuzugänge wir jeden Monat haben, nur weil die Dummköpfe zu faul waren, den Sicherheitsgurt anzulegen!"

Verzweifelt ließ ich meinen Kopf auf das Steuer sinken. „Dieser. Wagen. Fährt. Nirgendwo. Mehr. Hin", sagte ich ganz langsam und hämmerte zur Betonung bei jedem Wort mit der Stirn gegen das Lenkrad. „Er ist kaputt. Du hast ihn ruiniert! Und ich habe kein Geld, um mir einen anderen zu kaufen."

Rafael sah mich an und schnippte kurz mit dem Finger. „Versuch es jetzt", sagte er.

Langsam drehte ich den Schlüssel noch einmal im Zündschloss und hörte ungläubig das Geräusch des anspringenden Motors, jungfräulich und ungeduldig schnurrend, als wäre er eben gerade erst in mein Auto eingebaut worden.

Rafael grinste mich an. „Fahren wir endlich los?" fragte er. Geistesabwesend setzte ich den Wagen in Bewegung. „Wie ... wie hast du das gemacht?" stotterte ich.

Rafael schüttelte den Kopf und legte den Zeigefinger an die Lippen. „Berufsgeheimnis", erklärte er. Umständlich machte er sich daran, die Heizung in Betrieb zu setzen.

„Gib dir keine Mühe", winkte ich ab, „die war schon vor dem Unfall defekt."

„Jetzt funktioniert sie wieder", sagte Rafael zufrieden, und tatsächlich spürte ich nach einem Moment warme Luft an meinen verfrorenen Beinen emporkriechen.

Eine Weile fuhren wir schweigend durch die Landschaft, während ich krampfhaft versuchte, ein wenig Ordnung in meine durcheinander wirbelnden Gedanken zu bringen. Immer wieder warf ich einen ungläubigen und zweifelnden Blick zum Beifahrersitz. Rafael sah vergnügt aus dem Seitenfenster und betrachtete im Licht der untergehenden Sonne die winterlich weißen Felder, auf denen ein paar Vögel herumstaksten. Hin und wieder passierten wir in einiger Entfernung ein Dorf, dessen Häuser und Höfe um einen Kirchturm geschart waren – dann seufzte Rafael zufrieden.

Schließlich hielt ich die Stille nicht mehr aus. „Du bist also ein Engel", wiederholte ich.

„Du sagst es."

„Dann erzähl mir ein bisschen vom Himmel."

„Was willst du wissen?"

Vergeblich versuchte ich mich an den Lehrstoff zu erinnern, der mir im Religionsunterricht vermittelt worden war. „Habt ihr tatsächlich alle einen Heiligenschein?" war die erste Frage, die mir durch den Kopf schoss. Innerlich ohrfeigte ich mich, dass mir nichts Intelligenteres eingefallen war.

„Nein", erwiderte Rafael, „nur die Heiligen natürlich. Sonst würde man ja völlig durcheinander kommen."

„Verstehe, verstehe", murmelte ich, obwohl ich kein Wort begriff. „Wo ist denn deiner?"

Rafael ignorierte meine Frage und starrte weiter aus dem Fenster. Vielleicht hatte ich etwas Falsches gefragt?

„Und die Hölle?" probierte ich es erneut.

„Was ist mit ihr?"

„Ich meine, gibt es sie wirklich, die Hölle?"

„Ja, sicher."

„Und, wie ist es da so?"

„Glaub mir, Marco", sagte Rafael leise und sah mich plötzlich ganz ernst an, „du möchtest es wirklich nicht wissen. Die Qualen, die die verlorenen Seelen dort leiden müssen, sind unbeschreiblich."

„Ha!" erwiderte ich hämisch. Jetzt hatte ich diesen Witzbold bei einem Denkfehler erwischt. „Woher willst du das wissen? Ich denke, du bist ein Engel, also im Himmel zu Hause!"

„Es gibt ein Austauschprogramm", erklärte Rafael, ohne mit der Wimper zu zucken.

„Ein Austauschprogramm?" Um ein Haar wäre ich erneut von der Straße abgekommen.

„Klar doch. Man kann nicht über etwas urteilen, was man nicht kennt. Außerdem bin ich ganz gut mit Beelzebub befreundet. Das ist einer der Abteilungsleiter von unten. Wir treffen uns ab und zu auf einen Drink. Es tut ihm ganz gut, wenn er sich nach einem anstrengenden Arbeitstag ein bisschen entspannen kann. Wenn er einen über den Durst getrunken hat, plaudert er schon mal aus dem Nähkästchen. Die stundenlangen Folterungen und das Quälen zerren ziemlich an seinen Nerven."

„Du verarschst mich!" sagte ich ungläubig.

„Aber nein!" protestierte Rafael und sah tatsächlich beleidigt aus. „Er ist übrigens ein großer Fan von Madonna. Er freut sich schon sehr auf sie."

„Madonna kommt in die Hölle?"

Rafael nickte. „Zusammen mit Michael Jackson. Geschmacksverirrung ist eine große Sünde."

Ich sah Rafael sprachlos an, bis seine Gesichtsmuskeln zu zucken begannen und er das Lachen nicht mehr unterdrücken konnte. „Tut mir Leid", sagte er, nachdem er sich beruhigt hatte, „das war ein Witz. Gott richtet über die Menschen erst nach dem Tod und nicht schon vorher."

Mit quietschenden Reifen hielt ich am Straßenrand. „So, jetzt reicht es!" sagte ich wütend. „Ich habe zwar keine Ahnung, wer du bist und was du von mir willst, aber ich habe genug von dir! Steig aus meinem Wagen aus und sieh zu, dass du verschwindest! Ich habe keine Lust, mir diesen Bockmist noch länger anzuhören!"

„Du glaubst mir immer noch nicht", seufzte Rafael enttäuscht.

„Nein!" brüllte ich ihn an. „Natürlich nicht! Wer kann schon glauben, dass ein verstoßener Engel auf seine Kühlerhaube gefallen ist? Das ist doch absurd!"

„Was würde dich denn überzeugen?"

Ich überlegte. „Ein Beweis", sagte ich dann trotzig.

„Ah", nickte Rafael, „so wie damals beim ungläubigen Thomas!"

„Wer?"

Rafael runzelte verärgert die Stirn. „Du bist in Glaubensfragen nicht sonderlich bewandert, oder? Thomas war der Jünger, der erst an die Wiederauferstehung glaubte, als er seine Finger in die Wunden legen durfte, die Jesus bei der Kreuzigung erhalten hatte."

„Igitt!" erwiderte ich und schüttelte mich. „Geht es nicht ein bisschen weniger drastisch? Ich kann kein Blut sehen. Mir wird dann immer schlecht."

„Hättest du lieber einen schriftlichen Beweis? So eine Art Attest, wo draufsteht: ‚Hiermit bestätige ich, dass Rafael ein Engel ist und mir seit Anbeginn der Zeit dient', Unterschrift: Gott?" fragte Rafael ironisch.

„Ja, warum nicht? Das wäre zumindest eine unbezahlbare Autogrammkarte. Ich könnte versuchen, sie im Internet zu versteigern", gab ich schnippisch zurück. „He ... was tust du denn da?" Rafaels Körper begann plötzlich in einem warmen, weißen Licht zu schimmern, das immer heller wurde und ihn schließlich in gleißender Helligkeit einschloss.

„Ich zeige dir, wie ich wirklich aussehe, was sonst?"

Schützend legte ich eine Hand über meine Augen und blinzelte in das Licht, das so hell wurde, dass Rafaels Umrisse darin zu verschwimmen begannen. „Wow!" entfuhr es mir. „Irre! Was ist das? Irgendein Trick mit Lasern oder so?"

„Energie", ertönte Rafaels Stimme aus der Mitte des Lichts. „Engel bestehen aus reiner Energie."

„Du meinst, ich habe jetzt so etwas wie eine Erscheinung?" fragte ich zugegebenermaßen ziemlich beeindruckt.

Das Licht, das Rafael wie einen Mantel umhüllte, wurde matt und bleich wie der Mond, der sich inzwischen am Himmel zeigte, bis es schließlich gänzlich verschwand und mein Begleiter wieder in T-Shirt und Jeans neben mir saß. „Kann man so sagen", erwiderte er, „und kein Mensch wird dir glauben, wenn du es jemals erzählen wirst. Und damit deine letzten Zweifel ausgeräumt werden, solltest du vielleicht mal in deinen Kofferraum schauen. So viel ich weiß, ist es illegal, Wildvögel zu stehlen."

Ich sah Rafael erstaunt an. Die Ente hatte ich komplett vergessen. „Woher weißt du dav...?"

Ein Rumpeln im hinteren Teil meines Wagens und ein empörtes Quaken unterbrachen mich. Ich stieg aus und öffnete den Kofferraum, wo mich ein quicklebendiger und ziemlich wütender Erpel anblinzelte. Er schüttelte sein Federkleid, als hätte er nur ein ausgiebiges Nickerchen gemacht, und dann hob er ab und verschwand am Himmel. Ich starrte ihm mit offenem Mund nach.

„Aber ... aber ... das Vieh war tot!"

„Tja", erklärte Rafael mit einem selbstzufriedenen Gesichtsausdruck. „Glaubst du mir endlich?"

Ich wusste nicht, was ich sagen sollte. Um einer Antwort zu entgehen, stieg ich wieder in den Wagen, trat aufs Gaspedal und wir setzten die Fahrt fort. Rafael schien meine Reaktion auszureichen, denn er bohrte nicht weiter nach.

Den Rest der Strecke legten wir schweigend zurück. Erst als in einiger Entfernung die Spitzen des Kölner Doms zu erkennen waren, fand ich meine Sprache wieder.

„Und … und was passiert jetzt?" fragte ich stockend. „Ich meine, wie geht es weiter mit uns beiden?"

Rafael sah mich mit hoch gezogenen Augenbrauen an. „Ich dachte, das wäre klar! Du nimmst mich mit zu dir nach Hause. Wie soll ich dir sonst helfen, auf den rechten Weg zurückzufinden?"

„O nein", stöhnte ich entsetzt, „du willst bei mir wohnen? Das kann doch nicht dein Ernst sein! Wie stellst du dir das vor? Was soll ich den anderen sagen? ‚He, ich hab einen Freund von mir mitgebracht, er wird einige Zeit bei uns wohnen. Er heißt Rafael, und übrigens, er ist ein schwuler Engel'? Sie werden sich bepissen vor Lachen!"

Rafael schmunzelte. „Das ist dein Problem. Aber denk dran, falls du ihnen ein Märchen über mich erzählst: Engel lügen niemals. Es ist besser, die Wahrheit zu sagen, weil deine Freunde früher oder später doch dahinter kommen werden."

„Na, großartig!" sagte ich, während ich von der Autobahn abbog, durch die Straßen der Stadt fuhr und schließlich vor unserem Haus hielt. „Bis heute Mittag war ich relativ zufrieden, zwar nicht richtig glücklich, aber auch nicht wirklich unglücklich, dann fällt mir ein Engel vor die Füße und peng! mein Leben versinkt im Chaos!"

„Falsch!" korrigierte mich Rafael. „Auch wenn du es dir selber vielleicht noch nicht klargemacht hast: Du bist mit deinem Leben ausgesprochen unzufrieden. Denk nur an Finn!"

„Finn?" antwortete ich verärgert. „Diesen Namen habe ich aus meinem Gedächtnis gestrichen. Er war nur ein blöder Arsch, der mich nach Strich und Faden betrogen hat!"

„Kein Grund, verbittert zu werden, davon kriegt man nur Falten", sagte Rafael und schloss die Autotür mit einem Knall. „Wart's ab: Dank meiner Unterstützung wird sich dein Leben schon bald zum Besseren wenden!"

„Ja, natürlich!" gab ich zurück, während wir zusammen die Treppenstufen erklommen. „Das hätte ich fast vergessen! Du bist ja ein Engel mit Sendungsbewusstsein! Du hast einen Auftrag zu erledigen!"

„Du sagst es. Ich werde dir den Mann fürs Leben besorgen, meine Verbannung wird aufgehoben und alles wird gut", keuchte Rafael, während er hinter mir die Treppe hochstieg. „Warum musst du eigentlich so weit oben wohnen?"

„Schwule wohnen immer im Dachgeschoss. Das ist eines dieser Naturgesetze, so ähnlich wie die Tatsache, dass wir nicht Fußball spielen und nicht auf den Fingern pfeifen können", sagte ich. „Und wenn ich nun aber gar nicht mehr auf der Suche nach einer Beziehung bin? Was ist, wenn ich mir den Traum vom Traumprinzen abgeschminkt habe?"

Rafael blieb stehen. „Lüg mich nicht an, Marco", sagte er. „Es ist nicht gut, seine Sehnsüchte zu verleugnen. Sie fressen sich in dein Inneres und legen sich wie ein Schatten auf deine Seele, wenn sie für immer unerfüllt bleiben." Seine Stimme klang plötzlich hart und traurig, als wäre er schon vielen Menschen begegnet, die ihre Träume unerreichbar geglaubt und verbittert begraben hatten.

Ich seufzte. Rafael hatte Recht. Natürlich war ich noch immer auf der Suche nach dem Mann, der meine Macken ertragen und mich trotzdem lieben würde. Glück bedeutete für mich, sich nachts in ein Paar vertrauter Arme zu kuscheln und auch am nächsten Morgen beim Frühstück noch zu wissen, worüber ich mit dem Mann am anderen Ende des Tisches reden könnte. Glück bedeutete, im Supermarkt den Einkauf für die nächste Woche gemeinsam zu erledigen und sich über das Urlaubsziel des nächsten Jahres zu streiten, sich darüber aufzuregen, dass der andere nach dem Baden nie die Wanne ausspülte, und zu wissen, dass er mir auch noch bei der zehnten Wiederholung von *Pretty Woman* verständnisvoll Papiertaschentücher herüberreichen würde.

Außerdem bedeutete es natürlich hemmungslosen, versauten und unaufhörlichen Sex. Mit Finn war ich meinen Idealvorstellungen eine Zeit lang schon ziemlich nahe gekommen. Aber letztendlich war er doch nur einer der Männer gewesen, die damit drohten, meinen Hamster aus dem Fenster zu werfen, und die erstbeste Gelegenheit nutzten, mich zu betrügen. Würde Rafael es verstehen, dass ich keine großen Hoffnungen mehr hatte, jemandem zu begegnen, der all das besaß, was ich mir erträumte?

„Ja", sagte Rafael und ich wusste, dass er meine Gedanken gelesen hatte, „aber du darfst nicht aufgeben. Sonst hast du dein Leben verschwendet. Und das", erklärte er salbungsvoll, „ist tatsächlich die größte Sünde, die du begehen kannst. Denn das Leben ist ein Geschenk Gottes."

Ich verdrehte die Augen und schloss die Wohnungstür auf.

Meine Mitbewohner waren alle in der Küche. Anja zerkleinerte gerade Gemüse für einen vegetarischen Auflauf, Lars hörte sich die Sportsendung im Radio an und Patrick drehte einen Joint.

„Hallo, Leute", sagte ich nervös, „das hier ist Rafael. Er – er ist ein Freund von mir und bleibt für ein paar Tage. Ist das okay?"

Anja nickte. „Klar. Warum nicht? Das Essen reicht für alle. Hallo, Rafael!"

„Moment", unterbrach ich hastig, „da ist noch was."

Lars und Patrick sahen mich fragend an. „Rafael ist schwul", sagte ich zögernd.

„Wirklich?" erwiderte Lars grinsend. „Hätte ich jetzt nicht gedacht, Marco. Echt nicht."

„Und er ist ein Engel", fügte ich hinzu.

„Nee, ist klar, Marco. Sehr witzig", sagte Anja, während sie mir den Rücken zudrehte und eine Stange Lauch zerschnitt. „Und ich bin die Mutter Gottes."

„Das zu behaupten wäre vermessen", meldete sich plötzlich Rafael zu Wort, „und wahrscheinlich auch ein wenig gefährlich, denn sie kann mitunter sehr zickig sein, wenn sie gereizt wird, aber dein Haar ähnelt dem von Maria Magdalena."

Einen kurzen Augenblick herrschte völlige Stille in dem Raum, nur unterbrochen von der aufgeregten Stimme des Radiomoderators. Dann gab es einen wütenden Schrei und einen lauten Fluch. Anja hatte sich in den Finger geschnitten.

„Den Rest kennt ihr", schließe ich meine Geschichte. „Wir haben zusammen gegessen und dann hat er sich in die Rumpelkammer zum Schlafen verzogen."

„Hat er wirklich gesagt, dass Madonna in die Hölle kommt?" fragt Lars noch einmal nach. In seinem Zimmer liegt eine ganze Sammlung von Madonna-CDs. Er hat sich sogar freiwillig ihre Filme angesehen.

„Er hat gesagt, es sei ein Witz gewesen", zische ich ungehalten. Lars ist der unsensibelste Mensch, den ich kenne.

Ich nehme noch eine von Patricks Zigaretten. „Was sollen wir jetzt tun?" frage ich und blase den Rauch über den Tisch.

Anja zuckt mit den Schultern. „Wieso wir? Er ist doch dein Freund!"

„Er ist nicht mein Freund!" brülle ich. Mein Nervenkostüm ist durch die Ereignisse der letzten Stunden ein wenig dünn geworden. „Er ist … "

Ja, was ist Rafael eigentlich? Einerseits finde ich seine Geschichte völlig lächerlich und seine Anekdoten aus dem Himmel halte ich für Hirngespinste, wenn auch sehr fantasievolle, und er geht mir tierisch auf die Nerven mit seinem Engel-Getue, aber andererseits … andererseits finde ich ihn ziemlich nett und unterhaltsam. Plötzlich muss ich daran denken, wie ich ihn vorhin auf dem Feldbett schlafend beobachtet habe. Es stimmt, erotisch finde ich ihn auch. Diese schwarzen, undurchdringlichen Augen und diese behaarten Unterarme, die aussehen, als könnten sie wirklich kräftig zupacken … und mit *dem* Arsch könnte er auch Nüsse knacken. Jedenfalls würde ich ihn nicht von der Bettkante schubsen, wenn sich die Gelegenheit bieten würde und wenn er kein … Engel wäre.

„Können Engel eigentlich Sex haben?" rutscht es mir heraus und im nächsten Moment merke ich, wie ich knallrot werde.

Lars fängt an zu lachen. „Daher weht der Wind!" sagt er feixend. „Du willst mit ihm in die Kiste!"

„Ich dachte immer, Engel sind irgendwie geschlechtslos", wirft Patrick ein. „Ihr wisst schon, weder Männlein noch Weiblein!"

„Also, auf Rafael trifft das jedenfalls nicht zu", erwidere ich noch immer mit rotem Kopf. „Unter der Bettdecke konnte man schon so eine Wölbung erkennen. Und die war nicht gerade klein."

Lars biegt sich vor Lachen, und auch Anja und Patrick müssen grinsen. „Ich finde das super", sagt Lars, als er sich ein wenig beruhigt hat. „Wenn meine Großmutter das nächste Mal anruft und fragt, ob ich regelmäßig zur Beichte gehe, dann kann ich ihr wenigstens sagen, dass es nicht so schlimm ist, wenn ich es nicht tue, weil mein Mitbewohner zurzeit einen besonders guten Draht nach oben hat. Er treibt es mit einem Engel und legt bestimmt ein gutes Wort für mich ein!" Es folgt eine neue Lachsalve und Lars bekommt einen Schluckauf. Heute scheint sich jeder auf meine Kosten zu amüsieren.

„Halt's Maul", sage ich und werfe ihm einen warnenden Blick zu. Lars bewegt sich auf dünnem Eis bei diesem Thema; er und ich haben unvereinbare Ansichten, was die Bedeutung von Bettgeschichten angeht.

Anja räuspert sich. „Also, ich gehe jetzt schlafen", erklärt sie. „Ich bin hundemüde. Außerdem können wir heute sowieso nichts klären."

„Vielleicht bilden wir uns das ja auch alles nur ein", sagt Patrick. „So eine Art kollektiver Traum, aus dem wir morgen früh erwachen und an den sich dann keiner mehr erinnern kann!"

„Eher ein kollektiver Albtraum", murmele ich, aber ich schließe mich den anderen an und gehe zurück in mein Zimmer.

„Und lass die Hände über der Bettdecke", ruft Lars mir anzüglich nach. Als Antwort knalle ich die Tür hinter mir zu. Aber er hat Recht. Es fällt mir ziemlich schwer, meine Gedanken bei mir zu behalten, und es dauert lange, bis ich endlich eingeschlafen bin. Ich habe die dunkle Vorahnung, dass mein Leben in nächster Zeit ein wenig komplizierter werden wird.

Finn zieht sich aus und legt sich nackt in die leere Badewanne. Er zuckt zusammen, als seine Haut das kalte Porzellan berührt, und ein Schauer jagt über seinen Körper. Eine Kerze, die er auf den Toilettendeckel gestellt hat, ist die einzige Lichtquelle im Raum und wirft Schatten an die Wand. Finn bemerkt, dass die Armaturen schmutzig sind. Eingetrocknete Wassertropfen und Seifenreste haben einen Schmierfilm und Kalkränder auf dem ehemals glänzenden Metall hinterlassen. Unentschlossen und mit einer fahrigen Geste wischt er mit seinem Finger über den Wasserhahn. Der Schmutz bleibt.

Finn seufzt und dreht langsam das heiße Wasser auf. Sein rechtes Handgelenk schmerzt, über zwei Stunden hat er gebraucht, um einen Brief an Marco zu schreiben. Wieder und wieder hat er angefangen, einen Bogen nach dem anderen zerknüllt, weil ihm eine Formulierung nicht gefiel oder weil er nicht wusste, wie er anfangen soll. Schriftlich kann er sich schlecht ausdrücken; lieber würde er ihm sagen, was er denkt. Aber Marco weigert sich ja, mit ihm zu reden. Zum Schluss waren sein Schreibtisch und der Boden übersät mit zerknitterten Papierkugeln, und alles, was er auf den letzten Briefbogen geschrieben hatte, war: „Lieber Marco, es tut mir Leid. Bitte, glaub mir." Frustriert hat Finn die armselige Zeile angestarrt und darüber nachgegrübelt, wieso es ihm nicht gelang, seine Gefühle in eine überzeugende Schriftform zu verpacken. Dabei hatte er so viel zu sagen gehabt, aber aneinander gereihte Buchstaben auf einem weißen Blatt schienen dem, was er empfand, nicht gerecht zu werden. Trotzdem hatte er den Brief in ein Kuvert gesteckt, adressiert und mit einer Briefmarke beklebt. Dann war er auf sein Fahrrad gestiegen und hatte die Abkürzung über den kleinen Feldweg genommen, dessen Ränder im Sommer mit Mohnblüten überwuchert sind. Doch kurz vor dem Postkasten am Dorfrand hatte ihn sein Mut verlassen und er hatte den Brief zerrissen und die Schnipsel in den Wind geworfen.

Das Badewasser hüllt mittlerweile Finns Waden ein und leckt an seinen Oberschenkeln. Finn reguliert die Temperatur und lässt noch mehr Wasser einlaufen. Dann greift er hinter sich und angelt nach einer Flasche mit Badezusatz. Die ölige Flüssigkeit färbt das Wasser hellblau und lässt vereinzelte Schaumkronen entstehen, die sich höher und höher türmen, wie kleine, vulkanische Inseln in einem tropischen Ozean. Finn schließt die Augen und stellt sich vor, er läge in der sanften Brandung eines Karibikstrandes. Wenn er sich Mühe gibt, kann er sogar die leisen Wellenbewegungen hören, ein beruhigendes Plätschern, das seine Angst im Zaum hält. Die Illusion ist so perfekt, dass er glaubt, ein Schwarm Fische streifte seinen Oberarm, aber es ist nur der Badeschwamm.

Finn lehnt sich zurück und genießt die wohlige Wärme, die ihm jetzt bis über die Schultern reicht. Fast schwerelos kann er sich unter Wasser machen und für ein paar Augenblicke die Leichtigkeit zurückholen, die er vermisst, seit Marco ihn aus seinem Leben geworfen hat. Er bläst in die Schauminseln und beobachtet, wie kleine, weiße Wolken aus Seifenlauge durch das Bad schweben, auf der Badematte und dem Rasierzeug landen und feuchte Flecken hinterlassen, wenn sie sich in nichts auflösen.

Für ein paar Minuten konzentriert sich Finn ganz auf seine Atmung. Ein Trick, den er vor Jahren einmal in einem Yogakurs gelernt hat. Er lässt seine Gedanken los und lenkt seine ganze Aufmerksamkeit auf die Luft, die bei jedem Atemzug durch seine Lungen strömt. Angeblich werden Körper und Seele dadurch eins. Finn hat nie begriffen, was das bedeuten soll, aber er hat festgestellt, dass die Atemübungen ihm in Krisensituationen helfen, ruhiger zu werden und den Blick auf das Wesentliche nicht zu verlieren. Was aber, wenn es dafür zu spät ist? Wenn er das Wesentliche schon verloren hat? Worauf soll er seinen Blick dann richten? Finn kramt in seiner Erinnerung nach einem passenden Mantra, ein paar Worten, die ihm helfen, Stärke und Gleichmut zu finden. Wie gerne hätte er ein starkes Herz! Aber es nützt nichts, immer wieder drängt sich Marcos Gesicht in seine Bemühungen und spukt wie ein Geist in seinem Kopf herum.

Schließlich gibt Finn auf. Er hat genug von seinem Selbstmitleid. Entschlossen setzt er sich auf, massiert sich Shampoo in die Haare und spült es anschließend mit klarem Wasser ab. Schon fühlt er sich besser.

Dann greift er zu der Rasierklinge, die er vorher auf den Rand der Badewanne gelegt hat, hält seinen linken Arm unter Wasser und schneidet sich mit zwei raschen Schnitten die Pulsadern auf. Der erste Schnitt fühlt sich an wie der Biss eines Piranhas, der zweite tut nicht mehr weh. Für einen kurzen, irritierenden Augenblick hat Finn das Gefühl, nicht allein im Raum zu sein, als beobachte ihn jemand und missbillige seine Handlung. Er ist versucht, sich umzublicken, aber er wird träge und müde. Nach einiger Zeit rutscht er mit seinem Kopf unter die Wasseroberfläche.

Sein Blut vermischt sich mit dem Blau des Ozeans und färbt das Badewasser violett.

Mitten in der Nacht wache ich auf. Im Schlaf habe ich mich frei gestrampelt, meine Bettdecke und mein Kopfkissen liegen auf dem Boden. Ich habe schlecht geträumt.

Etwas treibt mich erneut in Rafaels Zimmer. Ich will ihm nur beim Schlafen zusehen, vielleicht überträgt sich etwas von der Ruhe, die er ausstrahlt, auf mich. Mein Herz pocht wild, als ich so leise wie möglich die Tür zwischen unseren Zimmern ein weiteres Mal in dieser Nacht öffne. Doch Rafael schläft nicht mehr. Er steht am Fenster, den nackten Körper in ein Betttuch gehüllt, und beobachtet die Sterne. In Gedanken scheint er ganz weit weg zu sein. Mein Kommen registriert er nur mit einer kleinen Kopfbewegung. Ich stelle mich neben ihn und schaue in die Nacht.

„Warum tust du das?" fragt Rafael plötzlich und seine Stimme klingt vorwurfsvoll.

Ich sehe ihn überrascht an.

„Deine Träume", sagt Rafael. „Sie sind voller Rachsucht."

„Ich kann mein Unterbewusstsein nicht kontrollieren", erkläre ich trotzig. „Außerdem hat er es verdient." Die Träume mit Finn haben begonnen, kurz nachdem wir uns getrennt hatten. Ich habe sie fast jede Nacht und manchmal sogar mitten am Tag. Aber woher weiß Rafael davon?

Rafael seufzt und wir schweigen. „Siehst du den kleinen, hellen Punkt dort oben?" fragt er und zeigt auf einen Stern direkt vor uns.

Ich nicke wortlos.

„Er ist so wunderschön", seufzt Rafael.

„Ist das der Ort, wo du herkommst?" frage ich leise.

Rafael schnaubt belustigt auf. „Nein, Marco. Ich bin ein Engel, kein *Alien*. Mein Zuhause ist kein bestimmter Ort, sondern all das hier." Mit einer vagen Handbewegung umfasst er das gesamte Firmament.

„Du hast Heimweh", stelle ich erstaunt fest.

„Ja", sagt Rafael einfach und ich schweige bedrückt, denn womit kann ich einen traurigen Engel trösten?

„Bist du wirklich ein Engel?" frage ich schließlich.

„Manche Dinge", sagt Rafael ruhig, „sind wahr – ob man daran glaubt oder nicht." Um uns herum ist plötzlich alles ganz still.

„Warum bist du hier?" frage ich weiter und lege die Arme um meine Schultern. Die Kälte der Nacht durchdringt langsam meinen Schlafanzug.

„Um dir zu helfen."

„Brauche ich denn deine Hilfe?" frage ich, und meine Stimme hört sich unsicher und verängstigt an.

„Ja", antwortet Rafael ernst. „Und das nicht zum ersten Mal." Dann huscht ein kleines Lächeln über sein Gesicht und er wuschelt mir freundschaftlich durch die Haare. „Geh schlafen, Marco. Wir werden morgen darüber reden. Morgen ist ein neuer, aufregender Tag."

Noch bevor ich darüber nachdenken kann, was Rafael mit dieser Bemerkung gemeint haben könnte, liege ich wieder im Bett und bin eingeschlafen, sobald mein Kopf das Kissen berührt hat. Diesmal träume ich nicht.

2. Tierisch rechtsradikal

Am nächsten Morgen wache ich auf, als jemand an meine Zimmertür hämmert. Panisch schaue ich auf den Wecker, aber es ist erst kurz nach acht. Ich wanke schlaftrunken aus dem Bett, stoße mir dabei auch noch den Fuß am Bettpfosten und öffne fluchend die Zimmertür.

„Was ist?" fahre ich Anja an, die mit einem pompösen Gesichtsausdruck im Türrahmen steht. „Weißt du eigentlich, wie früh es ist?"

„Danke, ich habe auch gut geschlafen", erklärt sie beleidigt. Dann fügt sie kühl hinzu: „Draußen stehen die Bullen, und sie haben Rafael dabei. Ich dachte, es würde dich vielleicht interessieren!"

„Was?" Ich stürze in die Rumpelkammer. Die Laken sind zerwühlt, aber das Bett ist leer.

Vom Stuhl schnappe ich mir eine Jogginghose und ein T-Shirt, springe in die Klamotten und laufe zur Wohnungstür, wo tatsächlich zwei Polizisten warten und argwöhnisch Rafael im Auge behalten, der zwischen ihnen steht und aussieht, als könnte er kein Wässerchen trüben.

„Morgen", sagt einer der Polizisten und tippt sich an die Mütze. „Sind Sie Marco Hollweger?"

„Ja", sage ich zögernd. Was um alles in der Welt hat Rafael bloß ausgefressen?

„Und dieser Herr", er deutet auf Rafael, „gehört zu Ihnen?"

Ich habe plötzlich einen ganz trockenen Mund. „Er … er ist zu Besuch bei mir. Er ist ein Freund … aus Italien", lüge ich. Es ist das Erste und Einzige, was mir im Moment einfällt.

„Und wie heißt er?“ fragt der Polizist weiter. „Er wollte uns nämlich nur seinen Vornamen und Ihre Adresse verraten. Fast hätten wir ihn mit auf die Wache genommen.“

Hilflos sehe ich Rafael an und überlege krampfhaft, welche italienischen Nachnamen ich kenne. „Caravaggio“, bringe ich schließlich heraus. „Rafael Caravaggio.“

Anja hält sich die Hand vor den Mund und versucht verzweifelt, nicht loszuprusten.

„Und wieso spricht er so gut Deutsch, wenn er Italiener ist?“ fragt der Beamte misstrauisch.

„Er … er stammt aus Südtirol“, sage ich schnell und habe das Gefühl, mich um Kopf und Kragen zu reden. Rafael zieht die Augenbrauen hoch und grinst.

„Was wird ihm denn vorgeworfen?“ mischt sich Anja ein.

„Er hat die öffentliche Ordnung gestört. Um genau zu sein, er hat die Frühmesse im Dom unterbrochen und den Pfarrer daran gehindert, die Hostien zu verteilen.“

„Wie bitte?“ frage ich entgeistert.

„Herr Caravaggio hat nach Angaben von Zeugen während der Messe den Pfarrer beiseite geschubst und behauptet, dass …“, der zweite Polizist zieht einen Notizblock zurate, „dass die Kirche zu viel Wert auf Symbolismus lege und doch niemand im Ernst daran glauben könne, mit der Hostie ein Stück vom Leib Jesu Christi zu essen. Das sei Kannibalismus. So habe es der Sohn Gottes nie gemeint. Der Priester hat fast einen Herzinfarkt erlitten und ein paar ältere Damen waren nahe daran, in Ohnmacht zu fallen.“

„Oh … äh … wissen Sie, Rafael ist evangelisch“, stottere ich. „Das sind ja im Grunde noch Ketzer. Sie wissen schon, damals die Sache mit Luther. Die sind in Glaubenssachen doch sehr liberal.“

„Evangelisch?“ erwidert der andere Polizist zweifelnd. „Ich dachte, in Italien sind alle Leute katholisch.“

„Ja, aber nicht in Südtirol. Jedenfalls nicht im protestantischen Teil." Ich habe keine Ahnung, wovon ich rede. Eigentlich weiß ich nicht mal genau, wo Südtirol liegt, geschweige denn, ob es dort eine protestantische Enklave gibt.

Der Polizeibeamte seufzt. Er hat offensichtlich keine Lust, am frühen Morgen und noch dazu in der Vorweihnachtszeit in eine Diskussion über Glaubensfragen hineingezogen zu werden. „Also schön", sagt er skeptisch und sieht seinen Kollegen abwartend an, bis dieser zustimmend nickt. „Ihr Freund kommt mit einem Verwarngeld von sechzig Euro davon. Ob die Kirche noch andere Schritte gegen ihn einleitet, bleibt abzuwarten. Und von mir persönlich erhält er den Rat, sich während seines restlichen Besuchs vom Dom fernzuhalten! Ist das klar?"

Ich nicke so lange eifrig, bis auch Rafael sich zu einem gequälten „Ja" durchringt. Der Polizist füllt einen Bußgeldbescheid aus und drückt ihn Rafael in die Hand. Dann verabschieden sich die Beamten und verschwinden kopfschüttelnd im Treppenhaus.

Wir zerren Rafael in die Wohnung. Anja lässt sich auf einen Küchenstuhl fallen und brüllt vor Lachen. „Das war wirklich eine filmreife Nummer, Marco", japst sie, als sie sich beruhigt hat, „Rafael Caravaggio, ein Italiener aus dem protestantischen Teil Südtirols! So was Bescheuertes habe ich noch nie gehört! Und die Bullen haben es auch noch geglaubt!" Noch immer kichernd schleppt sie sich zur Kaffeemaschine. „Eigentlich könnte ich jetzt einen Cognac vertragen, aber in Anbetracht der Uhrzeit setze ich lieber mal Kaffee auf. Noch jemand?"

„Ja, gerne. Mit Milch und Zucker und einem Spekulatius", erwidert Rafael und bringt damit bei mir das Fass zum Überlaufen.

„Du!" schreie ich ihn an. „Hast du eigentlich noch alle Tassen im Schrank? Das Bett leer, die Laken zerwühlt und nirgendwo eine Nachricht!" Eine leise Stimme in meinem Hinterkopf sagt mir, dass ich mich mal wieder wie ein gehörnter Liebhaber anhöre und gerade lächerlich mache, denn anders als bei Finn habe ich gegenüber Rafael schließlich keine Besitzansprüche. „Wieso rennst du mitten in der Nacht in den Dom?" frage ich und zwinge mich, etwas ruhiger zu werden. „Hättest du nicht Bescheid sagen können?"

„Ich wollte den Tag mit einer Lobpreisung Gottes beginnen. So, wie ich es immer tue", sagt Rafael. „Der Dom schien mir der geeignete Ort zu sein."

„Lobpreisen? Wozu? Ich dachte, du wärst verbannt worden", wirft Anja ein.

Rafael zuckt mit den Schultern. „Gott ist Gott. Er mag manchmal ein wenig unbeherrscht sein, aber er ist immer noch der Schöpfer und mein oberster Dienstherr."

Anja sieht Rafael nachdenklich an. „Du glaubst wirklich, was du sagst, oder? Du glaubst wirklich, dass du ein Engel bist!"

„Ich *bin* ein Engel!" betont Rafael und zündet sich genüsslich eine der Zigaretten an, die Patrick letzte Nacht auf dem Küchentisch hat liegen lassen. „Übrigens, da wir schon dabei sind: Die korrekte Bezeichnung ist Erzengel. Das ist noch eine Stufe drüber, quasi der gehobene Dienst. So viel Zeit muss sein."

„Und wieso musstest du die Frühmesse sprengen und den Leuten deine persönliche Auffassung vom richtigen Glauben unter die Nase reiben, Erzengel?" frage ich sarkastisch. „Hättest du nicht einfach in einer Kirchenbank Platz nehmen, deine Lobpreisungen hinter dich bringen und wieder gehen können?"

„Das ist nicht nur meine persönliche Auffassung", verteidigt sich Rafael. „Es ist die Wahrheit! Jesus war jahrhundertelang ziemlich sauer auf die Evangelisten, weil sie ihm beim letzten Abendmahl Worte in den Mund gelegt haben, die er so nie gesagt hat. Er hat sogar einen Untersuchungsausschuss beantragt, aber das Ganze ist dann im Sande verlaufen, weil die ersten Christenverfolgungen unsere Aufmerksamkeit beanspruchten. So viele Märtyrer, die alle auf einmal in den Himmel wollten, und wir waren noch nicht mal fertig mit der Ausarbeitung des Aufnahmeverfahrens. Ich meine, wir waren am Anfang ja auch noch ein bisschen ungeübt." Rafael sieht mich hilfesuchend an. „Jetzt habe ich den Faden verloren", sagt er und ich verdrehe die Augen, „wo war ich stehen geblieben? Ah, ja – Abendmahl. Also, Jesus und die Jünger hatten es sich ein bisschen nett gemacht und Jesus hatte gerade Maria Magdalena weggescheucht, die schon wieder seine Füße waschen und dann mit ihren Haaren trocknen wollte – wusstet ihr, dass er furchtbar kitzelig ist unter den Fußsohlen? Und sie hatte auch nie ein Handtuch dabei ..."

„Warum sollte Maria Magdalena ein Handtuch dabei haben?" unterbricht ihn Anja verständnislos.

„Na ja, das ist doch das Mindeste, was man von einer Fußpflegerin erwarten kann, oder?" erwidert Rafael erstaunt.

Anja sieht ihn mit offenem Mund an. „Maria Magdalena war Fußpflegerin? Ich dachte, sie war eine Prostituierte!"

„Ach, Blödsinn! Sie war nur manchmal ein wenig spärlich bekleidet, aber das ist auch kein Wunder, wenn man an die Temperaturen im Gelobten Land denkt. Bei vierzig Grad im Schatten trägt man wohl kaum Pullover und Wintermantel! Darf ich jetzt meine Geschichte zu Ende erzählen? Ich hasse es, wenn mir jemand vor der Pointe ins Wort fällt", sagt Rafael unwirsch. Anja und ich nicken eingeschüchtert. „Jedenfalls gab es ziemlich viel zu trinken an dem Abend", fährt Rafael befriedigt fort. „Aber Jesus verträgt Alkohol nicht besonders gut, schon gar keinen Rotwein. Er wird dann immer ein wenig weinerlich und neigt zum Plappern. Nach dem dritten Glas hat er zu den Jüngern gesagt, dass er vielleicht nicht mehr lange bei ihnen sein wird und sie ihn nicht vergessen sollen, und nebenbei hat er Simon Petrus Wein und Brot gereicht, also eher zufällig. Und daraus haben dann die Evangelisten diesen Satz gemacht ‚Nehmt und esset alle davon, dies ist mein Leib …', und so weiter und so weiter, ihr wisst schon. Jesus hat das nie gesagt, das wäre ja auch einfach zu unappetitlich gewesen. Wer will sich schon gerne vorstellen, er könnte gerade auf dem großen Zeh von Gottes Sohn herumkauen, wenn er in ein Stück Brot beißt?"

„Und das hast du vorhin während der Messe erzählt?" frage ich.

„Nicht ganz so ausführlich, aber im Großen und Ganzen, ja. Ist der Kaffee fertig?"

„Kein Wunder, dass der Pfarrer fast einen Herzinfarkt bekommen hätte", sagt Anja, während sie Rafael eine Tasse Kaffee auf den Tisch stellt. Zu einer anderen Reaktion sind wir beide nicht fähig, zu sehr sind wir noch damit beschäftigt, diese völlig andere und doch sehr profane Sichtweise überlieferter Religionsgeschichte zu verdauen.

Alles, was Rafael sagt, klingt irgendwie logisch und gleichzeitig völlig absurd. Es könnte die Wahrheit sein oder ein gut einstudierter Schwindel. Als rationale Menschen, die im 21. Jahrhundert leben, tendieren Anja und ich natürlich eher zur zweiten Möglichkeit, und diese Überlegung bringt Anja auf eine Idee, die die Ereignisse der letzten vierundzwanzig Stunden endlich in einem plausiblen Licht erscheinen lässt.

„Jetzt weiß ich es", sagt sie aufgeregt, „das ist eine neue Staffel von *Versteckte Kamera* und du bist der Köder – der Schauspieler, der uns hereinlegen soll!" Mit den Augen sucht sie die Wände in der Küche nach Videokameras ab.

„Wie ich schon mehrfach und nachdrücklich erklärt habe", sagt Rafael und mustert Anja beleidigt, „ich bin ein Engel."

„Ja, ja", winke ich ab, „und du bist hier, um mein Leben wieder ins rechte Lot zu bringen. Wissen wir schon. Aber alles, was du bisher auf die Beine gestellt hast, ist ein Bußgeldbescheid über sechzig Euro, und den werde wahrscheinlich ich bezahlen müssen, weil du als himmlischer Bote wohl eher nicht über Bargeld oder eine Kreditkarte verfügst, stimmt's?" Rafael schlägt den Blick nieder und brummt eine Entschuldigung.

In diesem Moment geht die Küchentür auf und Lars gesellt sich zu uns. Er scheint gerade aufgewacht zu sein, denn seine Haare sind ungekämmt und seine Augen noch ganz verquollen. „Morgen zusammen", gähnt er und grinst mich an. „Na, heute früh schon mit einem Engel gepoppt?" Erst dann bemerkt er, dass auch Rafael am Küchentisch sitzt. „Oh … tut mir Leid", schiebt er schnell nach, „war nicht so gemeint."

„Steck deine Nase nicht in meine Angelegenheiten und schon gar nicht unter meine Bettdecke!" sage ich wütend. „Einmal reicht!"

Danach entsteht eine peinliche Pause, bis sich Rafael räuspert. „Ich würde gerne mal eben duschen", sagt er. „Kannst du mir zeigen, wo das Bad ist, Marco?"

„Ja, klar, kein Problem." Ich springe auf, werfe Lars einen vernichtenden Blick zu und gehe mit Rafael in den hinteren Teil der Wohnung, wo sich mein Zimmer, die Rumpelkammer und das Bad befinden.

„Du darfst Lars nicht so ernst nehmen", sage ich, während ich Rafael ein Handtuch reiche, „er redet viel Mist, wenn der Tag lang ist."

Rafael lacht leise und zieht sich das T-Shirt über den Kopf. „Mach dir deswegen keine Sorgen, Marco", sagt er. Halb ausgezogen hält er inne und sieht mich an. „Hättest du denn gerne Sex mit mir?" fragt er.

„Was? Aber nein! Wo denkst du hin!" sage ich heftig und etwas zu schnell, um überzeugend zu wirken. Ich kann meine Augen nicht von seiner nackten Brust und der Stelle unterhalb seines Bauchnabels losreißen, wo ein Strich feiner, dunkler Haare in seiner Jeans verschwindet.

„Wirklich nicht?" sagt Rafael und grinst mich verschmitzt an. Langsam, wie in Zeitlupe, öffnet er die Knöpfe seiner Jeans. Mir wird plötzlich ganz heiß und ich fange an zu schwitzen.

Ich werde von einem Engel verführt! denke ich ungläubig, während mir der Schweiß den Nacken herunterrinnt. Das nimmt mir kein Mensch ab!

Unter dem blauen Jeansstoff blitzt das Weiß von Rafaels Unterhose auf. Genau wie ich hat Rafael einen Ständer. Seine Erektion kann ich deutlich erkennen.

„Oh!" stoße ich hervor. „Im Himmel trägt man auch *Calvin Klein*?" Dann stürze ich so schnell ich kann aus dem Badezimmer.

Mein Verhältnis zu Religion, insbesondere zu angeblichen Bewohnern einer überirdischen Sphäre, war immer etwas zwiespältig. Schon als Kind kamen mir gewisse Zweifel, ob es tatsächlich einen gerechten Gott gibt, und meine Vorbehalte hat bis auf den heutigen Tag niemand zu meiner Zufriedenheit ausräumen können. Schuld an meinen Bedenken ist ein Streit, den ich als Fünfjähriger mit dem damaligen Stellvertreter Gottes auf Erden hatte: meinem Vater.

Den Mittelpunkt des gesellschaftlichen Lebens in der kleinen fränkischen Stadt, in der ich aufwuchs, bildete ohne Zweifel die katholische Kirche in der Nähe des Marktplatzes, wobei das Interesse am Gottesdienst eher sekundär war. Viel wichtiger waren der Schwatz mit den Nachbarn, der Austausch von Gerüchten und Neuigkeiten und das wöchentliche Zur-Schau-Stellen intakter Familienverhältnisse. Meine Eltern, Anhänger der 68er-Generation und schon damals auf geradem Weg, Gründungsmitglieder der Grünen zu werden, besaßen allein schon deshalb einen gewissen Paradiesvogel-Status im Dorf. Doch genau wie ihre Nachbarn hatten meine Eltern nicht viel mit Frömmigkeit im Sinn, wenn auch aus anderen Gründen. Viel lieber lasen sie nämlich sonntags morgens Zeitung oder diskutierten das Für und Wider von gewaltfreien Besetzungen der Zufahrtswege von Atomkraftwerken – wobei mein Vater schon erste Anzeichen eines gewissen Wertkonservatismus erkennen ließ, während meine Mutter den radikaleren Forderungen der Bürgerinitiativen zuneigte. Damals habe ich mir bei diesen Diskussionen nichts gedacht; im Rückblick scheint es fast so, als wären es die ersten Anzeichen gewesen, dass das Zusammenleben meiner Eltern nicht ohne größere Konflikte bleiben würde.

Trotz allem wurden meine Schwester und ich hin und wieder in die Kirche geschleppt, insbesondere zu hohen Feiertagen wie Ostern und Weihnachten. Hinweise meines Vaters auf die Gefahr einer sozialen Ächtung seiner Kinder bei Nichterscheinen wogen schwerer als das Lieblingszitat meiner Mutter, dass Religion Opium fürs Volk sei. So auch an jenem Ostersonntag.

Zu diesem Zeitpunkt besaß ich ein geringfügiges Hörproblem – ausgelöst durch die Faszination für und die falsche Anwendung von Ohrenstäbchen. Ohne ins Detail gehen zu wollen: Es dauerte eine Weile, bis ich herausfand, dass man Ohrenstäbchen benutzt, um den Dreck aus den Ohren herauszuholen, und nicht, um ihn noch weiter hineinzuschieben. Und es dauerte noch eine Weile länger, bis mein Vater zu seinem maßlosen Erstaunen bemerkte, dass meine Schwerhörigkeit auf verstopfte Gehörgänge zurückzuführen war. Fakt war jedenfalls, dass ich einige Wochen lang grundsätzlich alles, was mündlich an mich herangetragen wurde, entweder gar nicht oder komplett falsch verstand. Dazu gehörten auch einige nicht ganz unwichtige Einzelheiten während besagter Morgenmesse.

Während wir Kinder zwischen meinen Eltern in der vordersten Kirchenbank saßen und ich mit den Füßen wippte, stand der Pfarrer vor dem Altar und hielt seine Predigt. Prinzipiell war ich ein aufmerksamer Zuhörer, denn ich ließ mir immer gerne Geschichten erzählen, und die Predigten von Pfarrer Seligmann erinnerten mich an die Märchen, die mir meine Eltern vor dem Schlafengehen vorlasen. Pfarrer Seligmanns Erzählungen besaßen zusätzlich den Vorteil, dass sie für mich völlig neu waren, da ich, wie schon erwähnt, eine Kirche bisher nur selten von innen gesehen hatte.

Diese Unerfahrenheit mit Religion begrenzte allerdings auch meine Fähigkeit, die Predigten des Pfarrers und die Themen, mit denen er sich befasste, in einen größeren Rahmen einzuordnen. Ich hatte den Eindruck, dass es meist um einen etwas absonderlichen Mann namens Jesus ging, in meiner kindlichen Vorstellung eine Art fahrender Schausteller oder Artist, der damit beschäftigt gewesen war, mit einer Gruppe von Fans und Gehilfen durch das Land zu ziehen und das Volk durch kleine Zaubertricks zu amüsieren. Da hatte es zum Beispiel eine Geschichte gegeben, in der er über Wasser gelaufen war, ohne unterzugehen, er hatte mit fünf Broten 5000 Leute satt bekommen, er hatte Lahme und Kranke geheilt und sogar einen Toten wieder zum Leben erweckt. Bei der letzten Geschichte hatten sich mir allerdings die Nackenhaare gesträubt, weil sich vor meinem inneren Auge eine halb verrottete Mumie aus dem Grab erhob und sich mit weit aufgerissenen Augen und ausgestreckten Armen auf mich zubewegte.

An jenem Sonntag allerdings schien unser Pfarrer endgültig jeden Bezug zur Wirklichkeit verloren zu haben. Bevor er den Bogen zur osterüblichen Wiederauferstehungsgeschichte bekam, erzählte Seligmann etwas von Israeliten – was um alles in der Welt waren Israeliten? –, die sich merkwürdigerweise eine Hose zum Anführer auserkoren hatten und mit ihr durch die Wüste zogen, bis sie von einem brennenden Busch angesprochen wurden. Etwas so Absurdes wurde einem noch nicht einmal in den Kindersendungen im Fernsehen serviert. Unruhig rutschte ich auf der harten Kirchenbank hin und her und pulte ein bisschen in meinem angestauten Ohrenschmalz. Dann stieß ich meinen Vater mit dem Ellenbogen an.

„Was denn für eine Hose?“ zischte ich ihm zu.

Mein Vater seufzte, kratzte sich mit einer resignierten Handbewegung am Kopf, warf mir einen seiner Dieses-Kind-macht-mich-noch-wahnsinnig-Blicke zu und zischte zurück: „Mose! Nicht Hose! Der Anführer der Israeliten hieß Mose!“ Ich zog diesem Mose in Gedanken meine Hose an und gab dadurch der Geschichte marginal etwas mehr Sinn. Trotzdem passte das alles irgendwie nicht zusammen.

„Und warum redet er mit einem brennenden Busch? Ist er verrückt?“ fragte ich nach.

„Der Busch ist Schrott“, hörte ich meinen Vater antworten.

„Sag ich doch“, flüsterte ich empört, aber gleichzeitig zufrieden, dass ein Erwachsener meine Beurteilung der Predigt unseres Pfarrers teilte. „Die ganze Geschichte ist Schrott.“

„Nicht Schrott!“ brüllte mein Vater entnervt über seinen schwerhörigen Sohn. „*Gott*! Der Busch ist Gott!“ Leider fiel ihm erst in diesem Moment auf, dass er ziemlich laut geworden, Pfarrer Seligmann durch unsere Auseinandersetzung aus dem Konzept gekommen und verstummt war, und der Rest der Gemeinde unsere Unterhaltung mit hochgezogenen Augenbrauen verfolgte. Hilflos suchte mein Vater den Blickkontakt zu meiner Mutter, aber sie war damit beschäftigt, ihr Feixen und ihre zuckenden Mundwinkel hinter der vorgehaltenen Hand zu verstecken.

Pfarrer Seligmann räusperte sich. „Darf ich jetzt weitermachen?“ fragte er schließlich mit angekratzter Würde und wartete, bis mein Vater verlegen und mit rotem Kopf nickte. „Danke."

Ich beschloss, besser keine Fragen mehr zu stellen, und um gegenüber meinem Vater verlorenes Terrain wieder gutzumachen, achtete ich darauf, möglichst synchron mit den anderen Kirchenbesuchern zu knien, aufzustehen und zu setzen. Dass das besonders wichtig war in einer katholischen Kirche, hatte ich schon beim ersten Besuch der Messe begriffen. Meine Bemühungen wurden allerdings zum Abschluss des Gottesdienstes von einem weiteren Fauxpas zunichte gemacht.

Ich habe schon immer gerne und laut gesungen – auch wenn ich mich das heute nur noch unter der Dusche traue –, und als Pfarrer Seligmann alle Kirchenbesucher aufforderte aufzustehen und ein letztes Loblied auf den Herrn zu singen und allen einen schönen Sonntag wünschte, stahl sich ein zuversichtliches Lächeln über mein Gesicht. Ich wusste, dass ich über eine klare, helle Kinderstimme verfügte, auf die meine Eltern besonders stolz waren. Was machte es schon, dass ich das Lied nicht kannte und meine blöde Schwester sich weigerte, ihr Gesangsbuch mit mir zu teilen? Ich würde die Worte einfach heraushören und notfalls von den Lippen meines Vaters ablesen. Die Orgel setzte ein, die Gemeinde holte vor dem ersten Akkord tief Luft, ich hing an den Lippen meines Vaters, spitzte den Mund wie er zu einem O und sang so laut ich konnte: „Großer Klotz, wir hobeln dich …"

Rechts neben mir faltete sich plötzlich der Körper meiner Mutter auf die Kirchenbank zurück und ihrer Kehle entwich ein lang gezogenes „Hiiiii …" Ihre Augen begannen zu tränen, ihre Schultern zuckten unkontrolliert und dann hörte ich ihr überraschtes, glucksendes Lachen nach oben steigen und sich seinen Weg nach draußen bahnen. Einige Sekunden später hatte meine Mutter jegliche Contenance verloren, hing halb über die Armlehne der Bank gebeugt, klopfte sich hilflos auf die Schenkel und ergab sich lauthals ihrem Heiterkeitsanfall.

Mein Vater fand meine Fehlinterpretation seiner Lippenbewegungen allerdings nicht so komisch. Noch während ich erstaunt das Verhalten meiner Mutter beobachtete, konnte ich von der anderen Seite den Luftzug spüren, mit dem seine Hand auf meine Wange niedersauste, und dann zog er mich entschlossen am linken Ohr quer durch die Kirche, vorbei an den Gemeindemitgliedern, die mit verkniffenen Gesichtern verzweifelt versuchten, Haltung zu bewahren. Draußen vor der Kirchentür musste ich mir eine weitere Predigt anhören, diesmal jedoch über die allgemeine Undankbarkeit von Kindern, die absichtlich ihre Eltern bloßstellen, keinen Respekt haben, für die das ganze Leben scheinbar nur eine Lachnummer sei, ob ich denn wirklich wie meine Mutter enden wolle, und ich werde ja schon sehen, was ich davon hätte.

Natürlich protestierte ich energisch, weil ich mir keiner Schuld bewusst war. Schließlich hatte ich doch nur das gesungen, was alle anderen, inklusive meines Vaters, auch gesungen hatten. Zugegebenermaßen hatte ich den Text auch ein bisschen merkwürdig gefunden – mir war schon die Frage durch den Kopf gegangen, was für ein Klotz wohl gemeint war, und warum sollten wir ihn alle hobeln? –, aber woher sollte ich wissen, was in einem katholischen Gottesdienst korrekt war und was nicht? Ich war schließlich erst fünf Jahre alt. Aber mein Vater war viel zu erbost über meine vermeintliche Frechheit, um sich meine Einwände anzuhören. Das Ostereiersuchen im Garten, auf das ich mich seit dem frühen Morgen gefreut hatte, wurde als Strafe kurzerhand gestrichen und allein in die gierigen, schadenfrohen Hände meiner Schwester Sabine gelegt. Für den Rest des Tages zog ich es vor, meiner Familie aus dem Weg zu gehen, und sinnierte in meinem Zimmer über die großen und unerklärlichen Ungerechtigkeiten, die Kindern von Erwachsenen angetan wurden, und die Untätigkeit Gottes angesichts der Willkür, die mir widerfahren war.

Hätte ich damals schon geahnt, dass er mir dreißig Jahre später als eine Art Wiedergutmachung einen seiner Engel schicken würde, hätte ich mich vielleicht nicht beschwert.

Ohne anzuklopfen, kommt Rafael in mein Zimmer. Splitternackt. Während er sich die Haare mit dem Handtuch abtrocknet, starre ich an die Decke und versuche so zu tun, als wäre er gar nicht da.

„Ich habe nichts zum Anziehen!" sagt er und sieht mich erwartungsvoll an. „Ich meine, keine sauberen Sachen."

Ich deute auf eine Schublade in meinem Kleiderschrank und sehe krampfhaft an der Stelle seines Körpers vorbei, die mich momentan am meisten interessiert. Ist er groß? Ist er klein? Ist er beschnitten? Hat er rasierte Eier? Endlich traue ich mich, einen Blick zu riskieren, aber gerade in dem Moment hält Rafael, absichtlich oder nicht, das Handtuch davor.

„Links sind Unterhosen, rechts Strümpfe", erwidere ich ungnädig. „T-Shirts liegen im oberen Fach. Heißt das übrigens, dass wir während deines gesamten … Besuchs meine Klamotten miteinander teilen müssen?"

„Geben ist seliger als Nehmen", antwortet Rafael geistesabwesend, während er meine Unterhosen durchwühlt und sich für eine dunkelblaue Boxershorts entscheidet. „Du kennst doch die Geschichte vom heiligen Martin, der seinen Mantel mit einem Bettler teilt."

Ich seufze auf. Noch so eine religiöse Anspielung, und ich gehe die Wände hoch.

Erst als Rafael mit dem Ankleiden fertig ist, fällt mir auf, dass er sich zielsicher meine Lieblingssachen herausgesucht hat: eines der weißen T-Shirts, die so schmeichelhaft geschnitten sind, dass sie selbst da Brustmuskulatur vortäuschen, wo diese nur ansatzweise vorhanden ist, und meine verwaschene Jeans mit dem Loch oberhalb des Knies, das ich in mühsamer Kleinarbeit mit einer Schere hineingeschnitten habe. Da bleibt für mich nur noch die labbrige, braune Cordhose, in der ich einen Arsch wie ein Brauereipferd habe. Der Rest meiner Klamotten müsste, wie schon erwähnt, erst einmal gewaschen werden. Was mich an Rafaels Auswahl besonders wütend macht, ist, dass er in meinen Sachen auch noch besser aussieht als ich.

Rafael blickt mich erwartungsvoll an. „Ich habe Hunger!" erklärt er. „Warum lädst du mich nicht zum Frühstück ein?"

„Weil ich pleite bin!" schnauze ich meinen persönlichen Engel an. „Wenn du was essen willst, dann mach doch einfach dieses Zauberkunststück mit dem Brot wie dein Vorgesetzter. Oder schmier dir in der Küche eine Stulle!"

Rafael zieht missbilligend die Augenbrauen hoch. „Die ‚Zauberkunststücke', wie du die Wunder Gottes nennst, sind eben genau das: Wunder Gottes. Damit meine ich, dass sie ausschließlich der Chefetage vorbehalten sind. Die himmlischen Heerscharen, zu denen auch die Engel gehören, bewirken die guten Taten, die in ihren Zuständigkeitsbereich fallen, eher indirekt."

„Was soll denn das schon wieder heißen?"

„Das wirst du schon noch sehen", erwidert Rafael zweideutig. Er mustert plötzlich intensiv seine Fingernägel und setzt einen unschuldigen Gesichtsausdruck auf. „Was deinen angeblichen Geldmangel angeht … sind da nicht noch fünfzig Euro in einem Briefumschlag unter dem Hamsterkäfig?"

„Woher weißt du das?" frage ich entgeistert und wehre dann empört ab. „Kommt überhaupt nicht in Frage! Das ist meine Notration! Mein Sparstrumpf für schlechte Zeiten!" Das ist zwar nur eine billige Ausrede, denn mit so einem kleinen Sparstrumpf könnte ich mir maximal eine Übernachtung in einer heruntergekommenen Pension leisten, aber ich sehe einfach nicht ein, warum ich Rafael freie Hand geben soll, mein sauer verdientes Geld zu verjubeln.

„Ich nehme auch nicht das teuerste Frühstück!" sagt Rafael beruhigend.

„Na schön", gebe ich nach und knie mich auf den Boden, um das Geld, das Fridolin XIV. mit seinem kleinen Hamsterhintern bewacht, unter dem Käfig hervorzuziehen. „Aber ich entscheide, wo wir frühstücken!"

Rafael hebt abwehrend die Hände und nickt.

Zusammen gehen wir in die Küche, wo ich meinen Hausschlüssel vom Esstisch klaube. Lars sitzt immer noch auf seinem Platz und glotzt müde in seine Kaffeetasse.

„Was machst du noch hier?" frage ich erstaunt, obwohl ich weiterhin sauer auf seine anzügliche Bemerkung von eben bin. Ich finde es schon schwierig genug, mit Lars normal zu reden. „Musst du heute nicht arbeiten?"

Lars schüttelt den Kopf. „Heute ist die Weihnachtsfeier der Abteilung. Ich hab mich krank gemeldet."

„Warum? Weihnachtsfeiern können doch ganz nett sein."

Lars verzieht sein Gesicht. „Aber nicht bei uns. Unser Chef hat das Ganze mit einem Betriebsausflug kombiniert. Ein Spaziergang durch das verschneite Moselgebiet und anschließend Rast auf einer unbeheizten, zugigen Festung, mit Ritterspielen und mittelalterlichem Festgelage. Du weißt schon … klampfende Minnesänger, die so tun, als wären sie direkte Nachkömmlinge von Walther von der Vogelweide, gebratene Wildschweinköpfe mit einem Apfel in der Schnauze und billiger Fusel, der als Met verkauft wird. Und hinterher hat man immer die Sekretärin des Chefs auf dem Schoß sitzen. Nein, danke. Und wo geht ihr hin?"

„Ins *Bohnencafé*. Rafael will frühstücken. Dann kann ich ihm auch gleich mal zeigen, wo ich jobbe."

„Komm doch mit", sagt Rafael unerwartet und lächelt Lars an. Fast könnte man es als Friedensangebot interpretieren.

„Nee, lass mal", wehrt Lars ab und ich atme erleichtert auf, „ich schmeiß mich lieber noch 'ne Runde ins Bett. Wenn ich schon blaumache, dann will ich auch was davon haben." Er gähnt, kratzt sich ausgiebig am Sack und schlurft in sein Zimmer zurück.

Finn fährt auf den Vorplatz der Tankstelle und parkt neben einer Zapfsäule. Der Weg, den er vor sich hat, ist weit, und er braucht einen gut gefüllten Tank. Er ist der einzige Kunde. So früh am Morgen sind die Bauern in den Ställen oder auf den Feldern und die Frauen kümmern sich um Haushalt und Kinder. Laufkundschaft verirrt sich nur selten hierher, die Abgeschiedenheit der Landschaft hat Finn ja gerade auf die Idee gebracht. Die Wahrscheinlichkeit, dass ihn jemand von seinem Plan abhalten könnte, ist hier sehr gering.

Ein Angestellter mit einem blauen Overall kommt aus einem Schuppen auf ihn zu, wischt sich die Finger an einem Lappen sauber und bietet ihm an, die verdreckte Windschutzscheibe zu putzen und den Ölstand zu prüfen. Finn schüttelt den Kopf, aber er murmelt ein Dankeschön, weil er weiß, dass ein solcher Service nicht selbstverständlich ist. Der Tankwart beäugt Finns Auto kritisch, sagt: „Der Reifendruck müsste auch mal geprüft werden" und sieht ihn abwartend an.

„Nur volltanken bitte", antwortet Finn. Verstohlen mustert er den jungen Mann. Schmale Hüften und ausladende Schultern wie bei einem Leistungsschwimmer; auf dem Oberarm befindet sich eine Tätowierung – eins von diesen *Tribal Tattoos*, die jetzt sogar schon Kassiererinnen im Supermarkt tragen. Nur das Gesicht gefällt Finn nicht. Es ist nichts sagend, unbeschrieben, als wartete sein Besitzer noch darauf, dass die Zeit ihm ein paar Konturen aufdrückt.

„War's das?" fragt der Mann knapp, verschließt Finns Tankdeckel und hängt den Zapfstutzen an die Säule. Er sieht keinen Grund, übermäßig freundlich zu sein. Mit diesem Kunden kann er kein zusätzliches Geschäft machen. Finn nickt und folgt dem Overall in den Schuppen. Auf dem Tresen dudelt ein Radio leise Schlagermusik und der Tankwart murmelt missmutig: „Scheiß-Schnulzensender." Finn bezahlt das Benzin mit Kreditkarte und kauft noch einen Schokoriegel. Wozu, weiß er selbst nicht, er hat nicht vor, ihn zu essen.

„Wiedersehen", murmelt er, aber der Tankwart beachtet ihn schon nicht mehr.

Finn steigt in seinen Wagen und biegt auf die schmale, zweispurige Landstraße. Niemand kommt ihm entgegen. Die Landschaft um ihn herum ist trostlos winterlich. Bäume, die ihre schwarzen, kahlen Äste wie nach einem Feuer in die Höhe recken; braune, brachliegende Felder und ein grauer, nebelverhangener Himmel. Dampf steigt aus den Schornsteinen der Häuser, die er hin und wieder am Straßenrand passiert. Finn überlegt, ob er nicht einfach seine Absichten ändern und ins Rheinland fahren soll, ganz spontan. In ein paar Stunden wäre er da. Er könnte vor Marcos Wohnung halten, Sturm klingeln, die Treppe hinaufhetzen und ihn dann keuchend und außer Atem auf Knien um Verzeihung bitten. Er könnte alle Schuld auf sich nehmen, auf keinen Fall dürfte er Marco vorwerfen, ebenfalls Fehler begangen zu haben – so wie beim letzten Mal. Ob Finn damit Recht hat oder nicht, spielt keine Rolle, Hauptsache, er bekommt Marco wieder.

Er verscheucht den Gedanken unwirsch. Marco wird ihm niemals verzeihen. Und eine weitere Demütigung erträgt er, Finn, nicht. Marcos Worte haben ihn zu tief verletzt.

Während seine Augen auf die Landstraße gerichtet sind, kramt Finn im Handschuhfach nach Musik, die zu seiner Stimmung passt. Dann hat er plötzlich eine CD von *Abba* in den Fingern, die er eigentlich gar nicht hören will. Sie erinnert ihn zu sehr an Marco, der ein fanatischer Fan der schwedischen Popgruppe ist und jeden Ton mitsingen kann, den die vier je veröffentlicht haben. Der Gedanke an Marco versetzt Finn einen Stich und er schließt für einen Moment die Augen. Kurz darauf klingt Agnethas traurige, anklagende Stimme durch den Innenraum des Wagens.

I don't wanna talk about the things we've gone through
Though it's hurting me, now it's history
I've played all my cards and that's what you've done, too
Nothing more to say, no more ace to play
The winner takes it all ...

Finn wischt verärgert eine unerwartete Träne aus dem Augenwinkel und unterbricht die Musik. Blöde Heulboje. Billiges Gedudel, viel zu pathetisch und überholt. In einige Dinge kann man sich auch hineinsteigern.

Endlich hat Finn die Stelle gefunden. Vor ihm, direkt neben der Straße und etwas abschüssig gelegen, taucht ein Wasserspeicher aus schmutzigem Beton auf, ein monströses Bauwerk, übrig geblieben aus den fünfziger Jahren, mit wilden Graffiti beschmiert und seit Ewigkeiten unbenutzt. Ideal für das, was er vorhat. Finn löst den Sicherheitsgurt und schaut vorsichtshalber in den Rückspiegel, ob auch hinter ihm kein Auto zu sehen ist. Doch anstelle eines leeren Horizonts sieht er plötzlich einen fremden Mann mit dunklen Haaren und Grübchen auf den Wangen auf seiner Rückbank sitzen. Er trägt ein T-Shirt mit einem verwaschenen, unleserlichen Aufdruck. Finn erschrickt fast zu Tode. Sein Puls rast. Er sieht, wie der Mann sanft den Kopf schüttelt, als wollte er ihn von seinem Vorhaben abbringen. Finn tritt hart auf die Bremse und bringt das Auto mit quietschenden Reifen zum Stehen. Zitternd klammert er seine Finger um das Lenkrad und blinzelt erneut in den Rückspiegel. Der Mann ist verschwunden. Mit klopfendem Herzen dreht sich Finn zur Rückbank. Aber es ist wirklich niemand da, nur der Schokoriegel liegt auf dem Polster, wo er ihn vorhin achtlos hingeworfen hatte. Seine Nerven müssen ihm einen Streich gespielt haben.

Finn atmet tief durch. Er denkt nicht daran, es nicht zu tun. Sein Entschluss steht fest. Entschieden drückt er die Verriegelung an der Fahrertür herunter und gibt Vollgas. Als er auf der Höhe des Wasserspeichers angekommen ist, reißt er das Steuer scharf nach rechts und rast mit hundert Stundenkilometern auf den Betonklotz zu.

Der Aufprall des vollgetankten Wagens verursacht einen Feuerball, der noch in fünf Kilometern Entfernung zu sehen ist.

Ich schrecke verstört aus meinem Tagtraum hoch und starre Rafael ungläubig an. „Du hast dich eingemischt! Was fällt dir ein?" Zum ersten Mal bin ich richtig wütend auf meinen Begleiter. Ich fühle mich missbraucht und es ist mir unheimlich, wie viel Macht Rafael besitzt. Wenigstens in Gedanken möchte ich tun und lassen können, was ich will.

„Ich werde damit nicht aufhören", erwidert Rafael kurz angebunden. Wir sind auf dem Weg zu unserem Frühstück und er kickt einen Kieselstein vom Bürgersteig. „Was du tust, ist falsch." Anscheinend ist er ebenfalls sauer.

„Aber es ist doch nur eine Fantasie", maule ich.

„Das spielt keine Rolle. So etwas macht man einfach nicht. Es ist moralisch verwerflich und zudem ungesund. Und es hilft keinem von euch weiter."

Mir schon, denke ich trotzig. Es befreit mich. Und Finn schadet es nicht, es ist ja nicht real. Trotzdem sage ich vorsichtshalber nichts mehr, aber ich gebe nur äußerlich klein bei.

„Außerdem verstößt es gegen die zehn Gebote", schiebt Rafael nach. „Genauer gesagt, gegen Gebot 5 a."

Ich sehe Rafael verdutzt an. „5 a? Kenne ich nicht!"

„Das ... äh ... sind die Ergänzungen, die ein bisschen in Vergessenheit geraten sind." Der Engel nuschelt ein wenig und ich habe Schwierigkeiten, ihn zu verstehen.

„Ergänzungen?"

„Na ja", erklärt Rafael widerstrebend, „versetz dich mal in die Lage von Gott, als er Moses die zehn Gebote verkündet."

„Kein Problem", sage ich ironisch. „Ist ja nicht so schwer. Außerdem bin ich inzwischen Fachmann bei diesem Thema."

Aber Rafael lässt sich nicht aus dem Konzept bringen. „Stell dir vor: Palästina, im Jahre 1257 vor Christi Geburt."

„War es Frühling oder Herbst?" Ich kann es mir einfach nicht verkneifen.

„Sehr witzig, Marco! Also, der Allmächtige sieht sich vor allem vor ein überragendes Hindernis gestellt: Der Glaube an sich ist unendlich komplex, es gibt verdammt viele Verbote und Richtlinien zu beachten, aber Moses und sein Volk befinden sich mitten in der Wüste und niemand hat etwas zu schreiben dabei. Das Einzige, was zur Übermittlung von Gottes Wünschen in bleibender Form in Frage kommt, ist eine mickrige Steinplatte, auf die man nur das Wichtigste in kurzen, prägnanten Befehlen einmeißeln kann. Die zehn Gebote. Den Rest seiner Wünsche teilt Gott Moses notgedrungen also mündlich mit, weil sie nicht mehr auf die Steinplatte passen, und hofft, dass Moses sie später aufschreibt. Aber der ist leider nicht der Hellste ..."

„Wieso?" unterbreche ich.

Rafael sieht mich irritiert an. „Lass es mich so formulieren: ein Waisenkind mit Migrationshintergrund, aufgezogen in der bildungsfernen Unterschicht ..."

„Ach, ich dachte, er sei von der Familie des Pharaos aufgezogen worden?" erwidere ich erstaunt und erinnere mich vage an einen *Disney*-Film, den ich mal gesehen habe.

„Falsch. Von einer hebräischen Amme. Wir haben es so eingefädelt, dass es seine leibliche Mutter war", korrigiert mich Rafael gereizt. „Zweites Buch Mose 2.2-10. Willst du wirklich mit mir über Bibelgeschichte diskutieren?"

„Entschuldigung."

„Jedenfalls", fährt Rafael verstimmt fort, „ist Moses viel zu beschäftigt damit, sein Volk ins Gelobte Land zu führen, und vergisst das ‚Kleingedruckte' im Laufe der Zeit. Was letztendlich dazu führt, dass euer heutiger Glaube nur auf Bruchstücken von Gottes Worten basiert. Er hat viel mehr zu sagen gehabt. Viel mehr!" Rafael sieht mich triumphierend an. „Was uns wieder zu Gebot 5 a bringt!"

„Ich kann es kaum erwarten", sage ich trocken.

„5 a führt logischerweise Gebot Nummer 5 ‚Du sollst nicht töten!' weiter aus", doziert Rafael. „Sozusagen ein Unterpunkt. Es legt ausdrücklich fest, dass man diesbezüglich auch seine Gedanken im Zaum halten soll, denn meist ist es vom Wunschdenken nur ein kleiner Schritt bis zur Tat."

„Gott verbietet den Menschen also das Denken?" schnaube ich empört. „Gut, dass man diese Regel nicht überliefert hat. Mit so einer Einstellung wäre die Menschheit heute noch in der Steinzeit!"

„Die Menschen sind von Gott geschaffen worden. Er kann ihnen vorschreiben, was er will!" widerspricht Rafael.

Das wollen wir doch mal sehen! Ich jedenfalls werde mir nicht diktieren lassen, was in meinem Kopf vor sich zu gehen hat und was nicht! denke ich und gehe ein paar Schritte schneller, um die unsinnige Diskussion zu beenden. Zum Glück sind wir in diesem Moment an unserem Ziel angelangt.

Das *Bohnencafé*, in dem ich aushilfsweise kellnere, liegt nur zwei Straßen entfernt an einem kleinen Park, was den Vorteil hat, dass im Sommer Außengastronomie möglich ist und eine weitere Einnahmequelle bietet. Wir stellen dann zusätzliche Tische und Stühle nach draußen, hängen ein paar Lampions und einen Mückentoaster in die angrenzenden Bäume und leben neben unserer Stammkundschaft von nichtsnutzigen, Steuergelder verprassenden Studenten, die sich an den lauen Abenden lieber vor ein Kölsch als vor eine schriftliche Hausarbeit setzen. Anja ist dann auch häufig da.

Das Konzept des Cafés ist etwas außergewöhnlich und hat sicherlich mit dazu beigetragen, dass der Laden brummt. Innen wird man von einer riesigen Chromtheke mitten im Raum empfangen, was es den Gästen ermöglicht, dem Personal bei der Arbeit zuzusehen. Nicht immer besonders angenehm für die Mitarbeiter – ich erinnere mich nur ungern an den Tag, an dem ich mit den Fingern in der Cappuccinomaschine stecken geblieben bin, mir die Hände verbrüht habe und einer der Gäste vor Lachen vom Hocker gefallen ist –, aber sehr beliebt bei den Kunden. Die Decke ist komplett verglast, sodass man bei Sonnenschein in einem Licht durchfluteten Raum sitzt und bei Regen beobachten kann, wie das Wasser auf das Glasdach prasselt. Es gibt auch einen Kamin, in dem bei nasskaltem Wetter, so wie heute, Holzscheite abbrennen. Die Tische in der Nähe des Feuers sind dann immer am begehrtesten.

Der Clou am *Bohnencafé* aber ist, dass das Café gleichzeitig auch eine Art Gärtnerei darstellt. Überall zwischen den Tischen sind in riesigen Bottichen kleine Bäume, blühende Sträucher oder Rabatten mit Saisonblumen gepflanzt. Wer Interesse hat, kann das Grünzeug auch käuflich erwerben, die Preise sind auf der Speisekarte vermerkt. Es gibt Bananenbäume, zwei Meter hohe Yuccas, unter der Decke lassen Monsterfarne ihre Arme nach unten baumeln, und es gibt alle möglichen anderen Pflanzen, deren Namen ich mir nicht merken kann. In einer Ecke neben den Toiletten ist sogar ein Goldfischteich installiert mit einem kleinen

Springbrunnen. Wenn man sich ein bisschen Mühe gibt, kann man sich vorstellen, man sitze mitten im botanischen Garten.

Ulli, der Eigentümer des Ladens, hatte die Idee zu diesem Konzept, als er eines Tages keinen Bock mehr hatte, in der Gärtnerei ausschließlich mit den Pflanzen zu reden. Kohlköpfe, Tomatensträucher und Rosenstöcke sind eben keine besonders versierten Gesprächspartner und Ulli ist jemand, der ohne kommunikativen Austausch nicht leben kann – er redet ohne Punkt und Komma. Also verkaufte er kurzerhand seine Gärtnerei, nahm einen Großteil seiner Pflanzen mit und eröffnete in einer alten, ausgedienten Fabrikhalle das *Bohnencafé*. Seitdem trottet er mit seiner lila Latzhose zwischen den Blumen hin und her wie ein von der Zeit vergessener APO-Anhänger, düngt hier ein bisschen, entfernt dort ein paar verwelkte Blätter und verbringt den Rest der Zeit damit, mit den Gästen zu quatschen. Für die eigentliche Arbeit, also die Bedienung der Kundschaft, hat er Personal eingestellt, nämlich mich und meine Kollegen.

Und die Leute lieben den Laden. Es ist, als hätte die Stadt nur darauf gewartet, dass ein Bistro wie das *Bohnencafé* eröffnet. Konjunkturkrise? Wirtschaftsmisere? Rezession? Nicht bei uns. Vom ersten Tag an gab es kaum einen freien Platz, außer natürlich am Vormittag, wenn die Studenten noch im Bett liegen – und Ulli scheffelt Geld, obwohl seine Lieblingslektüren Marx und Engels sind und man bei den Getränkepreisen das Ambiente mitbezahlt.

Inzwischen habe ich sowieso den leisen Verdacht, dass mein Chef unter seiner proletarischen Latzhose dem schnöden Mammon verfallen ist. Erst vor einer Woche waren ein paar Herren in maßgeschneiderten Anzügen und mit einer dicken Aktenmappe hier und haben auf einen sichtlich interessierten Ulli eingeredet. Mich hat das ziemlich nervös gemacht.

Als Rafael und ich durch Matsch und aufgeweichtes Laub auf das Café zulaufen, beide noch immer ein wenig verstimmt, ist die Eingangstür schon geöffnet, obwohl es noch keine zehn Uhr ist. Aus dem Inneren des Ladens plärrt Musik in voller Lautstärke. Ulli muss schon da sein und bedröhnt seine Pflanzen mit Rock'n'Roll. Er ist der festen Überzeugung, dass sie dadurch besser wachsen. Ich bin mir allerdings nicht sicher, welche aufmunternde Botschaft „Born to Be Wild" von *Steppenwolf*, der Hymne der Easy-Rider-Generation, einem vor sich hindämmernden und in der Erde festgewachsenen Usambaraveilchen vermitteln soll. Aber von mir aus kann Ulli sein Gemüse auch mit Hip-Hop oder Gitte berieseln, Hauptsache, ich kriege meine Kohle am Monatsende.

Mit zugehaltenen Ohren betreten wir das Café und Katrin, die die Frühschicht hat, zuckt beim Gläserspülen vielsagend die Schultern.

Ulli kommt uns mit einem Schwall Papiere im Arm entgegengeschlurft. „Hast du dich in der Schicht vertan, Marco?" brüllt er erstaunt, um die Gitarrenriffs zu übertönen. „Ich dachte, du hast heute frei? Leute, ihr müsst wirklich mehr darauf achten, welche Absprachen ihr untereinander trefft, ich weiß wirklich nicht ..."

„Ich wollte frühstücken", unterbreche ich Ullis Wortschwall, gebe Katrin ein Zeichen, die Musik etwas leiser zu stellen, und schäle mich aus meiner Winterjacke. „Ich bin sozusagen privat hier. Das ist übrigens Rafael, ein ... Freund von mir."

Ulli öffnet den Mund und will gerade Rafael begrüßen, als hinter ihm plötzlich die Erde zu beben beginnt und die Aschenbecher auf den Tischen klirren. So ähnlich muss es in den Weiten Afrikas klingen, wenn eine Meute wilder Tiere über die Savanne hetzt, auf der Jagd nach Beute. Quer durch den Raum fegt im gestreckten Galopp ein riesiger, grauer

Hund von der Größe eines ausgewachsenen Kalbs auf uns zu, wirft auf seiner Sprintstrecke ein paar Stühle zu Boden und ich sehe aus den Augenwinkeln, dass sich Katrin hinter die Theke duckt. Das Vieh kommt schliddernd neben Ulli zum Stehen, setzt sich auf seine Hinterbeine und sabbert einen See von Spucke aus seinem hechelnden Maul genau vor meine Füße. Instinktiv gehe ich ein paar Schritte zurück und versuche, mich hinter Rafael zu verstecken. Die letzten Töne von *Steppenwolf* verstummen und ich frage entgeistert: „Was um aller Welt ist denn das?"

„Das", erklärt Ulli seufzend, „ist Adolf. Eine Deutsche Dogge."

„Ah!" sage ich und verstehe nur Bahnhof. „Und wie kommt er hierher? Ich meine, wem gehört er? Und warum hat er so einen schrecklichen Namen?"

„Adolf ist der Hund meines Großvaters", sagt Ulli mit heruntergezogenen Mundwinkeln, als ob das Licht in die Sache bringen würde. Ich weiß jedoch nur, dass Ulli sich zeit seines Lebens immer mit seinem Opa in den Haaren gelegen hat. Das lag wohl daran, dass der alte Herr es nicht verwinden konnte, dass sein einziger Enkel die Ideale der APO-Zeit propagierte, freie Liebe und Basisdemokratie predigte und zu linken, aber gewaltfreien Splitterparteien tendierte, während er selber in seinen besten Jahren Obersturmbannführer gewesen war und bis zum heutigen Tag behauptete, dass die Nazis „gar nicht so schlecht" gewesen wären, wenn sie nur „das mit den Juden" nicht gemacht hätten.

Mehr als einmal hatte ich Ulli wutschnaubend und mit zorngerötetem Kopf am Telefon hängen sehen, während Opa Hermann am anderen Ende der Leitung mit schneidender Stimme die laxe Moral der Jugend und den Verfall der Sitten im Allgemeinen anprangerte, dann in einem Atemzug so unterschiedliche Minderheiten wie Schwule, Sozialhilfeempfänger, allein erziehende Mütter und türkische Migranten niedermachte, die ihm seine Rente stehlen würden, den Verlust der Ostgebiete bedauerte, alle Einwohner der ehemaligen DDR als Stasi-Mitarbeiter und arbeitsscheu denunzierte und Ulli am Ende des Gesprächs dann vorwarf, sich nur deshalb mit seinem Großvater abzugeben, weil er auf dessen Ableben und das zu erwartende, nicht unbeträchtliche Erbe spekuliere.

„Ja, und?" bohre ich nach, während ich Adolf nicht aus den Augen lasse.

„Opa Hermann ist vor zwei Wochen gestorben", sagt Ulli weinerlich, „und Adolf ist seine letzte Rache an mir. Gestern war die Testamentseröffnung. Sein Geld hat er der DVU vermacht und ich habe dieses ... dieses Ungeheuer bekommen! Mit der Knete habe ich fest gerechnet!"

Zumindest ansatzweise kann ich die Tragik der Ereignisse nachvollziehen, aber ich muss zugeben, dass ich der Sache auch eine gewisse Komik abgewinne.

„Das ist aber noch nicht alles", fährt Ulli deprimiert fort. „Ich glaube, der Alte hat mich wirklich gehasst, sonst hätte er mir *das hier* bestimmt nicht angetan." Er nickt dem Hund zu und sagt resigniert: „Adolf, den deutschen Gruß!"

Die Dogge bellt erfreut und dann hebt sie langsam, fast ehrfürchtig die rechte Pfote und streckt sie kerzengerade nach vorne. Anschließend zieht sie ihre Lefzen nach oben, und es sieht fast so aus, als würde der Hund süffisant grinsen.

Auf dieses Schauspiel bin ich nicht vorbereitet. Meine Kinnlade klappt nach unten und ich weiß nicht, was ich sagen soll. In meiner Kehle gluckst es fast unwiderstehlich und ich muss mich zusammenreißen, um nicht loszugackern.

„Super", bringe ich schließlich mühsam heraus, „eine Deutsche Dogge, die auf Befehl den Hitlergruß macht. Und das dir! Na, zumindest kann man deinem Opa nicht fehlenden Humor vorwerfen. Kann Adolf auch das Horst-Wessel-Lied bellen?"

„Nein, aber er kann noch den Reichspropagandaminister nachmachen."

Ich sehe Ulli fragend an.

Ulli sagt: „Adolf, Joseph Goebbels!" und die Dogge steht gehorsam auf, läuft einmal langsam um uns herum und hinkt dabei mit einer Hinterpfote, als hätte sie einen Klumpfuß.

Jetzt kann ich mich wirklich nicht mehr halten. Während ich lauthals loslache, lehne ich mich an Rafaels Schulter, um nicht das Gleichgewicht zu verlieren. „Sensationell", stammele ich schließlich und wische mir die Tränen aus den Augenwinkeln. „Mit der Nummer kannst du als Pausenfüller in jedem politischen Kabarett auftreten!"

„Das ist nicht witzig!" antwortet Ulli verärgert. „Wenn Adolf nur auf Aufforderung die rechte Pfote heben würde, wäre es ja nicht so schlimm. Ich bräuchte es ihm ja nur nie wieder zu befehlen. Aber Opa Hermann hat dem Hund zusätzlich eine gehörige Portion dieses typisch deutschen Respekts vor Autorität und Amtspersonen beigebracht. Sobald er eine Uniform sieht, wird er automatisch zum unterwürfigen Mitläufer. Heute Morgen beim Gassigehen haben wir zwei Streifenpolizisten getroffen – übrigens ganz bei dir in der Nähe, Marco – und Adolf hat sich vor die beiden Männer gesetzt und völlig unaufgefordert den deutschen Gruß gemacht. Die Bullen haben natürlich gedacht, ich wollte sie beleidigen und sie wegen ihrer Uniform in die Nähe von Faschisten rücken, und wollten mich wegen Beamtenbeleidigung anzeigen, aber ich habe erklärt, dass ja nicht ich, sondern Adolf die rechte Pfote gehoben hat und dann haben sie wohl festgestellt, dass es kein Gesetz gibt, das es einem Hund untersagt, einem Beamten den Hitlergruß zu entbieten. Kannst du dir vorstellen, wie peinlich das war?"

Ich nicke etwas atemlos nach Ullis langwieriger Erklärung, aber mein Chef hat seine Geschichte noch nicht beendet. „Und dann, als ob das alles noch nicht genug wäre", fährt er fort, „hat Adolf sich seelenruhig vor die Polizisten in den Rinnstein gehockt und einen seiner Monsterhaufen in den Straßengraben gesetzt. Weißt du eigentlich, was für Mengen an Hundekacke aus so einer Deutschen Dogge herauskommen können? Da braucht es eine Sintflut, bis das in den Gulli gewaschen worden ist. Die Bullen hätten beinahe die Fassung verloren. Ich hab schon befürchtet, dass sie jetzt entweder Adolf oder mich standrechtlich erschießen. Stattdessen haben sie mir einen Strafzettel über sechzig Euro aufs Auge gedrückt."

„Kommt mir irgendwie bekannt vor", murmele ich. „Ich meine, tut mir wirklich Leid, Ulli."

„Was soll ich bloß mit einer Deutschen Dogge machen, die mit den Nazis sympathisiert?" fragt Ulli verzweifelt. „Am liebsten würde ich das Vieh ja einschläfern lassen, aber das bringe ich nicht übers Herz. Das Beste wird sein, ich gebe es im Tierheim ab. Behalten kann ich Adolf auf keinen Fall. Der bringt mich sonst noch so weit, dass ich bei den nächsten Wahlen aus Versehen mein Kreuz bei den Republikanern mache. Außerdem habe ich für so ein Riesenvich auch gar keinen Platz in meiner Wohnung."

Rafael, der während Ullis Geschichte stumm neben mir gestanden hat, beugt sich plötzlich zu Adolf herunter und krault der Dogge den Nacken. „Was für ein niedliches Tier!" sagt er und ich starre ihn entgeistert an.

„Das wäre sicherlich die letzte Umschreibung, die ich in diesem Zusammenhang wählen würde!"

Adolf glotzt Rafael mit triefenden Augen an, beginnt zu winseln und wirft sich auf den Rücken, um sich von meinem Engel den Bauch kraulen zu lassen. Was für ein peinliches Schauspiel. Der Hund besitzt keinerlei Würde.

„Warum nimmst du ihn nicht mit nach Hause, Marco?" fragt Rafael, als ob diese Überlegung die nahe liegendste der Welt wäre. „Wenn Ulli nicht in der Lage ist, für dieses Geschöpf Gottes zu sorgen ..."

Ulli sieht Rafael überrascht an, wittert aber sofort Morgenluft und ist sich nicht zu schade, seine Chance zu nutzen. „Ja", sagt er scheinheilig, „wenn du ihn gerne haben möchtest."

„Habt ihr noch alle Tassen im Schrank?" erwidere ich aufgebracht. „Davon kann gar keine Rede sein! Dieser Köter ist ein Albtraum! Er kostet bestimmt ein Vermögen an Hundesteuer, und ich will gar nicht darüber nachdenken, wie viel Kilo Fleisch er am Tag frisst. Außerdem mag ich keine Hunde und dies hier ist sicherlich eines der abscheulichsten Exemplare, das mir jemals untergekommen ist."

„Oh", sagt Ulli, „wenn es nur ums Geld geht, da würde ich dir entgegenkommen. Hauptsache, ich bin Adolf los. Die Steuern würde ich weiterbezahlen, und ich würde die Abfindung für dich erhöhen."

Etwas stört mich an dem Wort Abfindung, aber ich bin so überrascht, dass ich vergesse zu fragen, was Ulli damit meint. „Das ist Erpressung!" sage ich stattdessen angewidert.

„Das ist ein akzeptabler Vorschlag", mischt sich Rafael unerwartet ein und ich sehe ihn verdutzt an. Seine Miene ist so unergründlich wie die eines Pokerspielers.

„Sehr gut!" erwidert Ulli erfreut und schüttelt Rafael die Hand. „Also abgemacht?"

„Äh ... hallo?" versuche ich mir Gehör zu verschaffen. „Darf ich euch darauf aufmerksam machen, dass ohne meine Zustimmung hier gar nichts läuft?"

„Ach, jetzt stell dich nicht so an, Marco!" sagt Ulli.

„Aber ich will keine Dogge!" protestiere ich. „Ich habe bereits einen Hamster. Für mehr Haustiere habe ich keinen Platz!"

„Er kann doch in meinem Zimmer schlafen", sagt Rafael. „Auf dem Boden neben dem Feldbett."

„*Dein* Zimmer?" herrsche ich Rafael an. „Jetzt ist es schon *dein* Zimmer?"

„Ach", sagt Ulli, „hattest du mir nicht erzählt, ihr wolltet keinen neuen Mitbewohner mehr haben?"

„Marco und die anderen waren so nett, mir den leer stehenden Raum als Bleibe anzubieten", sagt Rafael.

„Tatsächlich!" murre ich. „Irgendwie habe ich das zwar ein bisschen anders in Erinnerung ..."

„Und wie lange wirst du bleiben?" unterbricht mich Ulli. Weder er noch Rafael beachten mich noch; es ist, als wäre ich auf einmal unsichtbar geworden.

„Das kommt ganz auf Marco an", erklärt Rafael zweideutig. „Ich werde da sein, solange er meine Hilfe benötigt."

„Ha!" sage ich. „Als ob ich dich jemals darum gebeten hätte!"

Rafael sieht mich mitleidig an, und tatsächlich fällt mir in dem Moment ein, dass es bereits gestern eine Debatte darüber gab, ob ein zufällig geäußerter Stoßseufzer als direkte Bitte um göttlichen Beistand zu interpretieren sei oder nicht. Anscheinend hat sich Rafael meiner Meinung nicht anschließen können.

Mein himmlischer Sozialarbeiter beugt sich zu Adolf herunter und flüstert ihm etwas ins Ohr. Der Hund bleibt regungslos sitzen, wird ganz still und hört scheinbar aufmerksam zu. Fast sieht es so aus, als verstünde er jedes Wort, das Rafael ihm zuraunt. Dann steht Adolf plötzlich auf, bellt mich an, stellt sich auf die Hinterbeine und lässt seine Vorderpfoten auf meinen Schultern ruhen. Für einen Augenblick starren wir uns an – von Hundeauge zu Menschenauge – und noch bevor ich: „O nein, bitte nicht!" stammeln kann – weil ich genau weiß, was als Nächstes kommt – schnellt aus

Adolfs Maul eine riesige, weiche Zunge und schlabbert mir einmal quer durchs Gesicht.

„Igitt!" schreie ich angeekelt. „Das ist ja widerlich!" Ich versuche, mich aus Adolfs Umarmung zu befreien, aber das Tier ist auf seinen Hinterläufen nicht nur genauso groß wie ich, sondern auch genauso stark. „Ulli, sag ihm, er soll mich loslassen!"

„Äh ...", sagt Ulli unsicher. Auch er scheint der Situation nicht gewachsen zu sein.

„Das musst du ihm schon selber sagen, Marco", mischt sich Rafael ein. Er ist die Ruhe selbst. „Du bist sein neues Herrchen. Adolf hört jetzt nur noch auf dich!"

Ich ahne Entsetzliches. „Mach Platz, Adolf!" stammele ich, und zu Ullis und meiner Überraschung lässt die Dogge von mir ab, setzt sich wieder hin und klopft selbstzufrieden mit dem Schwanz auf den Boden. Dabei sieht er mich mit großen Augen an, als wäre ich ein überdimensionaler Hundekeks, den er gleich zur Belohnung für seinen Gehorsam verspeisen darf. Mir ist ganz mulmig zumute.

„Was hast du dem Vieh ins Ohr geflüstert?" zische ich Rafael zu. „Los, sag schon!"

„Nur ein bisschen Tierpsychologie. Ich habe ihn gelobt, was für ein guter Hund er ist", erklärt er mit diesem unschuldigen Gesichtsausdruck, von dem ich mittlerweile weiß, dass er nichts Gutes zu bedeuten hat, jedenfalls nicht für mich. „Und dann", schiebt er beiläufig nach, „habe ich ihm gesagt, dass du ab sofort der neue Anführer seiner Meute bist und er dir Gehorsam zeigen muss. Hunde sind eben Rudeltiere und brauchen einen Anführer."

„Und das hat Adolf verstanden?" fragt Ulli ungläubig nach. „Bisher hatte ich eher den Eindruck, dass er selbst für einen Hund einen ziemlich niedrigen Intelligenzquotienten hat."

„Das glaube ich einfach nicht!" sage ich und stampfe wütend mit dem Fuß auf. „Wie kannst du so etwas tun, Rafael!

Hör auf, dich in mein Leben einzumischen! Ich dachte, du willst mir helfen!"

„Das tue ich doch!" erwidert Rafael und sieht mich an, als wäre ich ein etwas zurückgebliebenes Kind.

„Wie bitte?" Ich merke, wie ich langsam in Fahrt komme. „Du tauchst aus heiterem Himmel auf, und innerhalb von vierundzwanzig Stunden demolierst du meinen fahrbaren Untersatz, quartierst dich wie selbstverständlich im Nebenzimmer ein und verschaffst mir eine Deutsche Dogge als Schoßhündchen. Von dem Zwischenfall heute Morgen im Dom gar nicht zu reden! Und das nennst du Hilfe? Was glaubst du, was mir Anja, Lars und Patrick erzählen werden, wenn ich mit Adolf zur Wohnungstür hereinspaziere! Das Vieh ist ja größer als unser Küchentisch! Weißt du was? Hiermit ziehe ich mein angebliches Gesuch um Unterstützung offiziell zurück! Du kannst deinem ... deinem ... Vorgesetzten mitteilen, dass ich meine Meinung geändert habe!" Ich sehe Rafael triumphierend an.

„Tut mir Leid", sagt Rafael und hebt bedauernd die Hände. „Bei einem solchen Vertrag gibt es keine Rücktrittsklausel. Wenn man Gott um Hilfe gebeten hat, ist das eine bindende Vereinbarung. Da haben wir ganz strenge Richtlinien. Außerdem scheinst du vergessen zu haben, dass ich verbannt bin. Selbst wenn ich wollte, könnte ich deinen Wunsch nicht weiterleiten. Mein Kontakt nach oben ist zurzeit ... unterbrochen." Rafaels Mundwinkel zittern ein wenig, aber ich bin viel zu verärgert, um zu bemerken, dass auch er mit seinen Gefühlen kämpfen muss.

„Soll das heißen, dass wir auf Gedeih und Verderb aneinander gekettet sind, bis du deine Aufgabe, mich zu verkuppeln, erledigt hast?" frage ich fassungslos. Bis jetzt hatte ich noch immer gehofft, Rafael würde sich irgendwie durch ein Wunder in Luft auflösen. Die Chancen dafür scheinen aber immer geringer zu werden.

„So sieht es aus", erwidert Rafael trocken und schlendert zum nächstgelegenen Tisch. „Können wir jetzt endlich frühstücken? Mein Magen knurrt."

Ulli starrt mich verwirrt an und erst jetzt fällt mir auf, dass ihm der Inhalt unseres Streits vielleicht etwas merkwürdig vorkommen könnte.

„Geht's dir gut, Marco?" fragt mich mein Chef dann auch behutsam. „Bist du auf Droge?"

„Nein, natürlich nicht!" antworte ich unwirsch. „Rafael hat hin und wieder ein paar Aussetzer, aber wir haben das unter Kontrolle." Eigentlich glaube ich selbst nicht, was ich da sage, und auch Ulli sieht nicht sonderlich überzeugt aus. Ich fasele etwas von schwieriger Kindheit und einer neuen Medikation gegen Depressionen, die Rafael zurzeit ausprobiere. „Mach dir keine Sorgen", wiegele ich schließlich ab, „es ist alles in Ordnung! Schaff einfach deinen Hund aus meinem Blickfeld und lass uns in Ruhe frühstücken."

Aber Adolf denkt überhaupt nicht daran, wieder zu verschwinden. Obwohl Ulli an ihm zieht und zerrt, bleibt er wie ein nasser Sack Zement sitzen und glotzt mich weiterhin erwartungsvoll an.

„Er erwartet eine Belohnung fürs Platz machen", ruft Rafael gelangweilt zu mir herüber. „Du musst ihm den Nacken kraulen. Das hat er gerne."

Vorsichtig und zugegebenermaßen auch etwas ängstlich beuge ich mich zu der Dogge und streichele sie hinter den Ohren. Adolf hechelt mich ergeben an und verdreht genüsslich die Augen. Er wirkt plötzlich wie ein Riesenbaby. „So", sage ich zu dem Hund, „und jetzt hör auf, mir auf die Nerven zu fallen."

Adolf steht gehorsam auf und trottet langsam zu Rafael hinüber, wo er sich wie ein geschlachtetes Pferd unter dem Tisch ausstreckt und ausgiebig gähnt.

„Das darf doch alles nicht wahr sein!" murmele ich resigniert. Nicht nur, dass ich seit gestern Rafael am Hals habe – einen Engel mit immer deutlicher werdenden anarchischen Tendenzen, zusätzlich scheint auch kein Weg an der Erkenntnis vorbeizuführen, dass ich jetzt Besitzer einer Deutschen Dogge bin – einer Dogge, deren größtes Vergnügen es ist, bei jeder unpassenden Gelegenheit den Hitlergruß und Joseph Goebbels' hinkenden Gang zu imitieren. Meine Mitbewohner werden mich umbringen.

Das Merkwürdige daran ist, dass ich trotz meines Wutausbruchs gar nicht richtig sauer bin auf Rafael. Natürlich bin ich verärgert über die sechzig Euro, die ich an die Staatskasse abführen muss, und natürlich will ich keine Dogge als Haustier. Aber jedes Mal, wenn ich die Zeit finde, Rafael aus den Augenwinkeln zu betrachten, schmilzt mein Ärger dahin wie ein Waffeleis in der Sonne. Ich brauche mir nur die Grübchen auf seinen Wangen anzusehen und seine dunklen, widerspenstigen Haarsträhnen, die ihm andauernd in die Stirn fallen, und merke, wie sich ungewollt ein Lächeln über mein Gesicht stiehlt. Es ist lange her, dass ich mich in der Gegenwart eines anderen Mannes so wohl gefühlt habe. An Finn habe ich in den letzten vierundzwanzig Stunden kaum gedacht.

Wie gut, dass Rafaels und meine Positionen so klar definiert sind. Ich meine, er fühlt normalerweise den Hauch göttlicher Inspiration in seiner Nähe und ich mich meist wie der Dorfdepp, der von einem Fettnapf zum nächsten wankt; er ist ein Engel und ich bin ein Mensch, was soll da schon groß passieren?

Gerade will ich mich zu ihm an den Tisch setzen, als mein Blick erneut auf die Papiere fällt, die Ulli noch immer wie eine Schatzkarte in seiner Hand hält. „Was hast du eigentlich da?" frage ich neugierig.

Ulli senkt die Augen. „Äh … das ist meine Altersversicherung", nuschelt er betreten.

Ich sehe ihn verwirrt an. „Verstehe ich nicht. Der Laden läuft doch gut. Seit wann machst du dir Sorgen um deine Rente?"

„Ich habe damals eine riesige Hypothek auf den Laden aufnehmen müssen", erwidert Ulli zögernd. Die Unterhaltung scheint ihm plötzlich peinlich zu sein. „Und ich hatte gehofft, eines Tages mit Opa Hermanns Geld die ganzen Schulden auslösen zu können. Verdient hätte ich die Kohle allemal, nachdem ich mir jahrelang seine Hasstiraden angehört habe! Aber jetzt sieht es ja so aus, als könnte eine rechtsradikale Partei mit meinem Erbe die Kasse für ihren nächsten Wahlkampf aufbessern. Deshalb habe ich letzte Woche das Café verkauft. Ich hasse es, Schulden zu haben. Es stört meine Nachtruhe."

„Die zwei Typen in den Maßanzügen!" platzt es aus mir heraus. Meine Intuition hat mich doch nicht getrogen.

Ulli nickt verschämt.

Ich hole tief Luft. „Das … das heißt, dass wir alle hier einen neuen Arbeitgeber bekommen?" frage ich vorsichtig.

„Das heißt, dass du gefeuert bist, Marco!" ruft Rafael unbekümmert von seinem Platz aus zu mir herüber.

Ich sehe Ulli fragend an und zu meinem Entsetzen nickt er erneut.

„Ich werde nicht übernommen?" bohre ich zögernd nach.

„Leider nicht. Es sei denn, du möchtest dich in Zukunft als Putze betätigen."

„Als Putze?"

Ulli räuspert sich. „Der Laden wird zu einem Sexkaufhaus umgebaut, von so einer internationalen Kette", stottert er. „Komplett mit Magazinen, Spielzeug, Kino und Videokabinen. Der Betreiber sucht noch eine Reinigungskraft, die nach Geschäftsschluss … äh … aufwischt."

„Und da hast du an mich gedacht?" frage ich empört. Unwillkürlich schüttelt es mich von oben bis unten. „Das ist ja wohl das Letzte! Nein, danke!"

„Es tut mir Leid, Marco", sagt Ulli bedauernd, „aber ich konnte das Angebot einfach nicht ablehnen."

„Kapitalistenschwein!" zische ich leise, aber gerade noch laut genug, damit Ulli es hört. „Überläufer! Geldgeiler Bonze!" Ohne den Kellnerjob kann ich mich finanziell nicht über Wasser halten. Meine Tätigkeit als Werbesynchronsprecher reicht gerade mal aus, um einen Teil der Miete abzudecken. In Gedanken sehe ich mich schon bettelnd und frierend, in Lumpen gehüllt und medizinisch unterversorgt mit einem Hut in der Hand durch die Haupteinkaufsstraßen von Köln ziehen. Ein weiteres namenloses Opfer der Globalisierung. Ich mache mir Vorwürfe, nicht häufiger Fair-Trade-Kaffee aus Nicaragua gekauft zu haben – hätte ich mich intensiver um eine bessere Welt bemüht, hätte das Schicksal diesen Kelch vielleicht an mir vorübergehen lassen.

Ich traue mich kaum, meine nächste Frage zu stellen. „Ab wann machst du den Laden denn dicht?" Vielleicht habe ich ja wenigstens noch eine Galgenfrist, um mich nach etwas anderem umzusehen.

„Äh ... morgen. Heute ist der letzte Tag."

„Was?" brülle ich außer mir. „Morgen? Hättest du mir das nicht ein bisschen früher mitteilen können? Wo soll ich denn so schnell einen neuen Job herkriegen?" Auch Katrin, die hinter der Theke unserer Unterhaltung zuhört, traut ihren Ohren kaum.

„Der neue Betreiber will so schnell wie möglich umbauen. Die Eröffnung ist schon für Mitte Januar geplant. Und es ist ja nicht so, als hätten wir einen festen Vertrag mit Kündigungsfristen vereinbart", sagt Ulli pikiert, schon ganz der neureiche Snob. „Trotzdem habe ich natürlich irgendwie ein schlechtes Gewissen ..."

„Tatsächlich!" unterbreche ich ihn sarkastisch.

„... und deshalb wollte ich dir und den anderen jeweils drei Monatsgehälter als Abfindung zahlen."

Schnell überschlage ich, wie viel Geld mir bleibt, bevor ich verhungern muss. „Das sind gerade mal tausend Euro!" sage ich schließlich erschrocken.

„Tut mir Leid, Marco. Mehr ist nicht drin", erwidert Ulli und wendet sich zum Gehen, nachdem er mir einen Briefumschlag mit ein paar Geldscheinen in die Hand gedrückt hat. Für ihn ist die Sache damit scheinbar erledigt.

„Dann will ich auch deinen blöden Hund nicht haben!" rufe ich ihm wütend hinterher.

„Zu spät", mischt sich da plötzlich Rafael wieder ein. „Noch einen Herrchenwechsel verkraftet Adolf nicht. Dann hat er ein psychisches Trauma."

„Na und?" gifte ich Rafael an. „Das ist mir völlig egal! Um meine Traumata kümmert sich auch keine Sau! Ich bin gerade arbeitslos geworden!"

Ich lasse mich Rafael gegenüber auf einen Stuhl fallen und schlage die Hände vors Gesicht. „So ein Mist!" Ich atme tief durch und versuche mühsam, mich zu sammeln. „Immerhin habe ich noch den Job als Synchronsprecher", mache ich mir selber Mut. „Ich werde einfach in dem Bereich ein bisschen mehr arbeiten müssen!"

„Äh ...", sagt Rafael und sieht mich mit großen Augen an. Dann zieht er langsam einen Brief aus seiner Jacke. „Das hier habe ich heute Morgen für dich aus dem Briefkasten gefischt."

„Du stiehlst meine Post?" frage ich erbost. „Was fällt dir eigentlich ein?"

„Ich stehle nicht!" erklärt Rafael. „Ich wollte dir den Brief geben, aber ich hab's dann einfach vergessen. Auch einem Engel unterläuft mal ein Fehler!"

Ich will gerade einen weiteren Tobsuchtsanfall bekommen und Rafael in unmissverständlichen Worten die Bedeutung von Privatsphäre klarmachen, als mein Blick auf den Absender des Schreibens fällt. Es ist die Firma, für die ich Werbespots spreche.

„O nein", flüstere ich ahnungsvoll. Es kann nur eine schlechte Nachricht sein, denn gute Nachrichten, wie etwa ein neuer Auftrag, werden ausschließlich telefonisch mitgeteilt. Ich starre das Kuvert an und gebe es dann mit zitternden Händen an Rafael zurück. „Noch eine Hiobsbotschaft verkrafte ich nicht. Ich kann das jetzt nicht aufmachen. Mach du das. Lies es mir einfach vor."

Rafael öffnet den Brief umständlich und raschelt wichtigtuerisch mit dem Papier. „‚Sehr geehrter Herr Hollweger'", fängt er an, „ ... bla bla bla ... Umstrukturierungen im Betrieb ... allgemeine schlechte Auftragslage ... bla bla bla ... ‚bedauern wir, Ihnen mitteilen zu müssen, in absehbarer Zeit Ihre Dienste nicht mehr in Anspruch nehmen zu können. Für die Zukunft wünschen wir Ihnen alles erdenklich Gute. Hochachtungsvoll' ... bla bla bla."

Ich glotze Rafael ungläubig an. „Du willst mich verarschen!" sage ich.

Rafael schüttelt den Kopf. Ich reiße ihm den Brief aus der Hand und überfliege den Text. Aber es stimmt: Ich habe innerhalb von fünf Minuten meine beiden Jobs verloren. Ich bin pleite. Man hat meine Existenzgrundlage zerstört. Ich muss ins Armenhaus ziehen, falls es so etwas überhaupt noch gibt, und von der Mildtätigkeit fremder Menschen leben.

„Und was mache ich jetzt?" frage ich hilflos. Mein Schädel brummt und fühlt sich vollkommen leer an. Einen klaren Gedanken zu fassen, gelingt mir nicht. Wahrscheinlich habe ich einen Schock.

Rafael tätschelt beruhigend meine Hand. „Die Frage ist, was machen *wir* jetzt!" korrigiert er mich aufmunternd. „Ich lasse dich doch jetzt nicht im Stich. Wir stehen das gemeinsam durch. Sieht so aus, als hättest du den Himmel genau zum richtigen Zeitpunkt um Hilfe gebeten. Verlass dich einfach auf mich, und alles wird gut werden."

Angesichts der Dinge, die passiert sind, seit Rafael sich in mein Leben eingemischt hat, bin ich mir nicht sicher, ob ich die Zuversicht des Engels teilen kann, aber andererseits bin ich nicht in der Verfassung, diese unerwartete Krise allein zu bewältigen. Am liebsten würde ich mich an seine Schulter lehnen und mich mal richtig ausheulen. Und irgendwie ist es ja auch nett, dass Rafael versucht, mir Mut zu machen.

„Na schön", seufze ich und widerstehe schweren Herzens der Versuchung, in einem See von Selbstmitleid zu versinken. „Was also machen wir jetzt?"

„Urlaub!" sagt Rafael und strahlt mich an. Sein Zeigefinger deutet auf den Brief mit den Geldscheinen. „Wir machen Urlaub."

„Urlaub?" frage ich aufgebracht. „Bist du noch ganz dicht?"

Aber Rafael ist mit seinen Gedanken schon wieder woanders. Mit konzentrierter Miene studiert er die Speisekarte vor sich auf dem Tisch. „Meinst du, man kann das amerikanische Frühstück auch mit einer doppelten Portion Speck bekommen?" fragt er.

3. Das Verhalten betrunkener Himmelsbewohner am Glühweinstand

Der Himmel ist dunkel und wolkenverhangen. Obwohl es gerade erst Mittag ist, wird der Tag nur durch ein diffuses, graues Licht erhellt. Nebel ist aufgezogen und die Autos schalten ihre Scheinwerfer an. Die Geräusche des Verkehrs dringen gedämpft an meine Ohren, wie in Watte gepackt. Nur wenn ein Auto direkt an mir vorbeifährt, schrecke ich zusammen. Dann klingen die Reifen auf der nassen Straße wie reißendes Papier.

Regentropfen trommeln auf den Asphalt und verwandeln den schmalen Parkweg, auf den ich abbiege, schnell in einen schmierigen Morast. Bei jedem Schritt spritzt der Dreck an meinen Hosenbeinen hoch. Bäume wiegen sich im aufkommenden Wind und von ihren kahlen Ästen perlt Wasser in den Kragen meiner Jacke. Winterwetter.

Ich stapfe allein durch den Regen, mit zusammengezogenen Schultern und hängendem Kopf. Ich brauche ein paar Minuten für mich, um die schlechten Nachrichten des Morgens zu verdauen. Mir war danach, meine aufkommende Depression zu pflegen und ein bisschen in Selbstmitleid zu zerfließen. Deshalb habe ich nach unserem misslungenen Frühstück Rafael mit Adolf im Schlepptau unwirsch nach Hause geschickt. Soll er doch Anja, Lars und Patrick selber erklären, dass sie jetzt mit einer riesigen Dogge zusammenleben müssen. Vielleicht ist er ja wenigstens dazu in der Lage.

In meinen Augen hat Rafael als Beschützer und Helfer hoffnungslos versagt. Anstatt seine Aufgabe ernst zu nehmen, schickt er sich an, wie ein Wirbelwind durch mein Leben zu fegen und alles durcheinanderzubringen. Seit seinem Auftauchen scheint alles in Frage zu stehen, was mir bisher Sicherheit gegeben hat. Manche Leute mögen eine frische Brise als wohltuend empfinden, ich dagegen friere im Wind: Ich fühle mich grässlich, als hätte mir jemand den Teppich unter den Füßen weggezogen und wollte ausprobieren, wie viele Schicksalsschläge ich verkrafte, bevor ich mich lebensmüde in die trägen Fluten des Rheins stürze. Doch noch bin ich nicht so weit. Ich weiß zwar im Moment nicht, wie ich meinen Lebensunterhalt verdienen soll, aber zumindest bin ich mir sicher, dass ich auf den Trost und den Zuspruch meiner Mitbewohner zählen kann. Außerdem ist das Wasser des Rheins um diese Jahreszeit völlig verdreckt, mordsmäßig kalt und ich bin ein bisschen wasserscheu. Völlig von Wasser umgeben zu sein löst in mir Beklemmungen und Herzrasen aus. Selbst bei Urlauben am Meer gehe ich nie tiefer als bis zu den Knöcheln ins Wasser.

Der Gedanke an Feuchtigkeit und Kälte erinnert mich daran, dass ich nicht ewig durch den Regen stapfen kann, ohne mir eine Erkältung zuzuziehen, und ich mache mich auf den Rückweg. Zu Hause ist es wenigstens warm und gemütlich und ich kann mich von den anderen bedauern lassen. Ein bisschen Seelenmassage wirkt jetzt sicherlich Wunder. Außerdem ist sie wahrscheinlich doch effektiver als mein Selbstmitleid.

Aber natürlich ist es in der Wohnung alles andere als friedlich und niemand ist auch nur ansatzweise an meiner seelischen Verfassung interessiert. Tatsächlich regiert im obersten Stockwerk das Chaos. Schon im Treppenhaus kann ich das Kläffen von Adolf hören, lautstarkes Gepolter und die hysterische Stimme von Patrick. Einige Nachbarn strecken neugierig den Kopf aus der Tür. Rafaels Zweckoptimismus bezüglich des Familienzuwachses ist wohl auf taube Ohren gestoßen. Kaum drehe ich den Schlüssel im Schloss, als die Wohnungstür aufgerissen wird und mich der Engel mit einem verzweifelten Gesichtsausdruck nach drinnen zerrt.

„Sie mögen Adolf nicht!" erklärt er enttäuscht.

„Wundert mich nicht", erwidere ich, während ich meine klatschnasse Jacke über die Heizung hänge. „Niemand mag Adolf. Ich auch nicht! Er ist einfach nicht liebenswert."

„Jedes Geschöpf Gottes ist liebenswert!"

„Aber nicht, wenn es so groß und so hässlich ist und seine Speichelproduktion Wasserschäden bei den Nachbarn hervorruft!" sage ich wütend und deute auf mehrere feuchte Stellen auf dem Küchenboden.

Wenn ich genau darüber nachdenke, finde ich auch einige kleine Geschöpfe, die Gott oder die Evolution oder wer auch immer hervorgebracht hat, nicht sehr liebenswert. Insbesondere Mücken, Mäuse und Kakerlaken. Aber es ist sicher sinnlos, darüber mit Rafael zu streiten.

Logischerweise bleibt es an mir hängen, meine Mitbewohner gnädig zu stimmen, und es kostet mich einige Mühe, Anja und Patrick zu überreden, wieder aus ihren Zimmern zu kommen. Hinter den Türen werden mir wütend die Worte „Zwinger", „Maulkorb" und „Tierheim" zugerufen und es ist nicht eindeutig zu verstehen, ob sie den Hund oder mich damit meinen. Beide sind erst bereit, die Küche zu betreten, nachdem Rafael ihnen versichert, dass Adolf völlig harmlos ist. Anja wirft mir vor, gegen die ungeschriebenen Gesetze der WG verstoßen zu haben, indem ich ungefragt einen neuen Mitbewohner angeschleppt habe.

„Ich habe fast einen Herzinfarkt bekommen, als dieses … dieses Tier plötzlich in die Küche trottete und mir zur Begrüßung über die Hand geleckt hat! Ich musste ihn mir mit einem Stuhl vom Leibe halten!" keift sie mich an. „Wie kommst du auf die schwachsinnige Idee, wir wären damit einverstanden, dass diese Töle hier wohnt?" Doch bevor ich spitz fragen kann, warum ihre Kritik sich dann konsequenterweise nicht auch auf anwesende Engel bezieht, bekommt Patrick eine Instant-Depression und einen neuen Minderwertigkeitskomplex, als er bemerkt, wie riesig Adolfs „Ding" ist.

„Doppelt so groß wie meiner!" flüstert er kopfschüttelnd und starrt mich anklagend an, als ob ich für die Ausmaße von Adolfs Fortpflanzungsorgan verantwortlich wäre.

Meine vehementen Proteste, dass nicht ich, sondern Rafael das Monstrum mitgebracht habe, werden einfach mit dem Hinweis beiseite gewischt, dass es schon eine ziemliche Unverfrorenheit von mir sei, einem Engel die Verantwortung für meine unüberlegten Handlungen in die Schuhe schieben zu wollen, noch dazu einem Engel, der auf brutale Art und Weise aus seinem Zuhause geworfen worden sei. Wie erstaunlich, dass die vorherige Skepsis bezüglich Rafaels Geschichte auf einmal wie weggeblasen scheint!

Zu allem Überfluss nutzt Rafael diesen Moment unerwarteten Mitleids schamlos aus, verzieht wehleidig das Gesicht und erklärt, er habe Rückenschmerzen, sicherlich von dem Aufprall auf meiner Kühlerhaube. Patrick vermutet sofort eine Prellung der Wirbelsäule und berichtet düster von medizinischen Abhandlungen über schleichende Querschnittslähmungen. Minuten später hat Rafael eine Wärmflasche im Rücken, ist von aller Mitschuld an Adolfs Anwesenheit in unserer Wohnung befreit und hat mir endgültig den schwarzen Peter zugeschoben. Einzig Lars ist von Anfang an von dem Hund angetan. Er sagt, dass er schon immer ein „richtiges" Haustier haben wollte – eine spöttische Anspielung auf meine Liebe zu Hamstern –, der Hund sei doch knuffig, und im Übrigen sei er bereit, sich jeden Samstagnachmittag freiwillig um Adolf zu kümmern, denn mit einer Dogge dieser Größenordnung an seiner Seite bräuchte er die Pöbeleien der besoffenen Fußballprolls vom FC in seiner Stammkneipe nicht mehr zu fürchten.

Als die Situation sich ein wenig entspannt hat, komme ich endlich dazu, meinen Mitbewohnern zu erzählen, dass ich meine Arbeitsstellen verloren habe und auf dem besten Wege bin, zu einem Sozialfall zu werden. Ich setze ein mutloses Gesicht auf und freue mich auf ein paar tröstende Worte und aufmunternde Plattitüden – irgendetwas, was meiner bedauernswerten Situation angemessen Rechnung tragt –, aber stattdessen ernte ich nur Schweigen. Adolf hat sich unter den Küchentisch zurückgezogen, auf den Rücken geworfen und zeigt Patrick sein „Ding", Lars sucht im Brotkorb nach etwas Essbarem und Anja sagt schließlich gelangweilt: „Tja, Marco, was hast du erwartet? So ist das in der freien Marktwirtschaft nun mal. Da kommt nicht immer jemand vorbei, der einen lobt!" Patrick fängt an zu gackern wie ein schizophrenes Huhn und ich bin sprachlos. Ein solcher Satz ausgerechnet aus dem Mund von Anja, deren Lebensplanung darauf ausgerichtet ist, auf direktem Wege vom BAföG in die Frührente oder den Schoß eines betagten Herrn zu rutschen.

Ich will mich gerade schmollend in mein Zimmer zurückziehen, als Lars – um die allseits gereizten Nerven zu beruhigen – vorschlägt, ein Video anzuschauen. Eigentlich habe ich keine Lust, eigentlich bin ich ja beleidigt, aber allein in meinen vier Wänden würde mir jetzt die Decke auf den Kopf fallen. Ungnädig und in keinster Weise besänftigt, trotte ich also hinter den anderen her in Lars' Zimmer. Nur Adolf bleibt schlafend unter dem Küchentisch zurück.

Kurz darauf werden wir von einer weiteren Lars-Spezialversion von *Sex and the City* berieselt. Hätte ich mir auch denken können. Lars besitzt sämtliche Folgen der Serie, weil er total auf Samantha abfährt. Sein neuestes Hobby besteht darin, alle Bettszenen mit Kim Cattrell am Computer zusammenzuschneiden und uns vorzuführen. Wir haben die nymphomanische Samantha schon fickend im Restaurant, im Bett, auf dem Klo und im Auto gesehen, liegend, sitzend und stehend, und mir wird jedes Mal ganz schwindelig dabei. Die Frau hat mehr Sex an einem Tag als ich in meinem ganzen Leben! Lars dagegen bekommt dabei Stielaugen und atmet ein wenig schwer.

Aber so richtig bei der Sache bin ich heute sowieso nicht. Während die anderen kichernd auf die Mattscheibe starren, wandern meine Gedanken zu den bevorstehenden Feiertagen und meinem plötzlich übermächtigen Bedürfnis nach Nähe und Geborgenheit. Nach den Hiobsbotschaften des Morgens brauche ich einen positiven Ausblick.

„Und wenn wir Weihnachten dieses Jahr zusammen feiern?" rutscht es mir heraus, während Samantha eine akrobatische Leistung vollführt, die sich in zehn Jahren bestimmt negativ auf ihre Wirbelsäule auswirken wird.

Ich weiß auch nicht, wie ich auf diese Idee komme. Sie ist auf einmal da wie eine Erleuchtung und erscheint mir wie die Lösung aller meiner Probleme: Weihnachten mit meinen Freunden. Die anderen glotzen mich an, als hätte ich endgültig den Verstand verloren.

Nur Rafael fragt erstaunt: „Ach, feiert ihr die Geburt von Gottes Sohn sonst nicht gemeinsam?" und bugsiert Fridolin XIV., den er aus seinem Käfig befreit hat, behutsam von der linken in die rechte Hosentasche, wo er ein paar Haferflocken für ihn versteckt hält. Sein angeblich verstauchter Rücken scheint vergessen zu sein. „Weihnachten, das Fest der Liebe", fügt er mit einem feierlichen Glanz in den Augen hinzu, „das wichtigste Ereignis der Weltgeschichte seit über zweitausend Jahren!"

Niemand hat Lust, auf Rafaels Aussage zu reagieren, obwohl wir teilweise durchaus anderer Meinung sind. Ich zum Beispiel glaube, dass die Einführung des Fernsehens mindestens genauso revolutionär war, und Lars hält mit Sicherheit die Erfindung des Bikinis für erheblich wichtiger.

Abgesehen davon scheint mir Weihnachten doch auch eher ein ausschließlich christliches Phänomen zu sein. Chinesen und Moslems sind an der alljährlichen Geburtstagsparty für einen jüdischen Zimmermannssohn wohl nicht so interessiert. Aber diese Ansichten laut auszusprechen hieße, sich mit Rafael auf ein stundenlanges Streitgespräch einzulassen. Auch wenn es nach seinen Erzählungen in den himmlischen Sphären erheblich unkonventioneller zugeht, als sich das bisher jemand von uns vorstellen konnte, so hat Rafael doch keinen Zweifel daran gelassen, dass der Himmel für ihn eine genauso unumstößliche Realität darstellt wie für uns Menschen die Erde. Er denkt gar nicht daran, unsere Zweifel an seinen Geschichten ernst zu nehmen, und die Unvereinbarkeit seiner Darstellungen mit dem, was Lars, Patrick, Anja und ich an dürftigem Wissen über Religion aus den hintersten Winkeln unserer Erinnerung hervorkramen können, ist Rafael egal. Alles sei so, wie er sage, behauptet er stur und mit einer gewissen Selbstzufriedenheit, und unsere Informationen beruhten auf falsch verstandenen mündlichen Überlieferungen und bewusster Geschichtsfälschung zum Zwecke des Machterhalts der jeweils herrschenden Klasse.

„Auch der Kirche?" habe ich noch heute Morgen nachgefragt, nachdem wir die Polizisten abgewimmelt hatten.

„Ach, die Kirche!" hat Rafael geseufzt, als hätten wir ein Thema berührt, das ihm unangenehm ist. „Denk nur an die Inquisition", hat er dann erklärt. „Erpressung, Folter, Mord und Intoleranz. Mit Sicherheit nicht von dem Gott der Liebe sanktioniert, den ich kenne. Stattdessen die Erfindung einer verkommenen, unmoralischen, herrschenden Kaste, um ihre politischen und wirtschaftlichen Interessen zu wahren."

„Die Kirche als machtgierige Institution? Klingt irgendwie sozialistisch", habe ich zögernd eingewendet und nach einer Pause neugierig hinzugefügt: „Gibt es eigentlich Kommunisten im Himmel?"

„Eine", hat Rafael vertraulich geflüstert, als handelte es sich dabei um ein etwas peinliches Geheimnis, das er lieber unter den Teppich kehren würde. „Rosa Luxemburg. Das Thema ist ein bisschen heikel, weil Kommunisten ja auch meist als Atheisten gelten. Aber wir haben Rosa nach einigen hitzigen Debatten aufgenommen, um die Quote zu erfüllen. Sie hatte zumindest den Vorteil, einen wunderschönen Märtyrertod gestorben zu sein. Aber mittlerweile gesteht sich selbst der Allmächtige ein, dass es vielleicht ein Fehler war – vor allen Dingen, seitdem sich Rosa in die linke Ecke des Himmels zurückgezogen hat und den zuständigen Engelsausschuss mit Eingaben bombardiert, um für die angeblich völlig überlasteten Heiligen die 35-Stunden-Woche durchzusetzen. Die Anzahl der politischen Pamphlete, die sie in einer Woche produziert, ist wirklich unglaublich. Und dann hat sie es sich auch noch in den Kopf gesetzt, einen Betriebsrat zu gründen. Könnt ihr euch das vorstellen? Ein Arbeitnehmervertreter, der zur Rechten Gottes sitzt und ein Mitspracherecht bei allen göttlichen Schiedssprüchen einfordert! Der Allmächtige ist außer sich."

Ich hätte nicht fragen sollen.

„Aber war Rosa Luxemburg nicht jüdisch?" hat sich Anja eingemischt. „Ich meine, spielt es denn keine Rolle, welchen Glauben man hat, wenn darüber entschieden wird, ob man in den Himmel kommt?"

Rafael hat entrüstet den Kopf geschüttelt. „Juden, Buddhisten, Moslems, Hindus – letztendlich ist das alles eins."

„Im Tode vereint sich die Menschheit zu einer großen, glücklichen Familie!" hat Patrick spöttisch erwidert. Man hat ihm angesehen, das ihm die ständigen Gespräche über Religion langsam auf die Nerven fallen.

Lars beißt in eine Käsestulle. „Weihnachten feiern?" nuschelt er mit vollem Mund, ohne die Augen vom Fernseher zu wenden, weil Samantha gerade einen Aktienhändler nackt ans Bett fesselt. „Wie denn?"

„Ich dachte an einen geschmückten Tannenbaum und ein nettes Essen", sage ich. „Anja könnte morgen ein paar Plätzchen backen ..."

„Kommt nicht in Frage", unterbricht mich Anja, „ich bin auf Diät!"

„Niemand hat gesagt, dass du sie essen sollst. Du sollst sie backen!" grinst Lars.

„Au ja! Und Heiligabend singen wir *Stille Nacht* und Rafael erzählt uns die Weihnachtsgeschichte", schlägt Patrick augenzwinkernd vor. „Das schreit geradezu nach Klischee!"

„Gerne!" Rafael ist sofort Feuer und Flamme. „Es gibt da nämlich ein paar Aspekte, die ich schon immer mal richtig stellen wollte. Zum Beispiel die Sache mit der unbefleckten Empfängnis ..."

„Nein!" rufen Anja und ich wie aus einem Mund. „Bloß nicht!"

„Bitte, dann eben nicht", sagt Rafael eingeschnappt. „War ja nur ein Vorschlag."

„Aber wir haben Weihnachten doch noch nie zusammen gefeiert", wendet Lars ein.

„Eben drum", sage ich. „Wir waren ja auch noch nie über die Feiertage alle hier. Bisher sind wir immer zu unseren Familien oder zu Freunden gefahren."

Tatsächlich habe ich in den Jahren zuvor Weihnachten entweder bei meinen Eltern in Franken oder – was noch viel schlimmer war – bei Sabine und ihrer Familie in der Lüneburger Heide verbracht. Nachdem meine Eltern beim letzten Mal über die Frage des deutschen Afghanistaneinsatzes einen handfesten Ehekrach vom Zaun gebrochen hatten – er endete damit, dass meine Mutter mehrere Teller des Festtags wie Frisbeescheiben an die Wand warf und meinem Vater empfahl, doch gleich in die CSU einzutreten, und er ihr geduckt hinter dem Wohnzimmersessel zuschrie, dass er das schon längst heimlich getan habe, worauf meine Mutter beinahe einen basisdemokratischen Herzinfarkt bekommen hätte –, hatte ich eigentlich beschlossen, dieses Jahr niemanden mit meiner Anwesenheit über die Feiertage zu beehren und stattdessen das Fest still und leise an mir vorbeirauschen zu lassen. Angesichts der sich häufenden Berichte und Meldungen über Familientragödien im Bekanntenkreis, die sich immer dann ereignen, wenn mehrere, emotional voneinander abhängige Personen über längere Zeit auf zu engem Raum zusammengepfercht werden, bin ich sowieso kein Freund von Gefühls-Großkampftagen wie Ostern, Weihnachten und Goldenen Hochzeiten. Diese Feiertage reduzieren den Menschen nur auf seine niederen Triebe: Rachsucht, Völlerei und Raffgier. Vollgefressen und leicht betrunken von zu schwerem Rotwein sagt man den Eltern oder den Geschwistern Dinge, die man ihnen schon immer mal sagen wollte, aber besser für sich behalten hätte, und die Geschenke sind sowieso nie groß oder teuer genug. Dann geht man zusammen in die Kirche, wo ein paar dilettantisch aufspielende Erstklässler die Weihnachtsgeschichte vorführen und sich hinter der Bühne tränenüberströmt darüber in die Haare kriegen, warum sie nur ein Schaf oder eine Ziege und nicht den Josef oder den Verkündigungsengel darstellen dürfen, und zum Schluss wünscht man sich gegenseitig mit einem gefrorenen Lächeln auf den Lippen ein friedvolles Fest und das Einzige, woran man denken kann, ist der übermächtige Wunsch nach einer Fluchtmöglichkeit, die es nicht gibt.

Dagegen hat jetzt die Vorstellung, die Weihnachtstage im Kreise meiner Mitbewohner – na schön: und Rafael – zu feiern, etwas Friedliches und Entspannendes. In Gedanken rieche ich eine im Ofen schmorende Ente, Tannengrün und den benebelnden, würzigen Duft mehrerer Joints. Jemand könnte mir einen Hocker unter die Füße stellen, damit ich es bequem habe, und später könnten wir alle zusammen über die Weihnachtsansprache des Bundespräsidenten ablachen. Das würde mich emotional ein bisschen aufpäppeln. Vielleicht könnte ich sogar das ein oder andere Geschenk abstauben. Je mehr ich darüber nachdenke, desto besser gefällt mir die Idee. Voller Hoffnung warte ich die Reaktion der anderen ab.

Anja schüttelt schließlich den Kopf. „Tut mir Leid, Marco, aber meine Mutter ist dieses Jahr mit ihrem neuen Lover auf einer Kreuzfahrt in der Karibik. Sie haben mich eingeladen. Ich kann den Arsch zwar nicht ab, aber einen kostenlosen Traumurlaub lasse ich nicht so einfach sausen."

„Ich bin auch nicht hier", sagt Patrick. „Eigentlich wollte ich Freunde in Schleswig-Holstein besuchen, aber die Kinder haben Mumps – und ich habe nie Mumps gehabt."

„Ja, und?" frage ich verständnislos.

Patrick sieht mich entgeistert an. „Mumps im Erwachsenenalter kann Impotenz zur Folge haben! Wusstest du das nicht?" Lars erstickt um ein Haar an seinem Käsebrot und beruhigt sich erst, als Rafael ihm geistesgegenwärtig auf den Rücken haut. „Jedenfalls", fährt Patrick fort, „habe ich mich jetzt schon ersatzweise bei meiner Ex eingeladen. Sie hat gesagt, sie habe ihre Depressionen überwunden. Ich darf nur nicht die Themen Arbeit und Krankheit ansprechen."

„Ich muss auch passen", keucht Lars noch immer etwas atemlos und hebt einen Brotkrümel vom Boden auf. „Die Familie trifft sich dieses Jahr bei meinem Bruder und seiner Freundin, und da ich ihm noch dreitausend Euro schulde, muss ich mich einfach da blicken lassen. Gerade weil ich die Kohle nicht habe. Es ist ein rein taktisches Manöver."

Mein Gesicht wird immer länger.

„Abgesehen davon", sagt Rafael plötzlich, „wirst du ebenfalls nicht hier sein, Marco. Oder hast du schon wieder vergessen, dass wir in Urlaub fahren wollen?"

„Du willst Ferien machen?" fragt Anja erstaunt. „Ich denke, du bist gerade deine Jobs losgeworden und völlig pleite!"

„Bis auf die Abfindung", unterbricht Rafael.

„Was für eine Abfindung?" fragt Lars erstaunt.

„Ulli hat mir tausend Euro als Entschädigung in die Hand gedrückt", erkläre ich widerwillig. „Aber das ist jetzt mein Notnagel für die nächsten Wochen. Rafael hatte die Schnapsidee, das Geld für einen kleinen Urlaub auf den Kopf zu hauen. Er meint, ich bräuchte eine Auszeit. Ich habe nie behauptet, dass wir wegfahren."

Anscheinend haben die anderen meine Enttäuschung bemerkt und sehen sich betreten an.

„Wir könnten doch zum Weihnachtsmarkt gehen", schlägt Anja vorsichtig vor. „Als Ersatz? Da ist es doch auch immer sehr … festlich." Ihre Stimme klingt unsicher und wenig überzeugt. Wahrscheinlich glaubt sie selber nicht, was sie sagt. Außerdem bin ich nicht in der Stimmung, mich mit so billigen Alternativen abspeisen zu lassen.

„Hmph!" sage ich mürrisch. „Keine Lust."

„Ach, komm schon, Marco", sagt Anja, „wir zischen uns ein paar Glühwein und anschließend sieht die Welt ganz anders aus. So was hilft immer!"

„Jetzt sofort? Spinnt ihr?" sagt Patrick. „Habt ihr mal nach draußen gesehen? Es regnet in Strömen und es ist eiskalt. Ich werde mir eine Lungenentzündung holen!"

„Halt die Klappe, Patrick", erwidert Anja und wirft ihm einen giftigen Seitenblick zu.

„Der Regen wird gleich aufhören", erklärt Rafael beruhigend. „Nicht mal für Hypochonder besteht Erkältungsgefahr." Und tatsächlich, als wir nach draußen blicken, klart der Himmel plötzlich auf und nur ein paar vereinzelte Tropfen klatschen noch gegen die Fensterscheibe.

„Wie ... wie hast du das gemacht?" stottere ich überrascht. Rafaels übernatürliche Fähigkeiten sind mir noch immer etwas unheimlich, vor allen Dingen, weil man nie weiß, wann man mit ihnen rechnen muss.

Rafael grinst zweideutig und steht auf. „Gehen wir?" fragt er.

„Na schön", ergebe ich mich nörgelnd in mein Schicksal, „wenn es euer schlechtes Gewissen beruhigt. Aber Adolf bleibt hier." Ich versuche noch immer, meine Verantwortung für den Hund zu ignorieren.

„Und Samantha ...?" protestiert Lars zögernd und deutet auf den Fernseher.

„Die braucht jetzt auch mal 'ne Pause, sonst kriegt sie noch einen Scheidenkrampf", sagt Anja und nimmt Lars kurzerhand die Fernbedienung weg. „Du kommst mit! Es gibt ein Leben jenseits von *Sex and the City*."

„Aber keins, das auch nur annähernd so interessant ist", erwidert Lars enttäuscht. Dann wirft er die Reste seines Käsebrots in den Papierkorb, wischt sich die fettigen Hände an seiner Jeans ab und schließt sich uns an. Adolf sieht uns traurig nach, als die Wohnungstür vor seiner Nase ins Schloss fällt.

Der Weihnachtsmarkt liegt nur zwei U-Bahn-Stationen von unserer Wohnung entfernt. In Köln gibt es mittlerweile ein halbes Dutzend Weihnachtsmärkte, aber fast alle sind dermaßen kommerzialisiert und übersät mit Fressbuden und Kinderkarussellen, dass man eigentlich nur den Weihnachtsmarkt am Dom besuchen sollte, wo im Schatten der Kathedrale zumindest ansatzweise ein wenig vorweihnachtliche Stimmung verbreitet wird. Hier kann man noch eine Krippe mit echten Holzfiguren finden, süßlich singende Kinderchöre und hochwertiges Kunsthandwerk. Gerade deshalb ist natürlich dieser Markt so überfüllt mit Touristen, vor allen Dingen aus dem benachbarten Ausland, dass man Mühe hat, sich durch die Massen zu schieben, ohne im Gedränge mit einem öligen Backfisch zu kollidieren oder heißen Glühwein über die Jacke geschüttet zu bekommen. Heimlich hege ich ja den Verdacht, dass in wenigen Jahren alle Einwohner Kölns vom Stadtrat per Dekret gezwungen werden, in der Adventszeit rote Zipfelmützen zu tragen, als weitere Attraktion für unsere anreisenden Gäste. Dass es jedes Jahr mehr Verkaufsstände gibt, die solche Mützen anbieten, bestätigt nur meine Vermutung.

Während wir eingemummelt in unsere dicksten Winterjacken die Stufen zur Domplatte erklimmen – ich habe Rafael einen Kapuzenanorak geliehen, auch wenn er meint, er sei unempfindlich gegen die Kälte –, schallen uns schon von weitem Weihnachtslieder vom Band entgegen. Leider haben es die Veranstalter versäumt, die Soundsysteme von ihrer Reichweite her aufeinander abzustimmen, sodass alles, was in meinen Ohren ankommt, ein matschiger Klangbrei ist, in dem Tonfetzen von „Ihr Kinderlein kommet", „Stille Nacht, heilige Nacht" und „Leise rieselt der Schnee" durcheinander schwappen. Natürlich rieseln in Köln im Dezember keine Schneeflocken – in der Kölner Bucht gibt es nur während einer Eiszeit Schneefall –, aber immerhin hat dank Rafaels vermutlicher Intervention der Regen endgültig aufgehört. Stattdessen blinken hunderte Lichterketten und es riecht nach Räucherkerzen, Lebkuchen, Bratwurst und WC-Reiniger.

„Schön hier", sage ich und mache einen großen Bogen um das Toilettenhäuschen vor uns. „So festlich." Den ironischen Tonfall kann ich mir einfach nicht verkneifen.

Ein graumelierter, sichtlich erkälteter Mann kommt uns entgegen, bleibt plötzlich wie angewurzelt vor uns stehen, ringt nach Luft und niest dann erleichtert einen Schwall Bakterien in unsere Richtung. Patrick springt mir fast auf den Arm.

„Eine Virenschleuder", flüstert er entsetzt und versucht gleichzeitig, nicht zu atmen.

„Vielleicht solltest du dir auch einen Mundschutz zulegen", erwidert Lars spöttisch. „So wie Michael Jackson." Ohne auf uns zu achten, schiebt er sich durch die Menge, den nächsten Glühweinstand fest im Visier. Wir schlendern an zwei Ständen mit Makramee-Arbeiten aus Äthiopien und handgefertigten chinesischen Kunstwerken aus der Ginseng-Wurzel vorbei und bleiben an einer Bude stehen, die Christbaumschmuck aus dem Erzgebirge anpreist.

„Wie wäre es denn hiermit?" fragt Rafael und hält eine winzige, bunte Holzfigur hoch, die ein Christkind darstellen soll, und deren Größe in keinem Verhältnis zu ihrem Preis steht. „Als Andenken?"

„Spinnst du?" sage ich. „Wer soll denn das bezahlen? Viel zu teuer!"

„Die Figuren sind alle handbemalt!" entgegnet mir der Verkäufer erbost.

„Von wem?" mischt sich Anja ein. „Pygmäen? Ansonsten wüsste ich keinen, der einen so kleinen Pinsel halten kann. Oder haben wir hier vielleicht einen Verfechter von Kinderarbeit vor uns?" Sie sieht den Mann herausfordernd an.

„Wenn Sie nichts kaufen wollen, machen Sie Platz für andere Kunden!" sagt der Verkäufer wütend.

Patrick drängelt sich zwischen uns und klappert demonstrativ mit den Zähnen. „Mir ist kalt", sagt er.

„Du Memme!" flüstere ich ihm ins Ohr. „Sei nicht so ein Weichei!"

„Bin ich nicht!", erwidert Patrick. „Ich habe nur ein sensibles Immunsystem." Er stampft mit den Schuhen auf, um die Kälte aus seinen Füßen zu vertreiben.

„Oh, schau mal: Strohsterne!" ruft Rafael und zeigt auf ein Regal an der Rückwand. „Strohsterne sind wichtig."

„Wichtig? Wieso?" frage ich.

„Sie symbolisieren den Stern, der auf die Geburt von Jesus Christus hingewiesen hat."

„Du meinst das Auftauchen des Halleyschen Kometen. Ein kosmisches Ereignis, das sich ungefähr alle achtzig Jahre wiederholt", sagt Lars mit hochgezogenen Augenbrauen. „Zwar ungewöhnlich, aber naturwissenschaftlich leicht zu erklären."

„Ich rede von dem Stern, mit dem die Ankunft des Erlösers angekündigt worden ist", antwortet Rafael indigniert. „Und deinen neuzeitlichen Atheismus kannst du dir sonst wohin stecken!"

„Da vorne gibt es noch schönere Strohsterne", sage ich schnell und deute auf eine andere Weihnachtsmarktbude. Ich schiebe Rafael vor mir her und bedeute Anja, Lars möglichst von ihm fernzuhalten. Irgendwie scheint die Chemie zwischen den beiden heute nicht zu stimmen.

„Was ist bloß los mit dir?" zische ich Rafael zu. „Lars hat dir doch gar nichts getan!"

„Er hat mich provoziert!" erklärt Rafael und zieht eine Schnute.

Ich muss lachen und klopfe ihm beruhigend auf die Schulter. „Es ist nicht einfach, sich daran zu gewöhnen, dass man plötzlich mit einem Engel zusammenwohnt. Das legt sich mit der Zeit, hoffe ich wenigstens."

„Aber du", erwidert Rafael ernst, „du glaubst mir doch, oder?"

Ich zögere einen Moment und dann sage ich: „Ja", und in dem Augenblick merke ich, dass ich es tatsächlich so meine. So verrückt es auch sein mag, ich glaube langsam wirklich, dass Rafael auf die Erde geschickt wurde, um mir zu helfen, mein Leben in neue Bahnen zu lenken. Diese Erkenntnis überrascht mich selbst. Wie ich zu dieser Überzeugung gekommen bin, kann ich mir auch nicht erklären. Vielleicht ist es Wunschdenken, vielleicht ist es die Sehnsucht nach jemandem, der mich an die Hand nimmt und mir sagt, was ich tun muss, um endlich meinen Traumprinzen zu finden. Vielleicht aber habe ich auch einfach nur einen an der Klatsche. Ich starre Rafael an und auf einmal habe ich einen dicken Kloß im Hals.

„Gut", erwidert Rafael und lächelt mich an, „das ist gut, Marco." Dann jedoch wird seine Aufmerksamkeit von einem kleinen Tumult in seiner Jackentasche abgelenkt. „Oh", sagt er und bugsiert meinen fiependen Hamster an die frische Luft, „ich habe wohl vergessen, Fridolin XIV. in seinen Käfig zu stecken."

„Das glaube ich einfach nicht!" antworte ich fassungslos. „Du hast Fridolin mitgenommen? Das arme Vieh! Was sollen wir denn jetzt machen?"

Fridolin klettert an Rafaels Schulter empor, verschwindet einen Moment hinter dem Nacken und taucht schließlich oben auf Rafaels Kopf auf, wo er wie ein kleiner Dutt aus Fell thront und interessiert seine Nase in den Wind hält.

„Nichts", erklärt Rafael ruhig, „gönn ihm den kleinen Ausflug doch einfach. Schließlich war er noch nie auf einem Weihnachtsmarkt!"

„Aber wenn ihm etwas zustößt! Er könnte herunterfallen und zertreten werden!" Ich gebe zu, dass ich ein kleines bisschen hysterisch klinge, aber was das unnatürliche Ableben meiner Hamster angeht, bin ich ein gebranntes Kind.

„Er ist bei mir so sicher wie in Abrahams Schoß", sagt Rafael, „es wird ihm nichts geschehen."

Ich bin mir da zwar nicht sicher, schließlich ist mir in Rafaels Gegenwart schon so einiges passiert, aber andererseits habe ich auch keine bessere Lösung parat.

Am Glühweinstand stoßen wir wieder zu den anderen, und während Patrick sich anstellt, um eine Runde Glühwein zu organisieren, starren mich Anja und Lars erstaunt an, als sie sehen, dass Rafael meinen Hamster auf seinem Kopf balancierend spazieren trägt.

„Fragt nicht", wehre ich ab und verdrehe die Augen.

„Bist du sicher, dass das eine gute Idee war, Rafael?" sagt Anja und deutet auf einen Fleck auf seiner Jacke. „Du hast Hamsterkotze auf deiner Schulter."

Fridolin sieht tatsächlich mittlerweile etwas mitgenommen aus. Er hat einen Gesichtsausdruck, als wäre er gerade aus einer Achterbahn ausgestiegen. Das Herumgeschaukele auf Rafaels Kopf scheint ihm nicht zu bekommen. Neben uns stehen ein paar Leute, die tuschelnd und ellenbogenstoßend auf den Engel zeigen. Eine Gruppe älterer und angetrunkener Hausfrauen, wahrscheinlich ein Kegelverein aus Wanne-Eickel, macht Anstalten, Fridolin zu streicheln, und ich kann sie nur mit Mühe davon abhalten. Ich komme mir vor wie der Wärter einer grotesken Kirmesattraktion.

Wie vermutet, sind die meisten Besucher des Weihnachtsmarktes tatsächlich Touristen, heute vor allen Dingen Asiaten, die so aufdringlich lächeln, als wären sie mit einem permanenten Lachmuskelschließkrampf auf die Welt gekommen, und einige versprengte Amerikaner, die alle fünf Sekunden verzückt juchzen, auf den Dom deuten und sich gegenseitig bestätigen, wie „*beautiful*" doch alles sei. Als eine ältliche Dame im Jogginganzug und mit blaugefärbten Haaren zögernd auf mich zukommt und mich fragt, was denn das für ein imposantes Gebäude sei, sehe ich meine Vorurteile gegen die kulturelle Ignoranz der Amerikaner mal wieder bestätigt.

„Es ist eine Moschee", antworte ich schließlich zuckersüß. „Für unsere islamischen Mitbürger. Osama bin Laden hat sie gestiftet."

Die Dame sieht mich entsetzt an und schlägt die Hand vor den Mund. „*Really?*" stottert sie. „*Oh my God!*"

Kurz darauf, als die Amis verschreckt die Flucht ergriffen haben und wir endlich unsere heißen Getränke schlürfen, nimmt mich Anja beiseite. „Ich habe nachgedacht", raunt sie mir ins Ohr. „Vielleicht hat Rafael Recht. Vielleicht ist es gar keine schlechte Idee, ein paar Tage Ferien zu machen. Ein bisschen Abstand und eine kleine Abwechslung würden dir sicherlich gut tun. Du kämst auf andere Gedanken."

„Das ist eine bescheuerte Idee", erwidere ich. „Ich soll also mein letztes Geld verprassen, ohne einen Gedanken daran zu verschwenden, wie ich in den nächsten Monaten meinen Teil der Miete bezahlen soll?"

Anja seufzt. „Irgendetwas findet sich immer", sagt sie leichthin. „Außerdem ist es gerade kurz vor Weihnachten ziemlich unsinnig, auf Jobsuche zu gehen. Im Moment findest du sicherlich nichts Passendes. Warum also nutzt du die Zeit bis nach den Feiertagen nicht für etwas, was dir gut tun könnte?"

„So!" antworte ich und stelle erstaunt fest, dass mein Glühwein schon alle ist. „Und darunter verstehst du eine Reise mit Rafael und Adolf? Du hast einen merkwürdigen Humor! Schau dir meinen Engel doch an: Er hat einen Hamster auf dem Kopf!"

„Schön", gibt Anja zu, „ich würde mir vielleicht ein paar konventionellere Reisebegleiter aussuchen, aber mit den beiden wegzufahren ist immer noch besser, als mit ihnen in der Bude zu hocken und Trübsal zu blasen."

An Anjas Einwand ist etwas dran. Die Vorstellung, die Feiertage in einer leeren Wohnung zu verbringen, stimmt mich nicht gerade glücklich. Lars drängelt sich zwischen uns, sammelt die leeren Becher ein und versorgt uns kurz darauf mit einer zweiten Runde Glühwein. Gleich bin ich betrunken.

„Und wo soll die Reise deiner Meinung nach hingehen?" frage ich schließlich. „Selbst mit tausend Euro kann man zu dritt keine großen Sprünge machen."

„Wie wäre es mit Wandern im Thüringer Wald?" schlägt Anja vor.

„Im Winter?" gebe ich entsetzt zurück. Meine Fantasien von Sonne, Strand und einer Hängematte zwischen zwei Palmen zerplatzen wie ein zerstochener Luftballon. „Was für ein dämlicher Einfall!"

„Wie du schon sagst", erwidert Anja achselzuckend, „mit tausend Mäusen ist die Auswahl an Reisezielen etwas begrenzt. Abgesehen davon geht es doch gar nicht so sehr darum, wohin du fährst, sondern dass du überhaupt wegfährst! Und Deutschland im Winter hat bestimmt einige Vorzüge zu bieten: die gute Luft, romantische Eiszapfen an den Bäumen, lange Spaziergänge durch verschneite Landschaften, die gute Luft, preiswerte Unterkünfte, gemütliche Abende am prasselnden Kaminfeuer eines hübsch restaurierten Fachwerkhauses, die gute Luft …" Sie hört sich an wie ein sprechendes Reiseprospekt der Vereinigung deutscher Luftkurorte. Ich sehe Anja mit hochgezogenen Augenbrauen an und sage kein Wort.

„Ich finde auch, dass du dir Rafaels Vorschlag überlegen solltest", erklärt Lars plötzlich.

„Dich hat niemand gefragt", antworte ich unwirsch. Wieso fühle ich mich so in die Ecke gedrängt? „Außerdem schafft mein Wagen eine solche Strecke bestimmt nicht. Ich traue Rafaels ‚Reparaturen' nicht so richtig."

„Warum nehmt ihr nicht mein Auto?" schlägt Lars vor.

„Deins? Du willst mir dein Auto leihen?" frage ich misstrauisch. „Ich denke, das ist erst im Frühjahr wieder fahrtüchtig!"

Lars hat vor einigen Monaten bei *eBay* einen altersschwachen, rostigen Minibus ersteigert, an dem laut seiner

Aussagen „nur ein bisschen was getan werden muss und dann ist er so gut wie neu.“ Seitdem blockiert das Vehikel im Hinterhof die Mülltonnen und Lars montiert in seiner Freizeit Autoteile an und ab und versucht uns weiszumachen, dass an ihm ein Kfz-Mechaniker verloren gegangen sei.

„Letzte Woche habe ich einen neuen Vergaser eingebaut. Jetzt fährt das Schätzchen wieder wie eine Eins!“ sagt Lars stolz. „Ihr hättet auch viel mehr Platz als in deiner Karre. Mit den eingebauten Rückbänken könnten locker sechs Personen mitfahren!“

„Und wie kommst du zu deinem Bruder?“

„Ich wollte sowieso mit dem Zug fahren“, sagt Lars.

Lars’ Großzügigkeit macht mich ganz perplex. Wahrscheinlich spricht aus ihm das schlechte Gewissen. Immerhin hat er mir gegenüber einiges gutzumachen.

„Ist doch eine super Idee!“ erklärt Anja begeistert, verstummt aber sofort, als sie meinen Blick sieht. „Am besten besprichst du das mit Rafael“, gibt sie entmutigt auf.

„Apropos …“, murmele ich und drehe mich suchend um. Aber der Engel ist nirgendwo zu finden.

„Wo ist Rafael?“ frage ich Patrick, der mittlerweile schon beim dritten Glühwein angelangt ist und glasige Augen hat.

Patrick brummt etwas Unverständliches und stiert mit einem aufdringlichen Grinsen eine Blondine am Stehtisch neben uns an. Dann deutet er vage auf eine Bude mit Weihnachtsplätzchen ein paar Meter entfernt. „Ich glaube, er hat einen Bekannten getroffen und wollte kurz ‚Hallo‘ sagen.“

„Einen Bekannten? Rafael hat hier keine Bekannten, außer vielleicht den Kardinal! Und der treibt sich bestimmt nicht auf dem Weihnachtsmarkt herum.“

Beunruhigt betrachte ich die Leute vor einem Stand mit Gebäck und entdecke Rafael schließlich Arm in Arm mit einem Mann, der einen wallenden roten Rock, eine rote Zipfelmütze und einen weißen Wattebart trägt. Die beiden sind augenscheinlich in ein wichtiges Gespräch vertieft. Rafael steht etwas unsicher auf den Beinen und wird von dem anderen gestützt. „O nein", sage ich ahnungsvoll, „er verbrüdert sich gerade mit dem Nikolaus!"

Rafael hebt seinen Kopf, sieht zu mir herüber und winkt mich freudestrahlend heran. „Marco!" brüllt er mit schwerem Zungenschlag, „schau mal, wen ich gefunden habe!" Mit Anja, Lars und Patrick im Schlepptau laufe ich zu den beiden herüber, in der Hoffnung, einen Eklat verhindern zu können. Rafael ist voll wie eine Haubitze.

„Wie viele Becher Glühwein hast du intus?" fahre ich ihn an.

„Köstliches Getränk", erklärt er überschwänglich und ignoriert meine Frage, „kann ich noch 'ne Runde haben, für mich und meinen Freund hier?" Er klopft dem rotgewandeten Mann auf die Schulter. „Das hier", fügt er dann hinzu, „ist übrigens ein Kollege von mir: der heilige Nikolaus! Wir heben gerade einen zusammen – auf die alten Zeiten!" Lars und Patrick fangen schon wieder an zu lachen. Für sie scheint das alles sehr komisch zu sein. „Hört auf damit!" sage ich. „Helft mir lieber, die beiden zu trennen!"

Zumindest Patrick unternimmt einen, wenn auch etwas hilflosen Versuch, mir zur Seite zu stehen. „Das ist nicht der heilige Nikolaus", sagt er zögernd und etwas belehrend zu Rafael, „das ist mit Sicherheit ein verkleideter Student oder Rentner! Du weißt schon, der Brauch mit dem Gedicht aufsagen und der Rute."

Aber Rafael ist jenseits von gut und böse und vernünftigen Argumenten gar nicht mehr zugänglich. Wahrscheinlich ist sein himmlischer Metabolismus überhaupt nicht in der Lage, irdischen Alkohol zu verkraften. „Student? Quatsch!" lallt er und wischt Patricks Erklärung mit einer fahrigen Geste beiseite. „Das – das hier is Niki. Ich werd doch meim alten Kumpel Niki wiedererkennen." Er beugt sich unsicher zu mir herüber und flüstert mir grinsend ins Ohr: „Kann man nie verfehlen, den Kerl – hat immer rot an, schon seit Jahrhunderten – und er riecht bisschen streng nach Rentier ..."

Verärgert sehe ich Rafaels neuen Freund an. „Sagen Sie ihm, wer Sie sind", fordere ich ihn auf, um die Scharade zu beenden.

Der Mann rückt umständlich seinen falschen Bart zurecht, reicht mir die Hand und stößt dann verwaschen hervor: „Heiliger Nikelaus, Pisch... Bischof von Myra! Warste auch brav, mein Sohn?" Er kramt einen kleinen Reisigbesen aus dem Kartoffelsack, den er in seinen Gürtel gesteckt hat, und fuchtelt mir damit drohend vor dem Gesicht herum.

Super! denke ich. Noch ein Irrer!

„Siehst du", schreit Rafael triumphierend, als ob der mickrige Ast einen Beweis darstellen würde, „er hat sogar seine Rute dabei! Is ja doch der Nikilaus ..."

„Ist er nicht!" sage ich scharf und zerre Rafael aus der Umarmung des roten Mannes. „Aber du bist völlig blau und gehörst ins Bett, um deinen Rausch auszuschlafen!"

„Niki! Lass mich nicht alleine!" ruft Rafael weinerlich und dreht sich sehnsüchtig nach seinem Saufkumpanen um, während ich und Lars ihn Richtung Taxistand schleifen. „Sag den anderen, dass ich sie vermisse – und bestell dem Allmächtigen, dass ich was guthabe, wenn ich hier fertig bin – ist sehr anstrengend ..." Der falsche Nikolaus winkt uns zum Abschied mit seiner Rute nach.

Anstrengend? denke ich empört. Was ist an mir denn anstrengend? Wenn hier jemand Grund zum Klagen hat, dann bin doch wohl ich das! Trotzdem registriere ich auch beunruhigt, wie groß Rafaels Heimweh zu sein scheint.

Zusammen bugsieren Lars und ich Rafael ins Taxi. Lars kehrt zum Glühweinstand zurück und ich leiste Rafael auf dem Rücksitz Gesellschaft.

Der Engel hängt im Sicherheitsgurt wie ein verwelktes Bund Petersilie. „Mir ist schlecht", sagt er mit geschlossenen Augen.

„Wundert mich nicht", antworte ich, „du hast zu viel getrunken."

„Ich glaube, ich vertrage nichts. Da, wo ich herkomme, gibt's keinen Alkohol."

„Ach", sage ich erstaunt, „und was ist mit den Drinks, die du hin und wieder mit Beelzebub hinter die Binde kippst?" Der Taxifahrer wirft einen misstrauischen Blick in den Rückspiegel.

Rafael schüttelt mühsam den Kopf. „War gelogen", bringt er dann heraus. „Oder besser gesagt, ein wenig ausgeschmückt. Engel können ja nicht lügen."

Ich überlege, welche Implikationen dieses Geständnis für den Rest seiner Geschichte hat. „Und alles andere?" frage ich. „War das auch ausgeschmückt? Die Sache mit Jesus und Judas, deine Verbannung, dein Auftrag, mein Leben ändern zu müssen? Hast du mich die ganze Zeit zum Narren gehalten?"

Rafael stöhnt und hält sich den Kopf. „Nein, Marco. Es ist alles wahr. Wie oft soll ich es denn noch wiederholen? Vielleicht habe ich manches ein wenig vereinfacht, aber einem Sterblichen die himmlische Herrlichkeit nahe zu bringen, ist ein Ding der Unmöglichkeit. Und jetzt lass mich in Ruhe, ich will schlafen!" Rafaels Kopf fällt nach hinten und innerhalb weniger Sekunden dröhnt das geräuschvolle Schnarchen durch das Auto, das mich schon in der ersten Nacht vom Einschlafen abgehalten hat.

Obwohl es erst Nachmittag ist, bin ich völlig fertig. Die Ereignisse der letzten Tage verdichten sich zu einer einzigen, großen Reizüberflutung und lassen mich etwas atemlos zurück. Müde und angestrengt starre ich aus dem Fenster und betrachte die blinkenden, weihnachtlich dekorierten Schaufenster. Aber ich kann nicht abschalten, denn trotz oder gerade wegen meiner Erschöpfung bin ich auch aufgeregt. Der absurde Gedanke, den Alltag eine Zeit lang hinter mir zu lassen, lässt mich plötzlich nicht mehr los. Rafaels Auftauchen hat schon jetzt mein Leben verändert – auch wenn ich noch nicht begriffen habe, in welcher Form – und wahrscheinlich ist es sinnlos, sich gegen diese Veränderung zu wehren. Viel einfacher wäre es wahrscheinlich, mich treiben zu lassen, mit dem Strom zu schwimmen und meinen Widerstand aufzugeben. Denn was immer er auch vorhaben mag – Rafael wird nicht lockerlassen, das weiß ich inzwischen.

Natürlich bin ich ängstlich, aber ich spüre auch deutlich eine unerwartete, erstaunliche Neugier auf das, was auf mich zukommt – fast so wie das Gefühl, das mich unausweichlich immer dann überfällt, wenn ich mit einem Flugzeug geflogen bin: Jedes Mal, wenn ich vor dem Rollband der Gepäckabholung stehe – meist in der verzweifelten Hoffnung, dass mein Koffer nicht auf mysteriöse Weise nach Reykjavik, Honolulu oder Dubai umgeleitet worden ist und meine schmutzige Unterwäsche von genervtem Servicepersonal kritisch unter die Lupe genommen wird –, habe ich den fast unwiderstehlichen Drang, mich auf das ratternde Fließband zu werfen und den Menschen, die mit mir warten, huldvoll lächelnd zuzuwinken, während ich langsam an ihnen vorbeigerollt werde und endlich, endlich erfahre, was sich hinter den schweren, schwarzen Gummilamellen befindet, die sich wie ein zerrissener Vorhang lüften, wenn sie ihre Fracht freigeben.

Das Taxi hält, ich zahle und wecke den schlaftrunkenen Rafael. „Wir sind da", sage ich. „Wach auf!"

„Gepriesen sei Gott in der Höhe", nuschelt er.

Der Weg die Treppen hinauf ist Schwerstarbeit. Rafael hängt wie ein nasser Sack auf meinen Schultern. Zu jedem Schritt muss er sich von mir überreden lassen. Immer wieder fallen ihm die Augen zu und er murmelt lateinische Wortfetzen. Als wir endlich oben sind, rinnt mir der Schweiß über den Nacken und ich habe Pudding in den Beinen.

Adolf begrüßt unsere Ankunft schwanzwedelnd und winselnd, aber als ich streng „Platz!" sage, gehorcht er aufs Wort. Vor Schreck lasse ich Rafael fast fallen. Mir war gar nicht klar, wie viel Autorität ich ausstrahle.

Ich will Rafael auf sein Feldbett verfrachten, aber ich habe nicht genug Hände, um die Tür zu seinem Zimmer zu öffnen und ihn gleichzeitig festzuhalten. Also lade ich ihn notgedrungen auf meinem Bett ab, wo er sich sofort dankbar ausstreckt und den Kopf im Kissen vergräbt. Fridolin XIV. kriecht aus der Kapuze der Jacke und macht sich unter dem Schreibtisch über die Elektrokabel meines Computers her.

„So müde ...", brummt Rafael und sucht zwischen den Laken die bequemste Schlafposition. Er wirkt hilflos, wie ein großes, kleines Kind.

„Halt still", sage ich versöhnlich und ziehe ihm mühsam die Schuhe und die Strümpfe aus. Er hat makellose, schöne Füße, schneeweiß mit samtiger, glatter Haut – fast wie gemalt. Auf den großen Zehen sprießt weicher, dunkler Flaum und seine Zehennägel sind perfekt geformte Halbmonde. Ich halte seinen rechten Fuß in meiner Hand und lasse wie in Trance meine Handfläche über seine Fußsohle fahren. Rafael zuckt zusammen und kichert.

„Vorsicht, ich bin kitzelig", sagt er.

Ich seufze und will ihm helfen, die Jeans auszuziehen, aber als ich die Hosenknöpfe öffne, merke ich, dass Rafael nicht so müde ist, wie ich dachte. Teile von ihm sind wach, hellwach. Meine Finger fangen an zu zittern und fühlen sich auf einmal ganz klamm an. Ich würde so gerne, aber mein Verstand sagt mir, dass ich nicht blöde sein soll. Von solchen Sachen sollte man besser nicht mal träumen, da ist der Ärger schon vorprogrammiert. Doch dann zieht mich Rafael plötzlich zu sich aufs Bett, und als seine Bartstoppeln meine Lippen berühren, ist mir erst einmal alles egal.

Er küsst wie ein Engel, denke ich noch, und dann, bevor ich mich endgültig fallen lasse: Na ja, kein Wunder, er ist ja auch einer, oder?

Einige Stunden später bin ich noch immer wach und wieder beobachte ich Rafael beim Schlafen. Es scheint mir fast, als hätte ich einen erheblichen Teil der letzten zwei Tage damit zugebracht, ihn möglichst unbemerkt zu betrachten. Ich kann mich an ihm einfach nicht satt sehen. Nur diesmal muss ich nicht heimlich nach nebenan schleichen, jetzt liegt Rafael neben mir.

Je tiefer er schläft, desto mehr breitet er sich auf meinem Bett aus, als wollte er unbewusst Besitzansprüche demonstrieren, als wollte er mir sagen, dass sein Platz nun an meiner Seite ist. Anfangs hat er sich auf seine Hälfte der Matratze beschränkt, aber nun liegt er fast quer im Bett, sein Kopf auf meinem Kissen, sein rechter Arm in einer vereinnahmenden Geste weit ausgebreitet. Mir bleibt nur die rechte, untere Ecke im Bett, aber trotz der Enge fühle ich mich wohl.

Rafael verwirrt mich. Alles an ihm ist widersprüchlich. Mal ist er naiv und albern, mal ernst und traurig, dann wieder komisch und tollpatschig. Er redet gerne in Plattitüden und gibt altkluges Gewäsch von sich, aber einige Dinge, die er sagt, haben einen ernsten Kern und bringen mich zum Nachdenken. Meist hat er ein grenzenloses Mitteilungsbedürfnis und eine Distanzlosigkeit, die mich auf die Palme bringen, und dann wieder kommt er mir sehr zurückgezogen und unnahbar vor. Ein Mann, um den ich sonst einen großen Bogen machen würde.

All das verunsichert mich, aber jetzt, wo er in meinem Bett liegt, kann ich merkwürdigerweise nicht aufhören zu lächeln. Ich ertappe mich bei der Überlegung, ob er vielleicht der Richtige ist, baue Luftschlösser für uns beide und vergesse dabei, dass er doch ein Engel ist, der mir nur für einen begrenzten Zeitraum zur Seite stehen wird. Ich glaube, ich bin dabei, mich zu verlieben. Rafael passt so viel besser zu mir als Finn. Bei Rafael fühle ich mich sicher, auch wenn das Leben mit ihm unvorhersehbar zu sein scheint. Er würde mich niemals hintergehen.

Mit seiner Handfläche reibt Finn über die beschlagene Fensterscheibe in der Küche und sieht nach draußen. In der Nacht hat es sich aufgeklärt. Die Wolken, die noch vor wenigen Stunden aus dem Rheinland kommend den Himmel verdüstert und mit Regen gedroht hatten, haben sich aufgelöst und einer glitzernden Sonnenscheibe Platz gemacht. Aber die Jahreszeit fordert ihren Tribut und die Kälte weicht nicht zurück. Die Schneereste auf der Fensterbank und um den Strommast hinter dem Grundstückszaun verwandeln sich zusehends in hart gefrorenes Eis.

Finn hat gerade sein Mittagessen beendet und stapelt den leer gegessenen Teller auf den Berg von Abwasch, der langsam anfängt, unangenehm zu riechen. Die angebrochene Dose Ravioli war das letzte Essbare, das er hatte. Jetzt ist der Kühlschrank leer, abgesehen von zwei Flaschen Mineralwasser, einem Glas Spreewaldgurken und vier Scheiben grün angelaufener Fleischwurst.

Finn versucht, ein Aufstoßen zu unterdrücken. Die Nudeln liegen wie ein Stein in seinem Magen und er spielt mit dem Gedanken, sich ein oder zwei Schnäpse zu genehmigen. Irgendwo hat er noch eine Flasche *Jägermeister*. Aber erstens ist es noch zu früh am Tag für Alkohol, und zweitens braucht er einen klaren Kopf.

Er zündet sich eine Zigarette an, inhaliert tief und hustet. Sein ganzes Leben hat er nicht geraucht und seine Lungen rebellieren gegen die ungewohnte Mischung aus Teer und Nikotin. Es ist alles Marcos Schuld. Als Marco ihm den Laufpass gegeben hat, brauchte Finn etwas, um seine aufgewühlten Nerven zu beruhigen, ist in den nächsten Tabakladen gestürmt und hat noch auf dem Bürgersteig fünf Zigaretten hintereinander geraucht, bis ihm ganz schwindelig war.

Jetzt nimmt er den Glimmstängel mit nach draußen in die kalte Mittagsluft und sieht zu, wie sich die stinkenden Tabakschwaden verflüchtigen. Eigentlich findet er Rauchen abscheulich. Es hinterlasst einen bitteren Geschmack in seinem Mund und seine Kleidung riecht nach Asche. Finn beschließt, noch heute mit dem Rauchen aufzuhören, und grinst. Sollte er seinen Humor wiedergefunden haben?

Auf dem Hof dreht er sich um und betrachtet das Haus, das er von seinen Eltern geerbt hat. Es ist ein wenig heruntergekommen. Der Putz bröckelt an manchen Stellen, einige Dachziegel fehlen, andere sind lose und die Regenrinne ist undicht. Eigentlich hatte er das Haus damals verkaufen wollen; es bot zu wenig Komfort und war zu abseits gelegen für seinen Geschmack. Aber aus irgendeinem Grund hat er sich doch nicht zum Verkauf entschließen können und sich über die Jahre mit den Unannehmlichkeiten arrangiert. Im Laufe der Zeit hat er etwas handwerkliches Geschick erworben. Er kann mittlerweile Stromkabel verlegen, mauern und sogar ein wenig zimmern. Sein Bett ist sein ganzer Stolz, er hat es in wochenlanger Arbeit selbst gebaut. Jeder Mann, den er hierher in die Einöde und in sein Bett locken konnte, hat die feine Maserung des Holzes bewundert und die Robustheit des Gestells ausprobiert. Gerade Marco, der sich immer gegen den Rahmen geworfen hat, wenn er in der Hitze des Gefechts darum bettelte, von Finn in die Matratze genagelt zu werden.

Finn erinnert sich plötzlich an einen Tag vor dem Ende ihrer Beziehung, als das mit Carl gerade passiert war. Er hatte ein Kaninchen geschossen und war in der Küche damit beschäftigt, das Tier zu häuten und auszunehmen. Der süßliche Geruch von Blut hing wie Dampf in der Luft. Er hatte gerade die Gedärme im Müll entsorgt, als Marco aus der Dusche kam und wie angewurzelt im Türrahmen stehen blieb.

„Was – was tust du da?" fragte er schockiert. Das Handtuch, das er sich um die Taille gebunden hatte, löste sich und fiel zu Boden.

Finn war zu beschäftigt, um die unnatürlich geweiteten Pupillen von Marco zu registrieren. Nicht einmal den Haschischduft hatte er wahrgenommen. „Heute Abend gibt's Kaninchenbraten", hatte er gesagt. „Ganz frisch." Er wollte Marco etwas Besonderes bieten, genau vor vier Monaten hatten sie sich kennen gelernt.

„Gerade erst umgebracht?" fragte Marco. Langsam war er nach vorne gekommen und hatte auf die blutige Masse vor sich gestarrt. Zögernd hatte er seine rechte Hand ausgestreckt und das Kaninchen berührt. „Warm", hatte er gemurmelt. „Warm und glitschig." Dann hatte er seine Finger mit einer Mischung aus Faszination und Ekel in den Tierkörper geschoben. Als er sie wieder herauszog, war seine Hand bis zum Handgelenk rot verschmiert. Langsam, wie in Trance, hatten seine Finger blutige Striche auf seinen Körper gemalt, auf die Stirn, die Wangen und auf den Bauch. Seine Augen hatten Finn unverwandt angeblickt.

„Hugh!" hatte er schließlich gesagt und die Hand abwartend gesenkt. „Ich bin ein Indianer."

Noch niemals in seinem Leben war Finn so erregt gewesen. Jede Bewegung von Marco hatte er verfolgt, jeden Strich beobachtet. Seine Hände hatten gezittert und er musste sich an der Spüle abstützen, weil ihm die Beine auf einmal nicht mehr gehorchten. Ein rötlicher Film hatte sich über seine Augen gelegt und sein Kopf fühlte sich an, als würde er jeden Moment explodieren. Er hatte Marco auf dem Küchentisch genommen und die Erinnerung an ihr hilfloses, unmenschliches Stöhnen hatte ihn noch Tage später zusammenzucken lassen.

„Scheiße!" brüllt Finn so laut er kann und scheucht unbeabsichtigt ein paar Krähen vom Dachfirst. Auf einmal vermisst er Marco so sehr, dass es ihm körperliche Schmerzen bereitet.

„Tu es nicht", sagt unvermittelt eine Stimme hinter ihm. „Du musst dagegen ankämpfen!"

Blitzschnell dreht sich Finn um und sieht, dass hinter ihm ein junger Mann steht, mit strähnigen, dunklen Haaren. Er kommt ihm bekannt vor, die Grübchen auf der Wange hat er schon einmal gesehen, aber er kann sich nicht erinnern.

„Was?" fragt er verwirrt. „Wer bist du? Wie bist du hierher gekommen?"

„Ein Schutzengel. Geflogen", bekommt er kurz und bündig zur Antwort.

„Klar", sagt Finn sarkastisch. „Und was willst du?"

„Helfen."

Finn lacht bitter auf. „Mir kann nicht mehr geholfen werden. Er ist weg. Ich hab's vermasselt."

„Immer wenn du glaubst, es geht nicht mehr, kommt von irgendwo ein Lichtlein her", rezitiert der Mann freudestrahlend und sieht ihn so erwartungsvoll an, als hätte er ihm mit dieser Binsenweisheit gerade alle Geheimnisse des Universums erklärt.

Finn weiß nicht, ob er weinen oder lachen soll. Wieso unterhält er sich überhaupt mit diesem Idioten?

„Es ist noch nicht vorbei", fügt der angebliche Schutzengel hinzu. „Es fängt gerade erst an. Wenn er dich vergessen hätte, würdest du nicht hier stehen und überlegen, wie du mich am schnellsten loswirst, damit du deinen Plan ausführen kannst. Dies ist sein Traum, er träumt von dir. Du bist also noch immer in seinen Gedanken. Zeig ihm, dass du nicht aufgibst."

„Das hier soll ein Traum sein?" fragt Finn. Aus welcher Anstalt ist der Typ bloß ausgebrochen?

Er lässt den Mann stehen und geht zurück ins Haus. Er hat jetzt keine Zeit für solche Ablenkungsmanöver. Aber in der Tür dreht er sich um und ruft: „Wenn ihm wirklich noch etwas an mir liegt und er von mir träumt, wie kommt es, dass er so hasserfüllt ist?" Aber der Fremde ist nicht mehr da.

Finn schüttelt den Kopf und schließt die Eingangstür hinter sich. Vielleicht hat er eine Art Black-out gehabt? Aber es fühlte sich alles so realistisch an! Vorsichtshalber dreht er den Schlüssel im Schloss herum. Man weiß nie. Dann läuft er die Treppe hinunter in den Keller und nimmt das Jagdgewehr von der Wand. Der Lauf ist zu lang, um wirklich handlich damit umzugehen. Finn setzt sich auf eine Holzkiste, in der er Werkzeug lagert, und klemmt die Waffe zwischen seine Knie. Er braucht ein paar Sekunden, bis er die richtige Position gefunden hat und sein Daumen den Abzug greift. Einen Moment lang zieht Finn in Erwägung, dass der Mann die Wahrheit gesagt hat, betrachtet die Möglichkeit, dass Marco trotz allem noch immer an ihm hängt, und lächelt. Dann schiebt er die Illusion energisch beiseite, steckt den Lauf des Gewehrs in den Mund und drückt ab.

Rafael hat es schon wieder gemacht. Er hat sich eingemischt. Ich schwanke zwischen Wut über die Verletzung meiner Privatsphäre und Verwunderung, wie sehr Rafael auf mein Unterbewusstsein einwirkt. Sein Einfluss wird immer stärker, dabei ist er noch nicht einmal wach. Fast wäre es ihm gelungen, meinen Traum zum Guten zu wenden. Wie kann er glauben, dass mir an Finn noch etwas liegt, wenn ich doch jetzt einen anderen habe: einen Engel? Meine Fantasien sind nur Ausdruck der Verarbeitung einer gescheiterten Freundschaft.

Finn interessiert mich nicht mehr, denke ich und ignoriere störrisch das leise Lachen, das ich in meinem Hinterkopf höre.

Rafael dreht sich im Schlaf auf den Bauch und ich streiche sanft über seine Haare, fahre mit meinen Fingern über das ungewohnte Relief seines Rückens. Er schlägt kurz die Augen auf, brabbelt etwas Unverständliches und schläft weiter. Er schnarcht leise, es klingt wie das Rauschen des Fernsehers, wenn der Sender ausfällt, und zum ersten Mal stört es mich nicht, im Gegenteil, auf einmal fühle ich mich geborgen durch das Geräusch, das mich letzte Nacht noch wahnsinnig gemacht hat. Fast unmerklich hat sich mein innerer Kompass auf Beziehung eingestellt, ohne dass ich etwas dagegen hätte tun können.

Gedankenverloren streiche ich weiter über die Haut des Mannes neben mir im Bett. Unterhalb von Rafaels Schulterblättern gleiten meine Hände plötzlich über zwei rötliche, kreisrunde, geldstückgroße Punkte. Unter seiner Haut fühlen sie sich etwas erhaben an, wie Knorpel. Erschrocken halte ich inne. Ich bin mir sicher, dass diese ... Flecken gestern noch nicht da waren.

„Rafael", frage ich laut, „was ist das?"

„Was ist was?" murmelt er schlaftrunken und will mich erneut in eine Umarmung ziehen, aber ich weiche aus und springe aus dem Bett.

„Das da!" sage ich und in meiner Stimme schwingt Angst mit. „Diese Dinger auf deinem Rücken!"

Rafael setzt sich gähnend auf und reibt sich die Augen. Dann steht er auf, stellt sich mit dem Rücken vor den Spiegel und linst über die linke Schulter. Ungeschickt tasten seine Finger die beiden Stellen ab. Dann seufzt er und blickt mich traurig an.

„Bist du krank?" frage ich. „Sollen wir zum Arzt gehen?" Verlustängste rollen auf mich zu wie die Flutwellen eines Tsunami. Ich stelle mir immer gleich das Schlimmste, das Unaussprechliche vor.

Rafael schüttelt den Kopf. „Kein Grund zur Sorge", antwortet er leise, „mir fehlt nichts. Es ist nur ein Zeichen, dass meine Zeit abzulaufen beginnt."

„Abzulaufen beginnt? Was meinst du damit?" frage ich.

Rafael räuspert sich verlegen. „Ich ... äh ... ich habe dir, als wir uns begegnet sind, nicht alles gesagt", erklärt er vorsichtig. „Erinnerst du dich? Du hast dich lustig darüber gemacht, dass ich als Engel keine Flügel besitze ..."

„Ja, und?"

Rafael deutet auf seinen Rücken. „Das da sind sie. Sie beginnen nachzuwachsen. Schon morgen wirst du die ersten Federn sehen können, und in ein paar Tagen sind sie so wie immer: zwei Meter lang, buschig und blendend weiß, fast silbern."

Ich bin so überrascht, dass ich kein Wort herausbringe. „Und was passiert dann?" frage ich schließlich, obwohl ich die Antwort ahne.

„Dann werde ich dich wieder verlassen müssen."

Ich starre ihn an und ringe nach Worten. „Aber ... aber ... ich habe mich in dich verliebt!" platzt es aus mir heraus. „Du kannst nicht einfach wieder gehen!"

Rafael schüttelt den Kopf. „Marco ...", beginnt er, aber ich schreie „Nein!" und fege mit einer ohnmächtigen Handbewegung alle Zettel und Zeitschriften vom Schreibtisch. Ich will nichts hören. Wie kann er von mir erwarten, dass ich seine Erklärung so einfach hinnehme, mich in das Schicksal füge und ihn wieder gehen lasse? Gott oder wer auch immer da oben sitzt, ist mir was schuldig!

Rafael packt mich an beiden Schultern und sieht mir eindringlich in die Augen. „Marco", sagt er noch einmal, „hör mir zu: Du bist nicht in mich verliebt, das bildest du dir nur ein!"

„Das kannst du gar nicht beurteilen!" erwidere ich aufgebracht, „du kannst schließlich nicht in mich hineinsehen!" Rafael grinst verstohlen und ich setze unsicher hinzu: „Oder doch?"

Rafael sucht auf dem Boden nach seinen Klamotten, die er vor nur wenigen Stunden gar nicht schnell genug ausziehen konnte. Ich sehe ihm schweigend zu. Jedes Stückchen seines Körpers versuche ich mir einzuprägen, jede Muskelbewegung, jedes Haar unterhalb seines Bauchnabels, aus Furcht, ihn vielleicht nie wieder nackt zu sehen.

„Ein paar Tage?" sage ich schließlich.

Rafael nickt. „Von den sechs Tagen sind zwei abgelaufen. Es bleiben noch vier übrig."

„Aber was ist mit deinem Auftrag? Du hast gesagt, du bist hier, weil du mein Leben neu ordnen sollst und mir einen Mann besorgen musst, der zu mir passt."

„Das habe ich auch vor."

„Und wenn ich überhaupt keinen anderen Mann haben will? Wenn ich lieber dich hätte?"

„Glaub mir, Marco", sagt Rafael zuversichtlich, „du wirst wollen."

„Das werden wir ja sehen!" erwidere ich kampfeslustig. „Du kannst mich nicht zwingen."

„Nein", stimmt Rafael zu, „zwingen kann ich dich nicht. Aber ich kann dich dazu bringen, zu erkennen, was das Beste für dich ist."

„Und wie willst du das anstellen?"

„Dafür fahren wir zusammen in Urlaub", sagt Rafael.

„Was hat denn das eine mit dem anderen zu tun?" erwidere ich aufgebracht. Manchmal spricht Rafael in Rätseln. Es muss ein Überbleibsel aus alttestamentarischer Zeit sein. Da haben die Leute auch nur die Hälfte von dem verstanden, was ihnen verkündet wurde.

Rafael unterbricht seine Bemühungen, seine Sachen anzuziehen; bisher hat er sowieso nur den linken Strumpf gefunden. Stattdessen verschränkt er die Arme hinter dem Kopf und lässt sich zurück aufs Bett fallen. „Es wird eine ganz besondere Reise", schmunzelt er und ich bekomme auf einmal ein ganz flaues Gefühl in der Magengegend. Die Sache hört sich an, als hätte sie einen riesigen Haken. „Wir reisen zurück in deine Vergangenheit, bildlich gesprochen." Jetzt bin ich genauso schlau wie vorher, aber das Wort „Vergangenheit" gefällt mir überhaupt nicht. Es klingt verdächtig nach Konfrontation mit Dingen, mit denen ich nichts zu tun haben möchte.

„Jetzt hör schon auf, mich auf die Folter zu spannen", sage ich, aber Rafael schüttelt den Kopf.

„Lass dich überraschen", schlägt er augenzwinkernd vor. „Schieb deine Ängste vor dem Ungewissen beiseite, fürchte dich nicht vor dem Unbekannten, tauch ein in den Moment der Gegenwart. Du kannst dich ruhig fallen lassen, ich werde bei dir sein."

Ich schnaube verächtlich auf. Rafael klingt wie der Leiter eines fernöstlich inspirierten Selbsterfahrungskurses. „Und wenn ich nicht will?" frage ich störrisch.

Rafael räkelt sich noch immer nackt auf meinem Bett. Er schaut mich mit einem unverschämten Grinsen an. „Vier Tage mit mir auf einer Reise quer durch Deutschland oder dein Schutzengel macht sofort die Biege und gesteht gegenüber dem Allmächtigen sein Versagen ein. Du hast die Wahl!" Dabei fährt seine Hand scheinbar unabsichtlich über seine Brustwarzen. Er weiß genau, wie er mich kriegen kann.

„Das ist Erpressung!" protestiere ich und vergesse völlig, dass Rafael angeblich nur dann zurückkehren kann, wenn er seinen Auftrag erfolgreich ausführt.

„Sagen wir lieber, dass ich meine Trümpfe geschickt auszuspielen verstehe", korrigiert mich Rafael lachend. Es bereitet ihm sichtlich Vergnügen, mich in die Enge zu treiben.

Ich seufze und starre unentschlossen aus dem Fenster. Dann lege ich mich neben Rafael und kuschele mich so dicht wie möglich an ihn. Ich spüre, wie mein Herzschlag sich in seiner Umarmung beruhigt. Rafaels Nähe fühlt sich an wie Zuhause-Sein und mein Widerstand schmilzt wie das Eis in einem Caipirinha.

„Aber dann bin ich Weihnachten trotzdem alleine", sage ich leise. „Du hast doch gesagt, du hast nur bis Heiligabend Zeit."

„Weihnachten", sagt Rafael geheimnisvoll, „wird alles ganz anders sein."

„Und wann soll es losgehen?" frage ich, nicht im Mindesten überzeugt.

„Morgen früh. Du packst nachher ein paar Sachen für uns zusammen und den Hundenapf für Adolf und nach dem Frühstück fahren wir los. Dein Auto fährt ja wieder."

„Wir können Lars' Minibus nehmen", sage ich geistesabwesend. „Er hat es uns angeboten."

„Wirklich?" fragt Rafael überrascht. „Prima, dann ist ja genug Platz für alle anderen!"

„Welche anderen?" frage ich schläfrig. „Wir sind doch nur zu dritt …"

„Zu dritt. Genau", versichert Rafael hastig, aber ich bin zu müde, um den merkwürdigen Unterton in seiner Stimme wahrzunehmen.

„Kann ich nicht wenigstens die erste Station unseres ‚Urlaubs' erfahren?" nörgele ich.

„Vertrau mir einfach", wiederholt Rafael und sieht mir in die Augen. Dann rutscht er ein Stück nach unten und seine Zunge vergräbt sich in meinem Bauchnabel. Ich stohne, schließe die Augen und vergesse die Welt um mich herum.

4. Angriff der Heidschnucken

„Fertig!" sagt Rafael zufrieden, nachdem er unser Gepäck auf einer der umgelegten Rückbänke verstaut hat. Fridolin XIV., den ich natürlich nicht zurücklassen kann, ist samt Käfig ebenfalls dort untergebracht und Adolf hat sich auf der Hinterbank niedergelassen und hechelt erwartungsvoll. Anscheinend mag er Abenteuer, ganz im Gegensatz zu seinem neuen Herrchen. Ich komme mir vor, als gehörte ich zu einer neapolitanischen Großfamilie. Mit einem Knall schiebt Rafael die Tür des Kleintransporters zu.

Patrick, Anja und Lars stehen um das Auto herum und bibbern in der Kälte. Sie sind mit nach unten gekommen, um uns zu verabschieden, als ob sie es nicht abwarten könnten, dass ich verschwinde.

„Der Hund sabbert", konstatiert Patrick.

„Ich weiß", erwidere ich. „Ich wollte ihm eigentlich eine Plastikschüssel zwischen die Pfoten stellen, aber was mache ich in einer scharfen Kurve oder bei einer Vollbremsung? Soll er sabbern. Hauptsache, der Boden rostet nicht durch."

Wahrscheinlich braucht der Boden Adolfs Mithilfe gar nicht, um in seine Bestandteile zu zerfallen, denn Lars' weißer Lieferwagen ist trotz der wochenlangen Reparaturen eine Schrottmühle. Die Gangschaltung funktioniert nur mit Gewaltandrohung, die Beifahrertür lässt sich nicht öffnen, der Auspuff knattert wie ein Maschinengewehr und die Sitze sind so verschlissen, dass die Polsterung und ein paar Sprungfedern herausschauen. Als Krönung hängt am Rückspiegel ein Duftbaum, der angeblich nach Meeresbrise riechen soll. Ich werfe ihn aus dem Auto, noch bevor wir überhaupt losfahren.

„Das hätte ich jetzt nicht getan", tadelt mich Lars kopfschüttelnd.

„Warum nicht? Das Zeug hat bestialisch gestunken! Es riecht nicht nach Meeresbrise, sondern nach Klostein."

„Ja, aber es überdeckt den ursprünglichen Geruch. Der Wagen gehörte einem Fischhändler. Das war einer der Gründe, warum er bei *eBay* so günstig war. Habe ich das nicht erwähnt?"

„Nein, das muss dir wohl entfallen sein", gifte ich Lars an. „Schönen Dank auch."

„Gern geschehen", erwidert Lars ungerührt. „Am besten dreht ihr während der Fahrt die Heizung nicht hoch, sonst wird der Gestank immer schlimmer. Als ich den Wagen abgeholt habe, musste ich auf der Rückfahrt dreimal auf einer Raststätte anhalten, weil ich plötzlich so einen Heißhunger auf Fischbrötchen hatte."

„Adolf, aussteigen!" sage ich. „Wir nehmen doch mein Auto!" Aber die Dogge denkt gar nicht daran, sich von der Rückbank zu erheben. Anscheinend habe ich gar nichts mehr zu sagen, weder bei Rafael, der über meinen Kopf hinweg einfach bestimmt hat, dass wir in die Ferien fahren, noch bei meinem Hund, dem die Aussicht auf Fischgeruch zu gefallen scheint. Seine schlabberige, rosa Zunge leckt unablässig über seine Lefzen.

„Könnt ihr jetzt endlich losfahren?" nörgelt Anja. „Ich friere mir hier meinen fetten Arsch ab!" Sie wickelt den nutzlosen Seidenschal etwas fester um den Hals und vergräbt ihre Hände in den Hosentaschen. Wahrscheinlich wartet sie jetzt darauf, dass jemand ihr widerspricht, dass sie gar keinen dicken Hintern und eigentlich eine Figur wie Heidi Klum hat, aber niemand verspürt Lust, auf ihr Spielchen einzugehen.

„Schon gut, schon gut!" sage ich stattdessen. „Wir sind schon fast fertig." Auf eine gewisse Art und Weise bin ich tatsächlich froh, dass ich mich habe überreden lassen, wegzufahren und dass die Idee, mit den anderen Weihnachten zu feiern, nicht zustande gekommen ist, denn im Moment gehen mir meine Mitbewohner auf die Nerven. Für meinen Geschmack haben sie es in den letzten Tagen zu sehr an Verständnis und Mitgefühl fehlen lassen. Im Grunde sind sie alle Egoisten.

Ich klappere mit dem Autoschlüssel und gehe um den Lieferwagen herum, um auf der Fahrerseite einzusteigen. Aber dort hat bereits Rafael Platz genommen, kurbelt am Lenkrad und macht Fahrgeräusche wie ein kleiner Junge, der auf einem Dreirad sitzt und sich einbildet, er besiege gerade Michael Schumacher beim großen Preis von Monaco.

„Rafael! Wir wollen fahren!" Meine Geduld hängt an einem seidenen Faden.

„Ja", erwidert der Engel. „Ich weiß. Gib mir die Schlüssel!"

Ich starre Rafael überrascht an. „Du willst fahren? Du hast doch keinen Führerschein! Du hast in deinem ganzen Leben noch nie hinterm Steuer gesessen!"

Rafael schnappt mir den Schlüssel aus der Hand, steckt ihn ins Schloss und startet den Motor. „Pah!" sagt er. „Das kann auch nicht schwieriger sein, als Luzifer und seine Bande renitenter Umstürzler zusammen mit den himmlischen Heerscharen und einem feurigen Schwert in die Hölle zu werfen."

„Wann war denn das?" fragt Lars.

„Vor deiner Zeit", antwortet Rafael kurz angebunden. Dann legt er einen Gang ein, tritt aufs Gaspedal und das Auto hüpft einen Meter nach vorne. Gut, dass ich vorher die Handbremse angezogen habe. „Ups", sagt Rafael und grinst verlegen. „Entschuldigung."

Ich klettere über ihn drüber, setze mich zögernd auf den Beifahrersitz und ziehe den Sicherheitsgurt ganz fest.

„Fahrt vorsichtig", ermahnt uns Lars. „Die Karre hat keinen Airbag."

„Das sagst du mir jetzt", erwidere ich mürrisch. „Hat sie wenigstens funktionierende Bremsen?"

„Natürlich!" sagt Lars beleidigt. „Ich hab doch gesagt, der Wagen ist wieder tipptopp in Ordnung." Darunter verstehe ich zwar etwas anderes, zum Beispiel ein Handschuhfach, das nicht klemmt, oder eine Fensterkurbel, die nicht mit einem Bindfaden vor dem Auseinanderfallen bewahrt wird, aber was ist in meinem Leben zurzeit schon tipptopp in Ordnung?

Rafael bemerkt meine Niedergeschlagenheit und klopft mir auf den Oberschenkel. „Alles wird gut", sagt er und justiert den Rückspiegel. „In ein paar Tagen sieht die Welt für dich ganz anders aus."

Adolf bellt bestätigend und ich knurre: „Fahr endlich los!"

Doch bevor wir uns endgültig auf den Weg machen können, klopft Patrick an meine Seitenscheibe und reicht mir eine Thermoskanne herein. „Hier", sagt er, „für die Fahrt."

„Danke", erwidere ich, gerührt von dieser kleinen Geste. Vielleicht bin ich meinen Mitbewohnern doch nicht so gleichgültig, wie ich dachte. „Kaffee?"

Patrick schüttelt den Kopf. „Fencheltee. Hilft gegen Verdauungsbeschwerden und stärkt die Nerven."

Ich drehe das Fenster hoch und dann tritt Rafael erneut aufs Gas. Die anderen winken uns nach, als wir durch die Hofeinfahrt auf die Straße fahren. Im Rückfenster verschwimmen ihre Gesichter und ihre Gestalten verlaufen wie die Farben eines Aquarells. Wenn Rafael nicht neben mir sitzen würde, käme ich mir auf einmal sehr einsam vor.

Wir haben uns nicht das beste Wetter für unsere Reise ausgesucht. Der Himmel zieht sich zu und kurz darauf verschmiert

Schneeregen die Windschutzscheibe, lässt die Straßenränder in einem dunklen Grau versinken. Schon nach wenigen hundert Metern stecken wir auf einer der Hauptausfallstraßen im Stau fest und es dauert eine gute halbe Stunde, bis wir die Stadtgrenze hinter uns gelassen haben. Dann breitet sich der eintönige, schwarze Asphalt der Autobahn vor uns aus, nur durchbrochen von weißen Spurstreifen, ein paar verkümmerten Gräsern und Büschen sowie betonfarbenen Schallschutzwänden, wenn wir in der Nähe von Siedlungen vorbeifahren. Mir ist kalt und ich drehe vorsichtig die Heizung auf; sofort beginnt es nach vergammeltem Kabeljau zu riechen. Ich schalte den Regler wieder herunter und vergrabe mich so tief wie möglich in meiner Winterjacke. Adolf hat die Schnauze zwischen seinen Pfoten vergraben und döst, Fridolin hat sich in sein Hamsterhäuschen zurückgezogen und auch Rafael ist merkwürdig still, während er das Auto lenkt.

Das monotone Fahrgeräusch und das Klacken der Scheibenwischer machen mich auch schläfrig. Der Wind presst den Schneeregen in dünnen Schlieren an das Seitenfenster. Hin und wieder perlt ein Tropfen Wasser durch eine schmale, undichte Stelle nach innen und rinnt wie eine Träne an der Tür herunter.

Meine Gedanken beginnen zu wandern und bleiben am gestrigen Abend hängen, am Geschmack von Rafaels Haut auf meinen Lippen, seinem leisen, selbstvergessenen Stöhnen in meinem Ohr, meinen forschenden Händen auf seinen Pobacken. All das kommt mir noch immer unwirklich vor, auch wenn ich weiß, dass es tatsächlich geschehen ist. Habe ich ihn wirklich gespürt? Haben meine Finger wirklich diese Stelle direkt unter seinem Bauchnabel gefunden, bei deren Berührung er die Augen verdreht hat? Haben wir wirklich miteinander geschlafen?

Meine schlechte Laune ist auf einmal wie weggeblasen und mir wird ganz warm. Sogar der stärker werdende Regen ist mir gleichgültig. Ich spüre eine unbeschreibliche Leichtigkeit, als ob meine Füße zehn Zentimeter über dem Boden schweben würden. Nicht einmal der beste Joint der Welt kann so etwas hervorrufen, und trotzdem kenne ich dieses Gefühl: Ein verwirrtes Lächeln huscht über mein Gesicht und stiehlt sich in meine Mundwinkel. Ich habe mich tatsächlich verliebt.

Natürlich habe ich mir wieder einen Mann ausgesucht, mit dem eine Beziehung keinerlei Zukunftsaussichten hat, den ich genauso wenig an mich binden kann wie alle anderen davor. Typisch für mich, aber im Moment verdränge ich diese Kleinigkeit und rede mir ein, dass es mir nichts ausmacht. Wenigstens für die nächsten Tage habe ich Rafael nur für mich und solange werde ich es genießen, zu jemandem zu gehören – etwas, das ich seit Finn sehr vermisst habe. Ich fühle mich plötzlich sicher und geborgen. Verstohlen ziehe ich die Kapuze des Anoraks über den Kopf, damit Rafael nicht sieht, was in mir vorgeht. Doch dann kann ich meine Gefühle nicht länger verbergen und kraule mit meiner linken Hand Rafaels Nacken, fahre mit meinen Fingern durch seine dunklen Haare und meine Sehnsucht, mich in seiner Umarmung zu verkriechen, wird fast unerträglich. Dabei strahle ich wie ein kleines Kind, das gerade eine Schokoladentorte geschenkt bekommen hat, die es ganz allein aufessen darf.

„Geht's dir gut?" fragt Rafael, ohne die Augen von der Fahrbahn zu nehmen. Er grinst und reibt seinen Hinterkopf an meiner Hand.

Ich nicke wortlos. „Ich liebe dich", füge ich dann leise hinzu und warte darauf, dass er mir gesteht, wie sehr er meine Gefühle erwidert. Die letzte Nacht muss doch auch bei ihm Spuren hinterlassen haben.

Aber Rafael schüttelt erneut den Kopf. „Ich bin ein Engel", antwortet er abwehrend, als ob das einen Einfluss auf meine

Empfindungen haben könnte. „In fünf … nein, in vier Tagen werde ich dich verlassen."

„Das ist mir egal", erkläre ich trotzig und füge überschwänglich hinzu: „Vielleicht kann ich dich ja zum Bleiben überreden." Wenn es möglich ist, dass ein wahrhaftiger Engel meinen Weg kreuzt, warum sollte es dann nicht möglich sein, dass er den Rest meines Lebens mit mir teilt?

Rafael runzelt die Stirn und schweigt. Dann beugt er sich ein klein wenig nach vorn. „Fass unter mein T-Shirt."

Ich sehe ihn fragend an und zwänge meine Hand unter den dünnen Baumwollstoff. Zögernd streiche ich über seinen unteren Rücken, dort, wo vereinzelt feine, dunkle Haare in seiner Hose verschwinden.

„Nicht da!" sagt Rafael. „Höher!"

Meine Finger gleiten langsam an der Wirbelsäule nach oben, bis zu den Schulterblättern, und plötzlich fühle ich etwas Weiches, Flauschiges unter meiner Hand. Mein Lachen fällt in sich zusammen. „Was …?"

„Federn", sagt Rafael. Seine Antwort klingt brutal und hallt in meinen Ohren nach wie das Echo in einem dunklen Tunnel. Federn.

„Du meinst …?" Meine Hand zittert und mein Arm fällt schlaff auf den Sitz zurück.

„Ja, Marco. Es ist, wie ich dir gestern Abend versucht habe zu erklären. Meine Zeit läuft ab. Ich kann nicht bei dir bleiben. Es ist nicht vorgesehen."

Eine Welle der Wut rollt über mich hinweg und begräbt alle anderen Gefühle unter sich. Mein Herz pumpt Enttäuschung und Ohnmacht in alle Gliedmaßen. Schwarze Flecken tanzen vor meinen Augen. Ich will Rafael nicht aufgeben. Ich habe ihn doch gerade erst gefunden.

Ohne nachzudenken, beuge ich mich nach links und greife ins Steuer. Es geschieht automatisch, instinktiv, ohne dass ich erklären könnte, warum ich es tue. Rafael sieht mich fassungslos an. Er ist so überrascht von meiner Kurzschlusshandlung, dass er für eine Sekunde das Lenkrad loslässt. Der Wagen schert quer über die Fahrbahn nach rechts aus. Adolf fängt erschrocken an zu bellen und hinter uns quietschen Reifen. Ich höre lang anhaltendes, wütendes Hupen.

„Verdammt!" flucht Rafael. Hastig schlägt er meine Hand weg, Schweißflecke unter den Achseln verdunkeln sein T-Shirt. Ich verliere das Gleichgewicht und schlage mit der Stirn auf die Fahrerkonsole. Blut verwischt meine Sicht mit roten Streifen. Ich spüre, wie der Wagen auf der regennassen Straße hin und her rutscht und warte darauf, dass ein Auto in unseren Lieferwagen kracht. Es kann nur eine Frage von Sekunden sein. Das Geräusch von aufeinander prallendem Blech vibriert schon wie eine Vorahnung in meinen Ohren. Rafael tritt energisch auf die Bremse und kurbelt am Lenkrad, um den Wagen wieder unter Kontrolle zu bringen. Ein Rucksack löst sich und fällt Adolf mit einem dumpfen Laut vor die Pfoten. Fridolins Käfig fliegt quer durch den Wagen.

„Festhalten!" ruft Rafael und versucht, das schlingernde Auto mit einem scharfen Einschlag des Steuers in Fahrtrichtung zu halten. Ich werde gegen die Beifahrertür gedrückt und bleibe regungslos in meinem Sitz liegen. Kurz darauf kommen wir auf der Standspur zum Stehen.

Rafael schaltet den Motor aus und ich höre, wie er tief durchatmet. Es ist plötzlich ganz still; nur der Regen prasselt auf das Dach. Die Ruhe nach dem Sturm. Ich drücke eine Hand gegen meine Stirn, um die Blutung zu stillen.

„Bist du wahnsinnig geworden?" fährt Rafael mich dann an. Eine Zornesader hat sich neben seiner linken Schläfe gebildet. Seine Augen funkeln mich böse an. „Was sollte das? Du hättest dir sonst was antun können!" Ich senke betreten den Blick und weiß nicht, was ich zu meiner Entschuldigung vorbringen soll. Es ist einfach über mich gekommen, als bräuchte ich ein Ventil, um meinem Gefühlschaos Ausdruck zu verleihen. Seit Rafael aufgetaucht ist, habe ich mein Leben nicht mehr im Griff und mich selber anscheinend auch immer weniger.

Rafael dreht sich um und versucht, sich einen Überblick über das Ausmaß der Schäden zu verschaffen. Er richtet den Hamsterkäfig auf und versichert sich, dass Fridolin nichts geschehen ist. „Bist du okay, Adolf?" fragt er dann. Der Hund winselt verängstigt, als er seinen Namen hört, und es versetzt mir einen Stich, dass Rafael sich zuerst um meine Haustiere kümmert.

„Ich blute!" sage ich und deute auf meine Stirn. Mir ist zum Heulen zumute.

„Es ist nur eine kleine Platzwunde, Marco. Das muss noch nicht mal genäht werden", erwidert Rafael und ich bin mir sicher, dass es genauso verächtlich gemeint ist, wie es klingt. Dann wühlt er im hinteren Teil des Wagens den Verbandskasten aus einer Ecke hervor.

„Kopf nach hinten!" befiehlt er, während er die Wunde nicht gerade sanft reinigt und anschließend desinfiziert. Das Antiseptikum brennt wie Feuer und ich schreie überrascht auf.

„Kannst du nicht einfach deine übernatürlichen Kräfte einsetzen und mir heilende Hände auflegen oder so was?" versuche ich mit schmerzverzerrtem Gesicht zu scherzen.

„Selbst wenn ich könnte, würde ich es nicht tun!" antwortet Rafael noch immer aufgebracht. „Du hast es nicht anders verdient." Er greift unter meine Achseln und zieht mich nach oben und das kommt mir plötzlich bekannt vor, es ist wie ein Déjà-vu-Erlebnis. Angestrengt krame ich in meiner Erinnerung, aber mir fällt die passende Verbindung nicht ein. Fragend sehe ich Rafael an, doch er hat sich abgewendet und sucht in dem Erste-Hilfe-Koffer nach Verbandsmaterial. Schließlich zieht er eine Mullbinde aus dem Kasten, die er mir straff um den Kopf wickelt, bis die Platzwunde darunter verschwunden ist. „Das wird die Blutung stillen", sagt er.

Nachdem Rafael fertig ist, betrachte ich sein Werk im Rückspiegel. Ich komme mir vor wie ein Soldat, der nach einem Bombenangriff in einem Feldlazarett notdürftig versorgt worden ist. Meine Haare stehen wirr und verklebt vom Kopf ab, mein Gesicht ist dreckig und blutverschmiert und die weiße Mullbinde verdeckt einen Teil der Stirn. „Das sieht Scheiße aus!" beschwere ich mich.

„Du wolltest es doch dramatisch!" antwortet Rafael, ohne mich eines weiteren Blickes zu würdigen. „Jetzt hör auf, herumzunörgeln!" Er versucht, den noch immer winselnden Adolf zu beruhigen, und tätschelt ihm das Fell.

„Es tut mir Leid", sage ich endlich leise. „Ich meine, es tut mir Leid, dass ich dir ins Steuer gegriffen habe. Ich weiß auch nicht, was in mich gefahren ist." Der Schock des Beinahe-Unfalls setzt erst jetzt ein; meine Beine und meine Hände fangen an zu zittern und ich fingere in meiner Hosentasche nach einer Zigarette.

„Weißt du, was dein Problem ist, Marco?" fragt Rafael, während er den Motor wieder startet.

Ich schüttele stumm den Kopf und sauge gierig das Nikotin in meine Lungen.

Rafael setzt den Blinker und reiht sich in den fahrenden Verkehr ein. „Wenn etwas nicht so läuft, wie du es dir vorstellst, machst du es kaputt", sagt er. „Du bist wie ein verzogenes Kind, das aus Wut sein Spielzeug an die Wand wirft, wenn es etwas nicht bekommen kann, was es sich wünscht. Aber das Leben ist nicht perfekt. Manchmal ist es besser, wenn man auf seine Idealvorstellungen verzichtet."

„Aber ich will nicht auf dich verzichten!" erwidere ich heftig. „Deshalb bin ich ja ein bisschen ausgeflippt!"

„Ich rede nicht von uns, sondern von deinen gescheiterten Beziehungen. Ich rede von Finn."

„Finn? Was hat der denn damit zu tun?"

„Er hat wirklich etwas für dich empfunden. Aber er war nicht perfekt genug für dich. Er hat einen Fehler gemacht und du hast ihm kurzerhand den Laufpass gegeben. Du hast eine Beziehung kaputt gemacht, in der du glücklich hättest werden können."

Ich schnaube grimmig lachend auf. „Finn", sage ich. „Finn war ein Arsch! *Er* hat die Beziehung kaputt gemacht, weil er mit einem anderen Kerl in die Kiste gehüpft ist. Das wollen wir doch mal klarstellen."

„Menschen sind fehlbar, es liegt in ihrer Natur", erwidert Rafael.

„Ich hätte also deiner Meinung nach so tun sollen, als wäre nichts passiert?" frage ich ungläubig nach.

„Nein. Aber vielleicht hättest du ihm eine zweite Chance geben sollen. Du musst lernen zu verzeihen."

„Deine salbungsvolle Rhetorik hilft mir auch nicht weiter", sage ich wütend.

„Dein verletzter Stolz und deine Rachsucht aber genauso wenig", pariert Rafael und ich weiß genau, worauf er anspielt.

„Nein", sage ich störrisch, „aber sie verschaffen mir ein gutes Gefühl."

Dass meine Worte einen schalen Geschmack im Mund hinterlassen, erwähne ich nicht.

In den Alpen hat der Winter einen klaren, kalten Morgen hervorgebracht. Die Sonne scheint mit ungewöhnlicher Kraft und taucht die Silhouette der Berge in ein gleißendes, schmerzhaftes Licht. Nicht eine Wolke durchbricht das Blau des Himmels, nur ein paar Dunstschleier steigen aus dem Tal empor. Wenn Finn den Kopf hebt, kann er weit blicken; die benachbarten, schneebedeckten Gipfel scheinen zum Greifen nah, obwohl sie mehr als fünfzig Kilometer entfernt sind.

Finn ist zeitig aufgestanden, um dem ersten Touristenansturm zuvorzukommen. Er hat sich ein paar Brote geschmiert, etwas zu Trinken eingepackt und festes Schuhwerk angezogen. Dann ist er in die nahe gelegene Kleinstadt noch etwas höher in den Bergen gefahren, einem Touristenzentrum mit Weihnachtsgirlanden, Fußgängerzone und überteuerten Hotels. Nach einer halben Stunde Autofahrt hat er den Wagen auf einem Sammelparkplatz abgestellt und einen ausgeschilderten Wanderweg eingeschlagen, der gewöhnliche Ausflügler ohne allzu große Anstrengung an die Stellen mit den besten Panoramablicken führt. Trotzdem ist er nicht der erste Wanderer, der den schmalen Kletterpfad hinaufsteigt.

Er überholt eine kleine Gruppe sächselnder Studenten, die eine Ausrüstung mitschleppen, als wollten sie den Kilimandscharo besteigen, und die Seilbahn hoch über seinem Kopf befördert ebenfalls schon einige Frühaufsteher zur obersten Aussichtsplattform. Finn erinnert sich daran, dass vor einigen Jahren eine Bürgerinitiative nur mit Mühe das Ansinnen der Gemeinde abwehren konnte, die Anfahrtswege weiter auszubauen und zu asphaltieren, um noch mehr Fremdenverkehr in diese Gegend zu locken. Finn mag die Berge eigentlich nicht besonders, oft fühlt er sich von ihrer Größe und Allgegenwärtigkeit eingeengt und die Weite des Meeres lässt ihn leichter atmen, aber damals hat er doch eine Petition unterschrieben, hat sogar Flugblätter verteilt und sich diebisch gefreut, als die Pläne des Stadtrats in den Papierkorb wanderten. Das war lange, bevor er Marco kennen lernte.

Finn dreht sich um und vergewissert sich, dass ihn niemand beobachtet. Er will nicht aufgehalten werden. Dann verlässt er den Weg, zwängt sich zwischen dem Holzgeländer hindurch und schlägt sich am Hang entlang querfeldein in eine Gruppe dicht wachsender Tannen. Schnee, der wie frisch gestreuter Puderzucker aussieht, knirscht unter den Profilen seiner Schuhe. Finn klopft die Sohlen an einem Stein ab und atmet tief durch.

Es wird noch eine Weile dauern, bis er das Ziel seiner Wanderung erreicht hat. Er versucht ein Lied zu pfeifen, um sich die Zeit zu vertreiben, aber seine Mundwinkel sind spröde und rissig von der Kälte; außerdem fallen ihm nur traurige Melodien ein.

Der Pfad, dem er folgt, ist eigentlich nur ein Wildwechsel, für das ungeübte Auge schwer zu entdecken. Finn jedoch erkennt im Schnee Spuren von Wildschweinen und Rehen, Losung von Kaninchen. Hinweise auf Menschen sind nicht zu sehen. Erneut dreht er sich um, aber er ist wirklich allein. Wenn er den Nadelbaumbestand hinter sich gelassen hat, wird er weitab von jeder menschlichen Behausung und den touristisch erschlossenen Gebieten sein. Finn kennt diese Ecke der Berge genau. Er war schon häufig hier auf der Suche nach Einsamkeit. Höchstens ein paar Vögel werden ihm zusehen können.

Am Rande des Waldes macht er eine Pause, dort, wo es rechter Hand ein wenig abschüssig wird. Er lehnt seinen Rücken an einen Baumstamm und setzt sich auf das erstaunlicherweise trockene Unterholz. Mittlerweile befindet er sich in ziemlich großer Höhe. Der Blick ins Tal ist wie jedes Mal ungewohnt, die Häuser und Autos erinnern Finn an das Legospielzeug, mit dem er sich als Kind die Zeit vertrieben hat, die Menschen auf den Straßen sind klein wie Ameisen. Alles um ihn herum ist friedlich und still; als er sein mitgebrachtes Sandwich auspackt, klingt das Knistern der Alufolie wie eine Ruhestörung.

Während er in das Brot beißt, denkt Finn an den Tag, an dem er Marco kennen gelernt hat. Fünf Monate ist es erst her; manchmal kommt es ihm vor wie eine halbe Ewigkeit und manchmal, als wäre es erst vor wenigen Tagen geschehen.

Er hatte ein verlängertes Wochenende eingelegt und sich spontan entschieden, nach Köln zu fahren, um etwas zu erleben. Die Baumschule, die er als Forstwirt zu überprüfen hatte, würde ihm nicht weglaufen. Stundenlang hatte er sich in der glühenden Julisonne durch die Stadt geschleppt und pflichtbewusst alle wichtigen Sehenswürdigkeiten abgeklappert: den Dom, das

Rathaus, zwei Museen, sogar eine unterirdische Führung, bei der man versteckte Monumente der Römerzeit besichtigen konnte, hatte er sich angetan. Zumindest war es dort kühl gewesen, auch wenn er den altertümlichen Ruinen nicht viel abgewinnen konnte. Danach war er hungrig und durstig gewesen, und als er an einer Straßenecke ein Café mit einem Biergarten und bunten Lampions in den angrenzenden Bäumen entdeckte, hatte er sich zufrieden an einem der Tische in einen Stuhl fallen lassen.

Die Karte des Cafés war recht eigentümlich, denn neben den üblichen Speise- und Getränkeangeboten schien der Besitzer merkwürdigerweise auch Pflanzen und Blumen zum Verkauf anzubieten, manchmal sogar Kombinationen von beiden. So bestand das Tagesangebot zum Beispiel aus einem großen Milchkaffee und einem Topf Dahlien, wahlweise in gelb, rot oder pink für nur 6,95 Euro. Finn runzelte die Stirn und sah sich hilfesuchend nach einer Bedienung um. Ein gut aussehender Kerl mit einem leichten, rotblonden Kinnbart und ein paar Sommersprossen auf der Nase trat an seinen Tisch.

„Was kann ich dir bringen?" fragte er und musterte Finn verstohlen, aber nicht so geschickt, dass der es nicht bemerkt hätte.

„Ein großes Wasser und einen Milchkaffee", antwortete Finn und blickte in ein Paar grüne, lachende Augen, „aber muss ich dann auch die Blumen kaufen?" Dabei deutete er vage auf die Karte.

Die Bedienung grinste und schüttelte den Kopf. „Das ist nur ein Tick von Ulli", sagte er, und als er Finns fragenden Blick sah, fügte er erklärend hinzu: „Ulli ist der Besitzer – der Typ in der Retro-Latzhose, der dahinten den großen Bambus wässert. Ohne Grünzeug kostet der Milchkaffee drei Euro."

„Kann ich auch was essen?"

„Klar. Spezialität des Hauses ist heute Salat aus Kapuzinerkresse und Löwenzahnblättern mit Croûtons und Putenbruststreifen. Biologisch angebaut und von mir heute Morgen selbst geerntet."

„Die Putenbruststreifen?"

Der Kellner lachte laut auf. „Die Kresse natürlich", antwortete er und zwinkerte Finn zu.

Finn bestellte amüsiert auch noch den Salat. Während er das bunte und eigenwillige Gemisch aus Blüten, Blättern, gerösteten Brotkrumen und Fleisch aß, spürte er immer wieder den Blick des Mannes, der ihn bedient hatte, auf seinem Rücken ruhen. Finn fühlte sich geschmeichelt und stellte hin und wieder einen scheuen Augenkontakt her. Als er mit dem Essen fertig war, kam der Kellner noch einmal an seinen Tisch und sah Finn zögernd an. „Ich … ich hoffe, du fasst das jetzt nicht als blöde Anmache auf", druckste er herum, „und eigentlich quatsche ich die Gäste nie an, aber ich habe gleich Feierabend, und ich habe mich gefragt, ob du dir vielleicht vorstellen könntest … natürlich nur, wenn du nichts Besseres vorhast … ob du eventuell Lust hast, noch was mit mir zu unternehmen?" Das Gesicht des Mannes lief vor Verlegenheit rot an. „Mein Name ist übrigens Marco." Finn lächelte verstohlen und beschloss, Marco einen Moment lang zappeln zu lassen. Demonstrativ hielt er sich die Hand vor den Mund und gähnte. „Eigentlich wollte ich jetzt ins Hotel und mich ein bisschen aufs Ohr legen", gab er vor. „Ich bin den ganzen Tag durch die Stadt gelaufen und bin müde."

„Oh, alles klar", machte Marco einen schnellen Rückzieher, „sorry, ich wollte dir nicht …" Seinem Gesicht war die Enttäuschung anzusehen und Finn tat es augenblicklich Leid, dass er versucht hatte, ein Spielchen zu spielen.

„Möchtest du trotzdem mitkommen?" fragte er.

Marco sah Finn fragend an. „Wieso? Ich dachte, du wolltest dich hinle… ah, verstehe", sagte er dann und ein breites Grinsen zog sich von einem Ohr zum anderen. „Du hast Recht, ich bin auch ziemlich kaputt. Ein kleiner Mittagsschlaf nach dem anstrengenden Dienst täte mir sicher auch gut."

„Mein Bett ist recht eng für zwei", stellte Finn fest.

„Gut", erwiderte Marco. „Das ist gut."

Finn hat über die Erinnerung sein Sandwich vergessen und wirft den Rest des Brotes in den Schnee. Irgendein hungriges Tier wird sich darüber hermachen. Er hat jetzt keinen Appetit mehr; sein Magen fühlt sich auf einmal an wie zugeschnürt. Hätte er gewusst, wie alles enden wird, wäre er an jenem Wochenende nicht nach Köln gefahren.

Er trinkt gierig aus seiner Wasserflasche und schultert dann den Rucksack. Den größten Teil der Strecke hat er zwar schon zurückgelegt, doch das letzte Stück ist steil und anstrengend. Er tritt aus dem Wald heraus ins Freie; vor ihm breitet sich eine menschenleere, schneebedeckte Ebene von einigen hundert Metern aus. Dahinter liegt ein mit Steinen übersäter Berghang, auf dem im Sommer Moos und dorniges Gestrüpp wachsen. Diesen Anstieg muss er noch bewältigen, dann hat er es geschafft. Wenn er die Augen zusammenkneift, kann er die Kante sehen, an der der Hang urplötzlich aufhört, in die Höhe zu wachsen, und sich zu einem schmalen Plateau verbreitert. Es sieht aus, als hätte jemand mit einem scharfen Messer einen Kuchenboden aufgeschnitten und den oberen Teil abgenommen. Finn nimmt all seinen Mut zusammen und stapft in den Schnee hinaus.

Links von ihm taucht ein grob zusammengezimmerter, uberdachter Futterstand auf, direkt neben der letzten Schutz bietenden Tanne.

„Na, mal wieder unterwegs, um deiner trostlosen Existenz ein Ende zu bereiten?" sagt plötzlich eine ironische Stimme in seiner unmittelbaren Nähe.

Finn wirbelt herum und entdeckt im Schatten des Unterschlupfes einen Mann, der lässig an einen Holzpfosten lehnt und trotz der Kälte nur Jeans und T-Shirt trägt.

„Was?" fragt Finn überrascht.

„Ach, weißt du, es ist immer dasselbe, wenn wir uns treffen", erklärt die Gestalt und pult sichtlich gelangweilt etwas Dreck unter ihren Fingernägeln hervor. „Du bist jedes Mal kurz davor, dich umzubringen. Das hat so was Lebensverneinendes."

Finn kann sich beim besten Willen nicht erinnern, den Mann schon einmal gesehen zu haben. Andererseits kommt er ihm bekannt vor. „Das geht dich einen Scheißdreck an! Und spar dir den Sarkasmus", knurrt er, auch wenn er spürt, dass die Gleichgültigkeit des anderen nur aufgesetzt ist. Er stapft an dem Futterstand vorbei, in der Hoffnung, seinen lästigen Gesprächspartner schnell wieder loszuwerden. Doch diese Taktik scheint nicht zu funktionieren. Im Gegenteil, der Fremde schließt sich Finn an, als wäre er zu einem Spaziergang eingeladen worden, und plaudert munter weiter.

„Wohlgemerkt, ich will nicht behaupten, dass du fantasielos bist", sagt er jetzt und kratzt sich ausgiebig über sein Grübchen auf der Wange, „oder besser gesagt, Marco, der sich das schließlich alles ausdenkt, aber diese Szenarien haben doch einen leichten Touch ins Morbide, findest du nicht?"

Finn bleibt wie angewurzelt stehen und starrt dem Mann ins Gesicht. „Marco?" fragt er. „Du kennst Marco? Wer bist du?"

„Rafael. Ein ... Freund von Marco."

„Ah", sagt Finn bitter, „sein neuer Stecher?"

Überrascht stellt er fest, dass er einen wunden Punkt gefunden hat, denn Rafael ist diese Wendung der Unterhaltung sichtlich unangenehm. „Hm ... nein ... ja", erklärt er verlegen, „aber nur zeitlich begrenzt. Ich bin sozusagen nur eine vorübergehende Phase. Die Zukunft gehört dir."

„Was du nicht sagst", gibt Finn zurück und glaubt Rafael kein Wort. „Weiß Marco, dass du hier bist?"

„In gewisser Weise", antwortet Rafael etwas vage. „Aber er möchte eigentlich nicht, dass ich hier bin."

„Und was tust du dann hier? Willst du sichergehen, dass ich aus seinem Leben verschwinde, damit du freie Bahn hast? Dass ich den Absprung schaffe? Wie kommst du überhaupt hierher?"

„Im Grunde bin ich hier, um dich davon abzuhalten", erwidert Rafael mit einem plötzlich ernsten Gesichtsausdruck.

„Na, dann viel Spaß!" Finn schnauft angestrengt, denn er hat nun den Anstieg erreicht und klettert den Hang hinauf. Hin und wieder muss er sich abstützen und einen Halt für seine Füße suchen, bevor er den nächsten Schritt wagt, denn der Boden ist rutschig geworden. Rafael dagegen läuft leichtfüßig und sicher neben ihm her. Schweigend klettern die beiden, bis sie die Spitze des Steilhangs erreicht haben. Sie stehen auf einem schmalen Felsvorsprung, der eine weite Aussicht über die verschneite Bergwelt freigibt.

„Wunderschön hier", sagt Finn andächtig, nachdem er seinen Atem wiedererlangt hat. Dann schaut er nach unten, wo sich eine tiefe Schlucht vor ihm auftut. Unten am Grund gurgelt ein kleiner Gebirgsbach. „Vielleicht ist es ein wenig wie fliegen", fügt er dann unsicher hinzu.

Rafael schüttelt den Kopf. „Du musst das nicht tun", sagt er, aber Finn wehrt ab. Er hat sich seinen Entschluss reiflich überlegt.

„Ohne Marco geht es nicht. Es fühlt sich alles so leer an hier drin", sagt er traurig und greift sich an die Brust.

„O bitte!" erwidert Rafael und zieht unwirsch die Stirn in Falten. „Etwas weniger Melodramatik, wenn es geht, und etwas mehr Egoismus! Wo bleibt dein Stolz, wo bleibt deine Zuversicht? Glaubst du wirklich, Marco ist nicht lernfähig?"

Finn geht wütend einen Schritt auf Rafael zu. „Was weißt du schon? Marco wird mir niemals verzeihen", sagt er heftig und stockt dann. Beinahe hätte der Kerl ihn tatsächlich von seinem Vorhaben abgelenkt. Ein anerkennendes Lächeln huscht über seine Lippen. „Netter Versuch, Rafael, oder wie immer du auch heißen magst", gibt er zu und tritt an die Kante der Bergklippe. „Aber nicht ausreichend. Bestell Marco einen schönen Gruß und pass auf, dass du nicht vom Weg abkommst, so wie ich. Er wird jeden deiner Schritte mit Argusaugen beobachten."

Er nickt seinem Begleiter noch einmal zu. Dann breitet Finn seine Arme aus, holt tief Luft und stürzt sich in die Tiefe.

Rafael springt nach vorne und versucht, Finn zurückzuhalten, aber er kommt zu spät. Seine Hand greift ins Leere. „Man fliegt nicht wie ein Vogel, man fällt wie ein Stein", murmelt er nach einer Weile und wendet sich enttäuscht ab. Doch kurz darauf hellt sich sein Gesicht auf. „Fast hätte ich ihn so weit gehabt", sagt er zu niemandem im Besonderen. „Ich werde gewinnen, warte es ab!"

„Wirst du nicht!" sage ich erbost und wache mit einem Ruck auf. Meine Schultern schmerzen; ich habe gar nicht gemerkt, dass ich eingenickt bin. „Ich lasse mich nicht von dir manipulieren, schon gar nicht meine Träume. Du glaubst wohl, du kannst dir alles erlauben, nur weil du … von oben kommst."

Rafael hat nur ein spöttisches Lächeln für mich übrig. Sein Blick ist weiterhin auf die Fahrbahn gerichtet, die sich wie eine endlose, dunkelgraue Schleife durch die Landschaft windet.

Ein merkwürdiges Gefühl beschleicht mich: Ich spüre, dass Rafael dabei ist, die Rollen in unserer Beziehung – oder wie immer man es auch nennen will, was uns verbindet – neu zu gewichten. Anfangs war er auf meine Unterstützung angewiesen. Er hat Chaos gestiftet und ich habe den Schlamassel beseitigt. Im Fall von Adolf muss ich sogar damit leben. Das war zwar nervig, aber irgendwie auch rührend und es hat sogar Spaß gemacht, mich kümmern zu müssen. Es war sozusagen mein Territorium, auf dem ich mich ausgekannt und sicher gefühlt habe. Aber seit wir beschlossen haben, in Urlaub zu fahren – seitdem ich mich dazu habe breitschlagen lassen –, übernimmt er immer deutlicher die Führung. Er sitzt am Steuer des Wagens, er entscheidet, wohin wir fahren, er beeinflusst mein Denken und sogar mein Unterbewusstsein. Ich dagegen falle in eine immer passivere, abwartendere Rolle zurück. Der Grund dafür ist vielleicht, dass ich Rafael in emotionaler Hinsicht zurzeit unterlegen bin, denn während ich mich in ihn verliebt habe, scheint er das, was sich zwischen uns abspielt, nicht ernst zu nehmen. Das verschafft ihm einen taktischen Vorteil.

Prinzipiell habe ich auch nichts gegen diesen Rollentausch. Ich stelle gerade fest, dass es recht bequem sein kann, sich treiben zu lassen. Allerdings passt es mir nicht, dass Rafael glaubt, er könnte sich anmaßen, moralische Urteile über das zu fällen, was ich denke und fühle. Ich kann es nicht leiden, wenn man mich kritisiert und dann auch noch erziehen will. Gerade in Bezug auf Finn hat Rafael kein Recht, mir Vorhaltungen zu machen. Finn hat es nicht anders verdient.

„Was willst du eigentlich bezwecken? Du kannst nicht einfach daherkommen, mein Unterbewusstsein aufmischen und dann mit meinem Ex-Mann ein nettes, kleines Pläuschchen abhalten", platzt es schließlich aus mir heraus. Je länger ich darüber nachdenke, desto empörter bin ich. „Was du tust, grenzt an ... an psychische Vergewaltigung!" Ich plustere mich rechtschaffen auf und übertreibe ein wenig, um meinem Ärger Luft zu machen. „Zumindest ist es ein Eingriff in meine Privatsphäre", schwäche ich dann ab. Irgendwie habe ich ja doch ein schlechtes Gewissen.

„Ich will, dass du etwas lernst", wiederholt Rafael einen früheren Satz.

„Ha! Ich muss nichts lernen, ich habe keinen Fehler gemacht!"

„Wer seine Fehler nicht erkennt, kann sie nicht verbessern!" sagt Rafael mit erhobenem Zeigefinger. „Noch eins von diesen unglaublichen Sprichwörtern. Toll, nicht? Es gibt immer eines, das passt."

„Kenne ich nicht", erwidere ich mürrisch. „Und was willst du mir damit sagen?"

„Glaubst du eigentlich, dass es in anderen Beziehungen niemals Probleme gibt?" fragt Rafael plötzlich, als hätte er meine Frage nicht gehört.

„Lenk jetzt nicht vom Thema ab", erwidere ich.

„Das tue ich gar nicht!" sagt Rafael. Dabei verringert er die Geschwindigkeit und setzt den Blinker. Beiläufig bemerke ich, dass wir uns auf einem Autobahnkreuz befinden. Rafael wechselt die Fahrspur und schlägt einen Weg nach Norden ein, als wüsste er genau, wohin er will.

Ich lasse mir seine Frage einen Moment durch den Kopf gehen. „Ich bin mir sicher, dass meine Schwester Sabine zum Beispiel nie solche Schwierigkeiten hat", erkläre ich schließlich mit einem schnippischen Unterton. „Bei der ist immer alles perfekt."

„Na, das sehen wir ja dann!" erwidert Rafael.

„Wie bitte?" Ich sehe Rafael entgeistert an. „Die erste Station unseres Urlaubs ist meine Schwester?"

Rafael schmunzelt. „Wie viele Frauen in deinem Bekanntenkreis haben denn sonst diesen Vornamen?"

„Keine", murmele ich dumpf und habe das grauenvolle Gefühl, dass Rafael mich nicht zu einem Erholungsurlaub überredet hat, sondern auf einen Horrortrip mitschleift.

Ich rede nicht gerne über meine Schwester. Und noch weniger gern besuche ich sie, auch wenn sie nur ein paar Stunden Autofahrt von mir entfernt wohnt, in der Lüneburger Heide. Sabine löst in mir einen permanenten Minderwertigkeitskomplex aus. Sie ist um einiges älter als ich, und alles, was sie anfasst, scheint ihr zu gelingen. Mehr als das: Bei allem, was sie sich vornimmt, hat sie Erfolg und übertrifft die in sie gesetzten Erwartungen. Als Kind bekam ich ständig zu hören: „Warum bist du nicht so wie deine Schwester? Die weiß wenigstens, was sie will!" Sabine war schneller aus den Windeln als ich, sie konnte früher laufen und sie konnte früher „Mama" sagen. Das Abitur machte sie als Jahrgangsbeste, anschließend absolvierte sie in Rekordzeit und mit Auszeichnung ein Betriebswirtschaftsstudium, um dann mit fünfundzwanzig Jahren als Broker an der Frankfurter Börse das Geld geradezu zu scheffeln. Sie hat in zehn Jahren mehr verdient, als ich wahrscheinlich in meinem ganzen Leben sehen werde. Währenddessen entschied sie plötzlich, dass sie genug gearbeitet habe, heiratete ihren Freund, einen anerkannten und geschäftstüchtigen Steuerfachmann, setzte zwei Kinder in die Welt und zog sich mit ihrer Vorzeige-Familie auf einen Bauernhof zurück, wo sie jetzt sehr erfolgreich und ganz nebenbei Biogemüse anbaut. Es ist nicht zum Aushalten.

Aber damit nicht genug. Schon als wir klein waren, bereitete es Sabine ein diebisches Vergnügen, mich mit ihren Erfolgen einzuschüchtern, und über die Jahre hat sie ein nahezu perfektes System entwickelt, mir meine Unzulänglichkeit unter die Nase zu reiben. Als sie noch an der Börse Aktien verscherbelte und dabei wahrscheinlich Dutzende Kleinanleger kaltblütig in den finanziellen Ruin riss, erkundigte sie sich bei jedem unserer Telefonate scheinbar interessiert und teilnahmsvoll nach meinem Leben, ließ mich über die Würdelosigkeit lamentieren, die ein Job als die Stimme einer tanzenden Obstkonserve mit sich bringt, um anschließend von einem sechsstelligen Auftrag zu berichten, den sie ihrem Unternehmen verschafft hatte, und der Schwindel erregenden Provision, die ihr zustand. Als sie bemerkte, dass ich mich immer seltener bei ihr meldete und auch bei ihren Anrufen relativ einsilbig war, landete Sabine dann ihren größten Coup: Sie machte mich zum Patenonkel von Simon, ihrem ersten Kind. Seitdem bin ich gezwungen, sie und ihre Bilderbuchfamilie auf dem Bilderbuchbauernhof in der Bilderbuchidylle zwei- bis dreimal im Jahr zu besuchen, meist zu ihrem Geburtstag im Frühjahr und Simons Geburtstag im Herbst, und Sabine hat ausreichend Gelegenheit, mir zu zeigen, was für eine Niete ich bin. Beim letzten Besuch vor zwei Monaten hatte mir mein Schwager vor einem prasselnden Kaminfeuer genüsslich vorgerechnet, wie viel beziehungsweise wie wenig Rente ich zu erwarten hätte, wenn ich beruflich so weiter mache wie bisher, und meine Schwester hatte den Tag gekrönt, als sie mir erzählte, dass das Umweltministerium ihren Hof mit einem Öko-Umweltsiegel ausgezeichnet und der Minister ihr persönlich gratuliert habe.

„Sabine wird sich bestimmt freuen, dich zu sehen!" sagt Rafael, während er haarscharf an einem *Ford Fiesta* vorbeizieht und ein wütendes Hupkonzert erntet. Automatisch krallen sich meine Finger in das Sitzpolster. Aber nach meinem Aussetzer von vorhin weise ich Rafael wohl besser nicht auf seine Unzulänglichkeiten als Autofahrer hin.

„Klar", erwidere ich stattdessen. „Sie hat ja sonst niemanden, den sie fertig machen kann. Das stärkt bestimmt ihr Selbstbewusstsein."

„Ich verstehe nicht, wieso du so schlecht auf sie zu sprechen bist. Immerhin seid ihr Bruder und Schwester."

Erst will ich höhnisch aufschnauben, aber dann bin ich still. Es dauert eine Weile, bis ich mich zu einer Antwort durchringen kann. „Sie hat alles", sage ich schließlich leise.

„Und du hast nichts?" Rafael wirft mir einen kurzen Seitenblick zu und runzelt die Stirn. „Das glaubst du wirklich, nicht wahr?" fragt er ernst.

„Es ist eine Tatsache und keine Glaubensfrage", sage ich. „Sie hat Erfolg, Geld und einen Mann. Sie hat all das, was ich nicht habe."

Rafael öffnet den Mund, aber dann schluckt er herunter, was er mir entgegnen wollte, und schweigt.

Draußen ändert sich langsam die Gegend. Der Verkehr verringert sich stetig, bald kommt uns nur hin und wieder ein Wagen entgegen. Wir haben Hannover und Celle hinter uns gelassen und um uns herum löst unberührte Heidelandschaft die Ballungszentren der menschlichen Zivilisation ab. Trotz des raueren Klimas als im Rheinland hat es auch hier in der letzten Zeit nicht geschneit; weite, unbewohnte Flächen in grauen, braunen und dunkelgrünen Tönen breiten sich vor uns aus, hin und wieder durchbrochen von kleinen Baumgruppen, zugefrorenen Bächen und ein paar einsamen Bauernhöfen mit altertümlichem Fachwerk, aus deren Kaminen weißer Dampf quillt. Findlinge – riesige Gesteinsbrocken, die von der letzten Eiszeit hier zurückgelassen wurden – liegen inmitten von Wiesen, sandigem Boden und Heidegestrüpp, als wären sie das verloren gegangene Spielzeug einer ausgestorbenen Rasse von Riesen und Trollen. Es ist ein einfacher, karger Landstrich, flach, ohne große Erhebungen. Der Himmel über uns ist weit. Als wir auf eine Nebenstraße abbiegen, treffen wir am Rande einer Böschung auf ein paar Schafe, von denen es hier so viele gibt.

Rafael drosselt die Geschwindigkeit und öffnet das Fenster. Frische, klare Luft strömt herein und sogar jetzt im Winter meine ich, einen Hauch von Wacholder zu riechen. Adolf setzt sich hechelnd auf seine Hinterbeine und hält seine Nase erwartungsvoll in den Wind. Um uns herum ist es still – nein, das ist das falsche Wort. Es ist so ruhig, als hätte die Natur hier einen Gang zurückgeschaltet, um sich selbst ein wenig Erholung zu gönnen. Die Hintergrundgeräusche der Stadt fehlen, ebenso die unablässige Betriebsamkeit, die man nach einer Weile nur noch unbewusst wahrnimmt. Über uns zieht ein Raubvogel seine geduldigen Kreise.

„Was für ein herrlicher Flecken Erde!" seufzt Rafael schwärmerisch. „Schade, dass wir nicht im Sommer hier sein können. Ich habe noch nie blühende Heide gesehen. Wie ist es dann hier?"

„Lila", sage ich einsilbig. Rafaels Begeisterung kann ich nicht teilen. Natur und Einsamkeit kann ich nur in geringen, wohldosierten Mengen vertragen, beispielsweise, wenn ich nachdenken will und die Gewissheit habe, nach wenigen Stunden die erdrückende Ödnis wieder gegen das Leben in der Stadt eintauschen zu können. Was mir hier an Ruhe und Frieden entgegenschlägt, kommt mir dagegen wie ein Overkill an Besinnlichkeit vor. Außerdem graut mir vor der Begegnung mit Sabine und ihrer Familie. Wer weiß, welche Gemeinheiten sie diesmal in petto hat.

„Dir ist wirklich nicht zu helfen!" erklärt Rafael kopfschüttelnd.

Ich ignoriere seine Bemerkung und deute auf ein ungelenk behauenes Holzschild, das vor uns am Straßenrand auftaucht. *Hollwegerhof* steht darauf zu lesen. Wir sind fast da. „Nach dem Schild den ersten Weg rechts ab und dann ungefähr einen Kilometer geradeaus", sage ich. „Und fahr vorsichtig. Es wird ein bisschen holprig." Kurz darauf hören wir Schotter und kleine Steine gegen den Unterboden des Wagens schlagen. Die Räder knirschen auf dem Kies und Rafael fährt nur noch Schritttempo.

„Ist deine Schwester eigentlich nicht verheiratet?" wechselt er plötzlich das Thema.

„Doch. Wieso?"

„Weil der Hof ihren Namen trägt und nicht den deines Schwagers."

Überrascht sehe ich Rafael an. „Klaus hat ihren Nachnamen angenommen. Das geht seit einiger Zeit – höre ich da etwa Spießigkeit heraus, eine gewisse Unaufgeschlossenheit gegenüber Neuerungen?"

Rafael bekommt wieder diesen gewichtigen Gesichtsausdruck, wie immer, wenn er glaubt, die Rückständigkeit seines „Arbeitsumfeldes" verteidigen zu müssen. „Ich würde es eher als einen Erhalt bewährter Traditionen bezeichnen", sagt er. „Die Frau ist dem Manne untertan. So war es seit Jahrtausenden und so steht es schon in der Bibel."

Ich traue meinen Ohren kaum. „Wie bitte? Du hast doch selbst gesagt, man soll nicht alles wörtlich nehmen, was da drinsteht!"

„Man sollte aber auch nicht alles kurzentschlossen über Bord werfen!"

„Willkommen im 21. Jahrhundert", erwidere ich ironisch. „In unserer Zeit können die Frauen nicht nur ihren Nachnamen nach der Heirat behalten, sie müssen auch keine Kamele mehr als Mitgift in die Ehe einbringen – und sie dürfen sogar wählen gehen!"

„Eines Tages", prophezeit Rafael, „eines Tages wird Gott zu der Überzeugung gelangen, dass mal wieder ein neues Sodom und Gomorrha fällig ist. Und wen wird er mit der Ausführung des Massakers beauftragen?" fügt er düster hinzu. „Die Engel!"

„Ach, und das alles nur wegen der Emanzipation der Frauen? Ich dachte, Gott liebt alle Menschen?"

„Tut er ja auch – im Prinzip. Nur manchmal ist er eben schlecht gelaunt, und dann sollte man ihm möglichst aus dem Weg gehen und keine Aufmerksamkeit erregen. Denk an die Sintflut", antwortet Rafael. „Der Himmel ist nun mal eher patriarchalisch geprägt", ergänzt er dann noch.

Leider habe ich keine Zeit, mir diese erstaunliche Offenbarung genauer durch den Kopf gehen zu lassen, denn in diesem Moment taucht vor uns Sabines Bauernhof auf.

Obwohl ich erst vor einigen Monaten hier war, ruft der Anblick dieses Anwesens jedes Mal ein gewisses Neidgefühl in mir hervor. Nicht so sehr wegen dem, was sie aus dem Haus gemacht hat – während meiner Kindheit und meiner Beziehung mit Finn habe ich genug Zeit auf dem Land verbracht, um zu wissen, dass ich ein Stadtmensch bin –, sondern wegen dem, was es zumindest für mich symbolisiert: Glück, Sicherheit und ein Zugehörigkeitsgefühl – alles Dinge, die ich in meinem Leben vermisse. Ja, ich gebe zu, ich bin eifersüchtig auf meine Schwester.

Bevor Sabine und Klaus das Haus gekauft haben, war es eine verfallene, altersschwache Scheune, die sie in Eigenarbeit – abzüglich einiger schwarz beschäftigter Handwerker – von Grund auf saniert und renoviert haben. An die ehemalige Funktion des Gebäudes erinnert heute nur noch das große Scheunentor an der vorderen Frontseite, zu dessen Füßen ein großer Garten angelegt worden ist. Das Dach des Hofes ist typisch norddeutsch mit Ried gedeckt, die Mauern bestehen aus rotem Backstein und sind mit schwarzem Fachwerk durchzogen. Efeu und eine im Sommer rot blühende Clematis klettern an den Mauern hoch. Der klobige, düstere Eindruck wird aufgehellt durch die vielen weiß getünchten Sprossenfenster, die sich puppenstubenartig aufgereiht im Erdgeschoss und ersten Stock die Längsseiten des Gebäudes entlangziehen. Alles in allem ein Schmuckstück, das das Herz jedes Denkmalpflegers erfreuen dürfte.

Im Inneren ist das Gebäude vollkommen entkernt und modernen Wohnbedürfnissen angepasst worden und besitzt jede erdenkliche Bequemlichkeit. Vor allen Dingen bin ich neidisch auf den offenen Kamin im Wohnbereich und auf den Herd in der Küche, der nicht etwa Teil einer an den Rand gequetschten Einbaumöblierung ist, sondern als Insel mitten im Raum steht. Ich kann zwar nicht kochen, aber so einen dekadenten Herd hätte ich auch gerne, einfach, weil er geil aussieht und Eindruck schindet. Es ist nicht fair, dass ich mich in der WG mit einem banalen Gasherd zufrieden geben muss, bei dem einer der vier Kochringe alle paar Tage seine Dienste versagt. Überhaupt, nichts an diesem Haus ist fair, wenn ich es mit meinen Wohnverhältnissen vergleiche.

Während wir den Anfahrtsweg zum Hof entlangholpern, taucht linker Hand neben dem Haus ein schuppenähnliches, halbfertiges Gebäude auf, das ich noch nicht kenne. Bei meinem letzten Besuch gab es an seinem Platz eine wild wuchernde Wiese mit Herbstblumen sowie einen Sandkasten für die Kinder. Jetzt recken sich dort Holzpfähle in die

Höhe und das noch unvollständig gedeckte Gerippe einer Dachkonstruktion. Reicht dem Größenwahn meiner Schwester das Haus nicht mehr aus?

„Was ist denn das?" sage ich gehässig. „Würde mich nicht wundern, wenn Sabine ein paar Dienstboten eingestellt hat und jetzt von dem Geld, das sie mit unlauteren Machenschaften an der Börse eingestrichen hat, eine Unterkunft für das Gesinde errichtet."

Rafael drückt auf die Hupe und gibt unsere Ankunft bekannt.

Als ob ich mit meiner Vermutung ins Schwarze getroffen hätte, tritt ein mir völlig unbekanntes junges Mädchen mit langen, dunkelbraunen Haaren und der Figur eines *Dior*-Models vor die Tür. Auf dem Arm trägt sie Annika, die noch nicht einmal zweijährige Schwester meines Patenkindes Simon.

„Siehst du?" sage ich befriedigt zu Rafael. „Sabine hat jetzt sogar ein Kindermädchen. Der Teufel scheißt immer auf denselben Fleck!"

„Tut er nicht", erwidert Rafael abwesend, während er den Motor abstellt und sich interessiert umsieht.

Ich denke gar nicht daran, nach dem Köder zu schnappen. Er will nur wieder eine seiner absurden Anekdoten loswerden. Lieber steige ich aus und begrüße meine Nichte, die mir mit ausgestreckten Ärmchen und wackeligen Beinen entgegentorkelt.

„Dada!" sagt Annika und quietscht beglückt. Dabei fällt ihr der Schnuller aus dem Mund und landet im Matsch. Annika bückt sich ungelenk und steckt ihn wieder zwischen ihre Lippen. Kinder sind ekelig.

„Nein, nicht Dada. Marco!" stelle ich richtig. „Dada sitzt wahrscheinlich im Büro und versucht, das Finanzamt auszutricksen." Um keinen Preis will ich das sabbernde und anscheinend mit Möhrenbrei vollgekleckerte Blag auf den Arm nehmen und ihm womöglich noch einen Kuss geben müssen. Außerdem habe ich mal gelesen, dass man Kinder ernst nehmen und so früh wie möglich wie ebenbürtige Partner behandeln soll. Das fördere ihre Entwicklung. Also beschließe ich, Annika meine pädagogischen Kenntnisse zugute kommen zu lassen. Ein zweijähriger Hosenscheißer, dem die Pampers auf den Knien hängt und der mit O-Beinen durch die Gegend watschelt, hat einen Entwicklungssprung weiß Gott nötig. Ich beuge mich zu meiner Nichte herunter und reiche ihr freundlich, aber etwas distanziert die Hand, so als wären wir Nachbarn im selben Haus und hätten uns zufällig im Fahrstuhl getroffen. Doch Annika ist natürlich nicht in der Lage, diese Aufwertung ihrer unterentwickelten Persönlichkeitsstruktur zu schätzen. Sie betrachtet meine Finger und sieht mich hilfesuchend an, dann kräht sie plötzlich auf, als hätte sie begriffen, was ich von ihr will, und vergräbt ihre kleinen Fäuste in meiner Hand. Ich spüre, dass sich etwas Klebrig-Glitschiges auf meiner Handfläche verteilt.

„Oh", entschuldigt sich die junge Frau, die meine Nichte beaufsichtigt, *„excusez-moi*. Das Kind 'at gerade seine Brei gegessen." Interessiert mustert sie meine schmutzige Stirnbinde. „Oh lala! 'aben Sie ge'abt *accident*? Sie brauchen einen Arzt, *n'est-ce pas*?"

Abwehrend schüttele ich den Kopf und wische meine verschmierten Hände an einem Tempo ab. „Ich bin Marco, Sabines Bruder und das da ist Rafael, ein Freund." Rafael quittiert meine kleine Notlüge mit hochgezogenen Augenbrauen, aber ich sehe keinen Grund, diesem Mädchen zu erklären, dass er eigentlich ein Engel ist. Die Wahrheit hat mir in den letzten Tagen nur Scherereien eingebracht.

„Ah! 'erzlisch willkommen! Isch bin Colette, das Aupair-Mädschen. Isch komme aus Frankreisch."

Ach, wirklich! denke ich. Der Akzent ist ja kaum zu hören! Laut sage ich: „Ist meine Schwester da?"

Colette verneint bedauernd. „Es ist niemand da. Klaus … pardon, 'err 'ollweger 'at Termine. Er wird erst 'eute Abend zurück sein und Frau 'ollweger ist bei die Tieren mit großen 'örnern und dickem Fell."

„Bei *was* für Tieren?"

„Heidschnucken! Ich züchte jetzt Heidschnucken!" antwortet Sabine laut, während sie um die Ecke des Hauses biegt und auf uns zukommt.

„Ich dachte, du machst auf Biogemüse! Was um alles in der Welt sind Heidschnucken?" frage ich verständnislos, während Sabine mich umarmt und Rafael etwas zögernd und mit einem Stirnrunzeln die Hand schüttelt. Meine Schwester trägt einen beige-farbenen Arbeitsoverall und riecht nach Heu und muffiger Wolle. Ein krasser Gegensatz zu den etwas zickigen *Strenesse*-Kostümen und den teuren Parfums, die sie während ihrer Zeit an der Börse bevorzugt hat.

„Eine Schafart mit großen Hörnern und dickem Fell", wiederholt Sabine Colettes Worte. „Sehr ertragreich und vor allen Dingen wird die Haltung aus ökologischen Gründen vom Land subventioniert. Was willst du hier, Marco? Du kommst nie unangemeldet und erst recht nicht freiwillig. Und was ist mit deinem Kopf passiert?"

„Ich bin auf einer Art Zwangsurlaub und wir hatten einen kleinen Unfall. Nichts Ernstes. Mach dir keine Sorgen", erwidere ich genauso direkt.

Meine Schwester schnaubt belustigt auf. „Ich mach mir keine Sorgen, aber was meinst du mit Zwangsurlaub? Bist du gefeuert worden?"

Ich seufze. „Du hast es erfasst."

„Darum bist du also hier", sagt Sabine und Ärger umspielt ihren Mundwinkel, „du willst mich anpumpen."

„Will ich nicht!" sage ich empört, auch wenn mir der Gedanke gar nicht unsympathisch ist. Wieso bin ich noch nicht selber auf die Idee gekommen? Dann stutze ich. Zwar standen wir uns noch nie besonders nahe, aber die schroffe Art, mit der Sabine mich behandelt, ist trotzdem ungewohnt. Ihr Ton gefällt mir nicht und ich betrachte meine Schwester genauer. Auch wenn ich Sabine schon häufiger in ihren neuen, bäuerlichen Arbeitsklamotten gesehen habe, heute kommen sie mir besonders ungepflegt vor. Zu dem ausgebeulten Overall trägt sie schwere, dreckverschmierte Schuhe und ein altes Hemd, das ich nicht einmal mehr als Putzlappen verwenden würde. Ihre Haut wirkt fahl und sie hat ihre Haare achtlos zu einem Zopf zusammengebunden. Unter ihren Augen entdecke ich Schatten, als bekäme sie zu wenig Schlaf, und sie wirkt angespannt, als wäre sie mit ihren Gedanken woanders. „Und dir geht's gut?" frage ich vorsichtig.

„Ja, natürlich, alles bestens!" antwortet sie knapp. Normalerweise nutzt sie diese Art Fragen, um mir ihre neuesten Pläne und Erfolge genüsslich unter die Nase zu reiben. So einsilbig kenne ich sie gar nicht.

„He, und wofür baust du an? Ist dir das Gutsherrenhaus nicht mehr groß genug?" Ich heuchele Interesse und deute auf den halb fertigen hölzernen Anbau, um vom Thema abzulenken. Aber selbst wenn ich mir Mühe gebe, kann ich den neidischen Unterton in meiner Stimme nicht unterdrücken.

„Ein Unterstand für die Heidschnucken. Der Schuppen, in dem sie momentan untergebracht sind, bricht fast zusammen", antwortet sie müde. „Seit wann hast du einen Hund?" Gerade hat sie den schwanzwedelnden Adolf im Auto entdeckt.

„Seit gestern Morgen. Willst du ihn haben? Adolf ist zwar furchtbar dumm, aber auch furchtbar groß. Er könnte deine Heidschnucken bewachen." Sabine lacht und geht ins Haus. Es fängt an zu regnen.

Während wir unsere Sachen und die Haustiere aus dem Auto holen, nimmt mich Rafael beiseite. „Deine Schwester sieht nicht gut aus", flüstert er mir zu und bestätigt meinen ersten Eindruck. „Sie ist bedrückt und traurig. Ich kann es spüren."

„Ach was", wiegele ich ab, „sie hat wahrscheinlich nur ihre Tage oder hat schlecht geschlafen." Ich kann mir nicht vorstellen, dass mit Sabine etwas nicht stimmt. Warum sollte es ihr schlecht gehen? Sie hat doch alles, was man sich wünschen kann. Rafael sieht mich kopfschüttelnd an und folgt mir.

In der Küche hockt Simon, mein Patenkind, auf dem Boden, ein fünfjähriger Rotzlöffel mit rotblonden Haaren, schlechten Manieren und Sommersprossen auf genau den gleichen Stellen im Gesicht wie ich. Er sagt gelangweilt „Tag", und als er – in Anbetracht der nahenden Feiertage – kein mit knisterndem Glanzpapier eingepacktes Weihnachtsgeschenk in meiner Hand entdeckt, wendet er seine Aufmerksamkeit demonstrativ wieder einem Spielzeugroboter zu, der obszöne Kampfgeräusche von sich gibt. Sabine scheucht Simon aus der Küche und lässt sich erschöpft auf einen Stuhl fallen. „Colette, wieso hat Annika nicht aufgegessen?" fragt sie vorwurfsvoll, als sie die Überreste des Mittagessens auf dem Tisch verstreut sieht.

„Sie 'atte keinen 'unger und isch wollte meine neue Bluse nicht schmutzig machen", erwidert das Aupair-Mädchen beleidigt. Sie zupft an ihrem cremefarbenen, seidigen Hemd, das einen tiefen Blick in ihr Dekolleté bietet. Der Unterschied zwischen meiner abgearbeiteten Schwester und der modisch herausgeputzten Colette könnte nicht offensichtlicher sein. „Das Kind ist 'eute sehr ... wie sagt man – schwierig?"

„Vielleicht liegt es ja daran, dass du mit Annika nicht umgehen kannst!" erwidert Sabine genervt. „Koch uns wenigstens einen Kaffee!"

„Aber Frau 'ollweger, isch bin nicht die Köchin, isch bin hier, um mit die Kinder zu 'elfen!" sagt Colette mit einem

Schmollmund. „Das 'at Ihr Mann doch gestern auch gesagt!" Jetzt kann auch ich nicht mehr an der Tatsache vorbeisehen, dass hier etwas nicht stimmt.

„Ist schon in Ordnung", greift Rafael helfend ein, um eine Auseinandersetzung zu vermeiden, „wir machen das gerne selbst." Während Colette mit Annika und gerümpfter Nase die Küche verlässt, springt er auf, sucht in den Küchenschränken nach Kaffeepulver und Filtertüten und setzt die Kaffeemaschine in Gang.

„Das Mädchen macht mich wahnsinnig!" erklärt Sabine. „Sie ist herablassend, arrogant und hat zwei linke Hände."

„Warum schickst du sie nicht einfach wieder weg?" frage ich.

Sabine schüttelt den Kopf. „Glaub mir, wenn es ginge, würde ich es tun", murmelt sie und für einen Augenblick glaube ich, Tränen in ihren Augen zu sehen. Dann holt meine Schwester tief Luft und zwingt ein Lächeln auf ihr Gesicht. „Du bist also der Nachfolger von Finn", wendet sie sich an Rafael.

„Ja", sage ich.

„Nein", sagt Rafael.

„Was denn nun?" fragt Sabine erstaunt.

„Wir diskutieren noch darüber", antworte ich, aber die Vehemenz, mit der Rafael ihre Frage verneint, hat mich verletzt.

„Ah!" sagt Sabine, aber ist klug genug, nicht nachzufragen. „Wollt ihr für ein paar Tage bleiben? Von mir aus auch über Weihnachten. Ich meine, wenn ihr schon Urlaub macht."

„Eine Übernachtung wäre schön", sagt Rafael, bevor ich mich äußern kann. „Danach müssen wir weiter." Dass wir schon morgen wieder aufbrechen müssen, ist mir neu; bisher hat Rafael mir nicht gesagt, was er sonst noch vorhat, aber in Gegenwart meiner Schwester will ich ihn nicht zur Rede stellen.

Schweigend schlürfen wir alle unseren Kaffee, jeder in seine eigene Gedankenwelt versunken. Ich merke, dass Rafael unruhig auf seinem Stuhl hin und her rutscht, und sehe ihn fragend an.

Er deutet auf seinen Rücken und macht verstohlen Kratzbewegungen. „Ich muss allein sein!" bedeutet er mir, indem er lautlos seine Lippen bewegt.

Klappernd stelle ich meine leere Kaffeetasse auf den Tisch. „Wie wär's, wenn du mir deine Heidschnuckensammlung zeigst?" frage ich meine Schwester. „Adolf braucht Auslauf und Rafael ist müde von der Fahrt und würde wahrscheinlich gerne ein Nickerchen machen. Können wir uns im Gästezimmer ausbreiten?"

„Ja, klar", erwidert Sabine, „warum nicht? Oben im ersten Stock, erste Tür links. Das Bett ist frisch bezogen", sagt sie zu Rafael, der daraufhin dankbar nach unserer Tasche greift und nach oben verschwindet. Er ist so in Eile, dass er noch nicht einmal einen Blick für mich übrig hat.

Sabine und ich gehen nach draußen. Adolf stromert uns einige Schritte voraus, froh, sich nach der Autofahrt endlich wieder bewegen zu können. Der Regen hat aufgehört, mattgrau und erschöpft liegt der Himmel über dem Land. Es ist immer noch kalt, kälter als in der Stadt. Mein Atem hängt wie Dampf vor meinem Gesicht und ich vergrabe fröstelnd die Hände in meinen Jackenärmeln, während wir ums Haus herumlaufen und am Rande einer Wiese entlangmarschieren. Die Feuchtigkeit durchdringt meine Schuhe und ich bekomme nasse Füße. Früher hat mir der Winter nichts ausgemacht, im Gegenteil, ich habe mich auf lange Abende mit einer Tasse Tee, Kerzen, Räucherstäbchen und wohligem, trägem Sex gefreut. Jetzt deprimiert mich die kalte Jahreszeit nur noch.

Sabine zwängt sich durch ein Loch in dem Jägerzaun, der das Grundstück umgibt. „Müsste auch gemacht werden", sagt sie geistesabwesend. Sie scheint im Kopf eine Liste der notwendigen Reparaturen zu führen, aber ich höre auch so etwas wie Resignation heraus, als wäre sie überzeugt, diese Liste niemals abarbeiten zu können.

Plötzlich stehen wir oberhalb eines flachen Hanges, aus dem versteckt zwischen Steinen ein Rinnsal klaren, eisigen Wassers hervortritt. Vor uns befindet sich ein kleiner, ziemlich eingetrübter See, an dessen Ufer Torfmoos wächst und Birkenstämme halb versunken in stehendem Wasser und dunklem Erdreich verrotten. Holzstege führen am Rande des Sees entlang.

„Moor", sagt Sabine. „Nimm den Hund an die Leine."

Ich pfeife und Adolf kommt wie der Blitz aus einem Gestrüpp geschossen, völlig eingesaut, weil er in Kaninchenlöchern gegraben hat. Erwartungsvoll hechelnd setzt er sich vor mir auf die Hinterbeine. Ich brauche noch nicht einmal „Platz" zu sagen.

„Der Hund ist gut abgerichtet", kommentiert Sabine beeindruckt.

„Ja", sage ich, „er gehorcht mir aufs Wort. Aber das ist Rafaels Verdienst. Er kann ganz gut mit Tieren." Dass Adolf auch ein paar nicht so bewundernswürdige Eigenschaften auf Lager hat, lasse ich lieber unerwähnt.

Wir gehen ein Stück auf den Holzstegen entlang, und schauen auf das brackige Wasser. Der Ort gefällt mir. Ein guter Platz zum Nachdenken. Ich zünde mir eine Zigarette an und blase den Rauch in die Luft. „Und hier sind deine Heidschnucken?" frage ich. „Im Moor?"

Sabine lacht und schüttelt den Kopf. „Da drüben, wo der Boden trocken und sandig ist und ein paar Gräser und Sträucher hergibt. Da sind sie." Sie deutet nach links. „Willst du sie wirklich sehen? Ich dachte, du magst Lamm nur als Kotelett!"

„Zeig sie mir schon, dann hab ich es hinter mir", erwidere ich grinsend.

Wir verlassen das Moor und laufen querfeldein, bis ich erst Erde und dann Sand unter meinen Schuhen spüre. Dann höre ich in einiger Entfernung das Blöken von Schafen. Adolf spitzt die Ohren und zerrt ungeduldig an der Leine. Ich muss meine ganze Kraft aufwenden, um ihn zurückzuhalten.

„Er kommt mir irgendwie bekannt vor", sagt meine Schwester plötzlich und sieht mich an. „Hattest du schon früher mal was mit ihm?"

„Mit dem Hund?" frage ich etwas abgelenkt und nehme der Dogge das Halsband wieder ab. Wir sind ja jetzt abseits vom Moor, da kann nichts mehr passieren.

„Mit Rafael."

Ich schüttele den Kopf.

„Er ist nett", sagt Sabine.

„Ja", stimme ich traurig zu. „Das ist er, aber er wird nicht bleiben."

„Warum nicht?"

„Er ist beruflich ziemlich eingespannt und wohnt sehr weit weg", lüge ich. „Es würde nicht funktionieren." Um meine Gefühle zu verbergen, putze ich mir laut und ausgiebig die Nase.

„Schade. Er passt besser zu dir als Finn."

„Ach, Finn hatte auch seine guten Seiten", erwidere ich. „Du hast ihn nur nie leiden können." Erst, als mir die Worte aus dem Mund gerutscht sind, fällt mir auf, dass ich Finn verteidigt habe. Ich bleibe stehen und starre meine Schwester an. „Ich kann nicht glauben, dass ich das gerade gesagt habe."

„Ich auch nicht", sagt Sabine eine Spur zu heftig. „Immerhin hat er dich betrogen!"

Ich sehe meine Schwester verwundert an. „Sag mal, was ist eigentlich los mit dir? Ich erkenne dich ja kaum wieder!" sage ich schließlich. „Keine Prahlereien mit dem, was du erreicht hast, kein Marco-darauf-hinweisen-was-für-eine-Niete-er-ist, stattdessen siehst du abgekämpft und deprimiert aus, nörgelst über dein Aupair-Mädchen und hackst auf meinem Ex herum. Und dann noch diese Idee mit Heidschnucken! Abgefahrener geht es ja kaum noch!"

„Klaus hat was mit Colette", antwortet Sabine und schaut zu Boden. „Glaube ich wenigstens."

„Was? Du spinnst!" sage ich ungläubig. „Das Mädchen ist doch höchstens sechzehn!"

„Achtzehn", erwidert meine Schwester. „Und was spielt das Alter für eine Rolle?"

„Bist du dir sicher? Ich meine ... hast du sie erwischt?"

Sabine seufzt. „Ich bin neulich nachts wach geworden und Klaus lag nicht neben mir. Erst habe ich gedacht, er wäre aufgestanden, um sich um Annika zu kümmern, die schläft nämlich sehr unruhig in letzter Zeit. Aber dann habe ich diese Geräusche aus Colettes Zimmer gehört. Es liegt direkt neben unserem Schlafzimmer."

Ich kann meiner Schwester nicht ganz folgen. „Was für Geräusche?"

Sie sieht mich verärgert an. „Jetzt sei nicht so schwer von Begriff, Marco! Du weißt schon: quietschendes Bett, unterdrücktes Stöhnen. Diese Art von Geräuschen." Sie zögert einen Moment. „Als Klaus zurückkam, habe ich ihn darauf angesprochen. Du kennst mich ja, ich halte nicht hinter dem Berg mit meiner Meinung."

„Und?"

„Er hat alles abgestritten. Wenn ich es mir richtig überlege, hat er *mir* eine Szene gemacht anstatt umgekehrt", fügt sie erstaunt hinzu. „Er hat behauptet, ich sei eine hysterische, paranoide Ziege. Er sei in der Küche gewesen und habe sich etwas zu trinken geholt, weil er Durst gehabt habe. Er war eine halbe Stunde weg, Marco! Außerdem hat er geschwitzt, als er sich wieder neben mich gelegt hat. Man schwitzt nicht, wenn man sich ein Glas Wasser aus dem Kühlschrank nimmt."

Ich bin sprachlos. Einen Moment lang ziehe ich die Möglichkeit in Betracht, dass Sabine eine falsche Schlussfolgerung gezogen hat, aber im Gegensatz zu mir ist meine Schwester ein Kopfmensch. Niemals würde sie eine solche Behauptung aufstellen, wenn sie sich nicht sicher wäre. Jetzt ist mir auch klar, warum sie so niedergeschlagen wirkt und wo das Problem mit Colette tatsächlich liegt.

Mehrmals versuche ich, ein paar Worte zu formulieren, den richtigen Tonfall zu finden, in der Hoffnung, dass es nicht zu banal und dahingesagt wirkt, aber nach einigen Augenblicken gebe ich auf. Womit könnte ich meine Schwester auch trösten? Sätze wie: „Es wird schon wieder!" oder „Es tut mir so Leid!" klingen schon fast beleidigend. Ich wollte sie damals auch nicht hören. Ich könnte Sabine darauf hinweisen, dass ich mich mit Finn in genau derselben Situation befunden habe, nur dass es kein französisches Aupair-Mädchen war. Aber was hätte sie davon? Zu erfahren, dass man von dem Menschen, den man liebt, hintergangen worden ist, tut fürchterlich weh. Es fühlt sich an wie die Zerstörung des Paradieses. Man merkt, dass man in einem Traum gelebt hat, in einer Art ökologischer Nische, und die Chemieabfälle, die dieses Gefühlsbiotop vernichten, sind ausgerechnet von dem Menschen abgeladen worden, den man für den größten Naturschützer gehalten hat. Ein solch verseuchtes Gebiet zu renaturieren kostet viel Kraft, einiges an Selbstverleugnung, und man muss – um im Bilde zu bleiben – überzeugt sein, dass sich ein Umweltverschmutzer zu einem Greenpeace-Aktivisten wandeln kann. Bei Finn habe ich nicht daran geglaubt. Was meine Schwester über ihren Mann denkt, weiß ich nicht.

Während wir uns den Schafen nähern, ist Sabine sichtlich darum bemüht, die Fassung zu bewahren, und in einem Anfall von geschwisterlicher Zuneigung nehme ich sie schließlich in den Arm. Zuerst wehrt sie sich und macht ihren Körper ganz steif, aber dann spüre ich, wie sie in sich zusammensackt und sich an mich klammert.

„Ist schon gut", murmele ich und streichele ihr über die Haare, „ist schon gut."

Sabines Schultern zucken und sie presst ihr Gesicht an meine Brust. „Er ist ein solches Arschloch!" sagt sie dumpf. „Was tue ich denn jetzt?"

Auf diese Frage kann ich ihr keine Antwort geben, diese Entscheidung muss sie ganz allein treffen.

Während sich meine große, erfolgsverwöhnte Schwester in meine Umarmung drückt, denke ich darüber nach, wie einfach das Problem für mich zu lösen wäre. Wenn ein Mann meinen Erwartungen nicht entspricht, serviere ich ihn ab. So wie ich es mit Finn getan habe. Das ist zwar schmerzlich, aber es ist ein glatter Schnitt. Man kann von vorne anfangen, man kann die Vergangenheit vergessen und hoffen, dass man vielleicht mit dem nächsten Kerl einen Treffer landet. Aber in Sabines Fall ist das anders, sie muss einen ganzen Rattenschwanz von ungelösten Fragen bedenken. Wenn sie ihrem Mann verzeiht und bei ihm bleibt, wird sie jeden Tag daran erinnert, was er ihr angetan hat. Ich persönlich könnte das nicht. Vergeben und vergessen liegt mir nicht. Doch selbst wenn Sabine sich von Klaus trennt, wird sie ihn niemals aus ihrem Leben verbannen können, denn neben dem gemeinsamen Haus und Grundstück haben sie auch noch die Kinder, deren Vater Klaus immer bleiben wird.

Meine Gedanken werden unterbrochen von aufgeregtem Kläffen und unruhigem, schafsähnlichem Blöken. Während ich Sabine getröstet habe, hat sich Adolf aufgemacht, um die merkwürdigen, fellbesetzten Tiere zu inspizieren.

„Schau mal", sage ich belustigt zu meiner Schwester, „mein Hund freundet sich mit deinen Heidschnucken an!"

Aber was ich als drolliges Kennenlernen ansehe, scheint eine völlige Fehlinterpretation der Ereignisse zu sein, denn Sabine macht einen besorgten Gesichtsausdruck. „Heidschnucken sind sehr nervöse Tiere", sagt sie. „Sie sind nicht gerade intelligent. Er sollte da nicht so herumspringen."

„Wieso? Dann passen sie doch prima zusammen", sage ich arglos und beobachte amüsiert, wie Adolf einen Steinwurf entfernt aufgeregt um zwei Dutzend graubraune Schafe mit einem dicken Wollfell herumspringt und sich heiser bellt. Doch so dumm, wie ich meinen Hund einschätze, ist er wohl gar nicht, denn langsam scheint er sich längst verschütteter Triebe und Instinkte zu erinnern und umrundet die kleine Herde in immer enger werdenden Kreisen. Einzig in unsere Richtung lässt er ihnen einen Ausweg frei.

„Was tut er denn da?" frage ich, noch immer nicht verstehend. „Ist das ein Spiel?"

Meine Schwester gönnt mir einen vernichtenden Blick. „Er treibt die Herde in unsere Richtung."

„Er treibt …? Ist das schlimm?"

„Nicht, wenn du gerne in die Erde getrampelt werden möchtest! Adolf, lass das!" schreit sie dann und eilt den Heidschnucken mit wütenden Schritten entgegen.

Aber es ist zu spät. Die Heidschnucken werden immer unruhiger und ihr Blöken bekommt einen panischen Unterton. Auf immer enger werdendem Raum lassen sie sich von Adolf zusammenpferchen, reiben ihre Körper und Hörner aneinander, blöken aufgeregt und stampfen nervös mit den Hufen. Die Angst der einzelnen Tiere wird von der Herde verstärkt. Schließlich bricht die erste Schnucke aus dem Kreis aus und rast mit einer Geschwindigkeit, die ich kaum für möglich gehalten hätte, in die einzige Richtung, die die Dogge offen gelassen hat: in unsere. Die anderen Schnucken folgen dem Leittier.

„Scheiße!" flucht Sabine.

„Äh …", sage ich und bleibe wie angewurzelt stehen. In meinem Kopf hat sich ein Vakuum breit gemacht. Ich bin schon damit überfordert, das Bild, das sich mir darbietet, zu verarbeiten. Mit schreckgeweiteten Augen sehe ich zwei Dutzend verängstigter, wütender Heidschnucken mit gesenkten Hörnern auf mich zurollen ähnlich dem alljährlichen Stiertreiben in Pamplona, in meinen Ohren hallt das Donnern ihrer Hufe – und meine Gehirnzellen sind auf Tauchstation gegangen. Nicht ein vernünftiger Rettungsplan will mir einfallen. Stattdessen kann ich meinen Blick nicht von den zu Fratzen verzerrten Gesichtern reißen und spüre schon förmlich, wie mir ihre Hörner die Gedärme aufschlitzen. Ich bekomme weiche Knie und muss aufpassen, dass ich mir vor Angst nicht in die Hose pinkele.

„Steh nicht so blöd da!" schreit mich Sabine an, während sie zu mir zurücksprintet. „Spring zur Seite!"

Aber ich bin wie gelähmt. Das erste Tier ist nur noch fünf Meter von mir entfernt, ich kann schon die feuchte, muffige Wolle seines Fells riechen, den heißen Atem aus seinen aufgeblähten Nüstern stieben sehen und die Mordlust in seinen Augen erkennen, als mir meine Schwester einen Stoß gibt und sich zusammen mit mir in den Dreck wirft. Instinktiv drehe ich mich auf den Bauch, presse das Gesicht in den Boden und versuche, mit den Armen meinen Hinterkopf zu schützen. Um mich herum bebt die Erde und jeden Moment erwarte ich, von Schafshufen zermalmt zu werden.

Typisch! denke ich. Wenn man einen Schutzengel mal braucht, macht er gerade Mittagspause!

Doch dann höre ich plötzlich in unmittelbarer Nähe eine Stimme. „Ruhig, meine kleinen Schäfchen, hoho, ganz ruhig!" Und tatsächlich beruhigen sich die Heidschnucken eins nach dem anderen, die Panik in ihren Bewegungen verschwindet, sie werden langsamer und kommen schließlich ganz zum Stehen. Sabine und ich heben vorsichtig die Köpfe und ich sehe Rafael mit ausgebreiteten Armen inmitten der Heidschnucken stehen, die plötzlich so friedlich sind, als hätten sie nie ein Wässerchen trüben können. Die ersten fangen sogar wieder an zu grasen. Wind umspielt Rafaels Locken und der Engel hat einen entrückten Gesichtsausdruck. Seine Augen fixieren einen Punkt in weiter Ferne. Adolf kommt angetrabt, hockt sich zu Rafaels Füßen auf die Hinterbeine und himmelt ihn an. Die ganze Szene sieht aus, als wäre sie Teil der Monumentalverfilmung eines Bibelthemas. Es fehlt nur noch, dass gleich der Himmel aufreißt und eine tiefe, väterliche Stimme zusätzliche Anweisungen verlautbaren lässt. „Du sollst niemals die Tiere deiner Schwester reizen!" oder „Du sollst deinen Hund immer an der Leine halten!" Ich fühle mich wie ein Komparse und vergesse für einen Moment, dass meine Schwester und ich vollkommen mit Dreck besudelt sind. Wir sehen aus, als hätten wir uns in Schweinemist gewälzt. Ich brauche auch einen neuen Verband für die Platzwunde auf meiner Stirn.

„Ich hab ja gesagt, dass Rafael gut mit Tieren umgehen kann", rutscht es mir etwas flapsig heraus. Aber eigentlich will ich damit nur verbergen, wie erleichtert ich bin, dass uns nichts passiert ist.

„Seid ihr in Ordnung?" fragt Rafael und senkt langsam seine Hände. „Ich hatte so eine Ahnung, dass ihr meine Hilfe benötigt."

„Du bist ein Idiot, Marco!" erwidert Sabine wütend und rappelt sich hoch. Sie scheint wieder ganz die alte, hochnäsige Schwester zu sein. „Das hätte ins Auge gehen können! Man hetzt keinen fremden Hund auf eine Herde Heidschnucken!"

„Ich habe ihn nicht gehetzt!" verteidige ich mich beleidigt. „Und woher soll ich wissen, dass deine Viecher solche Sensibelchen sind?"

„Es sind Schafe! Sie handeln instinktiv und …" Mitten im Satz bricht meine Schwester ihre Tirade ab und starrt Rafael an. „Ach, du Scheiße! Was um alles in der Welt ist denn mit dir los?" fragt sie mit offenem Mund.

Erst jetzt bemerke ich, dass Rafael nur mit einer Jogginghose bekleidet ist. Er steht mit bloßen Füßen auf dem gefrorenen Boden und auch sein Oberkörper ist nackt. Die Kälte scheint ihm tatsächlich nichts auszumachen. Aber das ist es nicht, was meine Schwester verstummen lässt. Ihr Blick ist gebannt auf Rafaels Rücken gerichtet, auf dem deutlich zwei Flügel mit flauschigen, weißen Federn zu erkennen sind. Sie sind zwar noch nicht ausgewachsen und haben etwa die Größe meiner Handflächen, aber sie sind da, unübersehbar.

„Ach, herrje", seufze ich.

„Wie schon erwähnt, es macht nicht viel Sinn zu lügen", sagt Rafael schulterzuckend.

Stockend setze ich zu einer langwierigen und umständlichen Erklärung an, doch genauso wenig wie meine Mitbewohner glaubt mir meine Schwester, dass er ein Engel ist. Aber diesmal habe ich die Flügel als Beleg, auch wenn Sabine sie erst für eine clevere Attrappe aus Pappmaché hält. Wie ich braucht sie einen handfesten Beweis, um ihre Zweifel aufzugeben. Wieder einmal wird mir bewusst, dass wir trotz unserer Unterschiedlichkeit Geschwister sind, zwei Äpfel vom selben Stamm.

„In Afrika verhungern Millionen von Menschen, die Welt wird von Terroristen bedroht, wir stehen am Rande einer Klimakatastrophe und Gott betraut einen schwulen Engel mit der Aufgabe, ausgerechnet meinen Bruder zu missionieren?" bezweifelt sie meine Ausführungen. „Hat er keine sinnvolleren Aufgaben zu verteilen?"

Erst als Rafael Sabine seine Flügel berühren lässt, scheint sie meiner Geschichte ein wenig Glauben zu schenken. Zögernd fahren ihre Finger über die Knorpel, die aus Rafaels Rücken wachsen, und streichen sanft über die Federn, überzeugt ist sie jedoch noch lange nicht. Und sie wäre nicht meine Schwester, wenn sie nicht versuchen würde, ihre Unsicherheit hinter einer Maske aus Spott und Angriffslust zu verbergen. „Besonders beeindruckend sind die Dinger ja nicht!" sagt sie. „Ich habe mir Flügel von einem richtigen Engel immer irgendwie größer und beeindruckender vorgestellt. Die hier erinnern mich eher an die mickrigen Aufsätze von diesen pummeligen, kleinen Engelsputten in einem Barockgemälde!"

Jetzt ist es an Rafael, sprachlos zu sein. So respektlos hat ihn wahrscheinlich seit Jahrhunderten niemand mehr angemacht. Betreten senkt er den Blick und murmelt: „Sie werden ja noch wachsen." Fast könnte man glauben, er schäme sich.

Aber Sabine ist noch nicht fertig. „Flieg mal 'ne Runde!" sagt sie zu Rafael und sieht ihn herausfordernd an. „Da, bis zu dem Baum und zurück!" Ihr Finger zeigt auf eine knorrige, alte Kiefer in einiger Entfernung.

Doch Rafael hat sich wieder gefangen. Er schüttelt den Kopf und lächelt. „Ich bin nicht geschickt worden, um Beweise meiner Existenz abzuliefern", erwidert er sanft. „Ich bin gekommen, um zu helfen. Allerdings kann ich nur dem helfen, der an mich glaubt."

„Ha!" sagt meine Schwester. „Und Marco glaubt an Engel?" Dann wirbelt sie zu mir herum und sieht mich anklagend an. „Du glaubst an Engel?" wiederholt sie fassungslos.

„Ich … ich glaube an Rafael", stottere ich verlegen und werde rot.

„Wird ja immer besser", murmelt Sabine, aber ich habe das Gefühl, dass das Eis gebrochen ist. Zumindest hat sie keine Lust, sich auf weitere Diskussionen einzulassen. „Also schön", sagt sie nach einer Weile, „von mir aus ist er ein Engel. Kann mir ja eigentlich auch egal sein, mit welchen Typen du dich einlässt. Ich wasche meine Hände in Unschuld so wie dieser Dingsbums ..."

„Pontius Pilatus", erwidern Rafael und ich im Chor.

„Richtig. Wie auch immer."

Ich pfeife nach Adolf und zusammen machen wir uns alle zurück auf den Weg ins Haus.

„Nur mal so interessehalber", fragt meine Schwester, während wir nebeneinander herschlendern, „was ist eigentlich aus diesem Pontius Pilatus geworden?"

„Gott hat ihm natürlich vergeben", sagt Rafael leichthin und wirft einen Stock durch die Landschaft, den Adolf freudestrahlend apportiert. „Seitdem er von seinem Waschzwang geheilt wurde, kontrolliert er die himmlischen Badeanstalten auf ihre hygienischen Zustände."

Ich wünschte, ich hätte ein Beißholz bei mir, und meine Schwester tippt sich an die Stirn.

Kurz bevor wir an der Haustür angelangt sind, wirft Sabine Rafael ihre Jacke über den Rücken und dreht sich drohend zu uns um. „Kein Wort darüber zu den Kindern", sagt sie. „Ich will nicht, dass sie mit Engeln und ähnlichem esoterischen Unfug konfrontiert werden! Das kostet mich später mindestens zwei Jahre Psychotherapie für beide!"

„Oh", sagt Rafael entschuldigend, „sie wissen es schon. Sie waren neugierig und haben mir Gesellschaft geleistet, als ich die Taschen ausgepackt habe und mein T-Shirt wechseln wollte. Aber mach dir keine Sorgen, sie haben es wie selbstverständlich akzeptiert. Kinder besitzen noch die Fantasie, an das Unmögliche zu glauben."

Der Rest des Tages verrinnt träge und ereignislos. Am späten Nachmittag beginnt meine Schwester mit Rafaels Unterstützung zu kochen. Der Engel schält Kartoffeln, schnippelt Gemüse und klärt dabei Sabine über die Zustände im Himmel auf. Die beiden verstehen sich augenscheinlich recht gut. Meine Schwester lauscht ihm atemlos und schüttet sich hin und wieder aus vor Lachen. Ich glaube, sie hat beschlossen, Rafael nicht allzu ernst zu nehmen, und betrachtet seine Anwesenheit und das, was er von sich gibt, als eine Art Kabarettprogramm. Ich registriere erstaunt, wie selbstverständlich Rafael Sabine zur Hand geht. Bei mir zu Hause hat er keinen Finger gerührt.

Die Kinder sind damit beschäftigt, mit Colette die Räume weihnachtlich zu dekorieren. Zusammen sprühen sie die Fenster mit Kunstschnee ein, hängen kitschige Mobiles in die Rahmen und stellen kleine Engelsfigürchen auf die Bücherregale. Hin und wieder wird Rafael von Simon tuschelnd und kichernd als „Fachmann" hinzugezogen, denn Colette hat nach wie vor keine Ahnung von Rafaels wahrer Natur. Danach bastelt das Aupair-Mädchen Sterne aus schwarzer Tonpappe und schneidet geometrische Figuren hinein, hinter die dann buntes Glanzpapier geklebt wird. Die Sterne werden mit Tesa ebenfalls am Fenster befestigt und werden beim nächsten Sonnenschein in allen Regenbogenfarben leuchten. Während Annika und Simon mehr oder weniger aufmerksam zusehen und sich bei ihren eigenen kreativen Versuchen die Finger mit Klebstoff einsauen, fühle ich mich in meine Kindheit versetzt.

Es könnte ein richtig friedlicher Nachmittag sein, doch natürlich gibt es da ein kleines Problem. Sabine und Colette würdigen sich keines Blickes. Trotzdem belauern sie sich wie zwei eifersüchtige Primadonnen, wobei es ihnen gelingt, sich niemals zur selben Zeit im selben Raum aufzuhalten. Von meinem Platz im Sessel neben dem Kamin, wo ich die Stunden dösend mit einer Zeitung auf dem Schoß verbringe, sieht es aus wie ein absurdes Ballett, das die beiden aufführen. Alle können die Spannung zwischen den beiden Frauen spüren, bei jedem Knacken des brennenden Kaminholzes zucke ich zusammen, weil ich fürchte, der Funkenschlag könnte die knisternde Atmosphäre entzünden. Die Kinder werden nach einer Weile quengelig und ziemlich unerträglich; von Klaus ist nach wie vor nichts zu sehen.

Nach dem Essen setzen sich Simon und Colette vor die Glotze und sehen sich eine Seifenoper an, während Rafael und ich den Abwasch machen. Erstaunlicherweise gibt es in diesem Haushalt keine Spülmaschine. Sabine bringt ihre Tochter ins Bett.

Auch ich bin hundemüde, obwohl es erst kurz nach zwanzig Uhr ist. Während ich den letzten Teller wegräume, beschließe ich, mich ebenfalls hinzulegen. So früh bin ich zwar seit der vierten Klasse nicht mehr schlafen gegangen, aber ich kann meine Augen kaum noch aufhalten. Wahrscheinlich liegt das an der vielen frischen Luft hier auf dem Lande und an der Tatsache, dass ich heute zweimal fast ums Leben gekommen wäre. Von wegen Urlaub zum Ausspannen! Ich schleppe mich gähnend ins Gästezimmer und lasse mich völlig erschlagen aufs Bett fallen. Rafael kommt mit nach oben und deckt mich zu wie ein kleines Kind. Schon im Halbschlaf höre ich noch die Haustür zuklappen. Sabines Mann ist zurück.

„Willst du noch nicht ins Bett?" murmele ich schläfrig.

„Nein", sagt Rafael. „Ich komme später nach. Träum was Schönes." Er drückt mir einen Kuss auf die Stirn und verlässt das Zimmer.

Finn studiert noch einmal das Handbuch über Knoten, das er unter einem Stapel alter Illustrierten gefunden hat, und macht es dann mit einem leisen Knall zu. Das Seil, mit dem er geübt hat, rollt er fein säuberlich zu einer Schnecke zusammen und legt es beiseite. Er war schon immer der ordentliche Typ, ganz im Gegensatz zu einem bestimmten Mann, über den er bald nicht mehr nachdenken muss. Danach nimmt er einen Schluck aus der halb leeren Coladose, die vor ihm auf dem Küchentisch steht, und zündet sich eine letzte Zigarette an. Finn hat genug, es ist Zeit. Er hat vergessen, die Tage zu zählen, die er mit Warten verbracht hat. Nur langsam ist die Wahrheit in seine Gedanken gesickert: Nichts, was er sagen oder tun kann, wird Marco zurückbringen. Er hat ihn verloren.

Hoffnungslosigkeit macht sich in Finn breit. Er verbirgt das Gesicht in seinen Händen und wartet auf die Tränen, die jetzt unweigerlich in ihm aufsteigen werden. Aber seine Wangen bleiben trocken und nur ein Mal entfährt ihm ein hohles Schluchzen. Er kann nicht mehr weinen.

Mit einem Seufzer, der das Vergangene beendet und eine Zukunft unmöglich erscheinen lässt, steht er auf und greift nach dem Seil. Er packt seine Hoffnungen und Träume zusammen wie ein Flüchtling seine letzten Habseligkeiten und geht mit schweren Schritten die Treppe hinauf. Im oberen Stockwerk klappt er aus einer Nische in der Decke die schmale Leiter nach unten, steigt die Holztritte hinauf, öffnet die Luke und klettert auf den Dachboden. Nachdem er sich nach oben gezogen hat und aufrecht steht, sind Finns Hände schwarz vor Schmutz. Tastend sucht er nach der Strippe, mit deren Hilfe eine Glühbirne ihren fahlen Lichtschein auf den Dachboden wirft. Spinnweben hängen im Raum, in einer Ecke stehen die abgenutzten Urlaubskoffer seiner Eltern, ein blauer Plastik-Bollerwagen, in dem er als Kind Astronaut gespielt hat, und ein alter, verrußter Kohleofen, seit Jahrzehnten nicht mehr benutzt. Die Luft ist kalt und frisch, das Dach ist schlecht isoliert und er hat die heruntergefallenen Ziegel noch immer nicht ersetzt.

Finn rückt den kaputten Rattanstuhl, den er bei der Inspizierung des Speichers entdeckt hat, etwas mehr nach rechts, bis er genau unter einem der Balken steht, die das Dach tragen. Es ist eine recht wackelige Angelegenheit, bis Finn sich auf den Stuhl gehievt und sein Gleichgewicht gefunden hat, denn er muss auf den Rahmen treten, weil die Sitzfläche durchgebrochen ist. Vorsichtig balancierend und noch immer unsicher streckt er die

Arme über den Kopf und bindet das Seil mit einem festen Knoten an den Balken. Es ist eine anstrengende, schweißtreibende Arbeit, denn er kann den Balken nur erreichen, wenn er sich ganz lang macht. Aber das ist ja auch der Sinn der Sache. Finn verschnauft ein wenig, schüttelt seine schweren Arme aus. Dann knüpft er mit dem anderen Ende des Seils eine Schlinge und legt sie sich um den Hals. Fast kommt er sich ein wenig lächerlich vor, wie er dasteht, auf einem staubigen Speicher, die Füße auf einem Holzstuhl, bereit, sich das Leben zu nehmen. Was für ein armseliges Bild. Er hätte nie gedacht, dass er jemals zu so etwas fähig sein würde.

Gerade will er dem Stuhl einen kräftigen Tritt geben, als er laute Schritte und ein atemloses Keuchen die Holzleiter hinaufhasten hört. Ein Kopf mit dunklen, schulterlangen Haaren erscheint in der Bodenluke und dann das gerötete Gesicht eines Mannes, der nach Luft ringt und dabei Finn angrinst.

„O Gott", bringt Rafael stöhnend hervor, „ich sollte wirklich das Rauchen ein wenig einschränken! Diese Last-Minute-Einsätze machen mich völlig fertig!"

Vor Schreck verlagert Finn sein Gewicht und der kaputte Stuhl beginnt zu knirschen. Rafael stürzt nach vorne und hält Finn an den Beinen fest. „Das war knapp", sagt er.

„Wer bist du?" fragt Finn, als er etwas sicherer steht. „Verschwinde! Ich bin beschäftigt!" Schweißtropfen haben sich in den Bartstoppeln über seiner Oberlippe gebildet und er fährt nervös mit der Zunge über den Mund. Er hat sich schon am Balken baumeln sehen, und obwohl es genau das ist, was er erreichen möchte, ist es etwas anderes, wenn es statt geplant versehentlich passieren würde.

„Ach nein", winkt Rafael ab, „nicht schon wieder. Lass uns die Einleitung einfach überspringen, Finn. Das Problematische an unserer Situation ist nämlich, dass ich mich schon mehrmals vorgestellt habe, bei verschiedenen … Gelegenheiten, du dich aber nie an mich erinnern kannst. Das ist auf die Dauer etwas lästig.

Jedenfalls für mich." Er räuspert sich und fügt dann hinzu: „Rafael. Nenn mich Rafael."

Finn weiß nicht, was er sagen soll. Merkwürdigerweise empfindet er gar keine Angst vor diesem Fremden, dabei ist er in sein Haus eingedrungen und könnte ein Einbrecher oder ein Psychopath sein. Eigentlich fühlt er sich eher gestört und würde gerne zu Ende bringen, was er gerade angefangen hat, schließlich hat er lange gebraucht, sich dazu durchzuringen, aber andererseits ist er auch froh, dass er unterbrochen wurde. Unschlüssig bleibt er auf dem Stuhl stehen. Nur die Schlinge um seinen Hals lockert er ein wenig, um besser atmen zu können. Von oben bis unten betrachtet er den Eindringling, der nur eine blaue Jogginghose trägt, die einer von Marco gleicht, bis sein Blick auf Rafaels Rücken hängen bleibt. „Sind das da Flügel?" fragt er erstaunt.

„Ja", antwortet Rafael geschäftig, hüpft auf den Kohleofen und macht es sich im Schneidersitz bequem, als hätte er vor, länger zu bleiben. „Ich bin ein Engel."

„Ein Engel?" wiederholt Finn ungläubig. „Dafür sind deine Flügel aber ziemlich mickrig", rutscht es ihm dann heraus.

„Ich weiß", sagt Rafael peinlich berührt und schlägt zweimal mit den Flügeln, als ob er beweisen müsste, dass sie funktionstüchtig sind. „Sie sind noch nicht ganz ausgewachsen. Tut mir Leid. Dich habe ich aber anscheinend auch nicht in Bestform angetroffen", fügt er etwas flapsig hinzu. „Ich meine, du bist dir schon darüber im Klaren, dass Erhängen eine ziemlich unappetitliche Form des Selbstmords ist, oder? Blaugeschwollene Zunge, herausquellende Augen, die Gedärme und die Blase entleeren sich … eine ziemliche Sauerei, vor allen Dingen für diejenigen, die hinterher alles wegräumen müssen."

„Willst du mich davon abhalten?" fragt Finn gereizt.

Rafael hebt abwehrend die Hände. „Keine Spur! Es liegt gar nicht in meiner Macht, das zu tun. Die wichtigste Eigenschaft, die mein Chef den Menschen mitgegeben hat, als er sie erschuf, ist der freie Wille. Ihr könnt tun und lassen, was ihr wollt. Hin und wieder kann man versuchen, euch in die richtige Richtung zu schubsen, das ist aber auch alles. Der Haken an der Sache ist, dass ihr euch hinterher für eure Taten verantworten müsst."

Finn schnaubt gegen seinen Willen belustigt auf. „Gegenüber wem? Wann?"

„Na, gegenüber Gott! Hast du noch nie vom Jüngsten Gericht gehört?"

„Das ist doch Blödsinn!" sagt Finn.

Rafael zuckt mit den Achseln. „Wenn du nicht daran glaubst, kannst du ja weitermachen. Wie gesagt, ich werde dich nicht davon abhalten. Müßiggang ist aller Laster Anfang! Bitteschön!" Er streckt die Hand zu einer auffordernden Geste aus. Finn kommt sich vor, als wäre er Gast in einer dieser Gameshows, in der er dreißig Sekunden Zeit hat, seine Geschicklichkeit bei einer absurden Aufgabenstellung zu beweisen.

„Ich kann das nicht vor Publikum", sagt er schließlich.

„Gut", sagt Rafael erfreut, „dann hätten wir das ja geklärt. Notfalls kannst du ja immer noch weitermachen, wenn ich wieder weg bin. Übrigens habe ich ziemlichen Durst. Hättest du nicht ein Glas Saft für mich, wenn du dich schon entschlossen hast, unsere Unterhaltung fortzusetzen?"

Finn kann sich zwar nicht erinnern, einen derartigen Entschluss gefasst zu haben, aber Rafaels Bitte trifft ihn so unvorbereitet, dass er die Schlinge schon vom Hals genommen hat und vom Stuhl geklettert ist, um aus der Küche einen Orangensaft zu holen, bevor er überhaupt merkt, dass Rafael ihn damit übers Ohr gehauen hat.

Er sieht seinen Gast missmutig an und sagt dann: „Also schön, dann komm mit nach unten!" Er nimmt sich vor, Rafael so schnell wie möglich nach draußen zu bugsieren und dann da weiterzumachen, wo er aufgehört hat. Beim nächsten Mal wird er allerdings die Dachluke nicht mehr offen lassen.

Zusammen klettern die beiden vom Dachboden, und während sich Rafael in der Küche an den Tisch setzt und eine Zigarette aus

Finns Packung stiehlt, stellt Finn ein Glas Orangensaft auf seinen Platz. Bei dem Versuch, gleichzeitig zu rauchen und zu trinken, verschluckt sich Rafael, und Finn muss ihm mehrmals auf den Rücken klopfen, bis er wieder Luft bekommt.

„Danke", sagt Rafael und wischt sich eine Träne aus dem Augenwinkel, „geht schon wieder."

„Ich habe noch nie gehört, dass Engel rauchen", erklärt Finn.

„Ich rauche. Die anderen nicht. Ich bin sozusagen die Ausnahme von der Regel."

„Hoffentlich", erwidert Finn ironisch. Es ist das erste Mal seit Wochen, dass so etwas wie Humor in seiner Stimme aufblitzt. „Wenn alle Engel so wären wie du, müsste ich meine religiösen Vorstellungen einer Komplett-Renovierung unterziehen."

Rafael schmunzelt. „Erzähl mir, wie es dazu gekommen ist", sagt er und gestikuliert vage mit seiner Hand in Richtung Dachboden.

„Warum willst du das wissen?"

„Einfach so. Ein bisschen Smalltalk."

„Ich will nicht darüber sprechen, es geht dich nichts an", sagt Finn. „Trink deinen Saft und verschwinde."

„Ach, jetzt komm schon", nörgelt Rafael. „Ich mag tragische Geschichten."

Finn schüttelt den Kopf. „Ich habe lange genug mit meinen Dämonen gekämpft", sagt er leise. Der Schalk ist aus seiner Stimme verschwunden, als wäre er nie dagewesen. „Die Leichen in meinem Keller sind sortiert, geordnet und verstaut. Ich habe keine Lust, alles noch einmal auszupacken."

„Dämonen und Leichen", erwidert der Engel aufmunternd. „Hört sich doch spannend an."

„Nein!" schreit Finn und zittert auf einmal am ganzen Leib.

Rafael schweigt einen Moment und nickt langsam. „Ich verstehe", sagt er. Er trinkt sein Glas aus und wendet sich zum Gehen. „Wie du willst."

Finn atmet leise auf, als Rafael zur Haustür geht. „Warte", sagt er dann plötzlich und hält Rafael zurück. „Es … es ist wegen Marco", fügt er zögernd hinzu. „Er hat mich verlassen." Finn kann sich selbst nicht erklären, warum er es nun doch erzählt.

„Ich weiß", sagt Rafael.

„Du weißt ...?"

„Ich kenne nur den Anfang eurer Geschichte, wie ihr euch kennen gelernt habt. Und ich weiß, dass Marco dir einen Tritt versetzt hat, weil du ihn betrogen hast."

„Ja, aber woher ...?"

„Ich plaudere doch hier nicht meine Berufsgeheimnisse aus! Ich bin ein Engel, schon vergessen?"

„Du warst bei ihm, stimmt's?" sagt Finn anklagend. „Du hast ihn auch besucht!"

„Es ist ein wenig komplizierter. Im Grunde bin ich immer noch bei ..." Rafael will eine langwierige Erklärung darüber beginnen, welche technischen Möglichkeiten überirdische Wesen besitzen, in das Leben von gewöhnlichen Menschen einzugreifen, aber er wird abrupt von Finn unterbrochen.

„Er hat also gesagt, ich habe ihn hintergangen, ja?" Zu Rafaels Überraschung ist Finn plötzlich zornig. „Hat er denn auch erzählt, wie es dazu gekommen ist?"

Rafael schüttelt den Kopf.

„Ha!" sagt Finn grimmig. „Hätte ich mir auch denken können! Dieser Feigling!"

„Dann erzähl du es mir doch", sagt Rafael.

„Nein!"

Schweißgebadet und senkrecht im Bett sitzend wache ich auf und bin mir nicht sicher, ob der Schrei, der mich aus dem Schlaf gerissen hat, von mir stammt oder von außerhalb des Gästezimmers kommt. Meine Armbanduhr zeigt auf kurz vor Mitternacht. Im Dunkeln taste ich das Bett ab und spüre Rafael neben mir liegen. Noch gestern hätten mich seine warme, weiche Haut und sein nackter Körper so erregt, dass ich sofort über ihn hergefallen wäre, jetzt jedoch ist der Gedanke an Sex weit weg. Ich bin wütend, so wütend wie noch nie in meinem Leben. Ich fühle mich wie ein Roboter, auf dessen Schaltkreise jemand ohne Befugnis Zugriff genommen und die Programmierung geändert hat. Meine Hände und meine Oberschenkel zittern, meine Mundwinkel zucken und ich würde Rafael gerne windelweich prügeln oder zumindest einen Kinnhaken verpassen, bis seine selbstzufriedene Visage nicht mehr ganz so unerschütterlich wirkt. Plötzlich kann ich seine Nähe nicht länger ertragen, am liebsten würde ich nicht einmal denselben Raum mit ihm teilen. Ich springe aus dem Bett und renne im Stechschritttempo im Zimmer auf und ab. Ich weiß nicht wohin mit meinem Zorn.

„Was ist los?" murmelt Rafael und tut so, als hätte ich ihn geweckt.

„Lass es sein!" zische ich ihn an und kann mich kaum beherrschen, meine Stimme zu dämpfen. „Das ist nicht mehr witzig!"

„Ich weiß nicht, was du meinst!" erwidert Rafael und gähnt. „Hast du schlecht geträumt?"

„Du kannst dir deinen Sarkasmus in den Arsch blasen!" erwidere ich. „Du weißt ganz genau, was ich geträumt habe. Du bist doch verantwortlich dafür!"

„Ich habe nur mit Finn geredet. Sonst nichts! Was ist so schlimm daran?"

Rafael macht also einen auf unschuldig. „Was daran schlimm ist? Ganz zu schweigen davon, dass du wiederholt in meine Privatsphäre eindringst und … und meine Gedanken und Träume kontrollierst, jetzt willst du Finn auch noch dazu bringen, über das Ende unserer Beziehung zu reden! Ich will das nicht! Die Sache mit Finn ist zu Ende! Aus und vorbei! Wann begreifst du das endlich!"

„Wenn es vorbei ist, dann kann es dir doch egal sein. Was hast du zu verlieren, wenn ich ein wenig mit deinem Exfreund plaudere?"

Was ich zu verlieren habe? denke ich aufgebracht. Nichts außer meiner Würde, meinem Stolz und …

Aber ich weigere mich, diesen Gedanken zu Ende zu bringen. All das geht Rafael nichts an. Es ist ganz allein meine Sache. Wenn er nur daran interessiert ist, in alten Wunden zu stochern, dann kann ich auf seine Hilfe verzichten. Außerdem habe ich ihn sowieso nie darum gebeten. Er hat sie mir aufgedrängt.

Ich stürze hinüber zum Bett und beuge mich über Rafaels Gesicht. „Ich will, dass du verschwindest", sage ich drohend. „Geh dahin zurück, wo du hergekommen bist, und komm mir nie wieder in die Quere! Lass mich mein Leben leben! Ich will nichts mehr mit dir zu tun haben!"

„Oh, oh", sagt Rafael. „Das zweite Mal innerhalb einer Stunde, dass jemand meiner Anwesenheit überdrüssig ist. Aber Finn hat seine Meinung geändert, und du wirst es auch wieder tun."

„Ich denke nicht daran!" erwidere ich höhnisch. „Ich werde einen Freudentanz aufführen, wenn du weg bist."

„Tut mir Leid, Marco", sagt Rafael bedauernd, „aber du musst mich noch eine Weile ertragen. Ich kann dich noch nicht verlassen." Sein Blick kehrt sich nach innen, als lauschte er nach etwas, das ich nicht hören kann. Dann sieht er mich an und sagt: „Die Würfel sind gefallen. Wir fahren bald weiter."

„Was soll das heißen? Ich fahre nirgendwo mehr hin mit dir. Unser ‚Urlaub' ist hiermit storniert!" sage ich verärgert. „Hör auf, Sphinx zu spielen. Dieses übersinnliche Getue geht mir auf die Nerven!"

Anstatt mir eine Antwort zu geben, sieht Rafael zur Tür, die in diesem Moment mit einem solchen Ruck aufgerissen wird, dass sie an die Wand knallt. Meine Schwester steht plötzlich mitten im Zimmer, genau wie ich bebend vor Wut.

„Dieser Mistkerl!" schreit sie mich an und schaltet das Licht ein. Sie war anscheinend gar nicht im Bett, denn sie trägt noch immer die Jeans und den schlabbrigen Pullover, die sie nach dem Angriff der Heidschnucken gegen ihre verdreckte Kleidung ausgetauscht hatte. Ihre Augen sind weit aufgerissen, ihre Haare stehen wirr in alle Himmelsrichtungen und sie zittert am ganzen Körper. Sie sieht aus wie eine karibische Geisterbeschwörerin, der man das Voodoo-Püppchen geklaut hat.

„Wer?" frage ich. „Rafael?"

„Wieso Rafael? Klaus natürlich! Er ist ein wandelndes Sexualhormon! Das personifizierte Testosteron! Gerade hab ich ihn erwischt, wie er diese kleine Lolita schon wieder begrapscht hat! Sie ist vor ihm die Treppe hinaufgegangen und er hat ihren Hintern befummelt!" Ohnmächtig vor Zorn schlägt Sabine mit der Faust gegen die Wand. Dann lässt sie sich neben Rafael aufs Bett fallen, streckt Arme und Beine von sich und starrt trostlos an die Decke. „Und wisst ihr, was er als Entschuldigung vorgebracht hat? Es sei alles meine Schuld! Ich hätte meine Weiblichkeit verloren! Er könne Frauen nicht leiden, die glaubten, sie müssten erfolgreicher sein als Männer. Colette dagegen würde zu ihm aufsehen und ihn anhimmeln, während ich ihn immer nur kritisieren würde. Ist das nicht unglaublich? Er will jagen und sammeln und ich soll zu Hause bleiben und die Körbchen flechten, um darin die Ernte aufzubewahren! Ich habe ein reaktionäres Chauvi-Schwein geheiratet!" Sabine holt tief Luft. „Keine Nacht länger bleibe ich mit diesem Flachwichser unter einem Dach! Morgen früh schnappe ich mir die Kinder und fahre mit euch mit!"

„Was?" frage ich entsetzt. Der überraschende Entschluss meiner Schwester passt mir überhaupt nicht in den Kram. Natürlich kann ich verstehen, dass sie Klaus verlassen will, aber was habe ich damit zu tun? Gerade will ich Rafael zum

Teufel schicken – gut, vielleicht eine etwas ungeschickte Metapher –, doch jetzt droht mir Sabine dazwischenzufunken. Warum schmeißt sie ihren Mann nicht einfach raus? Das wäre doch viel praktischer! Außerdem, muss sie sich nicht um den Hof kümmern und auf ihre blöden Heidschnucken aufpassen?

„Klaus soll ruhig schauen, wie er allein zurechtkommt. Mal sehen, wie ihm seine bezaubernde Colette gefällt, wenn *sie* von den Schafen überrannt wird", sagt Sabine hämisch. „Dann hat sie nämlich keine Zeit mehr, sich die Beine zu rasieren und stundenlang ihr seidiges Haar zu kämmen! Dann kann er ihre Weiblichkeit im Matsch suchen!"

„Äh, Sabine", beginne ich zögernd, „Rafael und ich werden nicht …"

Doch meine Schwester lässt mich gar nicht zu Wort kommen. „Mein Gott, Marco, jetzt stell dich nicht so an!" unterbricht sie mich. „Ich will doch die Kinder nur ein paar Tage zu den Eltern bringen, damit sie wenigstens über Weihnachten nicht in dieses Chaos hineingezogen werden! Ihr fahrt doch sowieso dahin und Platz genug habt ihr im Auto auch."

„Wie bitte?" Ich habe das Gefühl, im falschen Film zu sein. „Seit wann fahren wir zu unseren Eltern? Davon weiß ich nichts!" Anklagend sehe ich Rafael an, der damit beschäftigt ist, akribisch ein paar unsichtbare Staubflusen von der Bettdecke zu klauben.

„Es sollte eine Überraschung werden", murmelt er verlegen.

„Du lässt auch wirklich nichts unversucht, um dich unbeliebt zu machen, was?" blaffe ich ihn an. „Urlaubsfahrt! Dass ich nicht lache!" Nicht nur, dass ich Rafael und meine Schwester samt ihren Blagen am Hals habe, jetzt soll ich auch noch meine Eltern besuchen! Langsam frage ich mich, womit ich das verdient habe. Nie wieder werde ich ein Stoßgebet aussprechen!

Gegen die vereinte Front von Rafael und meiner Schwester ist mein Widerstand auf Dauer natürlich zum Scheitern verurteilt. Nachdem sie mich eine Viertelstunde lang ununterbrochen vollgequatscht haben, gebe ich nach, wenn auch ungnädig. Sabine verschwindet, um sich für die wenigen verbliebenen Stunden der Nacht auf die Couch im Kinderzimmer zu legen. Als sie gegangen ist, ziehe ich mich wortlos an und mache ebenfalls Anstalten, das Gästezimmer zu verlassen.

„Jetzt komm wieder ins Bett!" sagt Rafael belustigt und klopft auf das Laken. „Oder bist du immer noch sauer?"

„Wenn du glaubst, dass ich mit dir fertig bin, dann hast du dich geschnitten", erwidere ich eingeschnappt. „Vielleicht werde ich dich nicht so schnell los, wie ich gehofft habe, aber ich werde es nicht mehr zulassen, dass du in meine Träume und Gedanken einbrichst!"

„Ach", erwidert Rafael, „und wie willst du das anstellen?"

„Ich werde einfach nicht mehr schlafen", sage ich entschlossen.

Während die Tür hinter mir zuschlägt und ich ins Wohnzimmer hinuntergehe, um die Zeit bis zum Morgen mit einem Buch totzuschlagen, höre ich Rafaels amüsiertes Lachen hinter mir verklingen.

5. Revoluzzer

Als der nächste Morgen anbricht, beginnt es zu schneien. Anfangs fallen einzelne, dicke Schneeflocken, die sich am Boden in Nichts auflösen, dann kommt Wind auf und der Niederschlag beginnt dichter zu werden, bedeckt alles mit einer feinen Schicht aus weißem Puder.

Schnee ist ein großer Gleichmacher. Das, worauf er liegen bleibt, erhält eine Reinheit, die fast unschuldig wirkt. Dunkle Tannen, braune, matschige Erde, selbst der hässliche Rohbau neben Sabines Haus sieht verzaubert und geheimnisvoll aus. Die Umrisse und Strukturen der rauen Heidelandschaft werden sanfter und undeutlicher, scharfe Kanten und Ecken verschwinden, als hätte jemand die Natur mit einem Weichzeichner fotografiert. Noch ist es fast dunkel; trotzdem ziehe ich die Gardine beiseite und beobachte, wie sich die Welt in der Dämmerung langsam in eine Märchenlandschaft verwandelt. Überall herrscht eine friedvolle, angenehme Stille.

Für einige Minuten genieße ich die Ruhe, aber dann werden meine Augen schwer; das unablässige Schneegestöber lässt meine Aufmerksamkeit wandern und lullt mich ein. Der Schlafentzug, den ich meinem Körper zumute, macht sich bemerkbar. Vor zehn Jahren haben mir ein oder zwei durchgemachte Nächte keine Probleme bereitet, es war alles nur eine Frage der richtigen Partys. Schlafen war eine Nebensächlichkeit, die man nachholen konnte, wenn man alt war. Langsam jedoch scheinen sich meine Prioritäten zu ändern. Außerdem gibt es hier in der Wildnis keine Partys und schon gar keine Drogen, um mich wachzuhalten – es sei denn, Heidekraut hat eine aufputschende Wirkung, von der ich nichts weiß. Trotzdem gebe ich meiner Müdigkeit nicht nach, denn jetzt, nachdem ich endgültig die Kontrolle verloren habe, fürchte ich mich vor dem, was in meinen Träumen geschieht. Mein Vorsatz, nicht mehr zu schlafen, war durchaus ernst gemeint.

Energisch reibe ich mir die Augen und atme erleichtert auf, als mir im oberen Stockwerk ein Türklappen signalisiert, dass die Nachtruhe vorbei ist. Simon steht im Schlafanzug auf der Treppe, hüpft aufgeregt von einem Bein aufs andere und mustert mich im Halbdunkel. Als er erkennt, dass ich es bin, lässt mein Neffe die Schultern hängen.

„Du bist nicht der Weihnachtsmann", stellt er fest.

„Nein, natürlich nicht", antworte ich. „Wie kommst du darauf?"

Simon patscht mit nackten Füßen die Stufen herunter. „Es ist fast Heiligabend und es schneit. Ein Engel ist auch schon angekommen. Also hab ich gedacht, der Weihnachtsmann muss jetzt bald aufkreuzen", erklärt er mit kindlicher Logik und so ungeduldig, als wären seine Schlussfolgerungen offensichtlich. „Aber du bist nur Marco. Blöd."

„Dankeschön", erwidere ich trocken, aber Sarkasmus ist gegenüber meinem jungen Neffen die reine Verschwendung. Ich gehe in die Küche, um mir einen extra starken Kaffee aufzusetzen.

Simon folgt mir und setzt sich an den Tisch. „Ich habe Hunger!" erklärt er und sieht mich auffordernd an. „Colette macht mir morgens immer Schokomüsli."

Ich verstehe den Wink mit dem Zaunpfahl, stelle ihm eine Schüssel Müsli auf seinen Platz und gieße Milch darüber. „Zufrieden?"

Simon antwortet nicht, fängt aber an, große Löffel der Pampe in seinen Mund zu schaufeln. „Warum schläft Mama auf der Couch im Kinderzimmer?" fragt er dann plötzlich mit vollem Mund. „Hat sie Angst, dass wir vom Moormonster geklaut werden?"

Ich bin gerade dabei, Kaffee für die Filtertüte abzumessen, und verzähle mich prompt. „Vom Moormonster?" Ich hoffe inständig, meinen Neffen damit von seiner eigentlichen Frage abgelenkt zu haben. Ich will nicht derjenige sein, der ihm beibringt, dass er ab sofort aus zerrütteten Familienverhältnissen stammt.

„Das Moormonster wohnt nebenan im Moor. Es ist ganz schleimig, trägt einen zerrissenen Umhang und hat schlechte Zähne, weil es nie Zahnseide benutzt. Und es klaut nachts die Kinder aus den Bauernhöfen drumherum", gruselt sich Simon wohlig. „Das hat mir Dennis erzählt, aber er kann mir keine Angst einjagen, weil ich kann nämlich Karate. Willst du mal sehen?" Simon lässt den Löffel in die Milch fallen, springt auf und duckt sich mit blitzenden Augen in eine Art Bruce-Lee-Kampfstellung.

„Simon", sage ich genervt. „Es ist sieben Uhr morgens und ich hatte noch nicht mal meine morgendliche Dosis Koffein. Kannst du einen Gang zurückschalten?"

Die Küchentür öffnet sich und Sabine kommt herein mit einer ebenfalls aufgekratzten Annika auf dem Arm. „Morgen", murmelt sie müde und drückt ihrem Sohn einen Kuss auf die Stirn. Man kann deutlich erkennen, dass auch sie nicht geschlafen hat in dieser Nacht.

Direkt hinter meiner Schwester stürzt Klaus durch die Tür. Normalerweise wirkt er selbstsicher und ein wenig herablassend, als könnte ihn nichts und niemand aus der Fassung bringen, aber heute ist der große, schlaksige Mann mit dem dünner werdenden Haar eindeutig nicht Herr der Lage. Sein Hemd hängt halb aus der Hose heraus und sitzt schief, weil er es falsch geknöpft hat, und einer der Schnürsenkel an seinen Schuhen ist offen – als hätte das Chaos in seiner Ehe auf seine Kleiderordnung abgefärbt. Seine Miene ist sorgenvoll und ängstlich, seine Gesten unruhig und fahrig.

„Sabine, ich muss mit dir reden!" sagt er beschwörend und ignoriert meine Anwesenheit.

Meine Schwester bittet mich mit den Augen, die Küche zu verlassen, und ich nehme erleichtert meinen Kaffeebecher und verdrücke mich schnell ins Wohnzimmer. Bei einem solchen Familiendrama möchte ich gar nicht anwesend sein, aber natürlich setze ich mich so nah an die geschlossene Tür, dass ich möglichst viel mitbekomme. Ärgerlich ist nur, dass Sabine Annika auf meinem Arm deponiert hat, mich zusammen mit Simon aus dem Raum geschoben hat und ich mich jetzt um die Kinder kümmern muss, was das unverfängliche Lauschen nicht gerade erleichtert. Kurz entschlossen stopfe ich Annika den Schnuller in den Mund, lege sie auf der Wohnzimmercouch ab und schenke Simon einen Euro, unter der Bedingung, dass er in den nächsten zehn Minuten die Klappe hält. Beides funktioniert, die Blagen sind ruhig. Da soll noch einer sagen, Schwule verstehen nichts von Kindererziehung.

Zuerst höre ich nur unverständliches Gemurmel, obwohl ich mit dem Ohr am Schlüsselloch klebe, denn Sabine und Klaus bemühen sich, ihre Stimmen gedämpft und ruhig zu halten. Aber wie das so ist bei Streitigkeiten, bei denen es ums Eingemachte geht, irgendwann entspricht die Lautstärke dem Grad der Emotionen. Die erlittenen Verletzungen sind einfach zu schmerzhaft, um sie sachlich zu diskutieren. Ich kenne das. Dementsprechend werden nach wenigen Minuten die Stimmen auch lauter. Ich reibe mir verstohlen die Hände, schlürfe meinen Kaffee und genieße die Vorstellung wie ein spannendes Hörbuch. Endlich haben auch mal andere Leute Beziehungsprobleme.

Anfangs fährt Sabine die üblichen Geschütze auf – Sätze, die mit den Worten beginnen: „Wie kannst du nur …", „Was glaubst du, wie ich mich dabei fühle …", „Das werde ich dir niemals verzeihen …" – und ich nicke zustimmend und klatsche innerlich Beifall. Sie hat meine volle Solidarität. Nur zu gut kann ich die Worte meiner Schwester nachvollziehen, denn ich habe sie oft genug selber benutzt.

Diesmal habe ich jedoch mehr Distanz. Ich bin nicht in die Auseinandersetzung involviert, und meine Position als heimlicher Lauscher gibt mir die Möglichkeit, einen objektiveren Blickwinkel auszuprobieren. Ich bemerke irritiert, dass Vorwürfe dieser Art einen nörgelnden Unterton haben, der zu viel Angriffsfläche bietet und zum Widerspruch reizt. Habe ich mich auch so angehört?

Natürlich nutzt Klaus diese versteckten Hinweise auf die Verwundbarkeit meiner Schwester aus. Sein Gegenangriff enthält Sprüche wie „Es hat nichts zu bedeuten …", „Du machst aus einer Mücke einen Elefanten …" und „Du bist doch selber schuld! Wenn du nicht …". Dabei wird die Verfehlung zwar nicht geleugnet, aber verniedlicht, klein geredet, beinahe ins Lächerliche gezogen und die Verantwortung für die Tat unterschwellig meiner Schwester in die Schuhe geschoben. Das natürlich hat nur noch mehr Vorwürfe zur Folge.

Noch während ich meinem Schwager mit wachsender Empörung zuhöre, fällt mir überrascht auf, dass sich der Streit genauso entwickelt wie meine Auseinandersetzungen mit Finn. Die Worte sind fast identisch – wenn ich wollte, könnte ich den Text mitsprechen – und Klaus hat genauso wenig Unrechtsbewusstsein wie mein Exfreund. Finn allerdings hat noch die Frechheit besessen zu behaupten, er sei unschuldig. Ebenso wie ich wird Sabine mit ihren Vorwürfen ihrem Mann keine Entschuldigung und kein Versprechen der Besserung entlocken.

Und dann wird mir plötzlich klar, dass es genau das ist, was ich eigentlich von Finn hören wollte: eine Bitte um Vergebung und die Erklärung, dass er mich noch immer liebt. Vor Schreck fällt mir beinahe die Kaffeetasse aus der Hand.

Ja, ich wollte ihn wie einen Wurm auf dem Boden kriechen sehen; wie bei einem mittelalterlichen Duell wollte ich Satisfaktion und die Wiederherstellung meiner Ehre – aber ich wollte Finn auch zurückhaben. Doch eine solche Form der Auseinandersetzung ist eine Spirale, die sich immer weiter nach oben schraubt und keinem der Kontrahenten die Möglichkeit bietet, das Gesicht zu wahren – und das ist die wichtigste Voraussetzung, um einen Streit gütig zu beenden.

Am liebsten würde ich aufspringen, an die Tür trommeln und beide beschwören, sich noch einmal zusammenzuraufen, aber natürlich kann ich mich nicht dazu überwinden, denn eigentlich geht mich ihr Krach ja gar nichts an. Meine Erkenntnis kommt mir peinlich vor und außerdem ist es sowieso zu spät. Wie ich es vorausgesehen habe, fühlt sich meine Schwester durch Klaus' lakonische und abwertende Antworten in die Ecke gedrängt und fängt an, ihn anzuschreien. Er brüllt zurück, Beschimpfungen fliegen hin und her, ein wenig Geschirr geht zu Bruch, neben mir beginnen Simon und Annika zu weinen und dann ist auch schon alles vorbei.

Die Küchentür fliegt auf und Sabine stürmt wutentbrannt ins Wohnzimmer, nimmt ihre Tochter auf den Arm und ihren heulenden Sohn an die Hand. „Keine Sekunde länger bleibe ich in einem Haus mit diesem schwanzgesteuerten Mistkerl!" flucht sie. „Wann können wir fahren? Ist Rafael endlich wach?"

„Sabine", sage ich vorsichtig. „Bist du sicher, dass du das willst? Vielleicht wäre es besser, wenn ihr beide noch mal in Ruhe ..."

„Jetzt fall du mir auch noch in den Rücken!" schnauzt sie mich an. „Nehmt ihr uns jetzt mit oder nicht?"

In diesem Moment fliegt die Küchentür ein weiteres Mal auf und Klaus kommt zu uns. „Von mir aus kannst du ruhig gehen!" schreit er Sabine an. „Aber die Kinder bleiben hier!" Dann baut er sich vor mir auf, mustert mich mit einem missbilligenden Blick von oben bis unten und sagt drohend: „Misch dich nicht in unsere Privatangelegenheiten ein, Marco. Sonst kriegst du von mir ein paar aufs Maul!"

Ich bin so überrascht, dass mir der Mund offen stehen bleibt. Die bahnbrechenden Erkenntnisse, die ich während des Streits gewonnen habe, sind auf einmal wie weggefegt und meine Sympathien gehören wieder voll und ganz meiner Schwester. Was bildet der Kerl sich eigentlich ein?

Obwohl ich weiß, dass ich bei diesem Familienkrach nur Zaungast bin, ein Zuschauer, dem es nicht zusteht, Partei zu ergreifen, habe ich plötzlich eine irrsinnige Wut im Bauch. Ich hatte überhaupt nicht vor, Stellung zu beziehen, aber ich lasse mir auch nicht von einem aufgeblasenen Möchtegern-Hetero-Macho den Mund verbieten. In meinem Magen bildet sich ein dicker Kloß und mein Puls rast.

„Geh mir aus den Augen!" zische ich Klaus an. „Geh zurück zu deiner kleinen französischen Schlampe und lass Sabine in Ruhe!"

Eigentlich bin ich eher der Typ, der körperlichen Auseinandersetzungen aus dem Weg geht, und ganz bestimmt habe ich sie noch nie provoziert, denn Schlägereien finde ich primitiv und unter meiner Würde. Das ist etwas für besoffene Proleten auf dem Heimweg vom Fußballstadion oder für Leute, die das Foucaultsche Pendel für einen Schlagring halten. Aber jetzt ballt sich meine Faust wie von alleine, fast gegen meinen Willen, und alles geht so schnell, dass ich mich gar nicht zurückhalten könnte, selbst wenn ich es wollte. Aggressionen und Instinkt schalten mein Gehirn aus, als hätten sie nur darauf gewartet, endlich einmal den Knopf drücken zu dürfen, mit dem man die jahrzehntelang verinnerlichten gesellschaftlichen Umgangsformen einfach ausknipsen kann. Adrenalin flutet meine Adern, mein Kreislauf arbeitet auf Hochtouren und ich fühle mich wie ein

Neandertaler, der die weiblichen Mitglieder seines Clans vor den Angriffen eines feindlichen Stammes beschützen muss. Die Muskeln in meinem rechten Arm spannen sich an, und während ich aushole, fange ich beinahe an zu grunzen. Und dann schlage ich zu und treffe Klaus mit voller Wucht mitten ins Gesicht. Seine Nasenknochen zersplittern mit einem merkwürdigen, knisternden Geräusch, so als zerbräche jemand ein paar Streichhölzer direkt neben meinem Ohr, und ich spüre Blut unter meiner Faust.

„Selbst schuld!" murmele ich befriedigt. „Das hat man davon, wenn man einen Hollweger auf dem falschen Fuß erwischt und seine Triebe nicht unter Kontrolle hat!"

Klaus, genauso unvorbereitet auf meine Attacke wie ich selber, hält sich reflexartig die Hände vors Gesicht und starrt ungläubig auf das Blut, das auf seine Finger und sein frisch gebügeltes, weißes Steuerberater-Hemd tropft. Erst dann setzen die Schmerzen ein, seine Beine beginnen einzuknicken und er fällt auf den Teppich wie ein Sack Kartoffeln.

„Er hat mir die Nase zertrümmert! Er hat mir die Nase zertrümmert!" winselt er Mitleid heischend. Nicht einmal im Angesicht der Niederlage besitzt der Mann so etwas wie Würde.

Ich dagegen fühle mich unglaublich gut. Primitive Schlägereien sind vielleicht doch ganz nett. Sie zeitigen Ergebnisse, ohne dass man sich auf mühselige und nervige Diskussionen einlassen muss. Man haut einfach zu und bekommt Recht. Toll! Ich komme mir vor wie der Held in einem Italo-Western. Fast bin ich versucht, lässig in den Staub zu spucken, meinen Cowboyhut zurechtzurücken und Sabine zu fragen: „He, *Babe*, wie war ich?" Allerdings muss ich zugeben, dass der Kampf auch an mir nicht spurlos vorbeigegangen ist. Ich glaube, ich habe mir den Mittelfinger verstaucht.

Nach dem Ende unserer Auseinandersetzung herrscht Totenstille im Raum, man könnte eine Fliege pinkeln hören.

Die Kinder sind stumm, sie haben vor Schreck aufgehört zu heulen und starren mich mit großen Augen an. Selbst meine Schwester sieht sprachlos zu mir herüber. „Ma... Marco!" stottert sie und ihr Blick wandert hilflos zwischen ihrem Mann und mir hin und her. „Was ... was war denn das?"

„Klassische Übersprungshandlung!" höre ich Rafael plötzlich hinter mir psychologisieren. Während des Kampfes muss er aus dem Gästezimmer gekommen sein und hat die Szene heimlich beobachtet. Jetzt kniet er neben meinem jammernden Schwager und sieht sich das gebrochene Nasenbein an.

„Übersprungshandlung? Quatsch!" entgegnet meine Schwester. „Das ist, wenn zum Beispiel zwei Hähne aufeinander treffen und anfangen, nach nicht vorhandenen Körnern zu picken, weil sie sich nicht zwischen Angriff und Flucht entscheiden können. Das hier kam mir eher vor wie der Versuch, die Familienehre zu verteidigen – wie süß von dir, Marco!" Sie betrachtet ihren verletzten Mann mit einer Mischung aus Neugier und Ekel, als wäre er das Beutestück eines nächtlichen Jagdausflugs, das ihr die Katze vor die Füße gelegt hätte. Besonders viel Mitleid scheint sie mit ihm jedenfalls nicht zu haben. Dann fügt sie an mich gewandt hinzu: „Hat dir übrigens schon mal jemand gesagt, dass du wie ein siamesischer Kampffisch aussiehst, wenn du wütend bist? Du bekommst einen knallroten Kopf!" Das Bild des Westernhelden zerplatzt wie eine Seifenblase.

„Ersatzbefriedigung!" unterbricht Rafael, als hätte er ein Rätsel gelöst, an dem er wochenlang zu knacken gehabt hat. „Dann war es Ersatzbefriedigung!"

„Wie bitte?" frage ich erstaunt und schüttele meine Faust aus, die mittlerweile ziemlich wehtut.

„Überleg doch mal", versucht Rafael zu erklären, während er etwas abwesend mit einem Tempo in Klaus' Gesicht herumtupft, „kommt dir an dieser Situation nicht irgendetwas bekannt vor? Klaus betrügt deine Schwester und Sabine beschließt, ihren Mann zu verlassen. Woran erinnert dich das?"

Ich zucke mit den Schultern. „Ich weiß nicht. Sag du es mir."

„Finn!" antwortet Rafael triumphierend.

Ich will erst abfällig auflachen, so absurd kommt mir diese Überlegung im ersten Moment vor, aber dann wiederhole ich langsam: „Finn ..."

„Verstehe ich nicht!" wendet Sabine verwirrt ein. „Wieso schlägt Marco meinem Mann die Nase platt, wenn er an seinen Ex-Mann erinnert wird?"

„Wegen der Parallelität der Ereignisse", erläutert Rafael ungeduldig. „Das liegt doch auf der Hand. Außerdem hat er sich nie mit Finn darüber auseinander gesetzt, er hat ihn einfach hinausgeworfen. Die Wut und die Enttäuschung hat er lieber in sich hineingefressen, anstatt sie herauszulassen. Und jetzt, in einer ähnlichen Situation, haben sich die aufgestauten Emotionen blitzartig entladen. Wie ich schon sagte: Ersatzbefriedigung."

In diesem Moment heult Klaus vor Schmerzen auf, aber wir sind viel zu sehr in unsere Diskussion vertieft, um ihm Beachtung zu schenken.

„Ich hätte deiner Meinung nach also Finn einfach mal ein paar aufs Maul hauen sollen und alles wäre anders gekommen?" frage ich ungehalten. Rafaels Argumentation ist mir zu billig. Wie kann er annehmen, dass ein simpler Wutausbruch all das wieder ins Lot gerückt hätte, was zwischen Finn und mir falsch gelaufen ist?

„Unsinn", erwidert Sabine und versucht Partei für mich zu ergreifen, „als ob Finn genauso schnell zu Boden gegangen wäre wie dieser Schlappschwanz hier!" Mit dem Kinn deutet sie verächtlich auf ihren Mann. „Finn hätte Marco ungespitzt in den Boden gerammt!"

„Was?" sage ich gekränkt. „Immerhin habe ich deinen Mann mit einem Schlag k. o. gehauen!"

Rafael schüttelt energisch den Kopf. „Nein, nein, nein. Gewalt ist natürlich keine Lösung. Schon Jesus hat damals auch die rechte Wange hingehalten, als ..." beginnt er zu dozieren, hört jedoch auf, als er meinen Blick sieht. „Was ich damit andeuten wollte", sagt er schließlich, „ist, dass Marco entgegen seiner wiederholt geäußerten Meinung noch lange nicht mit Finn fertig ist." Er klingt wie ein Oberlehrer und es geht mir auf den Geist, dass er ständig meinen Exfreund aus der Tasche zaubert.

Zum Glück haben sich in dem Moment Sabines Kinder von ihrem Schock erholt. Annika deutet mit ihren kleinen Händchen auf Klaus, Rotz läuft aus ihrer Nase und Tränen aus ihren Augen. Simon rennt zu seinem Vater, schüttelt ihn heftig und fleht ihn an, nicht zu sterben. Sabine bekommt ein schlechtes Gewissen, weil ihre Kinder Zeuge einer gewalttätigen Auseinandersetzung geworden sind und sie doch eigentlich vermeiden wollte, sie überhaupt in die Ehekrise hineinzuziehen.

„Ich glaube, ich bin eine schlechte Mutter", seufzt sie. „Irgendwie mache ich immer alles falsch. In zwanzig Jahren werde ich diesen Tag ständig aufs Butterbrot geschmiert bekommen. Sie werden mich hassen, weil ich ihren Vater verlassen habe, und sie werden ihren Vater hassen, weil er mich betrogen hat. Allerdings", fügt sie mit einem leichten Unterton von Zufriedenheit hinzu, „werden sie dich wahrscheinlich auch hassen, weil du soeben ihr kindliches Bild des unbesiegbaren Vaters zerstört hast. Du kannst dich später an den Kosten der Psychotherapie beteiligen." Damit sammelt sie ihre widerstrebenden Kinder ein und verschwindet nach oben.

Auch Klaus rappelt sich vom Boden auf. Er blutet noch immer wie ein Schwein und erhält von Rafael den Rat, mit

Colette – die von den hoch dramatischen Ereignissen nichts mitbekommen hat – das nächste Krankenhaus aufzusuchen. Bevor er die Treppe hinaufläuft, macht er einen großen Bogen um mich. Erst auf halber Strecke dreht er sich um und schüttelt drohend die Faust.

„Es tut mir Leid, ehrlich!" rufe ich ihm halbherzig hinterher, aber seiner Miene ist anzusehen, dass er mir kein Wort glaubt.

Rafael und ich bleiben etwas unschlüssig allein vor der Küche zurück. „Was für eine Art, einen Tag zu beginnen!" stöhne ich und lasse mich erschöpft in einen Sessel fallen.

„Ja, hier geht's richtig ab", erwidert mein Engel grinsend und klopft mir freundschaftlich auf die Schulter. „Morgenstund hat Gold im Mund!"

„Hör auf, diese dämlichen Sprüche zu klopfen!" Mir ist schleierhaft, woher Rafael in diesem Chaos die gute Laune hat, und ich werde das Gefühl nicht los, dass er die Art und Weise, wie sich unser Urlaub entwickelt, vorausgesehen, wenn nicht sogar beeinflusst hat.

„Was machen deine Flügel?" frage ich.

„Sie wachsen."

„Gut", erwidere ich gehässig. „Sehr gut."

Eine halbe Stunde später befinden wir uns erneut auf der Autobahn, nur diesmal in Richtung Süden. Die Heide verliert sich im Rückfenster unter grauen Schlieren und Rafael hat die Scheibenwischer eingeschaltet. Es schneit noch immer.

Im Wagen ist es enger geworden. Ich sitze wieder neben Rafael auf dem Beifahrersitz, aber Adolf und Fridolin müssen sich jetzt mit Plätzen ganz hinten im Wagen zufrieden geben, eingequetscht zwischen unseren Rucksäcken und diversen Taschen und Koffern, in die Sabine in aller Eile das Notwendigste für sich und die Kinder hineingeworfen hat. Simon und meine Schwester teilen sich die Rückbank des Lieferwagens und haben Annika zwischen sich gesetzt, auf den Platz, den die Dogge gestern eingesabbert hat. Das macht aber nichts, denn Annika sabbert mindestens genauso viel. Überhaupt scheinen sich meine Nichte und mein Neffe in atemberaubender Geschwindigkeit mit meinen Haustieren angefreundet zu haben. Bevor wir losgefahren sind, habe ich gesehen, wie Simon auf den Rücken der Dogge geklettert ist und einige Runden um unser Auto gedreht hat, als befände er sich beim Dressurreiten im Zirkus. Hinterher hat Adolf mich angesehen, als wollte er mir sagen, dass dies sein Beitrag sei, die Kinder abzulenken, und ich habe mich dabei erwischt, wie ich ihm dankbar die Ohren gekrault habe. Annika dagegen ist von Adolfs Größe noch ein wenig eingeschüchtert, dafür jedoch scheint sie es faszinierend zu finden, wie unermüdlich Fridolin joggt. Immer wieder dreht sie ihren Kopf nach hinten und beobachtet den Hamster in seinem quietschenden Laufrad.

Obwohl langsam der Weihnachtsverkehr in die südlichen Wintersportregionen einsetzt, kommen wir gut voran, denn es ist noch früh, wir haben Sabines Zuhause schon kurz nach acht Uhr verlassen. Allerdings ist es auch noch eine ganze Strecke, bis wir bei meinen Eltern in Franken ankommen. Schon nach einer halben Stunde wird Simon unruhig und erkundigt sich in regelmäßigen Abständen, wann wir endlich da sind. Meine Schwester scheint die Fragerei nicht zu stören, sie sitzt reglos da, starrt aus dem Fenster und hängt ihren Gedanken nach. Ich bin erstaunt, wie gefasst meine Schwester das Ende ihrer Ehe aufnimmt. Sicher, sie hat Wut und Zorn herausgelassen, hat aus ihrer Enttäuschung keinen Hehl gemacht, hat geschrien und gebrüllt, aber sie hat noch nicht eine einzige Träne vergossen. Ich will meine Schwester fragen, ob sie sicher ist, die richtige Entscheidung getroffen zu haben, oder ob alles vielleicht doch eher eine Kurzschlusshandlung war. Ich will ihr helfen, ihr zeigen, dass ich für sie da bin, aber als ich mich nach hinten drehe, schaut sie demonstrativ weiter zur Seite. Schließlich belasse ich es bei einem Lächeln, das aufmunternd ausfallen soll, aber irgendwie hilflos wirkt.

Stattdessen gebe ich Simons Quengelei nach und sage: „Wir sind bald da." Natürlich erreiche ich mit dieser ausweichenden Antwort nichts, denn erstens will es mein Neffe genau wissen und zweitens ist er böse auf mich, weil ich seinen Papa platt gemacht habe. Über den Rückspiegel wirft er mir andauernd anklagende Blicke zu. Schließlich erbarmt sich Rafael und unterhält die Nervensäge mit Anekdoten aus dem Himmelreich, die wie immer ziemlich schräg klingen. Es geht um einen Kegelwettbewerb, bei dem die Mannschaft Luzifers angeblich mit manipulierten Bowlingkugeln gespielt hat, um Flugstunden für Engel mit Höhenangst und den Tag, als Petrus den Schlüssel zur Himmelspforte verlegt hatte und mit den Protesten der verstorbenen Seelen nicht fertig wurde, die sich schon um ihren wohl verdienten Eintritt ins Paradies gebracht sahen. Alle drei Geschichten klingen, als hätte Rafael sie sich gerade aus den Fingern gesogen, aber zumindest erfüllen sie ihren Zweck. Simon vergisst seine Langeweile und seinen Unmut und hört Rafael gebannt zu. Ich schüttele stumm den Kopf und schließe die Augen.

Nur einen kleinen Moment, denke ich und gähne ausgiebig. Nur mal kurz abschalten.

„Die ersten Wochen waren unglaublich schön", beginnt Finn stockend. Rafael und er haben es sich in der Küche gemütlich gemacht. Finn hat noch zwei Flaschen Bier hervorgekramt und den Kamin angeworfen. Die Holzscheite knacken und senden kleine, glühende Späne auf den gekachelten Küchenboden. Rafael hat die Füße auf den Tisch gelegt, nuckelt an seinem Bier und wippt auf den Hinterbeinen seines Stuhls, während er Finn zuhört. „Noch nie in meinem Leben war ich so verliebt wie in diesen ersten Wochen im Juli. Kennst du das Gefühl, wenn man wie auf Wolken schwebt?"

„Durchaus. So was machen Engel ständig", wirft Rafael ein und bringt Finn damit aus dem Konzept.

„Äh, ja. Jedenfalls hatte ich plötzlich so viel Energie, dass ich Bäume hätte ausreißen können – und alles nur wegen dieses merkwürdigen, chaotischen Mannes, der mit über dreißig Jahren noch immer in einer WG wohnt, sich mit Gelegenheitsjobs über Wasser hält und sich eigentlich gar nicht binden will."

„Marco will sich nicht binden?" fragt Rafael. „Aber er ist doch immer auf der Suche nach dem Mann seiner Träume."

Finn lacht verbittert auf. „Er ist auf der Suche nach einem Mann ohne Fehler", korrigiert er. „Das ist ein großer Unterschied. Aber einen solchen Mann gibt es nicht."

„Was hat dich dann an ihm so fasziniert?" fragt Rafael und rülpst verstohlen. „Ich meine, außer, dass er gut im Bett ist, ist er doch ziemlich unreif für sein Alter und ziemlich selbstmitleidig."

Finn grinst. Plötzlich ist er froh, dass er jemanden hat, mit dem er über Marco reden kann. „Was ich so toll an ihm finde? Abgesehen davon, dass er verdammt gut aussieht mit diesen niedlichen Sommersprossen und den rötlichen Haaren, für die er sich immer schämt? Seine widersprüchlichen Charakterzüge", antwortet er schließlich. „Er besitzt die Fähigkeit, ohne Sorgen und Planungen in den Tag hineinzuleben, er ist impulsiv, immer für eine Überraschung gut - und ein bisschen tollpatschig. Das fand ich niedlich. Einmal, als er am Wochenende bei mir zu Besuch war, hat er das Bett mit Rosenblüten bestreut, während ich schlief. Es wäre bestimmt sehr romantisch geworden. Aber dann ist er versehentlich auf einen der dornigen Stängel getreten, und ich bin aufgewacht, weil er fluchend auf einem Bein durchs Schlafzimmer gehüpft ist. Eine Stunde habe ich gebraucht, bis ich mit der Pinzette sämtliche Stachel aus seinen Fußsohlen entfernt hatte. Und wusstest du, dass er wasserscheu ist? Er geht in Hallenbädern immer nur ins Nichtschwimmerbecken und er hat mir mal eine Szene gemacht, als wir im August im Freibad waren und ich weiter als fünfzig Meter rausgeschwommen bin. Er hatte Angst, ich würde ertrinken."

Finn muss lächeln, als er sich daran erinnert, und braucht einen Augenblick, bis er sich auf Rafaels Frage besinnt. „Auf der anderen Seite hat er ein großes Sicherheitsbedürfnis, fast wie ein kleines Kind. Er kann furchtbar stur sein und sehr eifersüchtig. Jeder Mann ist für ihn ein Konkurrent. Zu Anfang fand ich das ja noch schmeichelhaft, aber dann war es eher wie in einem goldenen Käfig." Für einen Moment vergisst Finn erneut Rafaels Anwesenheit und hängt seinen Gedanken nach. Dann kommt er abrupt wieder zu sich. „Weißt du", sagt er, „ich habe das noch nie jemandem gesagt, und jetzt, wo er weg ist, ist es wahrscheinlich auch nicht mehr wichtig, aber Marco ..." Finn zögert und sucht nach den richtigen Worten, „... mit ihm fühlte ich mich vollständig, wie ein Puzzle, dem man endlich das fehlende Teil eingesetzt hat. Verstehst du, was ich meine?"

Rafael nickt geistesabwesend und versucht über seine Schulter zu greifen, um seinen linken Flügel zu kratzen. „Dieser Juckreiz macht mich wahnsinnig!" flucht er. „Ich hätte nicht gedacht, dass es so schlimm ist, wenn die Dinger nachwachsen."

Finn seufzt. „Du verstehst es nicht", sagt er enttäuscht. „Aber wie solltest du auch. Du bist ja ein Engel. Wahrscheinlich biegt ihr euch im Himmel vor Lachen, wenn ihr euch das Chaos betrachtet, das sich die Menschen mit ihren Gefühlen antun."

„Im Gegenteil", erwidert Rafael. „Im Grunde beneide ich die Menschen. Ich bin schon von der Definition her zu nichts als immer währender Liebe fähig. Du glaubst gar nicht, wie anstrengend das sein kann. Ich würde sonst was darum geben, mal wieder so richtig ausrasten zu dürfen. Der letzte Aussetzer, den Gott uns gestattet hat, ist schon eine halbe Ewigkeit her." Er bemerkt Finns fragenden Gesichtsausdruck und fügt erklärend hinzu: „Die Sintflut, du weißt schon. Ausrottung der gesamten Menschheit bis auf Noah und seine Sippe. Aber seitdem - immer nur lächeln und lieben, lächeln und lieben. Das kann einem ganz schön auf den Zeiger gehen." Rafael stutzt und bemerkt, dass Finn ihn sprachlos ansieht. „Tut mir Leid", reißt er sich zusammen, „ich komme vom Thema ab. Wir wollten ja über Marco reden."

Finn räuspert sich. „Bist du sicher, dass du ein Engel bist?" fragt er.

„Gut im Bett und selbstmitleidig?" zische ich Rafael wütend zu.

Gerade noch rechtzeitig habe ich mich davor bewahren können, fest einzuschlafen. Es kostet Mühe, mich innerlich wachzurütteln, denn eigentlich bin ich so müde, dass ich mit dem Kopf auf der Beifahrerkonsole schlafen könnte. Aber Rafael wird jede Gelegenheit nutzen, um zur Wahrheit vorzudringen. Am liebsten würde ich mir die Augen mit zwei Streichhölzern aufhalten und ein paar Aufputschmittel einwerfen. Fast bedauere ich, dass Lars nicht mitgekommen ist. Er hätte da sicherlich was auf Lager.

„Findest du nicht, dass du gut im Bett bist?" fragt Rafael.

„Ich finde nicht, dass ich selbstmitleidig bin!" entgegne ich bissig und stelle die Lüftung höher, damit die kalte Luft meine Müdigkeit wegpustet. Sofort kommen Proteste von der Hinterbank.

„Kann ich dann wenigstens ein bisschen Musik auflegen?" frage ich. „Ich muss mich irgendwie wachhalten!" Vor unserer Abfahrt aus Köln habe ich in meinem Zimmer wahllos nach einem Stapel CDs gegriffen, um die Stunden im Auto etwas kurzweiliger zu gestalten.

„Oh, bitte, darf ich ...?" Bevor ich etwas sagen kann, zerren Rafaels Finger eine CD von der Ablage zwischen unseren Sitzen und schieben sie in den CD-Player. Ich erkenne das Lied schon am getragenen Klavier-Intro. „The Winner Takes

It All" von *Abba*. Unser Kampf geht anscheinend weiter. Rafael fährt schwere Geschütze auf.

„Ist das Lied nicht wunderschön?" seufzt der Engel unschuldig und schaut angestrengt geradeaus. „Es hat so was Tragisches, das mir jedes Mal durch und durch geht."

„Genau", kommt mir unerwartet meine Schwester mit einem ironischen Unterton zu Hilfe. „Das ist so schön, das kannst du sogar am Südpol auflegen, und jeder Pinguin fängt an zu schluchzen!" Sabine konnte *Abba* noch nie ausstehen.

Wortlos und mit einem vernichtenden Seitenblick auf Rafael klaube ich die CD aus dem Abspielgerät und werfe sie unter meinen Sitz. Dann eben keine Musik.

Nach einigen ereignislosen Stunden Fahrt wird es um uns herum langsam hügeliger. Laubwälder säumen den Straßenrand, die Kargheit des Nordens wird abgelöst von einer üppigen Landschaft, in der man nicht nur Viehzucht betreiben kann, sondern vor allen Dingen Weinanbau. Jetzt, im Winter, kann man die Andersartigkeit der Landschaft allerdings nur erahnen. Je weiter wir in meine fränkische Heimat vorstoßen, desto häufiger sehe ich Hänge, auf denen Rebstöcke Spalier stehen wie Soldaten beim morgendlichen Appell. Mittelalterliche Burgreste tauchen auf den Hügelketten auf, barocke Schlösschen und Dörfer, die sich herausgeputzt und adrett in schneebedeckte Täler schmiegen. Alles wirkt aufgeräumt, ein wenig spießig, sauber und ordentlich, als wäre trotz des schmuddeligen Wetters eine Putzkolonne durch die Gegend gefegt, wild entschlossen, sich von der kalten Jahreszeit nicht von der Arbeit abhalten zu lassen. Als wir nach ein paar weiteren Kilometern auf den Main mit seinen weitläufigen Auenlandschaften treffen, weiß ich, dass ich mich meiner Heimat nähere.

Der Ort, an dem ich aufgewachsen bin und in dem meine Eltern noch immer zu Hause sind, ist nicht groß. Gerade einmal knapp zweitausend Einwohner haben sich im Laufe der Jahrhunderte überwinden können, hier ihre Wurzeln zu schlagen. Ich gehöre zum Glück nicht mehr dazu. Sicher, das Dorf ist landschaftlich schön gelegen, eine der wenigen Gemeinden, die rechts und links des Flusses liegen – es gibt eine Brücke, die beide Stadtteile verbindet – aber für junge Leute, die nicht frühzeitig aus Langeweile vergreisen wollen, gibt es nur eine Möglichkeit: so schnell wie möglich wegziehen.

Man lebt hier vor allen Dingen vom Weinanbau; die sanften Hänge rund um das Dorf haben eine gute Sonnenlage und die Böden sind kalkig, hervorragende Bedingungen für den trockenen Weißwein, für den diese Gegend berühmt ist. Doch wenn man lieber Caipirinhas mag, so wie ich, wenn man vom Leben etwas mehr erwartet, als mit fünfzig einen krummen Rücken von der alljährlichen Weinlese zu haben, dann sollte man die Flucht nach vorn antreten, denn mehr als eine unscheinbare Kirche, ein Rathaus, das immerhin jeden Wochentag zwei Stunden geöffnet hat, und eine Mehrzweckhalle, in der im Herbst die Weinkönigin gekürt wird, hat der Ort nicht zu bieten. Obwohl das natürlich nicht ganz stimmt. Zwei Merkmale unterscheiden das Dorf von hundert ähnlichen in Franken: Es heißt Himmelstadt und hat aufgrund seines Namens einen ganz besonderen Draht nach oben.

Einmal im Jahr, kurz vor Weihnachten, kommt das Christkind ins örtliche Postamt und holt die Wunschlisten der Kinder aus dem gesamten Bundesgebiet ab. Das ganze Theater wird aus rein touristischen Motiven veranstaltet und jedes halbwegs klar denkende Kind durchschaut den Betrug sofort. Natürlich ist es nicht das echte Christkind, das da zum Briefmarkenschalter trabt und einen Postbeamten mit zuckriger Stimme fragt, ob es ein paar Kinderwünsche erfüllen könne. Es ist immer Annelie Birtle-Herkenrath, die Organistin der katholischen Gemeinde, die diese Rolle ehrenamtlich übernimmt. Sie bekommt eine Art weiße Toga übergeworfen, eine schlecht sitzende blonde Lockenperücke, an der ein goldener Heiligenschein aus Plastik festklebt, und sieht damit aus wie eine abgehalfterte Transe, die ihren Zenit im Showbusiness schon vor Jahren überschritten hat und nun zur Aufbesserung ihrer Rentenansprüche über die Dörfer tingelt. Aber zumindest die anwesenden Eltern sind begeistert, wuscheln ihrem angeödeten Nachwuchs aufgeregt durchs Haar und spülen durch die Übernachtungen dringend benötigtes Geld in die Gemeindekasse.

Noch während ich darüber nachdenke, wie peinlich ich in meiner Jugend diese Posse jedes Jahr aufs Neue fand, wird mir plötzlich bewusst, dass ausgerechnet heute der Tag sein muss, an dem das Christkind-Spektakel über die Bühne geht und ich einen leibhaftigen Engel neben mir sitzen habe. Angesichts der Zwischenfälle im Dom und auf dem Weihnachtsmarkt schrillen bei mir sofort die Alarmglocken und ich befürchte das Schlimmste. Irgendwie muss ich ein Zusammentreffen zwischen Rafael und dem Christkind verhindern, ansonsten geht das Weihnachtsfest dieses Jahres in die Annalen der Stadtgeschichte ein.

Meine Eltern bewohnen einen ehemaligen Wachturm der alten Stadtmauer, die sich seit dem Spätmittelalter ums Dorf gezogen hat, von der aber nur noch ein paar unbedeutende Reste zu sehen sind. Nur dieser eine Mauerturm blieb erhalten und bildet heute eines der Wahrzeichen der Stadt – eigentlich das einzige – und genau wie der Turm im Stadtbild, so haben sich meine Eltern in dem Turm festgesetzt. Als sie Ende der sechziger Jahre in Himmelstadt strandeten, nach einigen wilden Jahren in der Frankfurter Sponti- und Revoluzzer-Szene auf der Suche nach einem alternativen und etwas weniger aufregenden Lebensstil, war der Wachturm dem Abriss nahe. Das Mauerwerk verfiel, im morschen Dachstuhl nisteten Fledermäuse und fließendes Wasser und

Strom waren auch nicht vorhanden. Aber es gab einen großen Weinberg direkt hinter dem Turm, der die besten Voraussetzungen besaß, eines Tages einen guten Tropfen hervorzubringen. Trotzdem wollte ihn niemand bewirtschaften. Der Gemeinderat hatte nämlich in einem verfrühten Anfall von Denkmalschutz festgelegt, dass der Pachtvertrag des Hanges die Instandsetzung des letzten Wachturms Himmelstadts mit einschloss, allerdings war niemand so blöd gewesen, auf dieses zweifelsohne Unsummen verschlingende Angebot hereinzufallen – bis meine Eltern kamen.

Mithilfe des Kontos meines Großvaters, der froh war, dass seine Tochter und sein Schwiegersohn aus ihrer Hippiephase herauswuchsen, kauften sie Weinberg und Wachturm und machten sich daran, beides zu sanieren. Meine Mutter redete meinem Vater ein, er besäße handwerkliche Fähigkeiten, und übertrug ihm die Renovierung des Hauses und sie selbst machte sich an die Kultivierung der Rebstöcke. Beide Tätigkeiten dauern bis heute an und haben sowohl meine Schwester als auch mich davon abgehalten, jemals Wein zu trinken oder selbst Hand anzulegen, wenn auch nur der Abzug am Klo kaputt geht. Wir rufen lieber einen Handwerker, jemanden, der etwas von seinem Beruf versteht, und trinken Cocktails.

Ich bin in einem Haus aufgewachsen, in dem alle Wände rund sind und die Zimmer übereinander und nicht nebeneinander liegen. Meinen knackigen Hintern habe ich der steilen Wendeltreppe zu verdanken, die diese Räume miteinander verbindet. Ich kann mich nicht erinnern, dass es in meiner Kindheit auch nur einen Tag gab, an dem nicht in irgendeiner Ecke des Hauses gezimmert, geklopft oder gebohrt wurde. Der Dachdeckermeister ist mein Patenonkel und eine meiner ersten Erinnerungen besteht darin, wie ich im gerade entkernten Wohnzimmer sitze und im Baustaub Kringel auf die Erde male. Andere Kinder hatten Buntstifte und Papier. Immerhin, als ich auszog, war der Turm fertig und der Weinberg warf einen trockenen Weißherbst mit einem leicht erdigen Geschmack und ordentliche Gewinne ab.

Die Ehe meiner Eltern glich wie so viele langjährige Beziehungen einer Bergbesteigung ohne Sicherungsleinen. Mal gab es rasante Abstürze, mal mühevolle Aufstiege, aber nur selten gab es Momente, in denen die beiden Atem holten und die Aussicht genossen. Dies lag und liegt wahrscheinlich an den doch sehr unterschiedlichen Charakteren meiner Eltern. Beide wurden in ihrer Jugend geprägt vom Aufbegehren gegen die konservativen, festgefahrenen Werte der Wirtschaftswunderzeit und halfen in den sechziger Jahren während der Anfänge der Studentenrevolte, diese Werte zu Fall zu bringen. Sie ließen sich die Haare wachsen, bauten auf dem Balkon ihrer Studenten-WG heimlich Cannabis-Pflanzen an, lebten in wilder Ehe und protestierten gegen das, was gerade anlag. Vietnamkrieg, große Koalition, Springer-Presse, meine Eltern waren gegen alles. Meine Mutter brüstet sich noch heute damit, in einer Frankfurter Studentenkneipe mit Joschka Fischer über die Ablösung der kapitalistischen Weltordnung durch eine Art basisdemokratischen Sozialismus diskutiert zu haben. Sie beendet ihre Erinnerungen immer mit den Worten: „Damals war Joschka noch nicht so fett."

Als die Auseinandersetzungen der Studenten und des Staates eskalierten und gewalttätiger wurden, entdeckten meine Eltern, dass sie schwanger waren, und beschlossen einen frühzeitigen Ausstieg aus der Revolte. Sie wollten ihr Kind nicht zwischen Tränengas, Gummiknüppeln und ewig zugedröhnten Freizeitrevoluzzern großziehen. Gerade mein Vater hatte genug vom Demonstrieren und Protestieren, seitdem er während einer tätlichen Auseinandersetzung mit der Polizei einen schlecht gezielten Pflasterstein seiner eigenen maoistisch-leninistisch orientierten Kampfzelle, Sektion Deutschland, an den Kopf geworfen bekommen hatte und mit partieller Amnesie drei Tage im Krankenhaus verbringen musste. Kurz darauf stießen die beiden während eines Zelturlaubs auf Himmelstadt und wurden bald zu geläuterten Mitgliedern der dörflichen Gesellschaft, wenn auch mit mitunter sehr suspekten linksliberalen Tendenzen in einer katholisch und konservativ geprägten Gemeinde.

Dann jedoch begannen ihre zwischenmenschlichen Probleme. Zwar konnten sie sich beide Anfang der achtziger Jahre noch für eine Mitarbeit bei den Grünen begeistern und saßen eine Rotationsperiode lang sogar im Kreisparlament, aber während auf meinen Vater die Bodenständigkeit seiner neuen Heimat abfärbte und sich in ihm eine gewisse Weinseligkeit und Unlust gegenüber Veränderungen breit machten, rettete meine Mutter ihre renitente Grundeinstellung aus der APO-Zeit hinüber in ihr neues Leben.

Erste ernste Auseinandersetzungen gab es, wie anfangs erwähnt, über das Für und Wider gewaltfreier Besetzungen von Zufahrtswegen zu Atomkraftwerken und dann eine große Krise bei der Durchsetzung des NATO-Doppelbeschlusses, als meine Mutter meinen Vater einen „verknöcherten Schoßhund des amerikanischen Imperialismus" nannte, und er ihr daraufhin mit Scheidung wegen unüberbrückbarer politischer Differenzen drohte. Die Krise war erst überstanden, als ihnen beiden auffiel, dass sie gar nicht verheiratet waren, und sie feierten ihre Versöhnung mit einer verspäteten, standesamtlichen Hochzeit, bei der Sabine sich etwas verdutzt als Trauzeugin unserer eigenen Eltern wiederfand. Ich durfte nicht, weil ich noch nicht volljährig war. Damit waren aber die Probleme nicht vom Tisch. Schon die „blühenden Landschaften" des Helmut Kohl brachten meine Mutter wieder in Rage, wobei es wahrscheinlich weniger die Tatsache der Wiedervereinigung war, die sie erregte, als die hämische Freude meines Vaters über den Zusammenbruch des sozialistischen Ideals, dem meine Mutter im tiefsten Inneren wohl nachtrauerte, auch wenn sie es nicht zugeben wollte.

Neuestes Streitthema ist nach Sabines Auskunft seit einigen Wochen ihre Ernährung, woran meine Schwester nicht ganz unschuldig ist, weil sie ja einen ökologischen Bauernhof betreibt. Meine Mutter ist neuerdings zur Vegetarierin mutiert und weigert sich, Fleisch auch nur anzufassen, geschweige denn zuzubereiten oder gar zu essen, und mein Vater wehrt sich dagegen, weiterhin „wie ein Huhn irgendwelche Körner in mich hineinzustopfen". Er rächt sich mit psychologischer Kriegsführung und hat meine Mutter neulich gezwungen, ihm beim Verzehr einer fetttriefenden Schweinshaxe zuzusehen.

Im Grunde sind meine Eltern wie Hund und Katze, zwei alte Haustiere, die aus Gewohnheit ewig währende Kleinkriege führen, sich gegenseitig über die Polster jagen, das Futter neiden und sich anfauchen und bellen, um dann doch jedes Mal wieder festzustellen, dass sie sich zu sehr aneinander gewöhnt haben und keiner ohne den anderen auskommen kann.

„Die Fensterläden sind gestrichen!" sage ich verwundert, während Rafael in einer Seitenstraße den Wagen parkt.

„Das haben sie im Sommer gemacht. Wie lange bist du nicht mehr hier gewesen?" fragt Sabine.

Ich zucke mit den Schultern. „Ein paar Monate, glaube ich." Zu meiner Schande kann ich mich tatsächlich nicht mehr genau erinnern.

„Typisch", brummt meine Schwester.

„Du bist doch nur deshalb öfter hier, weil du dann mal die Blagen für ein paar Tage abgeben kannst!" gifte ich zurück.

„Einen Ort, der Himmelstadt heißt, sollte man so oft wie möglich besuchen", wirft Rafael träumerisch ein. „Der Name sagt etwas über den Charakter der Einwohner aus."

„Wart's ab, bis du meine Eltern kennen lernst", erwidere ich und gähne ausgiebig.

Wir klettern alle aus dem Auto und bauen uns vor der Haustür auf. Simon klingelt Sturm und gleich darauf kommen uns die leichtfüßigen Schritte meiner Mutter über den Flur entgegen.

„Kannst du nicht *einmal* den Schlüssel mitnehmen, wenn du einkaufen gehst, Leo?" ruft sie und dann reißt sie mit einem verärgerten Gesichtsausdruck die Tür auf. Wahrscheinlich sehen wir aus wie eine Gruppe osteuropäischer Wirtschaftsflüchtlinge oder ein Wanderzirkus, schließlich haben wir alle mehrere Taschen und Koffer dabei, zwei minderjährige Kinder, einen Hamster samt Käfig und einen Hund so groß wie ein Kalb, der ausgerechnet in diesem Moment nichts Besseres zu tun hat, als meiner Mutter seine rechte Pfote zum Hitlergruß entgegenzustrecken. Rafaels Flügel, mehr schlecht als recht versteckt unter einer Jacke, vermitteln außerdem den Eindruck, als hätte er einen Buckel, und ich trage immer noch meine Mullbinde dekorativ um den Kopf geschlungen – jedenfalls ist das Erste, was meine Mutter sagt, als sie bemerkt, dass nicht mein Vater vor der Tür steht: „Tut mir Leid, wir kaufen nichts!", und will uns die Haustür vor der Nase zuschlagen. Sabine schafft es gerade noch, einen Fuß auf die Schwelle zu setzen. Erst dann erkennt meine Mutter, dass sie ihre eigenen Kinder und Enkel vor sich hat.

„Großer Gott!" erklärt sie entgeistert. „Seit ihr ausgebombt worden? Was wollt ihr alle hier?" Ihre ruppige Begrüßung ähnelt der, mit der mich meine Schwester empfangen hat. Zum ersten Mal fällt mir auf, dass herzlichen Gefühlen in unserer Familie schon immer mit Misstrauen begegnet worden ist. Um nicht zu zeigen, was man füreinander empfindet, flüchtet man sich lieber in Ironie oder Sarkasmus. Früher habe ich diese Reaktion als völlig normal empfunden, jetzt ist sie mir plötzlich unangenehm.

„Wir müssen jetzt hier wohnen, weil Marco Colette eine Schlampe genannt hat und dann hat er Papa die Nase eingeschlagen", fasst Simon die Situation zusammen und klettert meiner Mutter auf den Arm.

„Wer ist Colette?" fragt meine Mutter.

„Das Aupair-Mädchen, mit dem Klaus mich betrügt!" antwortet Sabine grimmig. „Können wir reinkommen?"

Meine Mutter tritt einen Schritt zur Seite und wir drängeln uns an ihr vorbei in die Küche und lassen uns am Tisch nieder. Annika hat Hunger und bekommt eine Banane in die Hand gedrückt.

„Und wer ist das da?" Meine Mutter zeigt anklagend auf Rafael, aber bevor ich eine weitere Ausrede erfinden kann, tuschelt Simon ihr etwas ins Ohr und meine Mutter fängt an zu lachen. „So", sagt sie, „ein Engel! Simon, mein Schatz, du hast eine blühende Fantasie!"

Es dauert eine Weile, bis Sabine und ich meiner Mutter die komplizierten Ereignisse der letzten Tage erklärt haben, insbesondere da mein Vater, beladen mit mehreren Einkaufstüten, zwischenzeitlich nach Hause kommt, und wir alles noch einmal von vorne erzählen müssen. Zum Schluss haben die beiden zumindest verstanden, dass Sabine ihren Mann verlassen und mit den Kindern über die Feiertage bei ihnen bleiben will, immerhin liegt so etwas nicht außerhalb ihres Erfahrungshorizonts. Sabine und Klaus sind nicht das erste Paar in ihrem Freundeskreis, das sich trennt, weil einer der Partner der Treue abgeschworen hat, ohne den anderen von seinem Entschluss in Kenntnis zu setzen.

„Hast du Klaus wirklich die Faust ins Gesicht geschlagen?" fragt mich meine Mutter. Ich werde rot und Sabine lacht auf.

Rafaels Existenz bezweifeln meine Eltern jedoch nach wie vor, allerdings bleibt mein Vater während unserer umständlichen Erklärungsversuche merkwürdig ruhig und beobachtet den Engel aufmerksam.

„Zeig ihnen einfach deinen Rücken, Rafael", sage ich schließlich müde. „Ansonsten glauben sie dir sowieso nicht. Sie sind Skeptiker, genauso wie Sabine und ich. Es liegt wohl in den Genen."

Rafael legt stumm seine Jacke ab und plötzlich ist es ganz still in der Küche. Selbst mir verschlägt es die Sprache, obwohl ich schon ein paar Tage Zeit hatte, mich an Rafaels Erscheinungsbild zu gewöhnen. Auf dem Rücken des Engels entfalten sich Flügel, die mehr als doppelt so groß sind wie am Vortag. Aus dem buschigen Flaum, über den Sabine mit einer Hand streichen konnte, sind große, eng aneinander liegende Federn geworden, deren Schattierungen nun von einem hellen Weiß bis ins Silberne reichen. Die Flügel sind fast so lang wie meine ausgestreckten Arme, sie reichen Rafael von den Schultern bis zum Po und ihre Spannweite muss mindestens zwei Meter betragen. Rafael strahlt plötzlich die Würde und Macht aus, die ich immer schon mit einem Erzengel assoziiert habe. Kein Vergleich mehr zu den dicklichen Barockputten, mit denen ihn Sabine noch gestern auf eine Stufe gestellt hat.

„Wow!" entfährt es meiner Schwester.

„Cool!" sagt Simon und Annika kräht begeistert. Auch meine Mutter ist sichtlich beeindruckt.

Die Reaktion meines Vaters aber ist für uns alle unerwartet. Als verspürte er einen unerwarteten, heftigen Schmerz, holt er zischend Luft und hält dann erschrocken den Atem an. Er steht langsam auf und stützt sich dabei an der Lehne ab. Seine Mundwinkel zittern und seine Augen bekommen einen feuchten Schimmer. Zögernd und etwas unsicher auf den Beinen geht er auf Rafael zu. Doch anstatt die Flügel genauer zu untersuchen, sie zu berühren und sich dadurch von ihrer Realität zu überzeugen, streift er mit zittrigen Händen über Rafaels dunkle Haare und betrachtet das Gesicht des Engels, als suchte er nach einem verborgenen Zeichen in seinen Augen. Rafael lässt diese Musterung mit einem undurchdringlichen Lächeln über sich ergehen, als wüsste er, was in meinem Vater vorgeht.

„Was ist los?" frage ich. „Ich weiß, es ist schwer zu glauben, aber …"

Mein Vater unterbricht mich mit einer unwirschen Handbewegung und dann sagt er stockend zu Rafael: „Ich erkenne dich. Es ist nicht das erste Mal, dass du meinem Sohn hilfst, oder? Du warst schon einmal bei uns. Marco hat von dir erzählt, damals."

Zu meiner maßlosen Überraschung nickt Rafael zustimmend. „Ja", sagt er. „Aber Marco kann sich nicht mehr daran erinnern."

„Was?" frage ich erstaunt.

„Ja, natürlich!" Sabine schlägt sich plötzlich mit der Hand vor den Kopf und springt auf. „Jetzt fällt es mir wieder ein! Er kam mir gleich so bekannt vor!" Auch sie betrachtet Rafael noch einmal genauer. „Er sieht tatsächlich so aus, wie Marco ihn damals beschrieben hat. Die dunklen, schulterlangen Haare, die Grübchen auf den Wangen – deshalb hatte ich auch die ganze Zeit dieses komische Gefühl, ihn schon mal gesehen zu haben! Und ich habe ihn immer für ein Hirngespinst von Marco gehalten!"

„Sagt mal, wovon sprecht ihr eigentlich?" frage ich ungehalten.

„Erinnerst du dich nicht mehr?" sagt mein Vater. „Als Kind hattest du einen Badeunfall."

„Natürlich weiß ich das noch", erwidere ich ungnädig und deute auf die schmale Narbe über meiner Oberlippe. „Ich wäre fast abgesoffen, bevor mich ein paar von Sabines Freunden aus dem Wasser gefischt haben." Ich erinnere mich an das trübe, dunkle Wasser unter dem schwimmenden Floß und an die entsetzliche Angst, die ich empfunden habe, als ich glaubte, ich würde ertrinken. Seit Jahren habe ich nicht mehr daran gedacht; mein Gedächtnis hatte dieses Erlebnis eingekapselt und versteckt. Manche Ereignisse verkraftet man nur, wenn man sie verdrängt.

Sabine schüttelt heftig den Kopf. „Anfangs hast du immer erzählt, ein Mann mit schwarzen Haaren und einem Lächeln sei plötzlich unter Wasser vor dir aufgetaucht und hätte dich unter dem Ponton hervorgezogen. Du hast ihn bis ins kleinste Detail beschrieben, als hättest du ihn wirklich vor dir gesehen, aber wir haben das immer deiner Einbildung zugeschrieben, ein Hirngespinst, weil du kurz vorm Ertrinken warst."

„Aber ein paar deiner Freunde haben mich aus dem Wasser gezogen!" wiederhole ich protestierend.

„Ja, aber erst, als dein Kopf plötzlich wieder über der Oberfläche auftauchte!" Meine Schwester schüttelt sich, auch sie wird von lange verdrängten Bildern und Schuldgefühlen überflutet. „Niemand ist unter den Ponton geschwommen. Wir haben alle vermutet, du hättest das irgendwie aus eigener Kraft geschafft. Außerdem gab es bei deiner Rettung niemanden, auf den deine Beschreibung passte. Mit mir waren doch nur ein paar Jugendliche auf dem Floß!"

Ich starre Sabine an und dann sehe ich ihn plötzlich wieder vor mir, den Mann, der aus dem Nichts auftaucht und an den ich später selbst nicht mehr geglaubt habe, weil alle – meine Schwester, meine Eltern und selbst der herbeigerufene Notarzt – mir erzählten, ich habe mir die Gestalt eingebildet, als ich dabei war, das Bewusstsein zu verlieren. Doch jetzt hat ihn mein Gedächtnis wieder hervorgeholt aus dem Kokon, den ich um diese Erinnerung gewoben habe, und ich weiß, dass er völlig real war. Er war keine Halluzination absterbender Nervenzellen oder das Hirngespinst eines unter zu großem Druck stehenden Gehirns. Der Mann hatte schwarze Haare, Grübchen auf den Wangen und ein Lächeln, das mir damals mit einem Schlag die Angst vor dem Ertrinken nahm. Ich fühle seine Hände unter meinen Achseln und ich spüre den Sog des Wassers, als er mich unter dem Ponton weg und nach oben zur Oberfläche zieht.

„Rafael!" sage ich fassungslos und sehe den Engel mit großen Augen an. „Du warst das?"

Rafael lächelt verlegen. „Erinnerst du dich, dass du in der ersten Nacht, als ich auf dem Feldbett gelegen habe, das Gefühl hattest, mich zu kennen?" fragt er leise. „Jetzt weißt du, warum."

Aber ich bin noch viel zu sehr mit meinen Kindheitserlebnissen beschäftigt, um über die jüngere Vergangenheit nachzudenken. Auf einmal erinnere ich mich an ein weiteres Detail. „‚Wir sehen uns später, Kleiner!'" wiederhole ich langsam seine Worte von damals – Worte, die ich als Kind nicht verstanden habe. „*Das* hast du mir noch zugeflüstert, bevor mich die anderen aus dem Wasser gezogen haben. Und dann warst du weg." Ich starre Rafael weiter an. „Was hast du damit sagen wollen? Hast du es gemeint wie in *Casablanca*, dieses Humphrey Bogart Ich-seh-dir-in-die-Augen-Kleines, oder hast du gewusst, dass wir uns eines Tages noch einmal begegnen werden?" Meine Stimme wird laut. Rafael senkt die Augen und bekommt rote Ohren. „Los! Antworte mir!" herrsche ich ihn schließlich an und ernte erstaunte Blicke von meiner Familie.

Doch ich kann nicht auf die anderen eingehen. Zu viele Gefühle wirbeln in mir durcheinander wie die Zeitrafferaufnahmen eines Himmels, an dem sich Regen, Sonne, Wolken und Stürme in schneller Folge abwechseln. Zum einen ist da der Schock über die Erkenntnis, Rafael schon einmal begegnet zu sein, und Dankbarkeit, dass er mir als Kind das

Leben gerettet hat. Aber dann ist da auch das immer stärker werdende Gefühl, eine Marionette zu sein, deren Strippen jemand anders mein ganzes Leben gezogen hat. Alles, was ich erlebt habe, war vorherbestimmt, führte in gerader Linie in die Sackgasse, in der ich mich jetzt befinde. Nichts von dem, was ich gemacht und getan habe, sagt etwas über mich aus und meine Fähigkeit, mein Leben zu meistern. Jemand anders hat entschieden, dass ich keinen Job mehr habe, jemand anders hat entschieden, dass mir nur Männer begegnen, mit denen keine Beziehung möglich ist, jemand anders hat entschieden, dass ich mich von Finn trenne. Und Rafael weiß das genau.

Aber der Engel schüttelt den Kopf. „Nein, Marco", sagt er, als hätte er erneut meine Gedanken gelesen. „So ist es nicht. Das ist eine zu antike Betrachtungsweise. Das Bild des Menschen als Spielball eines Schicksals, dem er nicht entkommen kann. Glaubst du wirklich, ich vertrete einen Glauben, der eher der griechisch-römischen Götterwelt als der christlichen Religion entspricht? Du hast immer den freien Willen gehabt, dich so zu entscheiden, wie du es für richtig gehalten hast. Aber die meisten deiner Entscheidungen waren vorhersehbar, weil du Marco bist. Es war also nicht schwer anzunehmen, dass du eines Tages wieder meine Hilfe benötigst."

„Kreidest du mir jetzt an, dass ich so bin, wie ich bin?" frage ich aufgebracht. „Nach deiner Philosophie hat mich Gott doch so erschaffen!"

Meine Mutter mischt sich ein. „Worum geht es hier eigentlich?" will sie wissen.

„Marco wirft mir vor, dass ich ihn mit Absicht habe leiden lassen und ihm nicht früher zu Hilfe geeilt bin."

„Tue ich nicht!" fahre ich den Engel an. „Tue ich doch", murmele ich dann.

„Worunter leidest du denn?" erkundigt sich meine Mutter und schon an ihrem Tonfall erkenne ich, dass ich mich auf Glatteis begeben habe. Sie ist auch eine derjenigen, die glauben, man könne jedes Problem mit praktischen Lösungsvorschlägen aus der Welt räumen. Gefühle wie Weltschmerz und Selbstmitleid sind ihr fremd.

„Er hat mich gerufen, damit ich ihm seinen Traumprinzen auf einem Silbertablett serviere", sagt Rafael provozierend, und ich falle prompt darauf herein.

„Das stimmt überhaupt nicht! Ich habe dich um Hilfe gebeten, weil ich einsam war!" widerspreche ich erbost. „Vielleicht habe ich auf ein bisschen Trost gehofft, weil Finn mich betrogen hat. Aber da bin ich bei dir ja wohl an die falsche Adresse geraten, was? Und außerdem habe ich dich nicht gerufen! Du bist einfach plötzlich aufgetaucht!"

„Wie man in den Wald hineinschreit, so schallt es heraus!" entgegnet mir Rafael mit einem dünnen Lächeln und macht mich damit so zornig, dass ich aufspringen will, aber meine Mutter drückt mich zurück in den Küchenstuhl und streicht mir beruhigend über meine Stoppelhaare.

„Egoistischer kleiner Scheißer", sagt sie zu mir und wendet sich dann an Rafael. „So war Marco schon immer. Wenn etwas nicht so klappte, wie mein Sohn sich das vorgestellt hat, hat er die Schuld bei anderen gesucht. Bloß nicht zu sehr nach den eigenen Motiven und Fehlern forschen, es könnte ja bedeuten, dass er sich ändern muss." Sie sieht mich nachsichtig an. „Wirklich, Marco, hast du immer noch nicht begriffen, dass man aus seinen Fehlern lernen kann?"

„Was denn für Fehler?" frage ich patzig zurück. „Ich habe nichts falsch gemacht, jedenfalls nicht in meinen Beziehungen."

„Deshalb sind dir ja die Männer auch alle laufen gegangen", bemerkt Sabine spitz.

„Sie sind nicht laufen gegangen! Ich habe sie rausgeschmissen, das ist ein großer Unterschied!" brülle ich meine Schwester an. Ich habe das Gefühl, von allen Seiten unter Feuer genommen zu werden. „Und wieso haust du eigentlich in dieselbe Kerbe wie Mutter und Rafael? Gerade von dir hätte ich ein bisschen Unterstützung erwartet. Du weißt doch, wie es ist, hintergangen zu werden! Wer hat sich denn gestern Abend noch lauthals über schwanzgesteuerte Männer ausgelassen?"

Meine Schwester duckt sich, als hätte ich versucht, sie zu schlagen, und mein Wutausbruch hinterlässt eine atemlose Stille im Raum. Die angespannte Stimmung in der Küche wird erst von meiner Nichte durchbrochen, die sich während des gesamten Streitgesprächs intensiv mit ihrer Banane auseinander gesetzt hat. Die Hälfte der Frucht hat sie als unansehnlichen Matsch auf ihre Hände und auf ihr Gesicht verteilt, der Rest ist in ihrem gierigen, kleinen Mund verschwunden. Aber auch das scheint zu viel des Guten gewesen zu sein, denn in diesem Moment macht Annika ein Bäuerchen und ein breiiger Bananenklacks landet auf dem Küchentisch.

Ich nutze die Ablenkung, um der versammelten Richterschaft meiner Familie zu entfliehen. Lieber mache ich einen Spaziergang an der frischen Luft. Da kann ich mein Mütchen kühlen und gleichzeitig die Müdigkeit aus meinen Knochen vertreiben.

Draußen kündigt sich eine neue Schlechtwetterfront an. Trotz der Mittagsstunde sieht der Himmel aus wie ein Gemälde von Caspar David Friedrich, dunkel und bedrohlich. Wieso andere Leute seine Bilder romantisch finden, habe ich nie nachvollziehen können. Dichte Wolken ziehen von Osten herauf, die Luft ist feucht und schwer und schmeckt nach Regen. Aber ein Unwetter kommt mir gerade recht; es passt zu meiner schlechten Stimmung. Ich nehme den Weg durch den Weinberg, klettere über die stufig gemauerten Abschnitte, die der Erde einen zusätzlichen Halt geben sollen. Im Herbst haben meine Eltern die Rebstöcke winterfest gemacht; wie vergessene Spazierstöcke ragen sie zurückgeschnitten und festgebunden aus dem Boden. Ich bin jedes Mal erstaunt, dass von diesen grauen und trostlosen Pflanzen im nächsten Jahr wieder pralle, süße Weintrauben geerntet werden können.

Obwohl es mitunter steil bergauf geht, laufe ich im Stechschritt durch die Rebstöcke, so wütend bin ich. Ich habe genug von Rafael, ich habe genug von seinen Versuchen, mir meine Fehler vor Augen zu führen. Ich habe genug von dem unangenehmen Gefühl, dass an seinen und den Worten meiner Mutter etwas Wahres sein könnte. Ich brauche eine Pause; die andauernden Aufforderungen zur Selbstreflexion machen mich mürbe. Eigentlich will ich nur nach Hause zurück, in mein altes Leben. Mir jetzt zusammen mit Lars, Anja und Patrick die Kanne geben, das wäre genau das Richtige. Und wenn mich im Rausch wieder die Sehnsucht nach einem Mann – nach *dem* Mann – überkommt, ziehe ich mich einfach in mein Zimmer zurück und hole mir einen runter. Dann kann ich wenigstens gut schlafen.

Auf halber Höhe muss ich stehen bleiben und Atem holen. Mein Herz klopft und ich spüre, wie unter meinem Verband das Blut in der Platzwunde pulsiert. Ich war noch nie ein besonders guter Ausdauersportler. Für die 1000-Meter-Rennen im Schulsport habe ich über fünf Minuten gebraucht und hinterher war mir jedes Mal so schlecht, dass ich mich übergeben musste. Die anderen haben sich immer schlappgelacht. Und dann war da noch der Moment, als mein Vater mich beim Onanieren erwischt hat, und als ich beim Rauchen meiner ersten heimlichen Zigarette um ein Haar das ganze Haus angezündet hätte.

Die Erinnerungen an meine Jugend machen mich erneut wütend auf Rafael. Wenn er mich als Kind vor dem Ertrinken gerettet hat, wieso hat er mir dann nicht auch die vielen schmachvollen Erlebnisse erspart? War er sich als Schutzengel vielleicht zu fein für diese peinlichen Kleinigkeiten?

Auch wenn ich weiß, dass ich mich völlig irrational verhalte, ändert das nichts an meiner Unzufriedenheit, und ich stöhne frustriert auf. Ich wünschte, Rafael wäre mir nie begegnet. Ein Teil meiner Gereiztheit ist daher sicherlich auf mein gesteigertes Schlafbedürfnis zurückzuführen, aber ich kann mir diesen Luxus zurzeit nicht leisten, denn dann erfährt Rafael die Wahrheit über Finn und mich. In meinen Träumen gibt es keine Ausflüchte, keine Entschuldigungen.

Ich höre Schritte hinter mir und sehe Rafael mit Adolf im Schlepptau auf mich zukommen. Er hat sich von meinem Vater einen alten Mantel ausgeliehen, um seine Flügel vor neugierigen Blicken zu verbergen.

„Was willst du?" rufe ich ihm schon von weitem zu, in der Hoffnung, ihn mit meinem schroffen Tonfall auf Distanz zu halten.

Aber Rafael lässt sich nicht beirren. „Ich will dir Gesellschaft leisten", schnauft er, als er mich erreicht hat. Adolf schnüffelt am nächstgelegenen Rebstock, hebt sein Bein und pinkelt.

„Ich will keine Gesellschaft. Schon gar nicht deine", erwidere ich mürrisch. „Ich will allein sein."

„Nein, Marco, das willst du nicht", sagt Rafael ernst, verständnisvoll, und ich hasse ihn dafür, dass er die Bedeutung eines einfachen Satzes in einen völlig anderen Sinnzusammenhang stellt und auch noch Recht hat damit. Natürlich will ich nicht allein sein. Ich bin einer von den Menschen, die sich erst vollständig fühlen, wenn sie ihr Leben mit jemandem teilen können. Noch während diese Erkenntnis in meinen Gedanken herumflattert, wird mir bewusst, dass

Finn in meinem letzten Traum fast die gleichen Worte gebraucht hat.

„Du …" fauche ich Rafael an, „du gibst wohl nie auf, was? Erst knallst du mir meine Fehler vor den Latz und jetzt versuchst du es auf die Mitleidstour! Du bist wirklich in Schleim gemeißelt!"

Aber auch wenn ich trotzig gegen meine Tränen ankämpfe, kann ich das Wasser in meinen Augen genauso wenig zurückhalten, wie der Himmel über mir den Regen in seinen Wolken. Gemeinsam öffnen wir unsere Schleusen und schon nach wenigen Sekunden kann ich nicht mehr unterscheiden, ob das Wasser, das mir über die Wangen und Lippen rinnt, salzig oder süß schmeckt. Instinktiv dränge ich mich an Rafaels Körper, suche Schutz vor dem niederstürzenden Regen, der plötzlich an Intensität so zunimmt, dass die Tropfen auf der Haut wehtun und kleine Sturzbäche die Erde den Weinberg herunterschwemmen. Rafael schält sich aus seinem Mantel und wirft ihn achtlos über einen Weinstock, und noch bevor ich ihn fragen kann, was er da tut, breitet er seine Flügel aus und umschließt mich sanft mit einer Decke aus Federn. Von Rafaels Flügeln umgeben befinde ich mich an einem Ort, den das Wasser nicht erreichen kann. In seiner Umarmung ist es warm und flauschig, wie in einem Iglu, dessen Boden und Wände mit Fellen ausgelegt sind. Hin und wieder streicht der Wind ein paar Federn über meinen Nacken, als ob Dutzende sanfte Hände mich mit ihren Berührungen beruhigen wollten. Um mich herum schimmert gedämpftes Licht zwischen den Flügeln hindurch wie Kerzenschein, und ich fühle mich geborgen und sicher.

Rafaels schützende Geste lässt in mir die letzten Dämme brechen und auf einmal heule ich wie ein Schlosshund. Ich kann mich nicht mehr zurückhalten, ich bin völlig fertig. Meine Schultern zucken, Tränen verschmieren mein Gesicht und der Rotz läuft mir aus der Nase. Ich weine um mich selbst, aus Erschöpfung, ich weine aus Mitleid über das Ende der Ehe meiner Schwester und ich weine aus Angst vor der Erkenntnis, dass ich Finn vielleicht noch immer liebe und ihn trotzdem vertrieben habe. Erst als Rafaels Brust von meinen Tränen völlig nass ist, gelingt es mir, mich langsam wieder zu fangen. Während ich mir das Gesicht trocken wische und die Nase hochziehe, wiegen mich Rafaels Flügel zärtlich hin und her.

So plötzlich, wie das Unwetter begonnen hat, zieht es vorüber. Der Himmel klart auf und ändert seine Farbe zu einem Stahlblau, sogar die Sonne lässt sich erahnen. Nur noch vereinzelt fallen ein paar Tropfen, Nachzügler, die mit dem Hauptfeld der Regenwolken nicht Schritt halten konnten. „Danke", bringe ich heraus, als mich Rafael aus seiner Umarmung entlässt. „Das war schön."

„Geht es dir jetzt besser?" fragt Rafael.

„Ja … nein", schnüffele ich. Ich weiß es wirklich nicht. „Aber aufgeben werde ich nicht." In meine Stimme kehrt langsam ein gewisser Trotz zurück. Es ist das erste Mal, dass ich offen ausspreche, dass wir beide einen Wettstreit führen. Doch die Schlachten, die wir schlagen, bekommen ein immer stärkeres Ungleichgewicht. In seinem Kampf um mein Seelenheil macht Rafael unablässig Geländegewinne und ich verzettele mich in aussichtslose Rückzugsgefechte, nur um ein paar hässliche Wahrheiten zu verbergen.

„Das habe ich auch nicht erwartet", antwortet er leichthin und grinst vielsagend. „Du hast eben noch ein paar Lektionen zu lernen."

„O nein, bitte nicht!" stöhne ich. „Lass uns einen Waffenstillstand schließen, wenigstens für ein paar Stunden. Ich bin so müde!"

Rafael schüttelt den Kopf und schnappt sich seinen Mantel. „Nein", sagt er bestimmt. „Die Zeit rennt mir davon. Komm, lass uns zurückgehen, deine Eltern warten."

„Worauf?“ frage ich verwundert, aber Rafael tut so, als hätte er meine Frage nicht gehört.

Ich pfeife nach Adolf, der sich vor dem Regen unter die kahlen Äste eines Baumes gerettet hat, und zu dritt stapfen wir den schlammigen Weinberg hinunter, zurück zum Haus. Jetzt, wo ich nicht mehr die Geborgenheit von Rafaels Flügeln um mich verspüre, zittere ich vor Kälte.

„Beziehungen über eine große Distanz sind wahrscheinlich von vornherein zum Scheitern verurteilt“, sinniert Finn. Der Alkohol hat seine Zunge gelöst und er ist redselig geworden. „Ich meine, zwischen Köln und den bayerischen Alpen liegen ungefähr 650 Kilometer Autobahn. Und wenn man sich nur am Wochenende sehen kann, dann ist diese Entfernung gepflastert mit Misstrauen und Eifersucht.“

„Wenn man Marco heißt“, ergänzt Rafael. Er steht mit dem Rücken zu Finn und wärmt sich die Hände am Kaminfeuer.

Finn runzelt die Stirn und redet weiter. „Man lernt den anderen auch nie richtig kennen. Weil man weiß, dass man nur wenig Zeit miteinander verbringen kann, vielleicht nur 48 Stunden, zieht man am Ende der Woche die Sonntagsklamotten an und setzt sein Feiertagsgesicht auf, wie eine Maske, hinter der alle Probleme versteckt bleiben, mit denen man im Alltag sonst konfrontiert wird.“

„Eine schöne Metapher“, unterbricht Rafael erneut. „So poetisch! Wie sah denn dein Feiertagsgesicht aus?“

Finn sieht den Engel scharf an und sucht nach einem Anzeichen, dass die Bemerkung ironisch gemeint war, aber Rafael verzieht keine Miene. Dann erhebt sich Finn etwas unbeholfen und beginnt, in der Küche auf und ab zu laufen. Er kann besser denken, wenn er in Bewegung ist. „Ich habe versucht, mit ihm Schritt zu halten“, sagt er, nachdem er den Tisch fünf Mal umrundet hat. „Marco ist so extrovertiert, ständig muss etwas passieren, damit er sich nicht langweilt. Jedes Mal, wenn ich ihn besucht habe, hatte er einen Plan vorrätig, wie das Wochenende verlaufen sollte. Ein neuer Film, den er sich ansehen wollte, ein Brunch mit Freunden, eine Party, auf der wir eingeladen waren, eine neue Kneipe, die er mir zeigen wollte. Das hat mir Angst eingejagt. Ich habe mich gefragt, was wohl passiert, wenn ich beginne, ihn zu langweilen. Also habe ich, ohne etwas zu sagen, alles mitgemacht, und zu Anfang war ja auch alles neu und interessant für mich, aber wenn ich mich sonntags auf die Heimfahrt gemacht habe, fühlte ich mich immer irgendwie atemlos und enttäuscht. Nie war Zeit nur für uns beide. Manchmal kam ich mir vor wie eine neue Dekoration, die Marco unbedingt herumzeigen wollte – vielleicht sind wir einfach zu verschieden gewesen."

„Warum hast du nicht gesagt, dass du dich überfordert gefühlt hast?"

Finn zuckt die Schultern. „Ich hab es ja versucht." Seine Gedanken wandern zurück zu dem Tag, an dem er und Marco ihren ersten Streit hatten.

Es ist ein Freitagabend, nein, eher eine Freitagnacht im September, und Finn ist hundemüde, denn er hat am Nachmittag sieben Stunden auf der Autobahn verbracht, um zu Marco zu gelangen. Die lange Fahrt und die vergangene Woche stecken ihm in den Knochen. Am liebsten hätte er in aller Ruhe ein Glas Wein getrunken, sich danach ins Bett gelegt, ein wenig gekuschelt, und wäre dabei eingedöst. Aber Marco hat schon wieder andere Pläne gemacht, für sie beide. Da gab es ein neues Techno-Event, mitten in der Stadt, mit hochkarätigen DJs, mehreren Tanzebenen und Chill-out-Areas, das er unbedingt besuchen will. Marco hat dieses Glitzern in den Augen und er überhört die leisen Einwände, die Finn vorbringt. Er hat sich die ganze Woche darauf gefreut, auf diese Party zu gehen, und natürlich kommt es nicht in Frage, dass er ohne Finn dorthin geht, denn sie sind doch erst zwei Monate zusammen. Es ist wichtig für Marco, seinen neuen Freund herumzuzeigen. Es hat etwas mit Selbstbestätigung zu tun, als müsste er beweisen, dass er es geschafft hat: Seht her, ich bin nicht mehr allein! Finn hat dieses unterschwellige Bedürfnis von Marco begriffen, obwohl er es nicht versteht; ihm ist ihre Zweisamkeit genug. Deshalb ist er auch mitgegangen, obwohl er Menschenmengen und laute Musik unangenehm findet. Und nun steht er zwischen diesen halb nackten, im Rhythmus der Bässe zuckenden Männern und kann das Gähnen kaum unterdrücken, während Marco auf der Tanzfläche die Zeit und Finn vergisst. Finn sieht Marco eine Weile zu, hin und wieder wirft er einen verstohlenen Blick auf die Uhr und merkt, wie seine Beine immer schwerer werden.

Schließlich gibt er auf und wandert in die Lounge, wo ruhigere Musik, gedämpftes Licht und bequeme Sitze zum Ausruhen einladen. Finn atmet auf und geht an die Bar, um sich einen Kaffee zu bestellen. Danach lässt er sich auf ein Sofa fallen und rührt gedankenverloren Zucker in den heißen Kaffee. Finn hat Marco noch immer nicht gesagt, dass er etwas mehr Ruhe braucht, dass ihn Marcos Umtriebigkeit nervös macht. Er fühlt, dass er noch nicht einmal Zeit gehabt hat zu begreifen, dass er jetzt mit Marco zusammen ist. Hin und wieder zieht er die Einsamkeit an wie einen alten, abgetragenen Mantel, in dessen zerrissenem Futter er sich wärmen kann, während er Kraft sammelt, um sich den Anforderungen des Lebens zu stellen. Er würde den Mantel gerne mit Marco teilen, aber Marco hat noch nicht einmal bemerkt, dass es diesen Mantel in Finns Leben überhaupt gibt, und plötzlich ärgert diese Erkenntnis Finn.

„Müde?" fragt eine Stimme und Finn schreckt hoch. Neben ihm sitzt ein Mann und grinst ihn mit einem Lausbubenlächeln an. Er ist jung, bestimmt zehn Jahre jünger als Finn, hat einen Harry-Potter-Haarschnitt und strahlend blaue Augen. Seine Finger, die unruhig mit einem Feuerzeug spielen, sind lang und feingliedrig, wie die Finger eines Klavierspielers.

Finn will eigentlich keine Gesellschaft, er will nur nach Hause und schlafen. Trotzdem lächelt er zurück und dann befindet er sich mitten in einem Gespräch mit diesem Mann, der Carl heißt und tatsächlich Klavier spielt, zumindest in seiner Freizeit, und irgendwie berühren sich ihre Hände und dann fängt Carl an, Finn zu küssen, und öffnet die obersten Knöpfe seines Hemdes und Finn lässt es geschehen und schließt die Augen.

Als er sie wieder öffnet, sieht er Marco im Eingang der Lounge stehen. Verschwitzt und reglos steht er da und beobachtet Finn mit wütenden, zusammengekniffenen Augen. Finn schrickt zusammen und springt auf, er ist genauso entsetzt wie Marco, denn er hat keine Ahnung, wieso er Carl geküsst hat, und er lässt den Jungen stehen und rennt hinter Marco her, der sich auf dem Absatz herumgedreht hat und Richtung Ausgang läuft.

Finn hält Marco am Ärmel fest und sagt, dass es ihm Leid tut und dass er auch nicht wisse, wie es dazu gekommen ist, und dass es nie seine Absicht gewesen sei, Marco zu hintergehen, aber Marco hört nicht zu, denn er weiß jetzt, dass Finn genauso ist wie seine Vorgänger, ein Falschspieler, ein Fremdgänger, ein Lügner, und es kostet Finn die halbe Nacht und viel Selbstverleugnung, Marco vom Gegenteil zu überzeugen. Und als der Morgen dämmert und beide erschöpft vom Streiten und Versöhnen nebeneinander im Bett liegen, ahnt Finn, dass er eine Gelegenheit verpasst hat, seinem Freund klar zu machen, dass auch er, Marco, nicht perfekt ist.

Finn steht auf, feuert das heruntergebrannte Kaminfeuer mit einem Schürhaken wieder an und sieht Rafael an.

„Und wie ist es weitergegangen?" fragt der Engel.

Finn schüttelt den Kopf und schweigt.

Als ich wach werde, finde ich mich auf dem Bett meines alten Zimmers wieder, oben im Turm, direkt unter dem Dach. Nur der Speicher, auf dem man kaum aufrecht stehen kann, trennt mich von den Dachziegeln. Wäre ich ein Mädchen geworden, hätte ich in meiner Kindheit wahrscheinlich ständig Rapunzel gespielt.

Meine Mutter steht am Ende des Bettes und sieht besorgt auf mich herab.

„Wie spät ist es?" frage ich mit schwerer Zunge. Ich fühle mich benommen, wie am Tag nach einer durchzechten Nacht.

„Fünf Uhr nachmittags", antwortet meine Mutter.

„Was?" rufe ich entsetzt aus. „Ich habe fast vier Stunden geschlafen?" Selbst wenn ich mich nur an die Hälfte von dem erinnern kann, was ich geträumt habe, ist der Schaden kaum noch gutzumachen.

„Du warst völlig übermüdet", sagt meine Mutter.

„Wie bin ich hierher gekommen?" frage ich desorientiert. Das Letzte, woran ich mich erinnere, ist das wohlige Gefühl unter Rafaels Flügeln.

„Du bist in der Küche mit dem Kopf auf der Tischplatte eingeschlafen, nachdem ihr völlig durchnässt aus dem Weinberg zurückgekommen seid. Rafael hat dich hoch getragen. Er hat gesagt, er kümmert sich um dich."

„Kann ich mir vorstellen", erwidere ich. Dass ich vom Schlaf übermannt worden bin, wird ihm ein innerer Abgang gewesen sein.

Meine Mutter setzt sich auf die Bettkante und schlägt bedachtig die Beine übereinander. „Marco", sagt sie, „was ist los mit dir?" Sie hat ihre antiautoritäre Miene aufgesetzt, ihr Lass-uns-darüber-reden-Gesicht, eine Angewohnheit, die ich noch aus meiner Kindheit kenne.

Jedes Mal, wenn ich früher etwas ausgefressen hatte, setzte sich meine Mutter mit mir zusammen und wir diskutierten über das Delikt. Stundenlang, verständnisvoll und so ermüdend, dass ich alles dafür gegeben hätte, wie andere Kinder einfach Stubenarrest oder Fernsehverbot zu erhalten. Die an meine Vernunft appellierenden Worte führten immer dazu, mir ein schlechtes Gewissen zu machen, und gaben mir das Gefühl, versagt zu haben, weil ich die moralischen Ideale meiner Mutter wieder einmal verfehlt und sie persönlich enttäuscht hatte. Nach diesen Unterhaltungen war ich meist tagelang depressiv. Die Standpauken meines Vaters waren mir tausend Mal lieber. Nachdem er der fränkischen Gemütsruhe über zehn Jahre lang ausgesetzt worden war, war eine versehentlich mit einem Tennisball eingeworfene Fensterscheibe für ihn nur der Streich eines dummen Jungen, den man mit einer Kopfnuss ahndete und dann wieder vergaß; meine Mutter dagegen begriff ein solches Vergehen als den möglichen Beginn einer Persönlichkeitsstörung, vielleicht einer Neigung zu latenter Gewaltbereitschaft, die sofort aus meinem Kopf herausdiskutiert werden musste. Schließlich hatte sie nicht umsonst drei Semester Sozialpädagogik studiert.

Dementsprechend abwehrend reagiere ich, als sie mich jetzt eindringlich ansieht. „Bitte, Mutter", sage ich genervt, „fang erst gar nicht an!"

„Aber ich sehe doch, dass dich etwas bedrückt!"

„Mich bedrückt höchstens, dass in letzter Zeit anscheinend jeder einen besseren Menschen aus mir machen will", erwidere ich mürrisch. Ich habe keine Lust, mit meiner Mutter über meine Beziehungsprobleme zu sprechen.

Aber sie kennt mich zu gut, um nicht doch intuitiv einen Treffer zu landen. „Ich habe diesen Finn ja nie kennen gelernt", sagt sie, „aber dich kenne ich in- und auswendig. Wenn jemand nicht die Erwartungen erfüllen kann, die du in ihn setzt, kannst du sehr stur und unnachgiebig sein. Vielleicht hast du zu viel verlangt."

„Von wem habe ich das wohl?" antworte ich vorwurfsvoll und sehe meine Mutter beleidigt an. „Vater und du, ihr streitet euch doch auch ständig!"

„Stimmt", gibt sie zu, „aber wir vertragen uns immer wieder. Wir reiben uns zwar an den vermeintlichen Schwächen des anderen, aber wir verurteilen sie nicht." Lächelnd schiebt sie nach: „Das heißt nicht, dass ich deinen Vater nicht hin und wieder zum Mond schießen könnte. Er ist ein konservativer alter Knochen geworden. Manchmal muss ich aufpassen, dass er nicht zu bequem und lethargisch wird."

Ich murmele etwas Unverständliches vor mich hin, aber meine Mutter ist noch nicht fertig. „Und was ist das mit dir und Rafael?" fragt sie.

Ratlos zucke ich mit den Schultern. „Ich weiß es nicht", antworte ich ehrlich. „Manchmal ist er unglaublich einfühlsam und verständnisvoll und dann wieder bohrt er in alten Wunden und hält mir erbarmungslos meine Fehler vor. Es macht mich völlig fertig."

„Du weißt, dass noch nie etwas Gutes dabei herausgekommen ist, wenn Menschen sich mit den Göttern eingelassen haben? Das hat schon Homer erkannt."

„Erstens habe ich mich nicht mit Rafael eingelassen, sondern er hat sich in mein Leben eingemischt, und zweitens ist er kein Gott, sondern ein Engel", erwidere ich schnippisch.

„Aus deiner Perspektive spielt dieser kleine Unterschied keine Rolle, Marco", sagt meine Mutter und ich sehe sie nachdenklich an. Dann wechselt sie abrupt das Thema. „Und jetzt steh auf. Du hast genug geschlafen. Eigentlich bin ich ja hier, um dich zu wecken, weil wir alle zum Postamt gehen wollen. Das Christkind hat gleich seinen großen Auftritt. Simon ist schon ganz aus dem Häuschen."

„O nein!" Ich lasse mich entsetzt auf das Kopfkissen zurückfallen. Das Christkind und meinen Vorsatz, Rafael unbedingt von diesem Ereignis fernzuhalten, hatte ich völlig vergessen. „Habt ihr etwa Rafael davon erzählt?"

„Natürlich!" erwidert meine Mutter erstaunt. „Warum denn nicht? Es sind doch quasi ‚Berufskollegen'. Er freut sich auch schon sehr!"

„Mist!" fluche ich und springe aus dem Bett und in meine Klamotten, ohne meiner Mutter eine weitere Erklärung zu geben. „So ein Mist!"

Natürlich ist es müßig zu versuchen, Rafael die Teilnahme an dieser volkstümelnden Scharade auszureden. Gestiefelt und gespornt hat er sich mit dem Rest der Familie schon vor der Haustür versammelt und alle warten nur noch auf mich.

„Beeil dich, Marco, wir wollen los!" ruft Rafael mir ungeduldig zu, als ich nach unten komme. „Simon und ich wollen die Ankunft des Christkinds auf keinen Fall verpassen!" Er hält meinen Neffen an der Hand und beide haben rote Wangen vor Aufregung.

„Passt wenigstens auf, dass Rafael keinen Glühwein trinkt!" zische ich meinen Eltern und Sabine zu, während wir uns auf den Weg machen. „Sonst kann ich für nichts garantieren!"

„Kann Adolf mitkommen?" fragt Simon. „Er hat bestimmt noch nie das Christkind gesehen."

„Das fehlt mir gerade noch", antworte ich barsch.

Der Wolkenbruch am Mittag hat den Schnee zu Matsch werden lassen, nur in den Ritzen des Kopfsteinpflasters haben sich noch ein paar weiße Überreste gehalten. Unter meinen Schuhen knirscht Salz. Es ist kalt und ungemütlich, als wir durch die engen Gassen des Dorfes schlendern, vorbei an Fachwerkhäusern und unscheinbaren, lieblosen Fünfziger-Jahre-Bauten. Ich bin froh, dass ich meine Handschuhe mitgenommen habe.

Je näher wir dem Marktplatz und damit dem Postamt kommen, desto festlicher wird die weihnachtliche Ausstaffierung von Himmelstadt. Die Schaufenster der Geschäfte quellen über mit mehr oder weniger dezenten Hinweisen auf die bevorstehenden Weihnachtstage, selbst der Metzger und die Apotheke haben Geschenkattrappen mit bunten Schleifchen wie Köder zwischen Vorderschinken und *Antistax*-Venensalbe ausgelegt. Über die Straßen sind Leuchtketten aus blinkenden Sternen gespannt worden und die zwei großen

Eichen in der Mitte des Dorfplatzes neben der Kirche sind ebenfalls mit funkelnden Lichterketten behangen. Es gibt sogar eine Art Weihnachtsmarkt, der allerdings nur aus drei mickrigen Buden besteht, und natürlich auch einen Glühweinstand, der aber glücklicherweise gerade schließt. Während ich innerlich aufatme, ist Rafael die Enttäuschung ins Gesicht geschrieben, als er sieht, wie zwei Männer die Theke säubern und die liegen gebliebenen Becher aufsammeln.

„Sei froh, dass es nichts mehr gibt!" sage ich triumphierend. „Oder hast du schon vergessen, wie viele Probleme du mir beim letzten Mal gemacht hast?"

„Ich wusste nicht, dass guter Sex ein Problem für dich ist", raunt er mir zu und bringt mich damit zum Schweigen. Wie schnell und gründlich sich unser Verhältnis geändert hat in den letzten Tagen.

Vor dem Postamt, einem hässlichen, einstöckigen Betonbau, neben dessen Tür eine Hochglanzreklame allen Kunden der Post ein frohes Weihnachtsfest wünscht und auf die preiswerten Konditionen eines Postbank-Girokontos hinweist, hat sich schon eine große Menschenmenge eingefunden. Eine kleine Blaskapelle am Rande spielt „O Tannenbaum", Väter tragen ihre Kinder auf den Schultern und die Mütter tauschen den neuesten Dorftratsch aus. Der weitaus größte Teil der Zuschauer besteht aber wie jedes Jahr aus Touristen. Man kann sie an den Digitalkameras in ihren Händen erkennen, mit denen sie ihre Lieben pausenlos fotografieren.

Mein Vater drängelt sich durch die Zuschauermenge, bis er für die ganze Familie einen Platz in der ersten Reihe gefunden hat, damit insbesondere die Kinder und Rafael gut sehen können. Dann schiebt er uns sogar noch die Stufen des Postamts hinauf, bis wir tatsächlich in der kleinen Schalterhalle stehen, sozusagen im Zentrum des Geschehens. Trotz der geöffneten Fenster ist die Luft warm und stickig, es riecht nach feuchter Kleidung und Paketpapier. Am Schalter sitzt ein Postbeamter in frisch gebügelter Uniform, der sich sichtlich unwohl fühlt angesichts der vielen Augen, die ihn erwartungsvoll anstarren. Kleine Schweißperlen haben sich auf seiner Oberlippe gebildet und er tupft wiederholt mit einem Taschentuch seine Stirn ab. Wahrscheinlich verflucht er innerlich den Dienststellenleiter, der ihn zu dieser Arbeit eingeteilt hat. Hinter ihm steht ein großer Jutesack, gefüllt mit den Briefen von Kindern aus aller Herren Länder, in denen sie dem Christkind in Himmelstadt seitenlang ihre Wunschlisten zu Weihnachten mitteilen.

Wir stellen uns hinter den Bürgermeister und seine Frau in Position, neben uns stehen vier erwartungsvolle Erstklässler, die ausgewählt wurden, als Belohnung für ihre guten schulischen Leistungen ihre Wünsche dem Christkind persönlich vorzutragen. Meine Mutter will Rafael eine langwierige Erklärung des zu erwartenden Schauspiels geben, als es auch schon losgeht. Draußen geht ein Raunen durch die Menge, die Blaskapelle intoniert plötzlich „Oh When the Saints Go Marching in", und als ich mich umdrehe, steht das Christkind in Gestalt von Frau Annelie Birtle-Herkenrath inmitten der Zuschauer und breitet huldvoll, wenn auch etwas unbeholfen die Arme aus, um sich einen Weg durch die Menge zu bahnen.

„Oje", grinst meine Mutter in sich hinein, „hoffentlich geht das gut!"

„Was meinst du?" flüstere ich zurück.

Meine Mutter deutet mit dem Kopf zur ältlichen Organistin. „Merkst du nichts? Sie hat einen im Tee! Jedes Jahr hat sie so großes Lampenfieber vor ihrem Auftritt, dass sie sich mit ein paar *Klosterfrau Melissengeist* Mut antrinken muss. Und seit ihr Mann vor zwei Jahren gestorben ist, wird es immer schlimmer. Wahrscheinlich hat sie sich dieses Mal einen zu viel genehmigt."

Und tatsächlich, als ich Frau Birtle-Herkenrath genauer betrachte, bemerke ich, dass ihre Wangen eine unnatürlich rote Farbe angenommen haben, die allerdings ebenso gut von zu üppig aufgetragener Schminke herrühren kann, doch die Organistin hat auch Gleichgewichtsprobleme und benötigt hin und wieder eine helfende Schulter, an der sie sich abstützen kann. Aufgrund ihrer hoch gewachsenen, schlaksigen Figur muss ich sofort an eine Birke denken, die sich im Wind wiegt. Überhaupt kommt mir das Christkind dieses Jahr ziemlich derangiert vor. Der angeklebte Heiligenschein hat eine leichte Schräglage und die blonde Lockenperücke sieht aus, als hätte sie ein Jahr lang ungekämmt im Kleiderschrank gelegen. Unter dem weißen Umhang ist die Tasche der Toga ausgebeult, als ob darin ein Flachmann versteckt wäre, und bei jedem Schritt schlägt der Inhalt der Tasche mit einem verdächtigen, silbrigen Klang gegen den Gürtel, den die dürre, flachbrüstige Organistin um die Taille geschwungen hat, um der Toga etwas mehr Form zu verleihen. Die silbernen, strassbesetzten Pantoffeln sind ausgelatscht und scheinen der Wühlkiste eines Ramsch-Kaufhauses entnommen worden zu sein, und auf den nackten Waden des Christkinds kann man dunkelblaue Krampfadern erkennen. Ich fange an zu kichern, aber mein Vater jagt mir unauffällig seinen Ellenbogen in die Seite und murmelt: „Reiß dich zusammen, Marco."

„Ja, aber sie ist grauenhaft!" protestiere ich feixend.

„Sie gibt ihr Bestes!" erklärt mein Vater mit einem warnenden Seitenblick. „Es gibt keinen Grund, sich über sie lustig zu machen!"

„Ach, jetzt komm schon, Leo", mischt sich meine Mutter in die getuschelte Diskussion ein, „der Junge hat doch Recht. Das Schauspiel grenzt ans Groteske und ein besoffenes Christkind setzt dem Ganzen noch die Krone auf!"

„Natürlich!" erwidert mein Vater verärgert. „Du findest das alles mal wieder nur komisch. Es geht doch nicht darum, wie sie es macht, sondern *dass* sie es macht! Oder würdest du freiwillig eine solche Rolle übernehmen?"

„Ich?" fragt meine Mutter empört. „Ich würde mich niemals derart zum Popanz machen!"

Bevor der Streit zwischen meinen Eltern eskaliert, wende ich meine Aufmerksamkeit wieder Frau Birtle-Herkenrath zu und versuche, mein Grinsen zu unterdrücken. Es sieht so aus, als wären die Zuschauer der Meinung meines Vaters, denn niemandem sonst fällt scheinbar der angeschlagene Zustand des Christkinds auf. Stattdessen beginnen die Menschen zu klatschen, aufgeregte Kinderhände winken der verkleideten Organistin zu, die Blitze der Fotoapparate zucken und dann bildet sich ein Spalier, um dem Christkind den Weg zur Treppe frei zu machen.

Entsprechend dem Bild, das in der Vorstellung der Menschen vom Christkind verbreitet ist, versucht die Organistin die Stufen hinaufzuschweben oder sie zumindest so leichtfüßig wie möglich zu nehmen, dabei einen gütigen Gesichtsausdruck aufzusetzen und zusätzlich in einer Art segnenden Geste über ein paar Kinderköpfe zu streichen. Dem wirklichen Christkind würde das wahrscheinlich keine Schwierigkeiten bereiten; der mit hochprozentigem *Klosterfrau Melissengeist* benebelte Kopf von Frau Birtle-Herkenrath ist mit diesen komplexen Koordinationsaufgaben jedoch hoffnungslos überfordert. Auf der vierten Stufe stolpert sie jedenfalls über ihre eigenen Füße und verliert wie das Aschenputtel einen Pantoffel. Sie kippt zur Seite, kann sich jedoch glücklicherweise am Geländer noch fangen, bevor sie der Länge nach auf den Boden aufschlägt. Allerdings fällt bei ihren unfreiwilligen Verrenkungen der Flachmann aus der Toga und poltert mit einem lauten Klirren die Treppe herunter, wo er vor den Füßen des Trompeters zum Liegen kommt. Das wiederum hat zur Folge, dass der Blechbläser mitten im Lied aufhört zu spielen und nach und nach die gesamte Blaskapelle verstummt, bis auf einmal eine Totenstille vor dem Postamt eintritt und alle Blicke gebannt den Flachmann in Augenschein nehmen. Ich versuche, mein Lachen hinter einem Hustenanfall zu verbergen. Auch meine Mutter hat Mühe, sich zusammenzureißen.

Doch in dieser peinlichen Situation kommt Frau Birtle-Herkenrath ihre langjährige Erfahrung als Organistin zugute, denn wie sagt man im Showbusiness: *The show must go on!* Und entsprechend dieser Devise rappelt sich das angeschlagene Christkind mit hochrotem Gesicht auf, steckt trotzig den heruntergefallenen Heiligenschein wieder fest, zupft die Toga zurecht und setzt zu der zaghaft wieder spielenden Blasmusik seinen Weg fort, diesmal allerdings mit einem Gesichtsausdruck, der keine Güte, sondern nur noch grimmige Entschlossenheit signalisiert, und mit weit ausholenden Schritten, die den Einzug des Christkinds in das Postamt eher einem Sturmangriff von verzweifelten Bodentruppen als der Ankunft eines himmlischen Abgesandten gleichen lassen.

Dennoch scheinen der kleine Zwischenfall und der Alkoholgenuss ihre Spuren hinterlassen zu haben, denn als die Organistin mit wehendem Umhang die kleine Halle betritt, in der wir alle gespannt dem Höhepunkt der Show entgegenfiebern, kann man ihrem Mienenspiel entnehmen, dass sie kurz davor ist, die Fassung zu verlieren, und die Farce einfach nur noch so schnell wie möglich beenden will. So wie ein Ertrinkender sich an ein treibendes Stück Holz klammert, stützt sie sich schwer atmend mit den Ellbogen auf den Tresen vor dem Postschalter, starrt dem noch immer schwitzenden Beamten einen Moment herausfordernd in die Augen und faucht ihn dann wütend an: „Na, mach schon, Erwin, ich bin's, das Christkind! Wirf endlich den Sack mit den Briefen rüber, ich will es hinter mich bringen!" Mit dem letzten Satz verliert Frau Birtle-Herkenrath endgültig die Haltung und die letzten Reste ihrer fragwürdigen Kontrolle, rülpst einmal laut und sinkt dann im Zeitlupentempo am Schalter zu Boden.

In diesem Moment ist es natürlich vorbei mit meiner Selbstbeherrschung. Während dem Bürgermeister ein hilfloses „Oh!" entfährt und die Erstklässler neben uns das zur Furie gewordene Christkind mit offenem Mund und tellergroßen Augen anstarren, fange ich an zu wiehern wie ein Pferd. Es schüttelt mich von oben bis unten, ich kann mich vor Lachen nicht mehr aufrecht halten und beuge mich wie ein Klappmesser nach unten. Tränen schießen mir in die Augen, mein Zwerchfell tut weh, ich bekomme Seitenstiche, aber ich kann nicht aufhören.

„Das … das ist das schrillste Christkind, das ich jemals gesehen habe!" bringe ich schließlich zwischen mehreren Lachsalven heraus.

Auch meine Mutter kann ihr Gelächter nicht länger unterdrücken. Sie klammert sich an mich, verbirgt ihr Gesicht an meiner Schulter und durch meinen Pullover dringt gedämpft das hilflose, lang gezogene „Hiiiii …", das ich noch so gut aus meiner Kindheit kenne und mit dem sich bei meiner Mutter immer ein nicht mehr aufzuhaltender Heiterkeitsanfall ankündigt. Gleich darauf fangen ihre Schultern an zu zucken und dann steigt aus ihrem Bauch ein Glucksen herauf und bricht sich seine Bahn, bis auch meine Mutter lauthals und haltlos lacht.

Um uns herum regiert das Chaos. Der Bürgermeister und seine Frau verlassen fluchtartig die Schalterhalle, mein Vater schimpft wütend auf meine Mutter ein, dass sie sich endlich beherrschen solle, Sabine schiebt ihre sprachlosen Kinder zurück ins Freie und bedeutet mir, dass sie draußen auf uns wartet, während andere Zuschauer in die Halle strömen, um zu sehen, was denn passiert ist, und die Erstklässler stehen da wie begossene Pudel, weil das Christkind ihnen den Auftritt versaut hat.

Nur Rafael bleibt ruhig. Er geht langsam nach vorne, hilft Frau Birtle-Herkenrath wieder auf die Beine und klopft ihr beruhigend auf die Schulter.

„Das war gar nicht so schlecht", sagt er freundlich, wenn auch nicht ganz wahrheitsgemäß.

Die Organistin, die inzwischen langsam zu sich kommt und bemerkt, was sie angerichtet hat, sieht Rafael ungläubig an. „Es war furchtbar", erwidert sie schwach. „Es war unverzeihlich."

Aber der Engel schüttelt den Kopf. „Gott kommt es nicht auf Perfektion an. Niemand ist vollkommen. Er ist mehr an der guten Absicht interessiert." Dabei wirft er mir einen kurzen Blick zu. Ich tue so, als hätte ich ihn nicht gehört.

Rafaels Zuspruch hat aber nicht den beruhigenden Effekt auf Frau Birtle-Herkenrath, den er sich vielleicht erhofft hat, denn plötzlich fängt sie an zu schlucken und dann springen ihr Tränen in die Augen. „Es ist nur ...", stottert sie, „seit mein Mann gestorben ist ... alles geht schief. Ich bin so schrecklich einsam und ..." Sie bricht ab und starrt Rafael an. „Tut mir Leid", flüstert sie, „ich wollte nicht ..." Hastig wischt sie ihre Tränen am Ärmel der Toga ab und dann flieht sie aus dem Postamt, bevor Rafael sie zurückhalten kann.

Rafael seufzt. „Lasst uns gehen", sagt er bedrückt, und schweigend und zumindest in meinem Fall mit einem schlechten Gewissen machen wir uns alle auf den Heimweg.

Als wir wieder zu Hause sind, beschließen Rafael, Sabine und ich, mit Simon *Monopoly* zu spielen, und ziehen uns ins Wohnzimmer auf der ersten Etage zurück. Meine Eltern beschäftigen sich unten in der Küche und bereiten das Abendbrot vor. Natürlich kommen meiner Schwester bei dem Spiel ihre Erfahrungen als Finanzhai zugute und sie besitzt innerhalb kürzester Zeit eine reichhaltige Auswahl der teuersten Straßen, die sie schamlos mit Hotels zupflastert. Eine moderne Wegelagerin, die harmlose Passanten ausplündert und auch noch ihre Freude daran hat. Ich dagegen habe Pech und lande ständig im Gefängnis, muss teure Übernachtungsgelder auf Sabines Straßen blechen oder erhalte kein Los-Geld. Schon nach wenigen Runden habe ich kaum noch finanzielle Mittel und miese Laune. Ich war schon immer ein schlechter Verlierer. Der einzige Lichtblick ist der zweite Platz in einer Schönheitskonkurrenz, den ich kurz vor dem Bankrott gewinne, aber auch das bessert meine Laune nicht.

Aber auch in der Küche scheint es Streit zu geben. Die Stimmen meiner Eltern dringen über die Treppe zu uns nach oben, und als Simon mir mit kindlichem Triumphgeheul die letzten Kröten für meinen Wurf auf seine Goethestraße abnimmt und ich auch die eigenen Straßen abgeben muss, um meine Schulden zu bezahlen, steige ich aus dem Spiel aus, laufe auf Zehenspitzen die Treppe hinunter und finde mich erneut lauschend vor einer Küchentür wieder. Während ich mich an das Telefontischchen im Flur lehne, beschäftigt mich die Frage, warum in unserer Familie Streitigkeiten eigentlich so gerne bei der Zubereitung einer Mahlzeit ausgetragen werden. Wenn ich mich mit Anja, Lars oder Patrick in die Haare kriege, passiert das meist in der Küche, Sabine hat sich von ihrem Mann während des Frühstücks getrennt und meine Eltern zanken während der Vorbereitung des Abendbrots. Setzt das Benutzen von Messern oder Gabeln bei uns unbewusste, aggressive Schwingungen frei? Macht Wurst wütend? Kann der Anblick eines dampfenden Zucchini-Auflaufs jemandem so die Sinne benebeln, dass er endlich sagt, was er wirklich über den anderen denkt? Ich bin mir sicher, dass dieses Phänomen weit verbreitet und nicht nur auf meine Familie beschränkt ist. Jemand sollte sich mal wissenschaftlich damit beschäftigen.

Meine Eltern jedenfalls befinden sich in einer ihrer Auseinandersetzungen, die sich – ausgelöst durch Kleinigkeiten – in Minutenschnelle wie ein Buschfeuer in der australischen Steppe zu einer ihrer allumfassenden Grundsatzdiskussionen und einer kompletten Ehekrise auswachsen, an denen sie beide anscheinend so viel Spaß haben. Zuerst wirft mein Vater meiner Mutter ihren unangebrachten Lachanfall auf dem Postamt vor, im Gegensatz zu mir sei sie schließlich alt genug, um zu wissen, wie man sich zu benehmen habe – was in mir nebenbei die Frage aufwirft, für wie alt mich mein Vater eigentlich hält. Wirke ich auf ihn tatsächlich wie ein zehnjähriger Rotzlöffel? Natürlich hat meine Mutter genauso wie ich keine Entschuldigung für ihr Verhalten parat – wir wissen beide, dass es nicht nett war zu lachen –, aber sie wäre nicht meine Mutter, wenn sie diesen Vorwurf einfach so auf sich sitzen lassen würde. Stattdessen fährt sie direkt die schweren Geschütze auf.

„Ach, hör doch auf!" blafft sie meinen Vater an und ich kann sie trotz der geschlossenen Tür vor mir sehen, wie sie mit einem lauten Scheppern die Teetassen auf den Tisch setzt und sich mit einer entrüsteten Handbewegung eine ihrer grau gewordenen Haarsträhnen aus dem Gesicht streicht. „Ich habe es satt, mir von dir Vorhaltungen machen zu lassen, wie ich mich in dieser spießigen, abgelegenen Einöde benehmen soll."

„Und ich habe es satt, von unseren Nachbarn mitleidig angesehen zu werden, weil meine Frau mal wieder aus der Reihe tanzt und sich lächerlich macht wie vorhin oder wenn du im Konsum auf Fair-Trade-Kaffee bestehst, obwohl du genau weißt, dass es dort nur den von *Tchibo* gibt, oder dass du neuerdings zur Vegetarierin mutierst", schießt mein Vater zurück.

„Ich habe eben keine Lust, mich so wie du der Stromlinienförmigkeit zu ergeben. Schau dich doch an: Du bist ein feister, fetter Franke geworden, der nichts lieber hat als seine Ruhe und einen Schoppen Wein vor seiner Nase. Ich dagegen bin stolz auf meine Ecken und Kanten und ich werde sie mir nicht wegnehmen lassen!"

„Ecken und Kanten!" höhnt mein Vater. „So kann man es auch nennen! Du weigerst dich einfach, erwachsen zu werden! Du würdest doch am liebsten auf ewig die kleine Revoluzzerin bleiben, aber weil dir dazu der Mut fehlt, stürzt du dich von einem so genannten alternativen Projekt ins nächste. Dein Tick mit dem vegetarischen Essen ist nur das letzte Glied in einer ganzen Kette von gescheiterten Versuchen, dich selbst zu finden!" Seine Stimme überschlägt sich. Wie immer, wenn er wirklich verärgert ist, klingt er wie ein pubertierender Junge im Stimmbruch.

„Ich habe mir eben meine Ideale bewahrt, du dagegen wirst immer mehr zum Mitläufer! ‚Der Obrigkeit gehorchen, ist die erste Pflicht für Jud und Christ!'" zitiert sie sarkastisch und ich weiß genau, dass sie damit meinen Vater zur Weißglut treibt.

„Ach", sagt er dann auch mit beißendem Spott, „es ist also idealistisch, wenn man sich weigert, etwas anderes als Fallobst zu essen? Es ist doch wohl eher verschroben! Im Übrigen kannst du es dir sparen, mir Heinrich Heine um die Ohren zu hauen. Du weißt genauso gut wie ich, dass dieser Satz ironisch gemeint war!"

„Dass mit dem heruntergefallenen Obst sind Frutarier, du Idiot!" knurrt meine Mutter. „Mit denen habe ich nichts zu tun. Und mit jemandem, der jeden Samstagnachmittag die Dachrinne mit dem Staubsauger säubert, diskutiere ich nicht über Sinn und Zweck von alternativen Lebensstilen."

Mein Vater schnaubt wütend auf. „Das stimmt überhaupt nicht!" leugnet er.

„Samstag vor zwei Wochen hast du den Staubsauger auf den Speicher geschleppt, hast dich mit der schmalen Düse aus dem Fenster gelehnt und die Dachrinne gesaugt. Ich habe es genau gesehen, als ich vom Frisör kam!" sagt meine Mutter triumphierend. „Was ist wohl als nächstes dran? Wirst du anfangen, die Dachziegel einzeln abzuwaschen oder Strümpfe und Unterwäsche zu bügeln?"

„Das tue ich schon seit Jahren", erwidert mein Vater pikiert. „Schließlich liegen die Sachen doch gleich ganz anders im Schrank, wenn sie gebügelt sind. Und abgesehen davon, irgendwer muss sich ja um den Haushalt kümmern! Du putzt doch erst, wenn selbst die Staubmilben im Teppich gegen den Dreck protestieren! Im Übrigen spart es uns eine Menge Geld, wenn ich hin und wieder nach der Regenrinne sehe. Als das Ding vor zwei Jahren verstopft war, hatten wir einen ziemlich teuren Wasserschaden, aber das hast du ja anscheinend schon wieder verdrängt."

„Ich weiß ganz genau, was uns dieses verdammte Haus und der verdammte Weinberg kosten und was sie uns einbringen!" erregt sich meine Mutter. „Ich führe nämlich die Bücher!"

„Wieso verdammt?" brüllt jetzt mein Vater. „Du wolltest dieses Leben damals genauso wie ich. Es war unsere gemeinsame Entscheidung! Jetzt tu nicht so, als ob du es alles nur mir zuliebe ertragen hättest!"

Dann ist es plötzlich still in der Küche. Fast scheint es, als hätten meine Eltern einen Waffenstillstand erreicht, nachdem sie ihrem Ärger Luft gemacht haben. Ich stelle mir vor, wie sie sich ansehen und wie so viele Male zuvor erneut entdecken, dass sie den anderen trotz aller Unterschiede nicht missen möchten, und schüttele den Kopf wie ein Kind, dem die Schrulligkeiten seiner in die Jahre kommenden Eltern auf die Nerven fallen. Doch ich habe mich getäuscht. Dieses Mal scheinen meine Eltern an einem Punkt angelangt zu sein, an dem sie ihre Meinungsverschiedenheiten nicht mehr zukleistern können, denn plötzlich höre ich wieder die Stimme meiner Mutter, aber nun klingt sie nicht mehr aufgebracht und wütend, sondern enttäuscht und ratlos.

„Du hast dich verändert, Leo", sagt sie. „Du bist alt geworden, alt, bequem und angepasst. Ein Löwe, der nicht mehr brüllt, sondern nur noch dösend im Schatten liegt. Ich weiß nicht, ob ich mit dieser Veränderung leben will."

Mein Vater seufzt. „Wir sind beide alt geworden, Anna. Nur willst du dieser Tatsache nicht ins Auge sehen. Irgendwann muss man auch seinen Frieden mit dieser Welt schließen. Schau doch, was wir aus unserem Leben gemacht haben: Wir haben zwei Kinder groß gezogen, wir haben ein Heim und unser Auskommen und wir sind gesund. Wir haben sogar Enkel! Ist das nicht genug? Kannst du dich nicht einfach zurücklehnen und die Verbesserung der Welt den Jüngeren überlassen?"

Ich höre meine Mutter leise lachen, aber ihr Lachen klingt nicht fröhlich. „Und was sollen wir für den Rest unseres Lebens tun?" fragt sie. „Im Schaukelstuhl den Weintrauben beim Schrumpeln zusehen, bis uns die Arthrose in die Knochen kriecht? Das ist mir zu wenig."

„Ich mag Schaukelstühle", beharrt mein Vater. „Diese kleine Welt hier macht mich glücklich. Sie mag nicht perfekt sein, sie mag ein bisschen spießig und kleinkariert sein, aber ich kann mich mit ihren Fehlern arrangieren. Ich will sie nicht verändern."

„Du willst nur deine Ruhe", erwidert meine Mutter, und mit dieser Einschätzung wirft sie alles über den Haufen.

Einige Stunden später kommt aus dem Schlafzimmer meiner Eltern das verdächtige Geräusch hektisch auf- und zuklappender Schränke und Schubladen. Nichts Gutes ahnend, spurte ich die Wendeltreppe nach oben, wo mir meine Mutter freudestrahlend eröffnet, dass sie sich entschieden hat, sich mit uns auf den Weg zu machen und meinen Vater allein zurückzulassen. Sie fragt nicht, sie stellt fest. Dass ich vielleicht etwas dagegen haben könnte, kommt ihr nicht in den Sinn. Nicht einmal mein Einwand, dass dann Sabine den Plan aufgeben muss, die Weihnachtstage mit den Kindern in Himmelstadt zu verbringen, scheint sie zu beeindrucken. Sie hat einen ziemlichen Dickschädel, genau wie ich. Erstaunlicherweise macht es ihr auch nichts aus, dass außer Rafael niemand weiß, wohin wir als nächstes fahren. Nicht das Ziel, sondern die Reise an sich scheint ihr Zweck genug zu sein.

„Eine Fahrt ins Blaue!" erklärt sie begeistert. „Endlich passiert mal was! Endlich mal ein Abenteuer!"

„Und für dieses zweifelhafte Vergnügen willst du deinen Mann und deine Ehe zurücklassen?" frage ich schockiert.

„Ach, soll der alte Langweiler doch seine Hämorrhoiden pflegen und an seinem Schaukelstuhl festwachsen!" versucht meine Mutter die Diskussion im Keim zu ersticken. „Es hat früher ein Leben außerhalb dieses Dorfes gegeben, es muss auch jetzt noch eins für mich da sein. Wenn er nicht will, lebe ich es eben allein!"

Da ist sie wieder, die Sturheit meiner Mutter, die mich auf die Palme bringen kann und doch immer wieder an mich selber erinnert.

„Und wo soll es sein, dieses Leben?" frage ich und bleibe demonstrativ im Türrahmen stehen, als wollte ich ihr den Weg blockieren. „Glaubst du, es hat vierzig Jahre lang einfach irgendwo auf dich gewartet, nachdem du dich damals für eine Familie entschieden hast? Es gibt keine Sponti-Szene mehr. Die Hausbesetzer sind in den Schoß des Bürgertums zurückgekehrt, zahlen ihre Eigentumswohnungen ab und Joschka sitzt auch nicht mehr in einer Eckkneipe und will die Welt verbessern. Das hat er nicht mehr nötig, nachdem er jahrelang im Auswärtigen Amt residiert und Toskanaweine verköstigt hat", argumentiere ich boshaft, aber meine Mutter tut so, als würde sie mich nicht hören. Geschäftig zerrt sie einen Koffer unter der Schlafzimmerkommode hervor und beginnt, Wäscheregale leer zu räumen, als hätte sie diesen Schritt von langer Hand vorbereitet und nur noch eines geringfügigen Anlasses bedurft, um ihren Plan in die Tat umzusetzen.

„Man geht nicht einfach so aus dem Haus, ohne eine Vorstellung von dem zu haben, was man in Zukunft tun will! Und man lässt nicht einfach so einen Menschen fallen, den man geliebt hat", versuche ich es erneut. Vielleicht funktioniert es ja, wenn ich ihr ein schlechtes Gewissen mache. „Du kannst die Vergangenheit nicht abstreifen wie ein altes Paar Schuhe!"

„Sprichst du von dir?" flüstert mir Rafael in diesem Moment ins Ohr und ich zucke zusammen, weil ich seine Anwesenheit nicht bemerkt habe und die Ironie in seiner Stimme nicht verstehen will.

„Ach, verschwinde!" sage ich ungehalten zu ihm. „Geh deine Flügel putzen, frohe Botschaften verkünden oder was Engel sonst so tun!"

„Ich bin gerade dabei", erwidert Rafael liebenswürdig und zwinkert über meine Schulter hinweg meiner Mutter zu. „Ich helfe Menschen, die vom rechten Weg abgekommen sind, ihn wiederzufinden."

„Schön! Der rechte Weg meiner Mutter ist, bei meinem Vater zu bleiben! Sag ihr das!"

Wie nicht anders zu erwarten, ignoriert Rafael meine Aufforderung. „Gleich nach dem Frühstück morgen früh brechen wir auf", gibt er stattdessen bekannt und lächelt meine Mutter an. Er hört sich an wie ein Reiseleiter von *Neckermann* und ich habe erneut das Gefühl, dass er diese Entwicklung der Ereignisse zumindest vorausgesehen, wenn nicht sogar gefördert hat.

„Ja, aber … es ist kein Platz mehr im Wagen", protestiere ich, wenn auch nicht mehr so entschieden. Es ist ja sowieso zwecklos. „Und wo soll es überhaupt jetzt noch hingehen?"

„Natürlich ist Platz vorhanden, wir haben einen geräumigen Wagen. Und was unser Ziel angeht – lass dich überraschen", entgegnet Rafael und schiebt meine Einwände einfach beiseite. „Darin müsstest du doch langsam Übung haben!"

„Ja, klar", stöhne ich, „und jedes Mal ist es schlimmer geworden."

Als letzten Ausweg rufe ich meine Schwester zu Hilfe, die mit einer von Annikas schmutzigen Windeln in der Hand und einem angewiderten Gesichtsausdruck auftaucht, und fordere sie auf, unserer Mutter ins Gewissen zu reden. Die Unterstützung durch Sabine fällt aber verhaltener aus, als ich mir erhofft habe – als wäre sie selber nicht sonderlich davon überzeugt, dass es richtig sei, einen Versuch zu unternehmen, die Beziehung unserer Eltern zu kitten. Ich schiebe ihre Zurückhaltung auf das Zerbrechen ihrer eigenen Ehe und schicke sie verärgert wieder weg.

Während meine Mutter unverdrossen und durch Rafaels Zuspruch moralisch unterstützt weiterpackt, versuche ich, meinen Vater zu überreden, sie von ihrem Vorhaben abzubringen.

Ich finde ihn im Keller, einem feuchten und kalten Raum, den Sabine und ich als Kinder immer „das Verlies" genannt haben. Die grob gehauenen, mittelalterlichen Wände und das fahle Licht einer einzigen, nackten Glühbirne hatten unsere Fantasie angeregt und wir haben hier oft „Inquisition" gespielt, wobei meine Schwester die Rolle des Großinquisitors übernahm und mir als kleinem Bruder die des Ketzers zuwies. Einige Male habe ich in imaginären Daumenschrauben und auf Streckbänken so überzeugend gelitten und geschrien, dass meine Eltern dachten, mir wäre tatsächlich etwas zugestoßen, und völlig panisch hinunter in den Keller rannten. Einmal allerdings, als ich versehentlich ihr Fahrrad zu Schrott gefahren hatte, machte Sabine ernst, band mich mit ihrem Springseil an einem Heizungsrohr fest, drehte die Glühbirne mit einem hämischen Lächeln aus der Fassung und ließ mich fünf Stunden im stockdusteren Keller sitzen. Kein Wunder, dass ich mit S/M-Spielchen nichts anfangen kann.

„Du kannst Mutter doch nicht so einfach gehen lassen!" fahre ich jetzt meinen Vater an, der in aller Gemütsruhe damit beschäftigt ist, Werkzeug zu sortieren. „Sie ist deine Frau!"

„Sie ist alt genug. Sie wird wissen, was sie tut", erhalte ich zur Antwort.

Für einen Moment bin ich sprachlos und lasse mich auf einen leeren Bierkasten plumpsen. „Und es macht dir überhaupt nichts aus, dass sie dich verlassen will?"

Mein Vater schaut kurz auf und ich kann die Traurigkeit in seinen Augen aufblitzen sehen. „Was stellst du nur für dumme Fragen", sagt er leise und wendet sich seinen Schraubenschlüsseln und Zangen zu.

„Dann tu was!" rufe ich aufgebracht. „Rede noch mal mit ihr, versuch, sie umzustimmen, geh von mir aus vor ihr auf die Knie!"

Seufzend dreht sich mein Vater zu mir. „Deine Mutter und ich haben unsere Kämpfe gekämpft, Marco, und wenn sie glaubt, gehen zu müssen, so werde ich sie nicht umstimmen können. Es ist nicht das erste Mal, dass wir uns an diesem Punkt befinden."

„Ja, aber ..."

„Das Thema ist damit beendet!" erwidert mein Vater scharf. „Und um ehrlich zu sein, mein Sohn, es geht dich nicht das Geringste an!"

Danach gebe ich es auf, meine Eltern zur Vernunft zu bringen, und schlage mir die Nacht um die Ohren, indem ich literweise Kaffee in mich hineinschütte. Alle anderen ziehen sich nach und nach in ihre Betten zurück und löschen das Licht, bis ich mit der brodelnden Kaffeemaschine, einer Schachtel Zigaretten und einigen düsteren Gedanken allein in der Küche zurückbleibe.

Irgendwann, während ich in einen sternenklaren Nachthimmel starre, denke ich darüber nach, wie merkwürdig es ist, dass ausgerechnet ich in letzter Zeit immer häufiger Zweifel hege, ob ein Schlussstrich tatsächlich die beste und einzige aller Möglichkeiten darstellt, wenn man glaubt, vor den Fehlern des Partners die Augen nicht mehr verschließen zu können.

6. Der Nasensprayjunkie vom Hollywood Boulevard

Am Morgen bin ich so müde, dass ich kaum wahrnehme, wie Himmelstadt und der Turm meiner Eltern im Rückspiegel immer kleiner und schließlich vom Horizont eingeebnet werden. Wenn ich nur noch ein einziges Mal gähne, werde ich mir die Kieferknochen ausrenken.

Jemand hat mich auf den Beifahrersitz verfrachtet und mir den Hamsterkäfig auf den Schoß gesetzt, danach habe ich vage mitbekommen, dass der Motor des Autos gestartet wurde und wir wieder auf großer Fahrt sind. Also ist der nächste Tag angebrochen und der schrecklichste Urlaub meines Lebens wird fortgesetzt. Inzwischen kommt mir Lars' Wagen wie ein zweites Zuhause vor. Ich kenne jede einzelne Sprungfeder des Sitzes, jede Macke im Lack der Tür; ich habe sogar gelernt, wie man dem Gebläse warme Luft entlockt, ohne dass es nach Fisch stinkt: Man muss Zitronenscheiben hineinquetschen. Jetzt riecht es hier drin, als würden wir eine Ladung Südfrüchte ausliefern.

Je länger wir unterwegs sind, desto häuslicher wird es im Auto. Seit wir meine Schwester und die Kinder mitnehmen, haben wir diverse Decken an Bord, in die man sich einkuscheln kann, und ein paar Kissen, um sie hinter den Nacken zu klemmen. Neben meinen CDs sind Hörspielkassetten von *Bibi Blocksberg* und *Pumuckl* aufgetaucht; auf der Rückbank verteilt Sabine Mandarinen und Nüsse und richtet eine Abfalltüte an einem der Türgriffe ein. Das Einzige, was unserem fahrenden Hausstand noch fehlt, sind eine batteriebetriebene Kochplatte und ein Fernseher, damit Simon seine Lieblingssendungen nicht verpasst.

Vor lauter Müdigkeit fällt es mir schwer, einen klaren Gedanken zu fassen. Wahrscheinlich bin ich bald so weit, dass weiße Mäuse vor meinen Augen tanzen. Es ist ja wissenschaftlich erwiesen, dass man durch Schlafentzug wahnsinnig werden kann. Dazu kommt noch, dass ich mit meiner Platzwunde auf der Stirn, den dunklen Ringen unter den Augen und der fahlen Gesichtsfarbe wie ein Zombie aussehe.

Was mich derzeit aufrechterhält, ist die innere Genugtuung, dass Rafael nichts mehr erfahren hat. Wenn ich wach bin, hält – bildlich gesprochen – Finn die Klappe, und Rafael wird nie herausfinden, was zwischen uns eigentlich passiert ist. Einen Tag muss ich noch durchhalten, dann wird mein Engel dahin zurückkehren, wo immer er auch hergekommen ist, und ich werde gewonnen haben. Allerdings darf ich mir keinen Lapsus mehr erlauben, so wie gestern Nachmittag, denn die Wahrheit ist nur noch wenige Träume entfernt.

Natürlich haben die Vorhaltungen des gestrigen Abends meine Mutter nicht umstimmen können, über ihren Plan noch einmal nachzudenken. Wenn sie sich etwas in den Kopf gesetzt hat, gibt es keine Macht der Welt, die sie davon abbringen kann. Folgerichtig sitzt sie jetzt mit im Wagen, auf dem kleinen Nothocker hinter der Rückbank, den Rafael für sie aufgeklappt hat. Adolf hat sich auf den Boden gelegt und wärmt ihr die Füße. Es ist sicherlich nicht sehr gemütlich, der Sitz ist hart und in den Kurven muss sie sich am Türgriff festhalten, aber wenn ich mich nach hinten drehe, kann ich nicht erkennen, dass meine Mutter ihre Entscheidung bereut. Im Gegenteil, sie scheint ausgesprochen gute Laune zu haben, schenkt heißen Hagebuttentee aus ihrer Thermoskanne aus und erzählt Simon und Annika das Märchen von Hänsel und Gretel. Ich schüttele fassungslos den Kopf.

Wir setzen unsere Zickzackreise quer durch Deutschland fort. Ich habe von Rafael noch immer keine Auskunft erhalten, welches Ziel er als nächstes ansteuert, aber anhand der Hinweisschilder auf der Autobahn kann ich zumindest erkennen, dass wir uns in Richtung Südwesten fortbewegen. Wir haben den Neckar überquert und nähern uns langsam den ersten Ausläufern des Schwarzwaldes. Wenn Rafael mir meine Unzulänglichkeiten und meine Fehler vor Augen führen will – und nichts anderes beabsichtigt er ja –, dann ist er hier auf dem Holzweg. Ich kenne niemanden in dieser Ecke und meine Ratlosigkeit wächst mit jedem Kilometer. Was hat Rafael bloß vor? Und was ist mit dem Mann meiner Träume, den er mir versprochen hat? Wo bleibt der? Schließlich ist Rafael derjenige, der andauernd betont, dass ihm die Zeit davonrennt. Wenn ich die Aussagen des Engels für bare Münze nehme, müsste mein Traumprinz eigentlich jeden Moment um die Ecke biegen.

Wir passieren einen Anhalter und unwillkürlich nehme ich den jungen Kerl näher in Augenschein. Er trägt Schlabberjeans, eine scheußliche, leuchtend orangefarbene Wollmütze, unter der ein wirrer Haarschopf nur mühsam gebändigt wird, feiner, blonder Bartflaum sprießt in unregelmäßigen Abständen wie versprengte Mooskissen auf seinen Wangen und auf seinem Rucksack prangt ein riesiges Peace-Zeichen. In der rechten Hand hält er lässig ein Skateboard. Als wir an ihm vorbeifahren, atme ich erleichtert auf. Rafael grinst verstohlen und schüttelt den Kopf.

„Falsch getippt", sagt er.

„Zum Glück!" erwidere ich. „Der war ja kaum aus dem Kindergarten raus! Jemand in meiner Altersklasse wäre mir lieber!"

„Ja", sagt Rafael, „ich weiß."

Nach einer Weile werden die Kinder unruhig und wir steuern eine Raststätte an, wo Sabine mit meiner Nichte und meinem Neffen die Toiletten aufsucht, während Rafael den Wagen volltankt – natürlich mit meiner Kreditkarte. Ich versuche, mein Gähnen zu unterdrücken, nehme Adolf an die Leine und schlage mich ins nächste Gebüsch. Es dauert ewig, bis er mit Pinkeln fertig ist.

Auf dem Parkplatz ist nicht viel los, etwas abseits stehen ein paar Lkws von Speditionsfirmen aus Hannover, Koblenz und Dresden. Von den Fahrern ist nichts zu sehen, wahrscheinlich dösen sie im Führerhäuschen oder essen in dem heruntergekommenen Rasthof zu Mittag. Ich zerre die Dogge zum Wagen zurück und sperre sie ein. Der Hund hat bei der Kälte sowieso keine Lust, im Freien herumzutollen. Ich dagegen bleibe draußen und vertrete mir die Beine, wer weiß, wie lange wir heute noch in dem Auto sitzen müssen. Ich blase auf meine Fäuste und hüpfe von einem Fuß auf den anderen. Dabei versuche ich, den Blicken meiner Mutter auszuweichen, die neben mir steht und mich unbewegt und stoisch beobachtet. Ich bin noch immer sauer, dass sie ihr altes Leben hinter sich gelassen hat, noch dazu so leichtfertig und ohne ein Wort des Bedauerns.

„Du missbilligst meine Entscheidung", stellt sie plötzlich fest.

Ich höre auf herumzuturnen. „Ja", sage ich herausfordernd. In meiner Jackentasche suche ich nach einer Zigarette. „Ich finde, dass du leichtfertig gehandelt hast."

„Im Gegenteil", sagt meine Mutter ernst. „Es ist alles gut durchdacht."

„Das bezweifele ich auch nicht", erwidere ich sarkastisch und paffe hastig an dem Glimmstängel. „Es sah fast so aus, als hättest du nur auf eine passende Gelegenheit gewartet, um den Absprung zu wagen!"

Versehentlich scheine ich mit meinen Worten eine dieser unsichtbaren Grenzen überschritten zu haben, die jeder Mensch im Umgang mit anderen wie einen Schutzwall um sich zieht und die man besser nicht verletzen sollte, wenn man keinen Ärger bekommen will, denn plötzlich bewegt sich meine Mutter so schnell auf mich zu, dass mir gar keine Zeit bleibt zu reagieren. Bevor ich auch nur zurückzucken kann, verpasst sie mir eine schallende Ohrfeige. Erschrocken sehe ich meine Mutter an und starre in ihr grimmiges Gesicht.

„Was bildest du dir eigentlich ein?" fährt sie mich an. „Das muss ich mir nicht bieten lassen. Und schon gar nicht von dir, Marco! Soweit ich es mitbekommen habe, bist du der Letzte, dem es zusteht, über gescheiterte Beziehungen zu urteilen. Deine Beine können doch gar nicht so schnell laufen, wie du rennen möchtest, wenn Probleme auftauchen." Beim letzten Satz hat sich beißender Spott in ihre Stimme gelegt und ich weiß nicht, was mehr wehtut: die Ohrfeige oder ihre Worte.

Meine Finger fahren reflexartig über meine schmerzende Wange. Ich kann mich nicht erinnern, wann meine Mutter mir das letzte Mal eine runtergehauen hat. Hat sie es überhaupt jemals getan?

„Es tut mir Leid", erwidere ich schließlich kleinlaut, nachdem ich mich ein wenig gesammelt habe, und versuche, den Schaden zu begrenzen. „Aber ihr habt euch schon so oft gestritten und immer wieder vertragen, dass ich mir einfach nicht vorstellen kann, dass einer von euch beiden tatsächlich genug hat. Dieser Streit war nicht heftiger als andere zuvor. Ich habe immer geglaubt, dass ihr euch trotz allem liebt."

Ich stecke die Hände in die Tasche und wende mich ab. Ich komme mir auf einmal unglaublich dämlich vor. Ein erwachsener Mann von Mitte dreißig, der die Fassung verliert, weil seine Eltern sich trennen wollen. Doch das Gefühl, dass ich auf eine unerklärliche Art betrogen worden bin, lässt mich nicht los. „Es ... es ist, als ob du einen Teil meiner Kindheit zerstören würdest, wenn du Vater verlässt!" stammele ich und bin den Tränen nah. „Ich kann auch nichts dafür!"

Ich fühle, wie meine Mutter innehält und ein paar Schritte auf mich zukommt. Dann höre ich überrascht ein leises Lachen und spüre ihren Arm auf meiner Schulter. „Marco", sagt sie beruhigend, „niemand hat behauptet, dass ich deinen Vater für immer verlassen will."

„Was? Aber euer Streit … der Koffer … du hast doch darauf bestanden, mit uns mitzufahren!" Ich bin total verwirrt.

„Ich werde deinen Vater nicht verlassen", wiederholt meine Mutter seelenruhig. „Du hast völlig Recht: Ich liebe den alten Langweiler viel zu sehr, um mir ein Leben ohne ihn vorstellen zu können. Und an seine Fehler habe ich mich schon längst gewöhnt. Das heißt aber nicht, dass er nicht ab und zu den Bogen überspannt. Seine Bequemlichkeit geht mir schon seit einiger Zeit auf die Nerven. Deshalb wollte ich ihm eine kleine Lektion erteilen. Wie schon gesagt: Es ist alles gut durchdacht. Ich wollte ihm zeigen, dass es auch ohne ihn geht, wenn es sein muss. Ich wollte ihm zeigen, dass er mich niemals als selbstverständlich ansehen darf, dass er sich Mühe geben muss – jeden einzelnen Tag unserer Ehe, auch jetzt noch. Und das habe ich hiermit getan. Wenn ich in ein paar Tagen zurückkehre, wird er verstanden haben, was ich ihm sagen wollte."

„Du … du gehst zurück?" stammele ich.

„Ja", erwidert meine Mutter, „natürlich."

Leider habe ich keine Zeit, weiter mit ihr zu sprechen, geschweige denn, über diese überraschende Wendung nachzudenken. Unser Gespräch wird unterbrochen, als Sabine mit Annika auf dem Arm und Simon im Schlepptau von den Toilettenhäuschen zurückkommt. Mein Neffe hat einen klatschnassen Schritt, ein feuchtes T-Shirt und heult Rotz und Wasser, während meine Schwester ihn hinter sich herzerrt und ausgesprochen wütend aussieht.

„Was ist passiert?" frage ich. Nach Simons Gemütszustand zu urteilen, muss sich ein größeres Drama abgespielt haben.

„Kinder!" regt sich Sabine auf. „Sie großzuziehen ist eine echte Plage, aber erschießen darfst du sie auch nicht!"

Meine Mutter bricht in wissendes Gelächter aus.

Dann erklärt meine Schwester, dass Simon aus heiterem Himmel darauf bestanden habe, „wie alle anderen Männer" in ein Pissbecken zu pinkeln, anstatt sich wie sonst auf eine Toilette zu setzen. Sabine, die sich aus nachvollziehbaren Gründen als Anstandsdame auf einer Herrentoilette sichtlich unwohl fühlt und diesen Job bisher immer ihrem Mann überlassen hat, hat dem störrischen Drängen Simons zögernd nachgegeben, in der Annahme, es handele sich um eine verständliche, wenn auch etwas skurrile Reaktion ihres Sohnes auf die Tatsache, dass er jetzt keinen Vater mehr hat und nun so schnell wie möglich erwachsen werden möchte. Allerdings haben sowohl mein Neffe als auch meine Schwester nicht bedacht, dass Pissbecken meist in einer Höhe von ungefähr achtzig Zentimetern angebracht sind, die zwar für erwachsene Männer bequem zu erreichen ist, aber nicht für Fünfjährige, deren Zielvermögen weit unterhalb dieser Höhe liegt. Das Ergebnis dieser Nachlässigkeit bestand darin, dass Simon etwas ratlos vor dem Pissbecken stehend weit nach oben zielen musste, um wenigstens in die Nähe des Urinals zu gelangen, und dabei weniger die Keramik als sein T-Shirt und seine Hose traf. Als meiner Schwester daraufhin die Hand ausrutschte, war das sowieso schon angeknackste männliche Selbstbewusstsein meines Neffen vollends im Eimer. Wer lässt sich schon gerne öffentlich auf einer Herrentoilette demütigen, indem er von seiner Mutter eine gescheuert bekommt?

Simon scheint wirklich untröstlich zu sein, denn während Sabine sich langsam abregt, schießen ihm noch immer die Tränen aus den Augen. Eine solche Schmach kann tiefe

Spuren in der Psyche eines jungen Mannes hinterlassen. Wahrscheinlich wird er für den Rest seines Lebens freiwillig ein Sitzpinkler. Seine Laune bessert sich auch nicht, als ich ihm sage, dass ich ebenfalls gerade von meiner Mutter geohrfeigt worden bin. Eigentlich wollte ich ihm mit dieser Information klarmachen, dass er nicht der Einzige ist, der ungerecht behandelt wird, nach dem Motto: Geteiltes Leid ist halbes Leid, aber Simon scheint es eher so zu verstehen, dass die Erniedrigungen nicht einmal dann aufhören, wenn er groß ist, und erhöht die Lautstärke seiner Heulerei um das Doppelte. Sein Schluchzen hört sich an, als bekäme er ohne Betäubung einen Finger amputiert. Erst als Rafael mit dem vollgetankten Auto vorfährt und jedem von uns einen kleinen Schokoladenweihnachtsmann in die Hand drückt, beruhigt er sich etwas.

„Eine kleine Vorfreude auf Heiligabend!" erklärt Rafael mit Blick auf die Weihnachtsmänner und strahlt über das ganze Gesicht.

Ich starre das bunt verpackte, dämlich grinsende Stück Schokolade an und mir wird plötzlich bewusst, dass Weihnachten nur noch einen Tag entfernt ist. Im Trubel der jüngsten Ereignisse sind die Gedanken an die bevorstehenden Feiertage völlig untergegangen. Ich weiß noch nicht einmal, wo ich Heiligabend überhaupt verbringen werde. Während andere Leute damit beschäftigt sind, letzte Geschenke zu besorgen, den Tannenbaum zu schmücken und die Zutaten für ein leckeres Essen zu kaufen, stehe ich auf dem Parkplatz einer verlassenen Raststätte hunderte Kilometer von meinem Zuhause entfernt und muss mir Gedanken um das seelische Gleichgewicht meines vollgepinkelten Neffen machen. Rafaels Erscheinen hat alles durcheinander gebracht.

„Danke … denke ich jedenfalls", bringe ich gequält hervor, während wir alle wieder ins Auto steigen und Sabine trockene Klamotten für ihren Sohn aus dem Koffer fischt. Aber Rafael bemerkt meinen Missmut nicht. Er ist damit beschäftigt, sich mit den Auswüchsen der kapitalistischen Gesellschaftsordnung auseinander zu setzen.

„Neben dem Weihnachtsmann gab es auch eine Frau Weihnachtsmann zu kaufen", sagt er erstaunt und lenkt den Wagen auf die Autobahn zurück. „‚Mrs. Santa Claus'. Sie war allerdings deutlich jünger als ihr angeblicher Ehemann und hatte erheblich weniger Kleidung an. Und sie war fünfzig Cent billiger."

Ich zucke verständnislos mit den Schultern. „Na und?"

Rafael wirft mir einen entrüsteten Blick zu. „Was soll das heißen, ‚na und'?" regt er sich auf. „Es gibt keine Frau Weihnachtsmann! Das ist Blasphemie. Ich meine, wo wird das enden? Bekommt er nächstes Jahr eine Tochter und einen Hund? Oder eine Geliebte?"

„Hättest du es lieber gehabt, wie Weihnachten in der DDR gehandhabt worden ist? Da gab es offiziell nicht mal Engel, sondern nur ‚geflügelte Jahresendfiguren'. Außerdem ist es doch völlig egal, ob er Familie hat oder nicht. Schließlich gibt es ja in Wirklichkeit auch keinen Weihnachtsmann", sage ich, während ich die Silberfolie abreiße und meinen Nikolaus mit einem zufriedenen Biss köpfe. „Er ist eine Erfindung der Süßwarenindustrie, um ein neues Produkt besser zu vermarkten", füge ich noch schmatzend hinzu.

Erst in diesem Moment fällt mir ein, dass hinten ein Kind sitzt, das mich noch gestern Morgen mit dem Weihnachtsmann verwechselt hat und dessen Nerven zurzeit an einem seidenen Faden hängen. Ich halte mir erschrocken die Hand vor den Mund, aber es ist zu spät. Simon hat mitgehört und fängt erneut an zu heulen. Diesmal klingt er wie eine Sirene, die einen Fliegeralarm meldet.

„Super", sagt Sabine verärgert, „du bist ein Idiot, Marco." Sie wuschelt ihrem Sohn durch die Haare, aber mein Neffe ist jetzt endgültig am Boden zerstört. Annika, die noch viel zu klein ist, um zu verstehen, worum es eigentlich geht, plärrt aus Sympathie ebenfalls los und meine Mutter bemerkt trocken: „Vielleicht wäre es besser gewesen, ein paar neutral aussehende Schokoriegel zu kaufen", und hält sich die Ohren zu.

Rafael versucht, die Emotionen zu beruhigen. „Marco liegt wie immer völlig falsch", sagt er aufmunternd zu Simon. „Natürlich gibt es den Weihnachtsmann. Der Nikolaus existiert ja auch. Ich muss es wissen, ich bin schließlich ein Engel. Erst vor zwei Wochen habe ich die beiden noch getroffen, auf der innerbetrieblichen Weihnachtsfeier."

„Ihr … ihr habt eine Weihnachtsfeier?" fragt Sabine wider besseres Wissen nach. Meine warnenden Blicke ignoriert sie.

„Ja, natürlich. Mit allem Drum und Dran: ein paar Hymnen singen, Ansprache des Chefs und dann kaltes Buffet. Wir wichteln sogar!" erklärt Rafael stolz und verliert sich erneut in Details, die niemand hören will und keiner glauben kann. „Ihr wisst schon, dieses Spiel, wo jeder einen Zettel zieht und demjenigen ein Geschenk besorgen muss, dessen Name auf dem Papier steht. Letztes Jahr hatte ich irgendeine unbedeutende Schutzheilige aus der zweiten Reihe, von der ich nicht mal wusste, für wen sie eigentlich zuständig ist, aber dieses Jahr hatte ich Mutter Teresa gezogen. Sie ist ja ein ziemlicher Neuzugang bei uns und hat sich noch nicht ganz eingewöhnt", teilt er uns augenzwinkernd in diesem verschwörerischen Unterton mit, als erzählte er uns Firmeninterna eines Großkonzerns. „Ständig ist sie auf der Suche nach Armen und Kranken, denen sie beistehen kann – als ob es im Himmel so etwas gäbe. Jedenfalls hab ich ihr ein Medaillon mit einem Bild des Papstes geschenkt. Sie war ganz gerührt."

Ich rolle verzweifelt die Augen und denke darüber nach, wie gerne ich jetzt alleine wäre, bis mich ein weiterer Gähnanfall sogar vom Denken abhält. Mein Gehirn fühlt sich an wie eine riesige Luftblase, schwerelos und völlig leer.

Eine Stunde später setzt Rafael den Blinker und fährt von der Autobahn ab. Die Kinder haben sich inzwischen beruhigt und schlafen erschöpft. Ich bin unglaublich neidisch und ständig versucht, ebenfalls einzunicken.

„Gleich sind wir da", informiert mich der Engel.

„Und wo genau sind wir dann?" frage ich, gegen meinen Willen ein wenig neugierig geworden.

„In Freiburg."

„Freiburg? Aber ich war noch nie in meinem Leben in Freiburg", erkläre ich verblüfft. „Was machen wir da?"

„Es gibt dort jemanden, den du kennst und den wir besuchen wollen", erwidert Rafael. Diese spärliche Information ist alles, was ich aus ihm herausholen kann, danach konzentriert er sich darauf, den Wagen durch ein Gewirr von Straßen und Kreuzungen zu dirigieren. Augenscheinlich hat er ein festes Ziel vor Augen, denn nicht ein einziges Mal zögert er an den vielen Abzweigungen. Es ist, als besäße er einen inneren Kompass, der ihn nicht fehlleiten kann.

Eingequetscht zwischen Schwarzwald und Vogesen hat sich Freiburg in einem Tal ausgebreitet und ist fast rundherum von Bergen umgeben. Im Vergleich zu den Orten, die wir in den letzten Tagen besucht haben, ist die Stadt geradezu ein Moloch. Es wimmelt nur so von Fußgängern, Autos und Studenten auf Fahrrädern. Der Lärm ist nach der Stille der Lüneburger Heide und der dörflichen Idylle Himmelstadts geradezu ohrenbetäubend. Angeblich soll Freiburg einer der sonnenreichsten Orte Deutschlands sein, aber angesichts des Nebels, durch den wir fahren und der wie eine sämige Suppe in den Straßen hängt, halte ich das für eine glatte Lüge. Keine zehn Meter weit kann man sehen, und Rafael muss höllisch aufpassen, dass er nicht mit einer der schmalen und scheppernden Straßenbahnen kollidiert, die ständig die Wege kreuzen. Die Sache mit der Sonne ist wahrscheinlich genauso eine Erfindung des örtlichen Fremdenverkehrsamtes wie in Himmelstadt die Erscheinung des Christkinds.

Freiburg gilt ebenfalls als besonders grün und als eine Stadt mit wenig Luftverschmutzung, aber auch dies scheint eine Übertreibung zu sein, denn alle Bäume, an denen wir vorbeikommen, sind kahl und recken ihre laublosen Äste anklagend und bedauernswert in den Himmel, als wären sie erst kürzlich dem sauren Regen zum Opfer gefallen. Als wir auf die Kaiser-Joseph-Straße einbiegen, eine der Hauptverkehrsadern, bleiben wir sogar für ein paar Minuten in einem Stau stecken, und der Geruch der Auspuffgase lässt mich wehmütig an Köln denken.

Während Rafael weiter kreuz und quer durch die Innenstadt fährt, benimmt sich meine Mutter wie ein Tourist auf einer Stadtrundfahrt. Ihre Wangen glühen und sie kann ihre Begeisterung für die Sehenswürdigkeiten kaum bremsen. Fast könnte man den Eindruck gewinnen, sie wäre tatsächlich seit Jahren nicht mehr aus Himmelstadt herausgelassen worden.

„Schaut mal, das Schwabentor!" ruft sie aufgeregt, als der Nebel einen Moment aufreißt, und deutet auf einen weiß gestrichenen mittelalterlichen Turm, auf dem der heilige St. Georg in ritterlicher Macho-Manier den Fuß auf ein getötetes Tier stellt, das ich im ersten Moment für eine Ratte oder eine Schlange halte und nur mit viel gutem Willen als Drachen erkennen kann. Kurz darauf ruft meine Mutter: „Schaut mal, das Münster!"

Zwischen zwei Häuserzeilen werfe ich einen kurzen Blick auf den gotischen Bau mitten auf dem Marktplatz und brumme abfällig: „Der Dom ist größer!" Aber immerhin muss ich zugeben, dass die Kathedrale schon aufgrund der roten Farbe viel freundlicher als der Dom wirkt.

Nach einer langwierigen Parkplatzsuche stellt Rafael das Auto schließlich in einer Seitenstraße in der Nähe der Innenstadt ab. „Geschafft", sagt er. „Wir sind da."

Ich blicke mich um und kann nach wie vor nichts Bekanntes erkennen. „Hier soll jemand wohnen, mit dem ich mal zu tun gehabt habe?" frage ich ungläubig.

„Das habe ich nicht gesagt", sagt Rafael. „‚Wohnen' ist in diesem Zusammenhang wahrscheinlich ein etwas unpassender Ausdruck. Aber steig erst mal aus, wir müssen noch ein paar Schritte laufen." Während ich hinter ihm nach draußen klettere, fügt er hinzu: „Sei vorsichtig, wo du hintrittst!" Doch da ist es bereits zu spät. Ich stehe mit beiden Füßen in einer tiefen Pfütze und spüre, wie die Feuchtigkeit durch meine Sportschuhe dringt und meine Socken durchweicht.

„Das hast du mit Absicht gemacht!" werfe ich Rafael wütend vor und sehe mich Mitleid heischend nach meiner Familie um. Aber niemand kümmert sich um mich, alle folgen Rafael, der zielstrebig seinen Weg fortsetzt. Schlecht gelaunt schlappe ich den anderen hinterher. Meine Schuhe lassen bei jedem Schritt einen feuchten Abdruck auf dem Bürgersteig zurück.

Nach einem kleinen Fußmarsch bleibt Rafael vor einem Café stehen und öffnet die Tür. Der Duft von frischen Croissants und Kakao weht uns entgegen. Mir läuft das Wasser im Mund zusammen. Es ist zwar schon fast Zeit zum Mittagessen, aber gegen ein zweites Frühstück habe ich auch nichts einzuwenden.

Doch Rafael hat andere Pläne für mich. Während sich die anderen ihrer Jacken und Mäntel entledigen, einen Tisch am Fenster suchen und sich auf die Karte stürzen, hält er mich zurück und sagt: „Du nicht, Marco. Wir müssen weiter."

Sabine und meine Mutter sehen Rafael fragend an. „Bleibt einfach hier, macht es euch gemütlich und wartet, bis wir zurückkommen", erklärt er. „Wir sind ganz in der Nähe. Es wird nicht sehr lange dauern."

„Aber ich will auch was essen oder zumindest meine Füße trocknen!" widerspreche ich. „Und warum dürfen die anderen uns nicht begleiten?"

„Weil du niemanden dabei haben möchtest", erwidert Rafael knapp. Seine Antwort ist nicht sonderlich hilfreich, und ich bekomme ein mulmiges Gefühl im Magen.

„Kann ich nicht wenigstens Adolf mitnehmen?" Aber ich muss auf die moralische Unterstützung und den fragwürdigen Schutz der Dogge verzichten. Der Verräter hat es sich schon unter dem Tisch gemütlich gemacht und knabbert eines der Holzbeine an. Zusammen verlassen Rafael und ich das Café und ich werfe einen sehnsüchtigen Blick zurück auf meine Familie. Im Hinausgehen bekomme ich noch mit, wie meine Mutter Fridolins Käfig neben sich auf den Tisch stellt und sich damit die Missgunst der Bedienung einhandelt.

„Wenn der Hamster gehen muss, gehen wir alle!" erklärt ihr meine Mutter mit einem herausfordernden Blick. Dann schlägt hinter uns die Tür zu und die Kälte des winterlichen Vormittags fängt uns wieder ein.

Draußen runzele ich verärgert die Stirn. „Jetzt sag mir endlich, wo wir hingehen", fordere ich Rafael auf. „Oder soll das so eine Art Schnitzeljagd werden?" Eigentlich wollte ich durch diese nicht ganz ernst gemeinte Bemerkung meine steigende Nervosität überspielen, aber meine krächzende Stimme verrät meine Anspannung. Vor den Besuchen bei meiner Schwester und bei meinen Eltern hatte ich eine gewisse Vorbereitungszeit, die vertrauten Landstriche ließen mich Rafaels Absichten zumindest erahnen, aber in dieser fremden Stadt habe ich keinen blassen Schimmer, was auf mich zukommt, und Rafaels Einsilbigkeit bringt mich keinen Deut weiter.

Wir überqueren die Straße und dann bleibt Rafael schon wieder stehen. „Hier", sagt er, „das ist der Ort, den ich dir zeigen wollte."

Verständnislos drehe ich mich um. Neben dem Bürgersteig beginnt eine Art Grünanlage und mein Blick fällt auf den Eingangsbereich, ein Portal, das aus drei beigefarbenen Sandsteinbögen besteht, hinter denen ein lang gezogener schnurgerader Weg beginnt, der an eine Allee vor einem Schloss erinnert. Links und rechts des Weges sind Blumenrabatten aus winterharten Erika gepflanzt.

„Ich verstehe kein Wort", sage ich zögernd, „das ist doch ein Park. Wer soll denn hier wohnen?"

„Das", berichtigt mich Rafael, „ist ein Friedhof, genauer gesagt, der Hauptfriedhof von Freiburg."

„Und was soll ich hier?"

„Komm mit", sagt Rafael anstelle einer Antwort und nimmt meine Hand, „geh mit mir spazieren. Die Anlage ist schön."

Zögernd begleite ich Rafael durch das Portal und das unbestimmte, bedrückende Gefühl, das mich seit unserer Ankunft in Freiburg verfolgt, wird immer stärker.

Es ist einsam und still auf dem Friedhof. Wenige Menschen sind zu dieser Tageszeit unterwegs, nur eine alte, gebückte Frau begegnet uns. In der einen Hand hält sie eine kleine Harke, in der anderen ein Büschel Unkraut, mit dem sie einen Komposthaufen ansteuert. Ihre Lippen bewegen sich in einem lautlosen Selbstgespräch. Wir laufen ein Stück die Allee entlang und biegen dann nach rechts ab, bis wir auf einen kleinen, verträumten Teich treffen, in dem ein paar Enten schnattern und an dessen Rand verstreut windschiefe und verwitterte Grabsteine aus der Erde ragen. Man sieht ihnen an, dass sie von der Zeit vergessen worden sind, genauso wie die Menschen, die unter ihnen begraben liegen. Rotbuchen säumen das Ufer und Trauerweiden, deren hängende Äste bis ins Wasser reichen. Ein altes, hölzernes Ruderboot liegt verlassen im Gras und am anderen Ende des Teichs steht eine kleine Kapelle. Die Sonne bricht durch den nebelverhangenen Himmel und verwandelt diesen Ort für einen Moment in eine verwunschene Welt, bevor sie wieder hinter dichtem Dunst verschwindet.

Rafael führt mich weiter die verwinkelten Wege entlang und wir passieren einige gepflegte und liebevoll bepflanzte Reihengräber, aber auch viele alte Grabdenkmäler, an denen Efeuranken hochkriechen und deren Inschriften kaum noch zu entziffern sind. Ein Eichhörnchen huscht an uns vorbei und rennt geschäftig den Stamm einer Zeder hinauf.

In einer Nische, eingerahmt von immergrünen Büschen, entdecke ich ein mannshohes Grabmal, an das ein steinerner Engel mit ausgebreiteten Flügeln lehnt. Die Trauer, die in seine Gesichtszüge gemeißelt wurde, ist so plastisch, dass ich sie förmlich spüren kann. Ungewollt streift mein Blick Rafael, der seine Flügel erneut unter dem Mantel meines Vaters verborgen hat.

„Es ist wirklich schön hier", sage ich leise. „Du hattest Recht."

In der Nähe eines kleinen Brunnens, auf dessen Podest ein steinerner Frosch hockt, halten wir erneut. Rafael lässt meine Hand los und deutet auf ein schmales Einzelgrab mit einem grauen, naturbelassenen Grabstein, der so unscheinbar ist, dass ich ihn übersehen hätte, wenn Rafael mich nicht darauf aufmerksam gemacht hätte.

„Lies!" sagt Rafael.

Mein Blick folgt seinem ausgestreckten Zeigefinger. Nur ein Name steht auf dem Stein, eingerahmt von einem Geburts- und einem Sterbedatum.

„Philipp Bartner", lese ich laut vor, „geboren am 17.8.1971, gestorben am 3.4.2002." Es dauert einen langen Augenblick, bis ich begreife, dass hier einer meiner Ex-Freunde begraben liegt. Bittere Galle steigt mir plötzlich aus dem Magen hoch und ich renne hinter den nächsten Busch, um mich zu übergeben.

Es ist lange her, dass ich an Philipp gedacht habe. Die Erinnerung an die wenigen Wochen mit ihm hatte ich aus meinem Gedächtnis gewischt wie mit einem Schwamm, der eine Tafel von überflüssigen Kreidezeichen reinigt, damit etwas Neues, etwas Anderes darauf festgehalten werden kann. Selbst jetzt, da Rafael mich zwingt, an ihn zu denken, erscheint Philipp in meiner Vorstellung nur zweidimensional, ein Strichmännchen, das keine Tiefe hat. Er bleibt der Mann in Schwarz-Weiß, für den ich keine Grautöne übrig habe.

„Er hat es also geschafft", sage ich tonlos zu Rafael. „Er hat sich zu Tode gefickt."

Rafael schweigt oder will nicht antworten und ich lache schrill auf.

„Er war einsam", erwidert Rafael schließlich und plötzlich klingt er sehr müde. Es sieht so aus, als wollte er etwas hinzufügen, aber dann überlegt er es sich anders und schweigt. Er braucht jedoch nichts zu sagen, die Worte formen sich von ganz allein in meinem Kopf; zwei kleine Worte sind es nur, doch sie führen mir mein Versagen unbarmherzig vor Augen: „Nach dir."

„Du glaubst also, ich bin schuld?" frage ich verunsichert.

„Ich bin nicht dein Richter", sagt Rafael, aber dann merkt er, dass er sich mit dieser Antwort nicht davonstehlen kann, und schüttelt sanft den Kopf. „Nein, das glaube ich nicht", fügt er hinzu. „Auch nach dir gab es für ihn Möglichkeiten und Chancen, glücklich zu werden, aber er hat sie nicht genutzt."

Ich atme erleichtert auf. Für einen Moment habe ich befürchtet, Rafael wollte mir die Schuld an Philipps Tod in die Schuhe schieben.

„Was soll ich dann hier?" frage ich und spüre in meiner Stimme schon wieder eine gewisse Ungehaltenheit. Auch Rafael hört sie heraus.

„Du sollst dich an das erinnern, was du falsch gemacht hast, weil du im Begriff bist, den gleichen Fehler zu wiederholen", weist er mich zurecht.

„Ich habe nichts falsch gemacht", erwidere ich.

Rafael schweigt, schaut aber demonstrativ an mir herunter.

„Was ist?" frage ich.

„Ich sehe mir deine Beine an", antwortet er mit hoch gezogenen Augenbrauen. „Lügen haben kurze Beine!"

„Sehr witzig! Was, bitteschön, soll ich denn falsch gemacht haben? Ich kann mich nur daran erinnern, konsequent gewesen zu sein."

„Ja", nickt Rafael, „konsequent und hartherzig."

Ich will protestieren und meine Handlungsweise verteidigen, denn immerhin habe ich nur das getan, was ich glaubte, tun zu müssen, aber während ich auf das Stück Erde starre, unter dem die sterblichen Überreste eines Mannes liegen, den ich einmal geliebt habe und auf dem jetzt ein paar jämmerliche Plastikrosen in einer Vase dahinvegetieren, kommt kein Wort über meine Lippen. Stattdessen erwacht das Strichmännchen in meinem Kopf zum Leben, erhält Schärfe und Tiefe und füllt die Schwarz-Weiß-Bilder meiner Erinnerung mit Farbe aus.

Schon die Art und Weise, wie Philipp und ich uns kennen lernten, hätte mich warnen sollen. Jemand, der auf einem Bürgersteig herumkriecht, um die Reste aus einer zerbrochenen Nasensprayflasche zu schniefen, hat nicht nur ein Suchtproblem, sondern auch einen massiven Realitätsverlust und keinerlei Selbstachtung. Jemand, der sich bei einer solchen Lappalie die Wahrheit nicht eingestehen kann, geht mit ihr auch in anderen Bereichen seines Lebens fahrlässig um.

Solange ich zurückdenken kann, wollte ich einmal in meinem Leben nach Amerika. Als Anja – die schon damals zusammen mit Patrick, Lars und mir in der WG wohnte – vor ein paar Jahren für zwei Semester ein Auslandsstipendium an der Universität von Los Angeles ergatterte, muss ich grün vor Neid geworden sein, denn sie lud mich augenzwinkernd ein, sie zu besuchen, eine Gelegenheit, die ich mir nicht entgehen lassen wollte. Im Geiste sah ich mich schon den Hollywood-Boulevard entlangflanieren, einen Platz im *Hollywood Bowl* bei einem Konzert von Barbra Streisand ergattern und mit Julia Roberts im *Starbucks* um die Ecke einen Kaffee schlürfen und über das Filmgeschäft fachsimpeln. Durch meinen Job als Synchronsprecher für Ananasdosen und Ketchupflaschen waren wir ja immerhin so was wie Kollegen. Ich kratzte also meine letzten Kröten zusammen, lieh mir noch Geld von meiner Schwester und saß ein paar Wochen später im Flieger nach L.A.

Doch wie das so ist bei lang gehegten Träumen, ihre Erfüllung hinterlässt häufig einen schalen Nachgeschmack, weil Vorstellung und Realität meist meilenweit auseinanderklaffen. Los Angeles entsprach in keinster Weise dem Bild, das ich mir gemacht hatte. Es war laut, künstlich und ohne Mietwagen war man hoffnungslos verloren. Julia Roberts wartete auch nicht sehnsüchtig im *Starbucks* und Anja hatte keine Zeit für mich, weil sie für Prüfungen büffeln musste. Außerdem verunsicherten mich die Blasiertheit und Arroganz, mit der die Einheimischen den Touristen begegneten, und ich versuchte, so wenig wie möglich aufzufallen.

Am letzten Tag meines Aufenthaltes besuchte ich den berühmten Boulevard, den ich bis dahin noch nicht in Augenschein genommen hatte. Ich schlenderte über die Sterne, in deren Mitte die Namen der Prominenten des Showbusiness eingraviert waren, vermutete hinter jeder dunklen Sonnenbrille eine berühmte Persönlichkeit aus dem Filmgeschäft und fühlte mich wie ein Landei, das für ein paar Tage die Provinzialität für einen kurzen Blick auf die große, weite Welt eingetauscht hatte. Immerhin, die Sonne schien, und nach einer Weile begann ich mich zu entspannen und meinen Spaziergang zu genießen.

Ich drehte mich gerade nach jemandem um, der Bruce Willis verdächtig ähnlich sah, als ich mit voller Wucht angerempelt wurde. Der Mann, in den ich hineingelaufen war, ein gut aussehender Kerl Ende zwanzig, einen Kopf kleiner als ich, unzweifelhaft schwul, mit dichten, kurz geschorenen Haaren und einem Ziegenbärtchen, verlor das Gleichgewicht und rief auf deutsch: „Mein Nasenspray! Verdammter Mist!", während ihm ein kleines Fläschchen, das er in der Hand gehalten hatte, aus den Fingern glitt und wie in Zeitlupe in hohem Bogen durch die Luft flog und mit einem leisen, fast hämischen Klirren am Boden zerschellte, genau auf dem Stern von Walt Disney. Einen Moment lang starrte der Mann fassungslos auf die im Asphalt des Hollywood Boulevards versickernde Flüssigkeit, dann brüllte er hysterisch: „Weg da!" und stieß mich und einen weiteren Passanten, der im Begriff war, in die Scherben zu treten, rücksichtslos zur Seite. Mit einem heiseren Schrei hechtete er der Flasche hinterher und kroch auf allen Vieren über den Bürgersteig, die Leute um sich herum vergessend und nur damit beschäftigt, aus den Glassplittern die letzten Reste des Sprays zu retten und wie eine Nase Koks hochzuziehen.

„So eine Scheiße!" fluchte er dabei ununterbrochen. „Das war mein letztes Fläschchen!"

Fasziniert und auch ein wenig schuldbewusst blieb ich stehen. Innerhalb weniger Minuten bildete sich um Walt

Disneys Stern eine kleine Menschentraube, die den Fremden und mich beobachteten, als gehörten wir zusammen. Ein älterer Mann mit dickem Schnauzbart fragte mich mit russischem Akzent: *„Is this performance art?"*, ein Schweizer Ehepaar drängelte sich nach vorne, zückte eine Kamera und hielt den Moment für die Ewigkeit fest. „Jetz lueg emal die Amis aa", sagte der Mann zu seiner Frau und sah mich und den Fremden kopfschüttelnd an, „da häts genauso viel Junkies wie daheim ze Züri!" Am liebsten wäre ich im Erdboden versunken.

Das Kerlchen mit dem Ziegenbart rappelte sich schließlich vom Boden auf, zog noch einmal die Nase hoch und starrte mich zornig an.

„It's your fault, asshole!" fauchte er. Seine Augen funkelten wütend.

„Sorry", entschuldigte ich mich für meine Unachtsamkeit und fragte dann grinsend auf Deutsch: „Kann es sein, dass du ein Drogenproblem hast?"

Der Mann hielt inne und registrierte mich zum ersten Mal richtig. „Oh", sagte er dann und in diesem „Oh" war sowohl die Überraschung enthalten, dass ich ein Landsmann war, als auch die Erkenntnis, einem anderen Schwulen gegenüberzustehen, den er noch dazu wohl ganz attraktiv fand. Jedenfalls grinste er zurück. „Ich hab das unter Kontrolle", erwiderte er lässig, gab mir die Hand und stellte sich als Philipp vor.

„Klar", entgegnete ich und sagte ihm meinen Namen. „Deshalb kriechst du ja auch auf dem Boden herum und machst dich vor allen Leuten lächerlich. Du bist ein Nasensprayjunkie, eindeutig!"

„Blödsinn. Die Luft in L.A. ist so schlecht. Der Smog und so. Im Grunde brauche ich das Zeug gar nicht."

„Aber der Spray hilft deinen Schleimhäuten nicht, er zerstört sie!"

„Davon merke ich nichts. Ich zieh mir einfach ein paarmal am Tag ein bisschen was davon rein, die Nase ist frei und mir geht's gut." Damit war für ihn das Thema erledigt. Ich zuckte mit den Schultern und wollte gerade weitergehen, als Philipp mich zurückhielt. „Was ist, trinkst du einen Kaffee mit mir? Hier um die Ecke gibt es ein *Starbucks*, in dem ab und zu Julia Roberts auftauchen soll."

„Nicht in den letzten Tagen", erwiderte ich enttäuscht, doch dann lächelte ich. „Klar komme ich mit."

Bei einem entkoffeinierten Cappuccino – aufgeschäumt mit absolut fettfreier Milch –, der grauenvoll schmeckte, erfuhr ich ein bisschen mehr über Philipp. Er arbeitete als PR-Manager für einen Konzertveranstalter, führte ein stressiges Leben und hatte in Los Angeles gerade die Werbekampagne für die Konzertreise einer deutschen Jazzgröße organisiert. Außerdem entdeckten wir, dass wir für den nächsten Tag beide denselben Rückflug gebucht hatten und gar nicht so weit voneinander entfernt lebten. Er in Frankfurt, ich in Köln.

Eine Stunde später landeten wir in einer Sauna und als ich meine Eroberung an die Hand nahm und in eine Kabine zog, wurde mir klar, dass ich einen Glückstreffer gelandet hatte. Ich schmolz förmlich dahin, als Philipp genau die richtigen Dinge in der richtigen Reihenfolge tat. Nachdem wir abgekämpft auf der schweißnassen Gummimatte wieder zu Atem kamen und ich ihn das erste Mal bewusst nackt betrachtete, wusste ich, dass ich mich in diesen Mann verlieben würde. Alles an ihm war begehrenswert: der blonde Flaum auf seiner Brust, sein idiotisches Ziegenbärtchen, seine Fußballerwaden, sein ansteckendes Lachen und seine Hände, die Dinge mit mir taten, von denen ich noch nie geträumt hatte.

Zurück zu Hause sahen wir uns so häufig wie möglich. Mal trafen wir uns in Köln, meist jedoch bei Philipp in

Frankfurt. Ich fieberte jedem unserer Treffen entgegen, hatte wie ein Teenager feuchte Hände vor Aufregung, wenn ich an seiner Wohnungstür klingelte, breitete mein ganzes Leben vor ihm aus und konnte nicht genug von diesem Mann bekommen, meinem Philipp. Er war mein Bärchen, und ich sein Hase. Er dagegen war verschlossen, lange nicht so freigiebig mit seinen Gefühlen und Geschichten von sich wie ich. Zwar fühlte ich, dass auch er sich in mich verliebt hatte, aber immer wieder stieß ich an eine Wand aus Unnahbarkeit und Distanz, wenn ich ihn aufforderte, etwas mehr von sich preiszugeben. Gerade das reizte mich noch mehr.

Dass etwas nicht stimmte, bemerkte ich in meinem Liebesrausch erst nach ein paar Wochen. Philipp war krank, als ich ihn besuchte, klagte über Durchfall und Mattigkeit. Ich schob es auf eine Grippe. Als ich nach Hause fuhr, ging er drei Tage nicht ans Telefon. Ich war verrückt vor Sorge, fuhr wieder nach Frankfurt, malte mir die schlimmsten Sachen aus, sah mich Krankenhäuser und Leichenhallen abklappern – aber als er die Tür öffnete, sah er wieder besser aus. Er hatte mehr Farbe im Gesicht, entschuldigte sich tausendmal verlegen bei mir und behauptete, er hätte fast drei Tage durchgeschlafen. Ich glaubte ihm kein Wort und stürmte ins Schlafzimmer, überzeugt, dass Philipp mich betrogen hatte. Aber entgegen meiner Vermutung fand ich keinen anderen Mann, sondern Medikamentenschachteln, wahllos um das Bett verstreut. Doch es waren keine Grippemittel. Lars hatte Anja, Patrick und mir genug Nachhilfeunterricht erteilt; ich kannte die Namen vieler Aids-Medikamente. Ich hatte das Gefühl, dass unter meinen Füßen die Erde bebte. Wie konnte das sein? Wieso hatte er das mit keinem Wort erwähnt? Wie hatte er das vor mir geheimhalten können?

„Du … du hast Aids?" stotterte ich.

„Ich bin positiv", verbesserte mich Philipp. „Wie viele andere auch, mit denen du bisher Sex hattest, ohne dass du etwas davon wusstest. Willst du was trinken?" Er schlurfte in die Küche, machte sich am Kühlschrank zu schaffen und kam mit zwei Gläsern Apfelschorle zurück.

Sprachlos und verwirrt ließ ich mich in einen Sessel fallen. Ich wollte nichts trinken, ich wollte reden. Wie konnte er glauben, diese Sache mit einem einzigen Satz abtun zu können? „Wir sind seit ein paar Wochen zusammen, und du hast mir nicht gesagt, dass du positiv bist?"

„Wir haben nichts Gefährliches gemacht!" verteidigte sich Philipp aufbrausend. „Wir haben immer ein Kondom benutzt, oder?"

„Darum geht es doch überhaupt nicht!" brüllte ich ihn fassungslos an und stieß das Glas weg, das er mir anbot. Die Apfelschorle schwappte auf den Teppich und hinterließ einen dunklen Fleck. „Ich hatte ein Recht, es zu erfahren! Wieso hast du mir nichts erzählt?"

„Ein Recht, es zu erfahren?" sagte Philipp. Da war wieder dieses wütende Funkeln in seinen Augen. „Ich glaube nicht. Solange ich dich keiner Gefahr aussetze ... was soll das überhaupt, Marco? Irgendwann hätte ich es dir schon noch erzählt. Ich lebe seit Jahren damit, warum machst du dir Sorgen?"

Ich starrte Philipp an wie einen Fremden. War er wirklich so naiv? Ich hatte ihm mein ganzes Leben erzählt, nicht die geringste Kleinigkeit ausgelassen, und er befand es nicht für nötig, mich über seine HIV-Infektion zu informieren? Ein dicker Kloß in meinem Hals machte mir das Atmen schwer, es war, als müsste ich gleich ersticken

Langsam stand ich auf und ging zur Tür. „Ich fahre nach Hause", sagte ich tonlos. „Ich muss nachdenken. Ich muss allein sein."

„Du verlässt mich, weil ich positiv bin?" fragte Philipp. Seine Stimme klang ungläubig, verletzt.

Ich schüttelte den Kopf, ohne mich umzudrehen. Erst als ich unten auf der Straße stand, löste sich der Kloß und ich konnte frei atmen.

Ich habe Philipp nie wieder gesehen.

„Du hast ihn verlassen, weil du ihm nicht mehr vertraut hast?" fragt Rafael.

Ich nicke. „Ja. In den Wochen danach habe ich oft das Telefon in der Hand gehabt, aber ich brachte es nicht über mich, seine Nummer einzutippen. Er hat auch nie mehr angerufen."

Es hat angefangen zu regnen, ohne dass ich es gemerkt habe. Feiner Nieselregen legt sich wie ein schmieriger Film auf meine Haare und meine Jacke. Ich friere. Meine Füße fühlen sich an wie Eisklumpen. Rafael berührt mich sanft am Arm und ich zucke erschrocken zusammen.

„Alles in Ordnung?" fragt er.

Erneut hat er meine Gedanken gelesen, aber diesmal bin ich nicht wütend auf ihn, nur traurig. Noch immer starre ich auf das unscheinbare Fleckchen Erde, unter dem Philipp begraben liegt.

„Nein", antworte ich bedrückt. „Natürlich nicht. Wie kann alles in Ordnung sein, wenn ich mir das Grab von jemandem ansehen muss, für den ich mal so was wie Liebe empfunden habe?"

Rafael schweigt. Er wartet darauf, dass ich weiterrede. „Wieso liegt er hier?" frage ich schließlich. „Wie ist er gestorben? War jemand bei ihm, als ..." Ich kann den Satz nicht zu Ende sprechen.

Mir liegen noch viel mehr Fragen auf der Zunge. Wie hat sein Leben nach mir ausgesehen? Was hat er in den Jahren nach unserer Trennung getan, gedacht, gefühlt? Hat er so etwas wie Schuld empfunden? Und doch stelle ich diese Fragen nicht, denn die Antworten stehen mir nicht zu. Hätte er mich wieder in seinem Leben gewollt, hätte er ja Kontakt aufnehmen können, ich war immer nur einen Anruf weit entfernt. Weder er noch ich haben diesen Schritt allerdings getan, aus welchen Gründen auch immer. Aber das ist auch nicht das Problem, das ist okay. Ich empfinde keinen Liebeskummer mehr, wenn ich an ihn denke. Was mich stört, ist die Endgültigkeit seines Todes. Obwohl wir uns nichts mehr zu sagen hatten und unsere Leben keine Berührungspunkte mehr besaßen, war bis vor wenigen Minuten in meinem Hinterkopf die Gewissheit, dass Philipp an irgendeinem Ort auf dieser Welt sein Leben lebt, und dieses Wissen war wie ein unsichtbarer Faden, der uns verband, auch wenn ich in den letzten Jahren keinen Gedanken an diesen Mann verschwendet habe. Indem Rafael mir Philipps Grab gezeigt hat, hat er diesen Faden zerrissen.

„Vermisst du ihn?" fragt er mich jetzt.

„Vermissen?" Nachdenklich versuche ich, meine wirren Emotionen zu ordnen. „Nein. Ich glaube, was mir fehlt, ist das Gefühl, dass er lebendig ist."

„Ah!" sagt Rafael und wischt sich eine feuchte Haarsträhne aus der Stirn. „Du bedauerst den Verlust einer Möglichkeit."

Ich habe den leisen Verdacht, dass Rafael mich absichtlich missversteht. „Nein", wiederhole ich entschieden. „Wir hatten unsere Chance. Vielleicht wäre zwischen uns alles anders gekommen, wenn er ein bisschen offener gewesen wäre."

„Gerade diese Verschlossenheit hat ihn aber für dich auch so anziehend gemacht", gibt Rafael zu bedenken.

„Das ist nicht wahr", sage ich wider besseres Wissen. „Ich fand es ..."

„Vielleicht wäre alles anders gekommen, wenn du ein bisschen weniger auf deine persönlichen Verletzungen geachtet und ein bisschen mehr Geduld bewiesen hättest!" unterbricht mich Rafael ungehalten.

„Geduld?" frage ich erstaunt. „Was meinst du damit?"

„Herr im Himmel!" ruft Rafael, legt den Kopf in den Nacken und sieht verzweifelt in das nebelverhangene Grau über uns. „Dies ist eine Bildungsreise, Marco! Wie kommt es, dass du nichts lernst? Kannst du nicht oder willst du nicht?"

Ich sehe ihn perplex an. Sein Gefühlsausbruch kommt völlig unerwartet. „Ich habe keine Ahnung, wovon du sprichst", sage ich zögernd.

Rafael seufzt. „Na schön", erwidert er und holt tief Luft. „Anscheinend muss ich es für dich wirklich laut und deutlich formulieren: Du wirst niemals jemanden finden, mit dem du glücklich werden kannst, wenn du nicht von deinem hohen Ross heruntersteigst! Du bist nicht das Zentrum des Universums. Genauso wenig wie die Männer, mit denen du bisher zu tun hattest, bist du fehlerlos."

„Ich hatte jedes Recht dazu, auf Philipp sauer zu sein! Er hat mein Vertrauen missbraucht und sich noch nicht einmal dafür entschuldigt!" Ich habe das Gefühl, dass ich etwas richtig stellen muss. „Es ging mir doch nie darum, dass ich Angst hatte, von ihm angesteckt zu werden. Aber er hätte es mir erzählen müssen!"

„Ja, das stimmt", gibt Rafael zu und ich sehe ihn erstaunt an. Seit wann sind wir einer Meinung? „Glaubst du, das weiß ich nicht? Aber manchmal ist es notwendig, über den eigenen Schatten zu springen und zu verzeihen, auch wenn der andere im Unrecht war. Und du hast Philipp keine zweite Chance gegeben! Aber über den wahren Grund, warum du ihn verlassen hast, haben wir noch nicht gesprochen, nicht wahr?"

„Ich ..." Mir graut davor, was Rafael sagen wird.

„Du hast ihn im Stich gelassen, weil du Angst hattest! Angst davor, Verantwortung zu übernehmen, Angst davor, es nicht aushalten zu können, wenn es ihm schlecht geht – wenn er sterben würde! Damit wolltest du nichts zu tun haben!"

Jedes Wort von Rafael fühlt sich an, als ob er mit einem Hammer einen Nagel in mein Fleisch schlagen würde. Jedes Wort tut entsetzlich weh. Eine Erinnerung blitzt durch meinen Kopf, eine Erinnerung an jenen Tag, als ich nach der Auseinandersetzung mit Philipp im Zug nach Hause saß und mir einen ausgemergelten, inkontinenten und bettlägerigen Mann vorstellte, der keine Ähnlichkeit mehr mit dem Philipp hatte, den ich kannte. Ich war mir sicher, dass ich das nicht ertragen könnte. Voller Abscheu vor mir selbst und Angst vor dem, was auf mich zukommen könnte, kauerte ich mich in meinen Sitz im Zugabteil, kniff die Augen zu und öffnete sie erst wieder, als die Bahn im Kölner Hauptbahnhof einfuhr.

„Sei still!" stoße ich hervor und halte mir die Ohren zu. „Ich will das nicht hören!" Gleichzeitig drehe ich mich um und versuche wegzurennen, aber Rafaels verärgerte Stimme hält mich fest.

„Ich werde es dir trotzdem sagen, Marco, und du *wirst* mir zuhören. Du bist überheblich und egoistisch, weil du der Meinung bist, dass deine Erwartungen und Ansprüche das Maß aller Dinge sind. Du bist ungeduldig, weil du niemandem die Chance gibst, zu wachsen und sich zu verändern. Du bist ein Feigling, weil du dich davor fürchtest, dass in einer Freundschaft nicht immer eitel Sonnenschein herrscht. Du bist kaltherzig, weil du nicht verzeihen kannst. Und du bist dumm, weil du damit jeden verjagst, der dir Gefühle entgegenbringt. Das Schlimmste aber ist, dass du im Grunde deines Herzens deine Fehler kennst, aber du versuchst sie zu verbergen. Dein Verlangen nach Treue ist nur vorgeschoben:

eine gute Entschuldigung, jeden abzuservieren, der auch an dich Erwartungen hat."

„Billige Moralpredigt", flüstere ich verstört und tue so, als prallten Rafaels Worte an mir ab. „Ist das dein bester Versuch?"

Rafael zuckt mit den Schultern. „Es ist die Wahrheit." Seine Stimme hört sich plötzlich resigniert an, gleichgültig, als hätte er die Hoffnung aufgegeben, etwas in mir zu verändern. Ich fühle einen Stich in meinem Herzen.

„Wie ist er gestorben?" wiederhole ich leise meine Frage von eben und deute mit dem Kinn auf Philipps Grabstein. „War er … allein?"

„Nein." Die Andeutung eines Lächelns stiehlt sich über Rafaels Lippen. „Zum Schluss war er nicht allein."

„Woher willst du das wissen?"

„Ich war da", sagt Rafael einfach. „Ich habe auf ihn gewartet." Als er mein ungläubiges Gesicht sieht, fügt er hinzu: „Das ist eine meiner vielen Aufgaben, Marco."

„Ihr … ihr holt die Sterbenden ab?" stottere ich. „So wie in *Stadt der Engel*?" Ich weiß, es ist ein blöder Vergleich, aber es ist das einzige Bild, das mir dazu einfällt.

„Wir warten", verbessert mich Rafael. „Und wenn die Zeit gekommen ist, versuchen wir ihnen die Angst zu nehmen. Wir erleichtern den Übergang. Und ich fand Nicolas Cage als Engel eigentlich ziemlich überzeugend", schiebt er amüsiert hinterher und bricht damit den ernsten und düsteren Ton unserer Auseinandersetzung. Auch seine Verärgerung über mich scheint wie weggeblasen zu sein, denn plötzlich steht wieder der grinsende und zu allem möglichen Unsinn aufgelegte Rafael vor mir.

„Lass uns zurückgehen", sagt er, zupft auffordernd an meinem Ärmel und ich lasse mich widerstrebend wegziehen. „Deine Familie ist schon ungeduldig." Aus einer Laune heraus stehle ich eine der Plastikrosen aus der Vase auf dem

Grab. Plötzlich brauche ich eine Erinnerung an Philipp, die nicht so vergänglich und unzuverlässig ist wie mein Gedächtnis.

Tatsächlich hat Rafael erreicht, was er wollte, auch wenn es mir in diesem Moment noch gar nicht bewusst ist. Der Ort, den er mir gezeigt hat und der Schock über Philipps Tod haben meine Widerstandsreserven erschöpft und die Anschuldigungen des Engels gehen mir unter die Haut wie ein Mückenstich, der seine Anwesenheit durch einen ständigen Juckreiz in Erinnerung ruft. Nur dass es gegen Rafaels Vorwürfe keine Salben oder Wässerchen gibt. Ich kann spüren, wie sich seine Worte in meinem Kopf vermehren und miteinander verbinden, ganze Sätze und Geschichten bilden, größer werden und lauter. Es wird nicht mehr lange dauern, bis sie unüberhörbar geworden sind und mich zwingen werden zu reden.

Auf dem Rückweg zum Ausgang des Hauptfriedhofs kommen wir an einer Beerdigung vorbei. Zwischen zwei Bäumen ist ein Grab ausgehoben worden, die Erde liegt aufgehäuft am Rande des klaffenden Lochs, daneben der Sarg. Am Kopfende des Grabes steht ein Priester, ein junger Mann mit weichen Gesichtszügen, der mit unsicherem Blick und im Wind wehender Soutane auf die Trauergemeinde wartet, die sich am Fußende des offenen Grabes versammelt.

Es sind nicht viele Menschen, die zu dieser Beerdigung gekommen sind, ein paar alte Frauen, die mit ihren dürren Beinen und in ihrer schwarzen Kleidung wie Krähen wirken, zwei junge Frauen, die Kinderwagen vor sich herschieben und nervös auf ihre Uhren starren, und ein gebrechlicher, glatzköpfiger Mann im Rollstuhl mit Altersflecken im Gesicht, der von einem Zivildienstleistenden an das Grab herangefahren wird. Neben ihm baut sich ein vierköpfiger Trupp älterer Herren in traditioneller, grüner Jägerkleidung auf, die Jagdhörner in den Händen halten und offensichtlich beabsichtigen, dem Verstorbenen ein letztes Geleit zu schmettern. Ich will rasch vorbeigehen, aber Rafael hält mich zurück und deutet auf eine weitere, kleine Gruppe von Menschen, die etwas abseits der anderen stehen. Im Gegensatz zum Rest der Trauergemeinde sind sie farbenfroh gekleidet und unterhalten sich lebhaft, wenn auch mit unterdrückten, um Rücksichtnahme bemühten Stimmen. Im ersten Moment halte ich sie für eine Gruppe von Sinti und Roma, die sich hierhin verirrt haben, denn sie haben auch ihre Kinder und Haustiere im Schlepptau, doch als wir näher kommen, erkenne ich, wer diese Leute wirklich sind. Meine Familie.

So rasch und unauffällig wie möglich schließen Rafael und ich zu ihnen auf. Adolf sitzt mit eingeklemmtem Schwanz etwas versteckt hinter meiner Mutter und sieht irgendwie betreten aus.

„Was macht ihr denn hier?" zische ich sie an. „Ihr solltet doch im Café auf uns warten!"

„Uns war ... äh ... langweilig", erklärt Simon stotternd und sieht dabei hilfesuchend meine Schwester an. „Außerdem wollte die Kellnerin dem Hamster kein Salatblatt geben." Er deutet verdrossen auf den Käfig, den er in der Hand hält.

„Eine unverschämte Person", fügt meine Mutter schnell hinzu. „Sie behauptet, Nagetiere seien aus hygienischen Gründen nicht im Café erlaubt. Sie könnten Krankheiten übertragen. Dabei hat sie selber Dreck unter den Fingernägeln gehabt."

Ich werde plötzlich misstrauisch. Etwas an dieser Geschichte gefällt mir nicht. Sie klingt erfunden, als wäre sie auf die Schnelle einstudiert worden. Dann bemerke ich, dass der Hamsterkäfig leer ist.

„Wo ist Fridolin XIV.?" frage ich erstaunt.

Verlegenes Schweigen antwortet mir. Schließlich sagt Sabine mit gesenktem Blick: „Es … es hat einen kleinen Zwischenfall gegeben, Marco. Du musst jetzt tapfer sein. Simon …"

„Es war nicht meine Schuld!" schreit mein Neffe dazwischen. „Ich wollte ihm nur ein Stück von meinem Brötchen geben! Adolf ist schuld!"

„Was hat Adolf mit dem Hamster zu tun?" frage ich verwirrt. „Ich verstehe kein Wort!"

Als die Dogge ihren Namen hört, robbt sie mit gesenktem Kopf auf mich zu, wie ein reuiger Sünder, der um Vergebung bettelt, und schlabbert über meine sowieso noch nassen Schuhe. Dabei winselt sie leise. Die Augen der Trauergemeinde sind mittlerweile alle auf das Spektakel gerichtet, das sich am Rand abspielt.

Mit einer bösen Vorahnung reiße ich Simon den Käfig aus den Händen und spähe in das kleine Hamsterhäuschen, in das sich Fridolin tagsüber zum Schlafen zurückzieht. Es ist leer. Der Hamster ist verschwunden.

„Wo ist Fridolin?" wiederhole ich. „Was ist passiert?"

„Dein Hamster befindet sich im Magen deines Hundes", platzt meine Mutter schließlich mit der brutalen Wahrheit heraus. „Adolf hat ihn gefressen."

„Was?" frage ich ungläubig und weiche unwillkürlich einen Schritt zurück. Adolf beginnt, lauter zu winseln.

„Wir sind aus dem Café rausgeflogen. Wir haben jetzt Hausverbot!" versorgen mich Simon und Sabine mit weiteren bruchstückhaften Informationen. Fast scheint mein Neffe ein wenig stolz darauf zu sein, als könnte ein Lokalverweis den Makel des Hoseneinnässens in seinem Lebenslauf wieder wettmachen.

Ich sehe meine Schwester an und fordere eine ausführlichere Erklärung. In Gedanken nehme ich mir vor, diesen Tag im Kalender schwarz anzustreichen. Zwei Todesnachrichten innerhalb weniger Minuten – schlimmer kann es doch eigentlich nicht mehr kommen.

Sabine erklärt zögernd, dass ihr Sohn nicht ganz Unrecht gehabt habe mit seinem Erklärungsversuch. Tatsächlich wollte er Fridolin nur ein paar Krümel von seinem Brötchen in den Käfig legen, doch anstatt sie einfach durch die Gitterstäbe zu streuen, öffnete er die Käfigtür – was sich als ein fataler Fehler erwies. Der Hamster, durch die Unruhe und die Aufregungen der letzten Tage ähnlich wie ich wahrscheinlich an Schlafmangel oder einer beginnenden Neurose leidend, nutzte die Gelegenheit und schoss wie eine Rakete aus dem Käfig heraus, plumpste mit einem ängstlichen Fiepen vom Tisch und raste einmal quer durch das Café, auf der Suche nach einem etwas weniger rastlosen Zuhause. Sein schlecht durchdachter Fluchtversuch rief allerdings Adolf auf den Plan, der bis zu diesem Zeitpunkt friedlich unter dem Tisch zwischen den Füßen meiner Mutter vor sich hingedämmert hatte. Da ich es bisher versäumt hatte, ihn mit Fridolin näher bekannt zu machen, sah der Hund nur etwas Kleines, Nagetierartiges an sich vorbeiflitzen, das in Sekundenschnelle einen Killerinstinkt in ihm wachrief, von dem Sabine gar nicht geglaubt hätte, dass er ihn besitzt. Dabei hätte sie nach dem Vorfall mit den Heidschnucken eigentlich gewarnt sein müssen. Jedenfalls vergaß die Dogge, wo sie sich befand, sprang von ihrem Schlafplatz auf und ergab sich ihrem Jagdtrieb. Das Chaos, das daraufhin ausbrach, wurde vor allen Dingen durch das zufällige Zusammentreffen einer physischen und einer räumlichen Unvereinbarkeit ausgelöst: Adolf ist groß und das Café war klein und eng bestuhlt. Dass die Dogge bei der Verfolgung des vermeintlichen Ungeziefers Stühle umwarf, gegen Tische prallte und die Gaststätte innerhalb weniger Sekunden in ein Tollhaus verwandelte, war somit unvermeidlich. Die Teetassen eines am Nebentisch frühstückenden Pärchens gingen zu Bruch, Brötchen flogen wie fehlgezündete Kanonenkugeln durch die Gegend, Erdbeerkonfitüre und Kaffee spritzten auf den Boden. Zwei ältere Damen, die sich nach einem Friedhofsbesuch zu einem wärmenden Espresso getroffen hatten, flüchteten kreischend auf die Damentoilette und drei Teenager, die damit beschäftigt gewesen waren, sich gegenseitig von ihren weihnachtlichen Geschenkehoffnungen zu erzählen, brachten sich hinter der Theke in Sicherheit. In Ermangelung eines besseren Gegenstandes griff die erboste und um ihr Inventar fürchtende Bedienung zu einem Staubwedel und drosch damit auf Adolf ein, was wiederum Simon und meine Mutter auf den Plan rief, die nun hinter der Bedienung herliefen, um ihr Einhalt zu gebieten. Vor dem Schaufenster blieben Passanten stehen, vergaßen ihre Einkaufspläne und betrachteten mit offenem Mund die scheinbar zur Realität gewordene Imitation eines Charlie-Chaplin-Films. Das Chaos wurde erst schlagartig beendet, als Fridolin einen verhängnisvollen Fehler beging. Anstatt sich weiterhin in unzugänglichen Ecken und Nischen zu verstecken, wo er vor den Pranken von Adolf relativ sicher war, und darauf zu vertrauen, dass ihn jemand aus seiner misslichen Lage befreite, versuchte er, in die Küche zu flüchten, deren Tür offen stand, und unternahm einen heroischen Ausbruchversuch über das offene Gelände des Gastraums. Er kam ungefähr zwei Meter weit, bevor er vom hungrigen Maul der Dogge aufgehalten wurde, die ihn mit einem Haps verschlang.

„Die Bedienung hat nach diesem Zwischenfall natürlich keinen gesteigerten Wert mehr auf unsere Anwesenheit gelegt", schließt Sabine ihren Bericht. „Eigentlich wollte sie erst die Polizei rufen, aber nachdem ich ihr deine Adresse und Telefonnummer wegen der Schadensregulierung gegeben habe, konnte sie uns gar nicht schnell genug loswerden."

„Meine Adresse und Telefonnummer? Es war doch *dein* Sohn, der das ganze Durcheinander verursacht hat!" sage ich entgeistert und versuche mich krampfhaft zu erinnern, ob ich dieses Jahr die Haftpflichtversicherung bezahlt habe.

„Mein Sohn?" erwidert meine Schwester und stemmt empört die Arme in die Hüften. „Es waren *dein* Hamster und *dein* Hund, die sich nicht beherrschen konnten!"

„Mein Hamster ist tot!" sage ich erbost. „Du könntest ein bisschen mehr Feingefühl zeigen!"

„Jetzt stell dich nicht so an", redet Sabine meinen Verlust mit einer wegwerfenden Handbewegung klein. „Ich kauf dir einen neuen."

Wütend starre ich auf Adolf herunter, der noch immer schuldbewusst vor mir im Staub kriecht. „Du Mörder!" schnauze ich ihn an. „Ich hoffe, Fridolin liegt dir im Magen wie ein Stein! Nichts als Ärger hat man mit dir, du blöde Töle!" Ich will meinem angestauten Ärger weiter lautstark Luft machen, als meine Mutter mich unsanft in die Rippen boxt. „Was ist?" sage ich laut und gereizt.

Sie deutet auf den Priester ein paar Meter von uns entfernt, der sich unentwegt räuspert und dabei in unsere Richtung schielt.

„Ich glaube, der Mann will seinen Job zu Ende machen", flüstert sie.

„Von mir aus", brumme ich unwirsch. „Ich halte ihn nicht davon ab!" Als Zeichen, dass ich den Priester verstanden habe, scheuche ich meine Familie in Richtung Friedhofsausgang.

Doch ich habe die Rechnung ohne Rafael gemacht. Mit gemächlichen Schritten steuert der Engel auf die Trauergesellschaft zu.

„Rafael!" rufe ich ihm alarmiert nach. „Komm zurück! Lass uns lieber weiterfahren!" Etwas in seinem Gesicht verrät mir, dass es besser wäre, den Engel nicht erneut an einem Glaubensritual teilnehmen zu lassen; er hat bei der Frühmesse im Dom schon genug Schaden angerichtet. Aber ich kann es nicht verhindern, denn in diesem Moment räuspert sich der Priester ein weiteres Mal und klappt das *Rituale* auf.

„Im Namen des Vaters, des Sohnes und des Heiligen Geistes", beginnt er. Seine Stimme überschlägt sich, als hätte er noch mit den letzten Ausläufern der Pubertät zu kämpfen.

„Ich möchte nur zuhören", beruhigt mich Rafael. „Ich hab schon ewig keiner Beerdigung mehr beigewohnt."

„Ach", sage ich erstaunt, „ich denke, das ist eine eurer Hauptaufgaben!"

„Du hast mal wieder nicht richtig verstanden", weist mich Rafael zurecht, während ich und die anderen notgedrungen zu ihm aufschließen. „Engel stehen den Menschen im Moment des Todes bei, nicht während dieser deprimierenden Beisetzungsfeierlichkeiten, wo es nur noch um das Vergraben einer leeren Hülle geht."

Rafaels Wortwahl macht mich ganz nervös. Sie klingt nach vorprogrammiertem Ärger.

Der Priester scheint nicht viel Übung zu haben, wahrscheinlich ist er noch nicht lange ordiniert, denn er verhaspelt sich wiederholt bei seiner kurzen Ansprache und sieht fürchterlich angespannt aus. Immer wieder bleibt sein Blick an Rafael hängen und anschließend wirken seine Worte noch unsicherer, als erwartete er aus dieser Richtung genau wie ich jeden Augenblick eine Störung.

Auch den anderen fällt die Nervosität des Geistlichen auf. „Was ist los mit dem Mann?" fragt Sabine leise, die mit meiner Mutter und Simon hinter mir steht. „Er sieht aus, als würde er sich gleich in die Hose machen!"

„Manche Priester spüren die Anwesenheit des Göttlichen, wenn wir in der Nähe sind", flüstert Rafael. „Das bringt das jahrelange Beten mit sich."

„Was für ein Quatsch", sage ich. „Außerdem hast du nichts Göttliches an dir, eher etwas Wahnsinniges. Wahrscheinlich spürt er nur, dass du auf Ärger aus bist."

In der Rede des Priesters fallen die üblichen Worte von Anfang und Ende und einem immer währenden Kreislauf und die Bitte an Gott, er möge die verstorbene Seele in seiner Gnade zu sich holen. Ich spüre, wie Rafael neben mir unruhig wird.

„Tu bitte nichts Unüberlegtes!" flehe ich ihn an. „Hör einfach zu und halt dich zurück!"

Dem Ablauf einer ungestörten Beisetzung droht jedoch aus einer ganz anderen Ecke Gefahr. Meine Mutter, die schon die ganze Zeit den auf Hochglanz polierten und ziemlich protzig aussehenden Sarg beäugt hat, nutzt diesen kritischen Augenblick, um uns zu informieren, dass es mittlerweile auch ökologisch abbaubare Pappsärge gibt. Leider ist ihr Flüsterton so laut, dass die Trauergemeinde ebenfalls in den Genuss ihrer Ausführungen kommt und sie ungläubig anstarrt. „Es ist wahr!" verteidigt sie sich. „Ich habe neulich so eine Broschüre im Briefkasten gehabt. Man kann den Pappsarg in Selbstmontage zusammenbauen wie einen *Ikea*-Schrank oder eines dieser Faltpakete von der Post, und er verrottet wesentlich schneller als ein normaler Holzsarg. Sehr umweltfreundlich!"

„Das ist jetzt nicht der richtige Zeitpunkt, um deine neue Öko-Philosophie unters Volk zu bringen!" versuche ich sie zum Schweigen zu bringen. Meine Mutter sieht mich beleidigt an.

Der ältere Herr im Rollstuhl beäugt sie mit einem unfreundlichen Gesichtsausdruck. „Und was ist bei Regen?" fragt er dann unvermittelt. „Dann weicht das ganze Zeug auf, der Boden reißt und die Leiche knallt auf dem Weg von der Kapelle zum Grab auf den Boden! Neumodischer Schnickschnack!" Er deutet auf den Sarg. „Der alte Kertmaier da drin hätte für so etwas jedenfalls nichts übrig gehabt. Der wollte unbedingt Mahagoni!"

Der Priester hat mittlerweile rote Flecken im Gesicht. Ganz offensichtlich entgleitet ihm die Regie dieser Beerdigung mehr und mehr. „Ich bitte mir jetzt zum letzten Mal Ruhe aus!" herrscht er uns an. Seine Hände zittern, als er den im Hintergrund stehenden Friedhofsangestellten die Anweisung gibt, den Sarg in das ausgehobene Loch zu senken. Die Trauergäste werfen uns mittlerweile Blicke zu, die man selbst mit gutem Willen nur als feindselig bezeichnen kann. Ganz offensichtlich sind wir hier nicht erwünscht – etwas, das ich gut nachvollziehen kann.

Während der Sarg nach unten gelassen wird, tritt einen Moment lang wieder Stille ein. Auch ich bin ergriffen, denn es ist immerhin meine erste richtige Beerdigung, und den Anblick einer in der Erde versinkenden Holzkiste finde ich gruselig, auch wenn sie aus Mahagoni ist. Ich muss an die Fridoline I. bis XIII. denken, die ich immer in einer Margarineschachtel im nächstgelegenen Blumenbeet beigesetzt habe. Eine der jungen Frauen mit Kinderwagen fängt hemmungslos an zu weinen, vielleicht ist sie die Tochter oder Enkelin des Verstorbenen und kann erst jetzt ihren Verlust richtig begreifen.

Der alte Mann beugt sich wieder zu uns. „Keinen Pfennig hat ihr der alte Sack hinterlassen", klärt er uns mit einem selbstzufriedenen Gesichtsausdruck auf. „Das Kind hat sie sich nämlich von einem Marokkaner andrehen lassen, der vor zwei Monaten abgeschoben worden ist! Das Geld bekommt jetzt der Jagdhornblasverein."

Eine heftige Windböe verschlägt plötzlich die Seiten des liturgischen Leitfadens, an den sich der Priester in den letzten Minuten wie ein Ertrinkender geklammert hat. Doch nachdem ihm auch dieser rettende Strohhalm genommen wird, ist es endgültig aus mit seiner Beherrschung. Geschlagen lässt er die Arme sinken und murmelt: „Ich kann nicht mehr."

Auf diesen Augenblick scheint Rafael nur gewartet zu haben. Bevor ich ihn zurückhalten kann, prescht er nach vorne und bietet dem überraschten Priester seine Hilfe an.

„Ja ... aber ... aber das geht doch nicht!" stottert der Gottesmann verzweifelt.

„Doch, doch", erwidert Rafael und klopft ihm aufmunternd auf die Schulter. „Das geht schon in Ordnung!"

Der Selbstherrlichkeit des Engels ist der Priester nicht gewachsen und tritt unfreiwillig ein Stück zur Seite. Hinter mir hält sich Sabine die Hand vor den Mund, um nicht laut loszulachen, und ich schließe entsetzt die Augen.

O Gott, denke ich. Nicht schon wieder! Was hat er nur gegen Geistliche?

Die Trauergäste sind so überrumpelt von dieser unerwarteten Entwicklung, dass sie wie festgewachsen stehen bleiben und Rafael mit offenem Mund anstarren.

„Es ist wahr", beginnt der Engel seine Grabrede und wendet sich wie der Heilsbringer persönlich mit ausgebreiteten Armen an die Beerdigungsgesellschaft, „Hubertus Kertmaier war kein besonders angenehmer Zeitgenosse. Er war geizig, egoistisch, rechthaberisch und jähzornig." Der Opa im Rollstuhl fängt heiser an zu lachen, bis ihn ein Hustenanfall schüttelt. Eine der jungen Frauen beginnt hektisch in ihren Manteltaschen zu kramen und zerrt eine Schachtel Zigaretten hervor. Der Wind nimmt zu und zerzaust Rafaels Locken, doch der Engel spricht unbeirrt weiter. „Um der Wahrheit Ehre zu tun, ich hätte ihn wahrscheinlich auch nicht leiden können, wenn ich ihn gekannt hätte. Mit seiner ständigen Nörgelei ist er zeit seines Lebens seiner Frau und seiner Umwelt auf die Nerven gefallen, bis sie das Weite gesucht hat – seine Frau, meine ich ...", hier werden Rafaels Worte vom heftigen Nicken einer der schwarzen

Krähen begleitet, „... er hat seine Enkelin enterbt, obwohl sie ein Kind Gottes unter dem Herzen trug, und er hat jahrelang und bis heute unentdeckt die Mitgliedsbeiträge des Jagdhornblasvereins *Freiburg Halali 1903 e.V.* veruntreut." Das Scheppern eines zu Boden fallenden Blechblasinstruments unterbricht Rafaels Redefluss kurzzeitig. „Das einzig Positive, was mir zu Hubertus Kertmaier einfällt, ist, dass er sich seiner schlechten Charaktereigenschaften bewusst war und ganz hervorragend zotige Witze erzählen konnte." Der Priester schlägt die Hände vors Gesicht und der Opa im Rollstuhl kann sich vor Lachen nicht mehr halten. Er haut sich auf die Oberschenkel, bekommt keine Luft mehr und läuft so rot an, dass der Zivildienstleistende sich besorgt über ihn beugt. Rafael zwinkert mir zu und ich habe den Eindruck, dass er jetzt endgültig und komplett übergeschnappt ist. „Und trotzdem", fährt Rafael auf einmal ernst geworden fort, während der Wind immer böiger wird und nun auch am Trenchcoat des Engels zerrt, „Jesus hat schon vor zweitausend Jahren gesagt, dass nur der, der ohne Sünde ist, den ersten Stein werfen darf. Deshalb sollten wir uns hüten, über diesen fehlbaren Menschen zu richten. Das ist allein Gottes Angelegenheit. Und wie ich aus gut unterrichteter Quelle weiß", fügt er grinsend hinzu, „hat der Mann am Ende seines irdischen Daseins seine Fehler ehrlich bereut. Gott wird also ein Auge zudrücken und ihn in seine Herrlichkeit aufnehmen, auf die hier auf der Erde jedermann so scharf ist. Das ist übrigens die Eigenschaft, die ich an Gott am meisten bewundere: sein immer wieder erstaunlicher Wille, zu verzeihen und das Gute im Inneren der Menschen zu erkennen. Es ist etwas, das vielen von euch abhanden gekommen ist."

Bei diesem letzten Satz sieht mir Rafael in die Augen und ich ziehe einen Flunsch. Wenn er mir damit eine Botschaft zukommen lassen will, dann habe ich keine Lust, sie zu verstehen. Ich habe in letzter Zeit genug Asche auf mein Haupt gestreut.

Immerhin haben Rafaels Worte den erstaunlichen Effekt, den jungen, bis dahin in lethargischer Verzweiflung verharrenden Priester wieder zu sich kommen zu lassen. Die Muskeln in seinem Gesicht arbeiten wild, seine Haare stehen nach allen Seiten ab, als hätte er den leibhaftigen Teufel gesehen, und sein Adamsapfel tanzt wie ein Jojo auf und nieder. „Das ist keine Grabrede, das ist Gotteslästerung!" schreit er und hält Rafael etwas übereifrig sein Ritualbuch vor die Nase, als wollte er den Engel exorzieren. „Niemand kann sich anmaßen, den Richterspruch des Herrn vorwegzunehmen! Verlassen Sie sofort den Friedhof! Was glauben Sie, wer Sie sind?" Er springt auf Rafael zu und es sieht so aus, als ob er handgreiflich werden wollte.

Ohne zu überlegen, laufe ich nach vorne und will Rafael zur Seite stehen, mich notfalls dazwischenwerfen.

„Lass Rafael gefälligst in Ruhe!" brülle ich den Priester an und balle die Fäuste. In meinem Hinterkopf meldet sich eine kleine, gehässige Stimme, die mir sagt, dass ich wohl auch nicht mehr alle Tassen im Schrank habe, immerhin hat sich der Engel selbst in diese Lage gebracht, aber ich zwinge mich, sie zu überhören.

Rafael hält mich jedoch mit einer Handbewegung und einem beschwichtigenden Lächeln zurück. „Wer ich bin?" fragt er den Priester, aber es ist nur eine rhetorische Frage, mit der er den nächsten Schritt seiner Vorstellung einleiten will.

Der Wind heult um unsere Ohren und ich schüttele heftig den Kopf in Rafaels Richtung, denn ich weiß genau, was jetzt geschehen wird, aber ich kann den Lauf der Dinge nicht aufhalten.

Rafael sieht den jungen Priester mitleidig an, der nichts davon ahnt, was ihm bevorsteht, und sagt schließlich mit einem ironischen Unterton: „Ich bin Rafael, der Erzengel Gottes, Schätzchen!" und im selben Moment fährt eine neuerliche Windböe unter Rafaels Mantel, streift ihn von seinen Schultern und wirbelt ihn in der Luft umher, bis er in einem der Äste der nahe stehenden Bäume hängen bleibt. Einige Sekunden ist es totenstill, nur der pfeifende Wind ist zu hören, das Rascheln des Laubs und das überraschte Keuchen des alten Mannes im Rollstuhl. Da steht Rafael, bekleidet mit meiner zerrissenen Jeans und ausgelatschten Turnschuhen und mit freiem Oberkörper. Für einen Moment kommt er mir einsam und verletzlich vor und ich habe das übermächtige Bedürfnis, ihn zu beschützen, aber dann bleiben meine Augen und die aller anderen wie hypnotisiert an Rafaels Flügeln hängen, die nun für jedermann sichtbar sind. Sie haben ihre endgültige Größe erlangt und reichen dem Engel nun von seinen Schultern bis zu seinen Oberschenkeln.

Als ob er den Anspruch auf seinen himmlischen Ursprung und die Wahrhaftigkeit seiner Worte unterstreichen wolle, breitet Rafael seine Schwingen aus und ihre Spannbreite übertrifft die Länge meiner ausgestreckten Arme. Ich vergesse für einen Augenblick den anderen Rafael, den ich so gut zu kennen glaube, der alles durcheinander bringt und von einem Fettnapf in den nächsten wankt, und ich vergesse auch den Rafael, in den ich verliebt zu sein glaubte, der in meine Träume eindringt und mein Leben ändern will. Ich sehe nur die mächtigen Flügel, deren silberne und weiße Federn sich im Wind bewegen und Rafael eine Majestät verleihen, die ich noch nie an ihm bemerkt habe. Ich komme mir klein und unbedeutend vor. So ähnlich muss sich Maria gefühlt haben, als ihr von Rafaels ungeliebtem Arbeitskollegen die Geburt ihres Sohnes verkündet worden ist. Und dann ist da auch plötzlich wieder dieses Licht, das ich schon einmal zu Beginn unserer Bekanntschaft gesehen habe, das von innen zu strahlen beginnt und Rafaels Körper nach und nach völlig einhüllt und so hell wird, dass ich meine Augen abwenden muss.

„Voll krass!" entfährt es dem Zivi. „Hyper-mega-abgefahren!"

Der Priester torkelt ein paar Schritte zurück, als wäre er vom Blitz getroffen worden, und eine der älteren Frauen sackt mit einem leisen Seufzer ohnmächtig in sich zusammen. Nur meine Mutter scheint einen klaren Kopf zu bewahren.

„Tu was!" raunt sie mir ins Ohr. „Bring Rafael zur Vernunft!"

Aber ich brauche mir keine Mühe zu geben. Eine andere Macht und vielleicht auch eine höhere als die des Engels sorgt in diesem Moment dafür, dass wir alle auf den Boden der Tatsachen zurückgeholt werden. Das gleißende Licht vergeht so schnell wie ein verlöschendes Glühwürmchen und dann steht wieder nur Rafael vor uns. Der Wind dagegen hat nun endgültig Sturmstärke erreicht und fährt plötzlich mit voller Wucht in Rafaels noch immer ausgebreitete Flügel. Mit aller Macht pflügt er durch die Federn und wütet wie in den aufgepeitschten Wellen eines Ozeans, als wollte er den Engel für seine Anmaßung bestrafen. Rafael, dieses eine Mal genauso überrascht wie wir und mit einem erstaunten Ausdruck im Gesicht, hat der Kraft des Windes nichts entgegenzusetzen, fängt an zu taumeln, rudert plötzlich hilflos mit den Armen und kippt dann mit einem überraschten Schrei nach hinten. Der Lächerlichkeit preisgegeben, landet er mit einem Plumps auf dem Rücken und hat plötzlich nur noch Ähnlichkeit mit einem Käfer, der mit allen Gliedmaßen strampelt, um wieder auf die Beine zu kommen.

Dieses etwas unrühmliche Finale von Rafaels Vorstellung beendet auch die Erstarrung der Menschen, die Zeugen des Schauspiels waren.

Ich renne zu Rafael, um ihm aufzuhelfen, während hinter mir das Chaos ausbricht. Stimmen brüllen, Leute laufen durcheinander, die Babys in den Kinderwagen fangen an zu schreien, jemand zerrt an meiner Jacke, einer der Jagdhornbläser stößt ein Halali in sein Instrument, das weithin über den Friedhof schallt und die Vögel aus den Kronen der Bäume stieben lässt. Nur der Priester ist auf die Knie gefallen und betet laut und mit geschlossenen Augen, dass ihn Gott von dieser Versuchung befreien möge.

„Keine Sorge", rufe ich ihm zu, während sich Rafael langsam und etwas benommen aufrappelt, „genau das habe ich vor!"

Rafael stützt sich an mir ab und unsere Blicke treffen sich. Trotz seines nicht geplanten Sturzes lachen seine Augen und im ersten Moment kann ich nicht begreifen, warum Rafael so fröhlich ist, schließlich hat er sich vor so vielen Menschen bis auf die Knochen blamiert. Erst als ich genauer hinsehe, erkenne ich in Rafaels Augen ein Kind, das vor Vergnügen kräht und wahre Freudentänze aufführt.

„Ich bin stolz auf dich", raunt der Engel mir grinsend zu.

„Wieso?"

„Du hast dich nicht abgewandt; du beginnst dazuzulernen."

Bevor ich mir Gedanken über diese Feststellung machen und mich fragen kann, was Rafael damit gemeint hat, scharen sich meine Mutter, Simon, meine Schwester mit Annika auf dem Arm und Adolf um uns, und nachdem sich Rafael den Schmutz von den Kleidern und seinen Flügeln geklopft hat, fangen wir wie auf ein stummes Kommando an zu laufen. Wir rennen mit keuchendem Atem und fliegendem Puls, bis wir die Friedhofsmauern hinter uns gelassen haben, biegen um die Ecke, sehen durch die großen Fensterscheiben die zerstörte Inneneinrichtung des Cafés und rennen weiter, so schnell wir können. Zwischendurch fängt meine Schwester an zu kichern und meine Mutter schüttelt den Kopf und prustet los, bis sie Seitenstiche vor Lachen hat, die Dogge kläfft aufgeregt, aber wir laufen weiter, rempeln Passanten an und missachten Fußgängerampeln und quietschende Autoreifen, bis wir endlich unseren rettenden Wagen erreichen und uns völlig erschöpft auf die Sitze fallen lassen. Dann gibt es kein Halten mehr. Wir wiehern und gackern, lachen hysterisch, schlagen uns auf die Schultern und halten uns aneinander fest, bis uns die Rippen wehtun, wir völlig heiser sind und uns die Tränen die Wangen herunter laufen. Es dauert Minuten, bis wir uns wieder soweit im Griff haben, dass wir ans Weiterfahren denken können.

Meine Schwester ist die Erste, die ihren Empfindungen Ausdruck verleihen kann. „Du bist ein Idiot, Rafael!" sagt sie kopfschüttelnd, wie sie es schon so oft zu mir gesagt hat, aber diesmal klingt es aus ihrem Mund wie ein Kompliment – als wäre Rafael damit endgültig in unsere Familie aufgenommen. Auch meine Mutter zwinkert Rafael zu.

Mich machen Sabines Worte eher traurig, denn sie rufen mir ins Gedächtnis, dass Rafael eben dies nie sein wird: ein Mitglied meiner Familie. Unsere Wege werden sich schon bald trennen. Seine Zeit als mein Begleiter ist fast vorüber und ich muss mir eingestehen, dass ich mich an ihn gewöhnt habe. Wenn er weg ist, werde ich wieder allein sein. Der Ärger über Rafael, den ich in den letzten Tagen häufig verspürt habe, hat sich in Luft aufgelöst wie der Rauch eines nächtlichen Lagerfeuers.

Seufzend klemme ich die Plastikrose von Philipps Grab hinter den Rückspiegel. „Bist du sicher, dass du fahren kannst?" frage ich Rafael, der sich ganz selbstverständlich wieder hinter das Steuer gesetzt hat.

„Ja."

„Dann drück aufs Gaspedal, gefallener Engel", sagt meine Schwester. „Bevor die Spur der Verwüstung, die wir hinter uns herziehen, noch größer wird!"

Sabines Kommentar bringt uns erneut aus der Fassung und so dauert es doch noch eine ganze Weile, bis Rafael den Motor startet und wir unsere Reise fortsetzen können.

Nachdem wir auf die Autobahn aufgefahren sind, lassen sich die anderen vom monotonen Fahrgeräusch einlullen, bis nur noch Rafael und ich wach sind. Ich betrachte meine Familie, die mich auf so wundersame Weise auf dieser Reise begleitet. Der Kopf meiner Mutter ist nach unten gesunken, bis sich ihr Doppelkinn auf ihrer Brust abstützt. Ihr Mund ist leicht geöffnet und ich kann dezente Schnarchgeräusche hören. Zu ihren Füßen liegt Adolf, die hamsterfressende Dogge, auch sein Atem geht ruhig und stetig, seine Ohren jedoch zucken selbst im Schlaf bei jedem Geräusch aufmerksam hin und her. Auf der Mitte der Rückbank sitzt meine Schwester, die Augen geschlossen, den Kopf zur Seite geneigt und ihre Kinder links und rechts in beschützenden Umarmungen um sich geschart. Annika gurgelt leise, während sie träumt, und Simon hält noch im Schlaf ein Malbuch in seinen Händen. In diesem friedlichen Bild fehlt eigentlich nur mein Vater, aber seitdem ich weiß, dass er uns nur zeitweise abhanden gekommen ist, stört mich seine Abwesenheit nicht ganz so sehr. Auf einmal bin ich froh, dass ich meine Familie um mich habe, auch wenn jeder für sich genommen ein Albtraum sein kann.

Ich bemerke, wie Rafael mich lächelnd beobachtet, und drehe mich nach vorne. Die Landschaft, die an uns vorbeifliegt, wird nun endgültig immer winterlicher. Rafael hat die Richtung geändert und lenkt den Wagen langsam ostwärts. Die Berge am Horizont werden höher, die Bäume und der Boden sind dicht mit Schnee bedeckt.

„Und wohin fahren wir jetzt?" frage ich und drücke die Reste einer Zigarette im Aschenbecher aus.

„Weißt du das wirklich nicht?" fragt Rafael zurück.

„Doch", antworte ich leise. „Ich weiß nur nicht, ob ich schon bereit bin."

„Dann schlaf, Marco. Vielleicht findest du die Antwort darauf im Schlaf."

Gehorsam schließe ich die Augen und spüre, wie die Erschöpfung auch über mich herfällt. Diesmal kämpfe ich nicht. Schneller und schneller sinke ich meinem Unbewussten entgegen, immer fester umhüllt mich der Schlaf, den ich so lange verdrängt habe, und zum ersten Mal, seit Rafael in meinem Leben aufgetaucht ist, leiste ich meinen Träumen keinen Widerstand.

Finn rüttelt noch einmal an der Tür, um sich zu vergewissern, dass er wirklich abgeschlossen hat. Es schneit, der Schnee fällt in dichten Flocken aus einem eisgrauen Himmel. Finn hat das Gefühl, durch einen weichen Vorhang aus Federn zu laufen, während er hinter Rafael herstapft, der schon einige Schritte vorausgegangen ist und ungeduldig auf ihn wartet.

„Los, komm schon", hört er Rafaels Stimme durch das Schneegestöber rufen, noch bevor er die Gestalt des Engels vor sich auftauchen sieht.

Finn streckt seine Arme aus und prüft die Konsistenz der Flocken. Selbst auf seinen warmen Fingern dauert es einige Sekunden, bevor sie schmelzen. Der Schnee wird liegen bleiben – zumal die Temperatur knapp unter null Grad gesunken ist. Finn zieht die Mütze fester über seine Ohren und schüttelt mürrisch den Kopf. Dann packt er die Säge und die Axt fest in die Hand und schließt zu Rafael auf.

„Das ist eine Schnapsidee", knurrt er, „man sieht ja kaum die Hand vor Augen."

„Es ist kurz vor Heiligabend und du hast keinen Tannenbaum", weist ihn Rafael zurecht und trottet fröhlich neben ihm den Weg entlang, der zu einer der von Finn selbst angelegten Baumschulen führt.

„Wozu auch!" erwidert Finn. „Ich habe nichts zu feiern."

„Wenn ich nicht überraschend aufgetaucht wäre, hättest du vielleicht nie wieder etwas zu feiern gehabt."

„Wenn du mir nicht dazwischen gefunkt hättest, müsste ich mir nie wieder Gedanken über einen Weihnachtsbaum machen. Warum fahren wir nicht einfach ins Dorf? Da gibt es einen Verkaufsstand mit Weihnachtsbäumen. Weißt du, was für eine elende Plackerei du uns beiden zumutest?"

„Papperlapapp", wischt Rafael Finns Finwände beiseite. „Einen Baum selber schlagen ist viel lustiger. Und außerdem wird dir die frische Luft gut tun. Arbeit im Freien vertreibt dunkle Gedanken. Hilft gegen Depressionen, steigert die Serotonin-Produktion, du weißt schon, dieses Glückshormon, das Gott in seiner unendlichen Weisheit … was ist?" Rafael sieht sich irritiert um, als Finn unvermittelt zurückbleibt.

„Kannst du nicht einfach mal die Klappe halten, Engel?" fragt Finn.

Rafael macht ein beleidigtes Gesicht. „Irgendwie kann ich Marco fast verstehen", brummelt er leise vor sich hin, aber gerade noch so laut, dass Finn ihn hören kann, „was für ein alter Miesepeter, der sollte dringend mal positives Denken üben …"

„Rafael", unterbricht Finn und sieht den Engel scharf an, „sprich es mir in einen Sack und stell's mir vor die Tür. Ich höre es mir dann spater an."

Rafael wendet sein Gesicht ab, damit Finn ihn nicht lächeln sehen kann. Er wird noch einen richtigen Spaßvogel aus diesem Mann machen.

Der Engel ist ganz zufrieden mit sich. Seine Aufgabe ist fast erledigt. Alles, was er jetzt noch erreichen muss, ist, Finn dazu zu bringen, über die Trennung von Marco zu sprechen. Das wird allerdings noch mal ein hartes Stück Arbeit und dabei ist er schon so erschöpft. Rafael kann fühlen, wie ihn seine Kräfte langsam im Stich lassen. Die Zeit, die ihm gegeben wurde, rinnt davon, schmilzt wie die Schneeflocken, die sich in seinen Haaren verfangen.

Jedes Mal, wenn er unter die Menschen geschickt wird, wird Rafael daran erinnert, welch große Bürde sie an ihrer Sterblichkeit zu tragen haben. Er kann sie spüren, die Angst vor der Vergänglichkeit, die rastlose Suche nach Glück, das Bedauern, vergangene Fehler nicht wieder gutmachen zu können, das Bestreben, wenigstens einen Zipfel von Unsterblichkeit zu hinterlassen. All das pulsiert in ihren Adern genauso wie das Blut und Rafael bemitleidet die Menschen dafür. Seit Jahrtausenden hat er mit diesen Geschöpfen zu tun, und noch immer ist er fasziniert von ihrer grenzenlosen Fähigkeit zu lieben, zu hassen, zu verzweifeln, wieder Mut zu schöpfen und mit ihrem unbändigen Lebenswillen über ihre Möglichkeiten hinauszuwachsen. Warum sie nicht verstehen, dass erst das Wissen um ihre Sterblichkeit sie zu all diesen Dingen befähigt, wird er allerdings wohl nie begreifen.

Manchmal, wenn sie so offensichtlich blind gegenüber ihrem Schicksal mit sich selbst und anderen Menschen hadern, möchte er sie am liebsten schütteln und wachrütteln, ihnen zurufen, dass sie ihre Chancen nicht verpassen sollen – aber das steht ihm nicht zu. Nur hin und wieder erhält er die Erlaubnis einzugreifen, so wie bei Finn und Marco, bei denen es so offensichtlich ist, dass sie füreinander bestimmt sind. Und selbst dann darf er eigentlich nur indirekt Einfluss nehmen, diskret und unauffällig. Dass er bei diesen beiden auf einem schmalen Grat wandert, hat er von Anfang an gewusst. Seinem eigenen Temperament – gut, auch seinem eigenen Verlangen, Rafael verdreht die Augen; er wird nicht gerne von höherer Stelle an seine eigenen Fehlbarkeiten erinnert – hat er es zuzuschreiben, dass seine Mission ein paar Mal auf der Kippe stand. Das ist eben der Unterschied zwischen einem Engel und dem Allmächtigen. Er, Rafael, ist nicht unfehlbar. Er hat einfach nicht vorausgesehen, dass Marco sich in ihn verlieben könnte. Und er hat nicht vorausgesehen, wie bockig die beiden Männer sind, wie tief die Verletzungen liegen, die sie sich gegenseitig zugefügt haben.

Rafael seufzt. Der letzte Gedankengang hat ihn wieder in die Gegenwart zurückgerufen, besser gesagt, in Marcos Traum ... diese Arbeit auf mehreren metaphysischen Ebenen bringt selbst ihn ganz durcheinander. Es ist, als jonglierte er zu viele Bälle gleichzeitig. Ständig muss man aufpassen, nicht die Übersicht zu verlieren. Jedenfalls hat er noch eine ganze Menge zu tun, bevor er sich entspannt zurücklehnen kann. Vor allem muss er endlich herausbekommen, was zwischen den beiden vorgefallen ist. Aber eins nach dem anderen. Es sind erst noch ein paar Vorbereitungen für das Happy-End zu treffen – wenn es eines geben wird, denn letztlich kann er nur den Weg weisen. Den Rest müssen die beiden selber machen.

„Ist es noch weit?" fragt er Finn, der schweigend neben ihm durch den Schnee stapft.

„Da drüben!" Finn zeigt auf den Beginn des kleinen Tannenwaldes etwa fünfhundert Meter vor ihnen und wischt mit dem Ärmel einen Tropfen Wasser ab, der an seiner Nasenspitze hängt. „Sag bloß, du machst schon schlapp?"

„Tue ich nicht!" erwidert Rafael und geht demonstrativ einen Schritt schneller.

Jetzt ist es Finn, der grinsen muss. „Gut!" sagt er und fügt ironisch hinzu: „Es ist doch viel lustiger, einen Baum selber zu schlagen, oder?"

Im Wald nimmt das durch das Schneegestöber sowieso schon fahle Tageslicht weiter ab und Finns und Rafaels Augen brauchen eine Weile, bis sie sich an das Zwielicht gewöhnt haben. Ihre Blicke wandern kritisch zwischen den verschneiten Bäumen hin und her.

„Der hier!" sagt Finn und klopft an den Stamm einer Tanne.

Rafael schnaubt herablassend. „Zu klein", sagt er. „Viel zu klein. Du brauchst einen großen Baum!"

„Wir brauchen vor allen Dingen einen Baum, den wir tragen können", erwidert Finn. „Was ist mit dem?" Er deutet auf einen anderen Kandidaten.

Rafael schüttelt empört den Kopf. „Die unteren Zweige sind krumm und er hat eine mickrige Spitze. Die Spitze ist überhaupt das Wichtigste an einem Weihnachtsbaum", belehrt er Finn. „Sie muss kerzengerade in den Himmel streben und oben drauf gehört ein Engel mit goldenem, lockigem Haar."

„Dann können wir dich ja schon mal nicht draufsetzen", sagt Finn und versucht ernst zu bleiben. „Im Übrigen besitze ich keinen Rauschgoldengel. Ich kann nur mit ein paar bunten Kugeln und einigen roten Holzäpfeln als Dekoration dienen. Irgendwo in einer Kiste im Keller."

„Nicht mal Strohsterne hast du?" Rafael zieht enttäuscht die Augenbrauen zusammen und läuft weiter in den Wald hinein. „Wir nehmen den hier!" ruft er schließlich und deutet auf eine mehr als zwei Meter hohe Tanne mit ausladenden Ästen und einer imposanten Spitze.

„Na schön." Bevor Rafael es sich anders überlegen kann, treibt Finn mit einem weit ausholenden Schlag seine Axt in den Stamm des Baumes. Das Holz fängt an zu knirschen. Beim zweiten Schlag neigt sich die Spitze ein wenig zur Seite. Kleine Holzspäne fliegen durch die Luft. Finn wischt sich den Schweiß von der Stirn. Nach dem dritten Hieb gibt der Baum seinen Widerstand auf und kracht ächzend ins Unterholz. Aufgewirbelter Pulverschnee hüllt Finn und Rafael ein wie eine Wolke.

Finn drückt Rafael die Säge in die Hand. „Dein Part!"

Rafael sieht ihn verständnislos an. „Wie, mein Part?" protestiert er. „Damit wir uns nicht missverstehen: Ich bin der Engel und du der Mensch! Ich bin hier für die geistige Anstrengung zuständig und du für die körperlich erniedrigenden Arbeiten!"

„Jetzt stell dich nicht so an!" erklärt Finn amüsiert. „Säg die schlechten Zweige ab und die, die ganz unten wachsen! Sonst können wir die Tanne weder nach Hause schleifen, noch in einem Ständer aufstellen." Er bearbeitet das Ende des Baumstammes mit der Axt, sodass er spitz zuläuft, während sich Rafael murrend an die Arbeit macht.

„Puh", sagt er, als er endlich die Säge zur Seite legt und befriedigt sein Werk betrachtet, „ganz schön viel Arbeit."

„Wir sind noch nicht fertig", erwidert Finn. „Jetzt müssen wir das Monstrum noch zurück zum Haus zerren. Pack mit an."

Zusammen fassen sie den Stamm der Tanne und begeben sich auf den Rückweg. Nachdem sie das Wäldchen verlassen haben und das offene Feld erreichen, macht der Neuschnee das Laufen schwieriger, immer wieder sinken ihre Schuhe in dem blendenden Weiß ein und schon nach wenigen Minuten kommt ihr beider Atem keuchend und angestrengt. Schweigend stapfen sie nebeneinander her, kämpfen mit den ausladenden Ästen, die ein gleichmäßiges Vorwärtskommen fast unmöglich machen.

„Also", sagt Rafael plötzlich, „was ist passiert?"

Finn stolpert über einen Stein. Rafaels Frage trifft ihn unvorbereitet. „Was soll schon passiert sein?" knurrt er und reibt sich seine schmerzende Kniescheibe. „Ich habe ihn betrogen. Was sonst?"

Rafael wartet auf eine ausführlichere Erklärung, aber Finn tut so, als hätte er alles gesagt, was es zu diesem Thema zu sagen gibt. Seine Lippen sind zu einem schmalen Strich zusammengekniffen.

Als sie zurück sind, schlägt Finn die Axt in den Baumstumpf vor dem Haus und lässt sie dort stecken. Dann schütteln sie die Tanne aus, um die Zweige von den Schneeresten zu befreien, und schleppen sie ins Wohnzimmer, wo Finn sie schweigend in einem Christbaumständer befestigt. Danach geht Rafael in die Küche und kocht Tee. Er kann spüren, wie es in Finn arbeitet. Besser, ihn eine Weile in Ruhe zu lassen.

Als er fertig ist, tritt Finn ein paar Schritte zurück, um stumm den Baum zu betrachten. Der Engel hat Recht gehabt, auch wenn er es nur ungern zugibt. Er braucht einen großen Baum dieses Jahr, trotz allem – oder gerade deswegen. Wie ein Ausrufezeichen steht die Tanne in seinem Wohnzimmer und zum ersten Mal seit Wochen fühlt Finn Widerstand gegen die alles erdrückende Traurigkeit in sich wachsen. Nicht alles war seine Schuld.

Er läuft in den Keller und kramt aus einem Regal die Kiste hervor, in der er den wenigen Weihnachtsschmuck aufbewahrt, den er besitzt. Dabei fällt sein Blick auf das Gewehr, das an der Wand lehnt. Langsam und zögernd geht er darauf zu und nimmt es in die Hand. Als er über den kalten, schwarzen Lauf streicht, geht ein Zittern durch seinen Körper. Er stellt das Gewehr wieder in die Ecke, greift nach der Kiste und rennt schnell die Treppe hinauf.

Rafael reicht ihm eine Tasse dampfend heißen Tees. Es ist nur ein billiger Darjeeling aus Teebeuteln, mehr haben die geschrumpften Vorräte in Finns Küche nicht hergegeben. Immerhin, der Tee vertreibt die Kälte aus ihren Gliedern. Rafael zündet ein paar Teelichter an, die er in einer Schublade aufgetrieben hat, und lümmelt sich wohlig auf den Kissen, die auf dem Boden liegen. Dann wartet er geduldig.

Eine Weile durchwühlt Finn wortlos die Kiste mit den Christbaumkugeln und den Holzäpfeln. Von ganz unten zerrt er eine Lichterkette heraus, breitet sie auf dem Teppich aus und beginnt, die verhedderten Kabel zu entwirren.

„Ich habe gedacht, dass nach dem Vorfall mit Carl, nach unserer Versöhnung, wieder alles in Ordnung wäre", sagt er plötzlich. „Aber ich habe nicht damit gerechnet, wie nachtragend Marco sein kann." Er lacht verbittert auf. „Was für ein Arschloch!" sagt er. „Äußerlich lief alles wie immer: Wir sind auf Partys gegangen, ins Kino, waren mit seinen Freunden essen, haben Ausflüge gemacht, aber dabei hat er mich ständig beobachtet. Als würde er nur darauf warten, dass meine Finger über die Haut eines anderen streichen. Als würde er darauf warten, seine schlimmsten Befürchtungen bestätigt zu sehen, um sich dann rechthaberisch auf die Schulter zu klopfen. Ich habe seine misstrauischen Blicke im Rücken gespürt, wenn ich mich mit jemandem unterhalten habe; er hat auf die Uhr geschaut, wenn ich irgendwo aufs Klo gegangen bin, und wenn ich einen anderen Mann nur angelächelt habe, hat er mir eine Szene gemacht. Und immer wieder hatte ich dieses merkwürdige Gefühl, als wollte er mich geradezu ermuntern, einen Fehltritt zu begehen, nur damit er Recht behalten konnte.

Ich habe ihm gesagt, er hätte keinen Grund, eifersüchtig zu sein, und wenn er sich dazu entschließen könnte, mehr Zeit mit mir allein zu verbringen, nur wir beide, er und ich, dann würde er das vielleicht auch begreifen, aber das wollte er nicht. Ich glaube, er konnte sich nicht eingestehen, dass er bei Carl überreagiert hatte. Ich meine, es ist doch nicht mehr passiert als ein harmloser Kuss, oder?" Finn drapiert die Lichterkette mit ärgerlichen Bewegungen um den Baum und die Zweige wippen heftig auf und nieder.

„Aber sein Kontrollverhalten war noch nicht mal das Schlimmste. Obwohl das nicht zusammenpasst, begann er gleichzeitig, mich links liegen zu lassen. Zu Anfang unserer Beziehung haben wir einmal täglich, manchmal zweimal telefoniert, dann meldete er sich nur noch alle paar Tage und danach war ich derjenige, der anrief. Wenn wir uns am Wochenende gesehen haben, dann nur, wenn ich nach Köln gefahren bin, zu mir ist er nicht mehr gekommen. War ich bei ihm, hat er oft so getan, als wäre ich ein lästiges Anhängsel. In den Kneipen ließ er mich stehen, während er sich mit seinen Freunden und Bekannten unterhielt, und tat, als wäre ihm meine Anwesenheit egal. Aber wehe, wenn ich mich vom Fleck bewegte! Dann bekam ich direkt wieder zu hören, ich sei nicht besser als alle anderen Männer, mit denen er zu tun gehabt hätte. Ich kam mir vor, als befände ich mich in einer Art Probezeit, die er je nach Gutdünken verlängerte und bei der jeder Schritt, jeder noch so kleine Fehler dazu führen könnte, dass er mir fristlos die Freundschaft kündigte.

Zum Schluss gab es nichts, was ich ihm noch recht machen konnte. Es war, als hätte er einen Schutzwall um sich herum aufgebaut, eine Mauer, an der all meine Versuche, unsere alte Nähe wiederherzustellen, abprallten. Nur manchmal, in ganz seltenen Augenblicken, ließ er eine Zugbrücke herunter, vor allen Dingen nachts, kurz vor dem Einschlafen, wenn er sich an mich gekuschelt hat. Und ich habe mir dann eingebildet, dass er mich trotz allem braucht, und gehofft, dass alles irgendwann auch wieder besser wird." Finn hat sich in Rage geredet und Rafael springt auf und nimmt ihm die Christbaumkugeln aus der Hand, weil Finns Finger zittern und der Engel Angst hat, die Kugeln könnten zu Bruch gehen.

„Manchmal ist die Liebe wie ein Nebel. Je enger sie dich umschließt, desto weniger siehst du", sagt Rafael vorsichtig.

„Ja", erwidert Finn leise und wischt sich ein paar ungewollte Tränen aus den Augen, „irgendwie stimmt das. Obwohl Marco mich so mies behandelte, habe ich ihn immer noch geliebt, aber ich wusste nicht mehr, was ich machen sollte. Ich habe angefangen, mit den anderen aus seiner WG darüber zu reden, mit Anja, Patrick und Lars. Das hat mir gut getan. Ich habe gehofft, sie könnten mir sagen, wie ich mich verhalten soll, sie kannten ihn schließlich viel länger als ich. Insbesondere Lars war ein geduldiger Zuhörer, ich hatte das Gefühl, er versteht genau, wie ich mich fühle. Außerdem hat er mich zum Lachen gebracht, etwas, was ich bei Marco sehr vermisst habe. Und dann, eines Tages, habe ich wirklich nichts mehr gesehen. Ich habe getan, worauf Marco die ganze Zeit gewartet hat. Ich war mit einem anderen Mann im Bett." Finn holt tief Luft. „Mit Lars."

Rafael reicht Finn die Holzäpfel und Finn nimmt ihm dankbar einen nach dem anderen aus der Hand, hängt sie wahllos an die Zweige des Weihnachtsbaums. Nur wenn er etwas zu tun hat, nur wenn er seine Finger beschäftigen kann, ist er in der Lage, über das zu sprechen, was zwischen ihm und Lars passiert ist.

„Es war an einem Samstagmorgen", fährt er tonlos fort, „und Marco war mal wieder total mies drauf, weil …", er stockt kurz und überlegt angestrengt, aber erfolglos, „… keine Ahnung, wieso", gibt er schließlich resigniert auf. „Jedenfalls hat er nicht mal ‚Guten Morgen' gesagt und ist wortlos zur Arbeit gegangen. Ich glaube, er hatte irgendeinen Termin bei dieser Werbefirma, für die er Synchron gesprochen hat. Ich bin in die Küche gegangen, um mir einen Kaffee zu machen, und Lars saß am Küchentisch und blätterte in der Zeitung. Er hat mir einen Stuhl angeboten und mich angelächelt – und da sind bei mir plötzlich alle Dämme gebrochen. Dieses kleine Lächeln, diese selbstverständliche, nichts sagende Freundlichkeit, hat mich völlig fertig gemacht und mir vor Augen geführt, wie aussichtslos meine Hoffnungen sind und dass Marco mich wie ein Stück Dreck behandelt. Ich habe angefangen zu heulen wie ein Schlosshund.

Lars wusste überhaupt nicht, was er machen sollte, und er wusste ja auch gar nicht, was los war, weil ich vor lauter Heulerei kein einziges zusammenhängendes Wort herausbekommen habe. Erst hat er versucht, beruhigend auf mich einzureden, hat mir die Hand getätschelt, damit ich mich wieder fange, aber das hat alles noch viel schlimmer gemacht, und dann hat er mich ziemlich unbeholfen in den Arm genommen, um mich zu trösten. Ich glaube, keiner von uns beiden hat damit gerechnet, dass irgendetwas passieren könnte, aber dann haben wir uns auf einmal geküsst und sind irgendwie in Marcos Zimmer und auf sein Bett geraten. Erst als unsere Klamotten wild verstreut in der Gegend herumflogen und mir klar wurde, dass Lars gar nicht so heterosexuell ist, wie er immer tut, bin ich wieder halbwegs zu mir gekommen. Vielleicht hätte ich in dem Moment noch aufhören können, aber ich habe es so sehr gebraucht, die Nähe eines anderen Mannes zu spüren, zu spüren, dass ich gewollt werde, dass ich es nicht mehr beenden wollte. Ich glaube, ich habe sogar ein bisschen trotzig gedacht: ‚Wenn Marco dich sowieso die ganze Zeit dafür bestraft, dann kannst du es auch tun. Dann hat es sich wenigstens gelohnt.'" Finn unterbricht seinen Redeschwall und sieht Rafael unsicher an.

Der Engel hängt die letzte Kugel im Baum auf und sagt: „Und dann ist Marco zur Tür hereingekommen."

„Ja", erwidert Finn. „Und dann ist Marco zur Tür hereingekommen. Er hatte irgendwelche wichtigen Unterlagen vergessen und war auf halbem Wege umgekehrt. Ich glaube, er war weniger überrascht darüber, dass ich ihn betrog, sondern dass es Lars war, mit dem ich es tat. Damit hatte er wohl nicht gerechnet. Lars ist aus dem Bett gesprungen, als ob die Matratze unter Strom stehen würde, und hat zu Marco gesagt, er solle sich nicht aufregen, es hätte nichts zu bedeuten, es sei doch nur eine Nummer gewesen. Marco hat nur mit offenem Mund genickt und blieb stumm und wie versteinert stehen, während Lars seine Klamotten aufgesammelt hat und geflüchtet ist. Ich habe versucht, irgendetwas zu sagen, aber ich habe keinen Ton herausbekommen, und dann habe ich doch Marcos Namen gekrächzt, aber er hat mich nur voller Kälte und Verachtung angesehen. Ich habe versucht, ihn zu berühren, und er ist zurückgezuckt, als hätte ich eine ansteckende, Ekel erregende Krankheit. Ich konnte es ihm nicht mal verübeln, ich habe mich wie Abschaum gefühlt. Aber da war auch so ein triumphierender Ausdruck in seinem Gesicht – als ob er nur darauf gewartet hätte, endlich einen Grund zu finden, mich loszuwerden. Als ob er mich nie geliebt hätte. Erst als Lars weg war und wir allein im Raum waren, hat er zwei kurze Sätze gesagt: ‚Mach, dass du rauskommst. Ich wünschte, du wärst tot!' Danach hat er sich an seinen Schreibtisch gesetzt, den Computer angeschaltet und mir den Rücken zugedreht, bis ich mich angezogen hatte und die Zimmertür hinter mir zufiel."

Finn seufzt am Ende seiner Geschichte tief auf und wiederholt dann Marcos Worte: „‚Ich wünschte, du wärst tot.'" Seine Stimme klingt erschöpft und bitter.

7. Himmelfahrt

Rafael tippt mir sachte auf die Schulter und ich quäle mich aus dem Schlaf wieder zurück in die Realität. Erstaunlicherweise ist diesmal nichts von meinen Träumen in meinem Gedächtnis haften geblieben. Habe ich vielleicht gar nicht geträumt? Habe ich dieses eine Mal Rafael keine Hinweise gegeben? Ich wage kaum zu hoffen, dass ich noch einmal davon gekommen bin.

„Lass mich in Ruhe", sage ich mit geschlossenen Augen. „Ich bin noch müde." Mein Nacken schmerzt und mein linker Arm fühlt sich taub an. Kein Wunder, wenn man zusammengekrümmt auf dem Beifahrersitz schlafen muss. Ich habe das ziellose Herumfahren satt und sehne mich nach einem richtigen Bett.

„Nein, Marco", höre ich die Stimme des Engels neben mir, sanft, aber bestimmt. „Jetzt ist noch nicht die Zeit zum Ausruhen."

Ich reibe mir den Schlaf aus den Augen, strecke meine Arme und Beine, so gut es geht, gähne herzhaft und versuche, wach zu werden. Ein bisschen Wasser ins Gesicht wäre jetzt nicht schlecht, aber wir haben noch nicht mal ein Erfrischungstuch an Bord.

Wir sind noch immer unterwegs, allerdings nicht mehr auf der Autobahn, sondern auf einer schmalen, wenig befahrenen Nebenstraße, die sich in weiten Kurven immer höher hinauf ins Gebirge windet. Etwas desorientiert schaue ich aus dem Seitenfenster und versuche herauszufinden, wo wir sind. Die Landschaft hat sich erneut verändert. Die Berge sind höher geworden, ihre schneebedeckten Hänge und Gipfel sind jetzt zum Greifen nah und für einen Moment habe ich den unwirklichen Eindruck, als wären nicht wir zu ihnen gefahren, sondern die Berge zu uns gekommen, in einem unbeobachteten Moment an uns herangeschlichen. Wie in einem Märchen, in dem leblose Dinge plötzlich zum Leben erwachen, zweifelhafte und meist düstere Absichten verfolgen und den Helden der Geschichte bedrohen.

Einsam ist es um uns herum. Nur ein paar verstreut liegende Höfe und deren Satellitenschüsseln erinnern daran, dass wir die Zivilisation nicht hinter uns gelassen haben. Den Rand der Straße säumen dunkle Kiefernwälder, die unerwartet von steilen Abhängen durchschnitten werden und den Blick auf Täler frei geben. Alles ist tief verschneit, Eiszapfen klammern sich an die sporadisch auftauchenden Verkehrsschilder und Strommasten. Die Baumwipfel tragen eine zentimeterdicke weiße Last und auf dem Boden hat sich über ein halber Meter Neuschnee festgesetzt. Stille liegt über den Feldern wie ein stickiges Tuch. Ich kenne diese Gegend. Dies hier ist Finn-Land, trügerisch, schweigsam und eigenwillig.

Der Tag wird dunkler, versprengt in der zunehmenden Dämmerung flackern helle Punkte auf, tanzen vor meinen Augen hin und her wie Irrlichter, bis ich bemerke, dass mir meine Müdigkeit einen Streich gespielt hat. Die Lichter kommen aus den wenigen Häusern, die in der Ferne auszumachen sind, und nur unsere eigene Bewegung gaukelt mir vor, dass sie ihre Positionen verändern. Ich sehe auf die Uhr und stelle überrascht fest, dass es schon Nachmittag ist.

„Wie lange habe ich geschlafen?" frage ich in gedämpftem Ton, um den Rest meiner Familie nicht aufzuwecken.

„Fast drei Stunden."

Die Fahrbahn ist nur schlecht vom Schnee geräumt und nicht gestreut worden. Rafael drosselt die Geschwindigkeit, bis wir uns im Schneckentempo vorwärts bewegen. Lars hat dem Wagen keine Winterreifen aufgezogen.

„So lange?" sage ich erstaunt.

Rafael nickt. „Und du hast geschnarcht", bemerkt er grinsend.

„Ich schnarche nie!" erwidere ich empört.

„Wie ein Holzfäller!" sagt Rafael. Der Satz wirkt wie ein Stichwort, das der Souffleur einem Schauspieler zuflüstert. Schlagartig erinnere ich mich an meinen Traum.

Ich sehe es plötzlich wieder vor mir: das Bett mit den zerwühlten Laken, die Kleidungsstücke, die wahllos im Zimmer verstreut lagen und mir andeuteten, wie eilig die beiden es gehabt hatten. Ich erinnere mich an den ersten Moment des Begreifens, an den angehaltenen Atem von drei Männern, an den Augenblick, in dem die Zeit stillzustehen scheint, bevor sich die Ereignisse überschlagen und wie im Zeitraffer fortbewegen. Ich erinnere mich an meine haltlose, kalte Wut, an Lars' verschämtes Grinsen und an das bleiche Gesicht von Finn. Ich erinnere mich an seine Augen, die sich nicht trauten, mich anzusehen und um Verzeihung zu bitten, und ich erinnere mich an die unerträgliche Erkenntnis, von nun an jedes Mal, wenn ich Lars begegne, das Bild der beiden in meinem Bett vor Augen zu haben. Ich erinnere mich an Lars' Versuch, das Ganze als billige Nummer abzutun, und daran, dass sich mein Zorn merkwürdigerweise trotzdem nicht auf Lars bezog, weil für ihn Sex und Gefühle schon immer zwei verschiedene Dinge waren. Ich erinnere mich an Finns Versuch, mich zu berühren, und ich erinnere mich an die Verachtung und den Ekel, den ich bei seiner Berührung empfand. Und ich erinnere mich an das groteske Triumphgefühl, dass sich meine schlimmsten Befürchtungen und meine niedrigsten Erwartungen endlich bestätigt hatten – als hätte ich einen Sieg über Finns Absichten gewonnen, mich eines Besseren zu belehren.

Was mir aber am lebhaftesten im Gedächtnis ist, das ist Finns entsetzter und schockierter Blick, als ich mit einem einzigen Satz meine ganze Verachtung für ihn aussprach; einen Satz, der weit über jedes vernünftige Maß an Zorn und Enttäuschung hinausging und mit dem ich Finn und das, was ich für ihn empfand, für immer vernichtete.

„Du – ich – du weißt jetzt alles?" stottere ich und fühle mich auf einmal sehr unwohl in meiner Haut. Innerlich mache ich mich darauf gefasst, von Rafael heruntergeputzt, vielleicht fallen gelassen und bis in alle Ewigkeit verdammt zu werden, denn ich habe etwas Unverzeihliches getan: Ich habe Finn den Tod gewünscht, wollte sein Leben ausgelöscht sehen. Wenn ich den Mumm gehabt hätte, hätte ich es vielleicht sogar selber getan. So tief ging mein Hass. Was kann Rafael anderes tun, als mich zu verurteilen? Er als Engel kann die moralischen Abgründe, in die sich Menschen manchmal stürzen, sicherlich nicht verstehen. Deshalb wollte ich diese letzte Wahrheit ja auch unbedingt verheimlichen.

Aber alles, was Rafael sagt, ist: „Ja."

„Und?" frage ich nervös. Ich kann spüren, wie enttäuscht er von mir ist.

„Hast du es ernst gemeint?" fragt er schließlich.

„Ja … nein … ich war wütend, als ich es gesagt habe", versuche ich mich herauszureden. Aber dann denke ich schuldbewusst an meine Träume, in denen ich Finn wieder und wieder umgebracht habe, und die kleinliche, trotzige Befriedigung, die ich dabei empfand. „Ich weiß es nicht", gebe ich schließlich kleinlaut zu.

Rafael wirft mir einen prüfenden Blick zu. „Sieht aus, als hättest auch du etwas, worum du um Verzeihung bitten musst." Trotz der leicht dahin gesagten Worte macht er keinen Scherz. Rafaels entschlossene, keinen Widerspruch duldende Miene verrät, wie ernst es ihm damit ist. Der etwas verantwortungslose, zum Chaos neigende Schutzengel ist verschwunden und an seine Stelle ist ein Erzengel getreten, der nicht zulässt, dass man sich seinem Willen widersetzt.

„Niemals!" erwidere ich trotzdem aufbrausend. „Wenn du glaubst, ich rutsche vor ihm auf den Knien herum, hast du dich geschnitten!"

Rafael lacht leise auf. „Was bist du nur für ein Feigling, Marco! Es ist Zeit, deine Fehler Finn gegenüber einzugestehen und ihm seine zu verzeihen – sonst werdet ihr niemals von vorne anfangen können."

„Von vorne anfangen?" Ich starre Rafael wie vom Donner gerührt an. Plötzlich beginnt es in meinem Gehirn zu arbeiten – wie bei einem Uhrwerk, dessen Feinmechanik nur ein wenig Öl gefehlt hat. In meinem Kopf beginnen sich Andeutungen zu klaren Aussagen zusammenzufügen, vage Vermutungen verfestigen sich zu eindeutigen Bildern und auf einmal erkenne ich Rafaels Plan und begreife, wie wenig ich seine Absichten bisher begriffen habe, wie naiv ich gewesen bin.

Natürlich war ich nicht so dumm zu glauben, Rafael wolle einfach so ein paar Tage mit mir ins Blaue fahren. Jede Station unserer gemeinsamen Reise, unseres kleinen „Urlaubs", hatte einen bestimmten Zweck; schon der erste Halt bei meiner Schwester hat mir das klar gemacht. Sie sollten mir zeigen, welche Dummheiten man in der Liebe macht und was daraus resultiert, wie unterschiedlich Beziehungen sein können und dass sie trotzdem funktionieren, welche Fehler ich früher gemacht habe, damit ich sie nicht wiederhole. Eine Art Selbstreinigungsritual, ein Scrooge-Effekt: In der Weihnachtsgeschichte von Charles Dickens wird ein kalter, egoistischer Mann dazu gezwungen, Rückschau auf sein Leben zu halten und das Leben anderer zu betrachten, und geht geläutert aus dieser Erfahrung hervor. Nicht, dass ich den Vergleich sehr schmeichelhaft finde, aber diese Absicht würde zu Rafaels Charakter passen – und zur Jahreszeit. Allerdings habe ich diese Reise auch als Vorbereitung verstanden, denn ich habe Rafaels Versprechen, mir einen neuen Mann zu besorgen, genauer gesagt, *den* Mann, nicht vergessen. Den beabsichtigten Halt bei Finn habe ich als letzte Station begriffen, den Ort, an dem ich meine größte Sünde tilgen kann, bevor ich meine „Belohnung" bekomme. Dass Finn selbst meine Belohnung ist, und auch das erst, nachdem ich mich vor ihm in den Staub geworfen habe, damit habe ich nicht gerechnet.

Es stimmt – auch wenn ich es gegenüber Rafael nicht zugeben konnte –, in den letzten Tagen ist mir klar geworden, dass ich mich wie ein Arschloch verhalten habe, dass meine letzten Worte zu Finn unverzeihlich waren und dass sich meine Gefühle zu ihm eigentlich nicht geändert haben. Aber ich habe idiotischerweise auch gedacht, diese Empfindungen würden sich in Luft auflösen, sobald ich meinen Frieden mit Finn geschlossen habe. Doch jetzt sieht es so aus, als würde ich dieser Hoffnung beraubt. Entweder habe ich Rafael Fähigkeiten angedichtet, die er gar nicht besitzt, oder ich habe seine Worte die ganze Zeit über falsch interpretiert.

„Das ist nicht dein Ernst!" sage ich schließlich.

Rafael schweigt und sieht stur geradeaus.

„Du hast mir den Mann fürs Leben versprochen!" sage ich lauter.

„Genau", bestätigt Rafael. „Finn."

Wütend schlage ich auf die Beifahrerkonsole. „Finn ist nicht der Mann meines Lebens! Wenn er es gewesen wäre, hätte er mich nicht betrogen und ich ihn nicht so einfach abserviert. Wir haben es versucht und es hat nicht geklappt. Ist das so schwer zu begreifen?" Meine Stimme klingt verzweifelt, fast beschwörend, als müsste ich nicht nur Rafael, sondern auch mich selber überzeugen.

„Und wie soll er deiner Meinung nach sein, dieser Mann deines Lebens?" fragt Rafael mit gerunzelter Stirn.

„Oh … äh … groß sollte er sein … ein breites Kreuz haben. Ein paar Haare auf der Brust wären auch nicht schlecht – und der Sex muss geil sein", sage ich träumerisch.

„Soll er auch irgendwelche Charaktereigenschaften haben oder reicht es dir, wenn er gut aussieht und im Bett abgeht wie eine Rakete? Wenn ja, hätte ich mir die ganze Mühe sparen können und dir ein paar Pornovideos geschenkt."

Ich beschließe, die Ironie zu überhören. „Er sollte mich lieben", rede ich weiter, „er sollte zuhören können, Geduld haben und meine Macken ertragen. Er sollte für mich da sein, wenn ich ihn brauche, er sollte mir das Gefühl von Geborgenheit geben können und ..." Je länger ich rede, desto leiser und unsicherer werde ich, bis ich schließlich ganz verstumme. Ich höre mich an wie bei einem Casting für eine Rosamunde-Pilcher-Verfilmung.

„Was ist?" fragt Rafael und ein wissendes Lächeln umspielt seine Lippen. „Warum sprichst du nicht weiter?"

„Tu nicht so dumm!" murmele ich und schaue zu Boden. „Du weißt ganz genau, was los ist."

„Du hast dabei an Finn gedacht?"

Ich nicke zögernd. Es stimmt. Während ich die Charaktereigenschaften meines Traummannes aufgezählt habe, habe ich Finn vor Augen gehabt – auch wenn es mir schwer fällt, das zuzugeben. „Er sollte mir aber vor allen Dingen treu sein!" sage ich trotzig.

„Treue ist ein hehres Ziel, aber du missbrauchst es, um deine Angst dahinter zu verstecken."

„Angst? Was für eine Angst?"

Rafael lacht leise auf. „Du fürchtest dich entsetzlich, verlassen zu werden, du fürchtest dich vor dem Alleinsein. Was du lernen musst, ist Vertrauen!"

„Das ich nicht lache!" erwidere ich. „Wenn ich Finn vertraut hätte, wäre meine Enttäuschung noch größer gewesen!"

Rafael sieht mich ungläubig an. „Du willst eine Garantie für die Liebe? Die wirst du niemals erhalten, auch nicht durch Treueschwüre. Nur wenn du Finn nicht an dich kettest, wird er bei dir bleiben. Ein Paradoxon wahrhaft biblischen Ausmaßes!" fügt er schmunzelnd hinzu.

„Aber wenn ich ihm seine Fehler verzeihe und noch dazu darum bitte, dass er mir meine vergibt, dann – dann bin ich ja völlig abhängig von ihm! Dann hat er mich in der Hand!" Mit weit aufgerissenen Augen sehe ich Rafael an. Dies ist der eigentliche Punkt, dies ist die Angst, die mich umtreibt und verhindert, dass ich mit Finn ins Reine komme. Vielleicht ist diese Angst auch der Grund, warum ich niemals eine Beziehung auf die Reihe bekommen habe. Ich fürchte mich davor, jemanden bedingungslos zu lieben, seine Schwächen zu akzeptieren und über sie hinwegzusehen, denn dann liefere ich mich aus, dann bin ich nackt und schutzlos. Was ist, wenn Finn mich nicht so annehmen kann, wie *ich* bin, mit all meinen Fehlern und Macken? Was ist, wenn er mir *meine* Fehler nicht verzeihen kann? Womit schütze ich mich dann vor Verletzungen? Womit verteidige ich mich vor den Unwägbarkeiten einer Liebe, wenn ich alle meine Waffen von vornherein unbrauchbar mache?

„Abhängigkeiten gibt es in jeder Beziehung, Marco. Das ist eine Binsenweisheit. Und sie sind auch nicht schlimm, solange man sich ihrer bewusst ist und sie sich in einem erträglichen Rahmen bewegen."

„Ich kann das nicht", sage ich mutlos. „Ich traue mich nicht."

Rafael seufzt. „Dies ist die einzige Chance, die ich dir biete. Nutze sie", sagt er warnend. Dann hält er den Wagen an und macht den Motor aus. „Wir sind da."

Überrascht sehe ich auf. Vor uns liegt das kleine und etwas heruntergekommene Haus, das ich so gut kenne. An der vorderen Fassade blättert der Putz ab, einige Dachziegel haben sich gelöst und liegen zerbrochen auf der Erde. Auf dem eingeschneiten Platz vor dem Gebäude, der durch eine Gaslampe an der Hauswand erhellt wird, steht der Baumstumpf, auf dem Finn immer Holz hackt. In seiner Mitte steckt ein Beil. Das Haus selbst liegt im Dunkeln, nur aus einem Fenster im Erdgeschoss dringt verschwommen gedämpftes Licht. Fast sieht es so aus wie der Schein einer Lichterkette um einen Weihnachtsbaum.

Wie auf Kommando werden alle im Auto wach. Sie recken sich, strecken ihre steifen Glieder und sehen sich interessiert um.

„Ich habe Hunger!" erklärt Simon. Adolf bellt zustimmend.

„Wo sind wir?" fragt meine Mutter.

„Am Ziel", antwortet Rafael.

In diesem Moment öffnet sich die Haustür und eine Silhouette tritt nach draußen. Finn wirkt ein wenig hagerer, als ich ihn in Erinnerung habe, als wäre er gerade erst von einer schweren Krankheit genesen, und er hat sich einen Bart stehen lassen. Misstrauisch begutachtet er den fremden Wagen, der vor seinem Haus hält. Ich sehe in sein Gesicht und bin plötzlich unfähig, mich zu rühren. Wie festgefroren bleibe ich auf meinem Platz sitzen, während die anderen zögernd die Türen aufklappen und aussteigen. Es beginnt erneut zu schneien.

„Los, komm schon", fordert mich Sabine auf, „du kannst nicht ewig hier drin bleiben." Als ich nur störrisch den Kopf schüttele, sieht sie Rafael hilfesuchend an. „Tu was, Engel!" sagt sie.

Rafael mustert mich durchdringend und mit gerunzelter Stirn. „Ist das jetzt wirklich so schwer, Marco?" fragt er leise.

Ich bin starr vor Angst. „Gib … gib mir noch etwas mehr Zeit. Nur noch ein bisschen!" flüstere ich.

Er zögert einen Moment und nickt schließlich. Dann beugt er sich über mich und bläst sanft über mein Gesicht. Meine Wangen und Augenlider prickeln angenehm. „Dann schlaf jetzt", murmelt er und in seinem Blick ist ein merkwürdiges Glitzern. „Aber nur bis morgen früh. Länger nicht."

Eine unerwartete Müdigkeit überkommt mich, meine Augen werden schwer, meine Beine und Arme sind wie Blei. Ich fühle mich, als wäre ich auf Treibsand getreten, und lasse mich von der Dunkelheit verschlingen. Doch bevor der Schlaf mich übermannt, erkenne ich lächelnd, wie sinnlos mein Widerstand in den letzten Tagen war.

„Wie dumm von mir", sage ich schlaftrunken, „ich hätte wissen müssen, dass du das kannst. Warum hast du das nicht schon viel früher gemacht? Du hättest alles schneller und einfacher herausbekommen."

„Ich konnte dich nicht zwingen, Marco", höre ich Rafaels Stimme wie aus großer Entfernung. „Dein freier Wille ist das, was gezählt hat – na ja", ergänzt er leichthin, „jedenfalls mehr oder weniger."

Ich spüre noch, wie der Engel mich auf seine Arme hievt, wie schon am Tag zuvor bei meinen Eltern, und durch die Kälte ins Haus trägt. Dann lasse ich los.

Gleißendes Sonnenlicht fällt auf mein Kopfkissen, als ich aufwache. Ich habe die ganze Nacht traumlos durchgeschlafen. Die Müdigkeit der letzten Tage, die meinen Körper wie den Eisenpanzer eines Ritters umschlossen und schwerfällig gemacht hat und meine Gedanken dumpf und träge, ist wie weggeblasen. Ich fühle mich frisch und ausgeruht. Allerdings ist das Erste, was mir durch den Kopf geht, dass heute der 24. Dezember ist, Heiligabend. Der Tag, an dem Rafaels Zeit abläuft und – wenn Rafael Recht hat – meine letzte Chance, mit Finn ins Reine zu kommen. Sofort bekomme ich wieder schlechte Laune. Ich vergrabe den Kopf unter meinem Kissen und stöhne. Bei solchen Aussichten würde ich am liebsten nicht aufstehen.

Erst nachdem ich unter der Bettwäsche hervorkrieche und die Augen ein zweites Mal aufschlage, bemerke ich, dass ich mich in Finns Schlafzimmer befinde, in seinem Bett. Irritiert fährt meine Hand wie früher über die Holzmaserung des Bettgestells, das er selber gezimmert hat. Ein vertrautes, fast unheimliches Gefühl. In meinem Kopf geistern auf einmal Dinge herum, an die ich seit langem nicht mehr gedacht habe – Dinge, die Finn und ich in diesem Bett zusammen getan haben, und mein Körper reagiert wie von selbst. Ich habe eine Latte.

Krampfhaft versuche ich, mich daran zu erinnern, wie ich hierher gekommen bin, aber mein Gedächtnis lässt mich im Stich. Jemand hat mich bis auf meine Boxershorts ausgezogen, meine Sachen hängen über einem Stuhl vor dem Fenster. Instinktiv blicke ich auf den Platz neben mir, aber Finns Bettdecke ist unberührt, sauber zusammengefaltet liegt sie am Fußende der Matratze.

Plötzlich muss ich an den ersten Traum denken, den ich gehabt habe, nachdem Rafael in meinem Leben aufgetaucht ist, und meine Finger reißen hastig Finns Nachttischschublade auf, wühlen Bilder, Zettel und Adressbüchlein durcheinander, auf der Suche nach leeren Tablettenschachteln. Aber ich finde nichts und atme erleichtert auf. Die Grenzen zwischen Traum und Wirklichkeit, Fantasie und Realität, dem Möglichen und dem Unmöglichen sind in den letzten Tagen für meinen Geschmack ein wenig zu sehr ineinander verschwommen. Es wird Zeit, dass wieder Ordnung in mein Leben einkehrt.

Ich schwinge meine Beine aus dem Bett, öffne vorsichtig die Schlafzimmertür und trete auf den Flur. Angestrengt lausche ich nach unten, aber das Haus ist merkwürdig still, wie ausgestorben. Kein Kindergeschrei, kein Hundegebell dringt an meine Ohren, nirgendwo höre ich die Schritte meiner Mutter, das Lachen meiner Schwester oder wenigstens das Rauschen eines Wasserhahns. Nur aus der Küche kommt das leise Klappern von Geschirr. Ein Radio dudelt leise Weihnachtslieder. Langsam gehe ich die Treppe hinunter, den Geräuschen entgegen. Die Holzdielen knarren unter meinen Füßen. Lange bevor ich unten ankomme, weiß ich, dass ich mit Finn allein im Haus bin.

„Morgen", sagt Finn einsilbig. Seine Hände stecken im Spülwasser. Er vermeidet den Blickkontakt und reibt mit einem Schwamm so heftig über einen Teller, dass die Emailleverzierungen jeden Moment abspringen werden. Die Luft in der Küche steht plötzlich unter Hochspannung, ich habe das Gefühl, dass er mir am liebsten an die Kehle gehen würde.

Aber ich kann dieses Spiel genauso gut spielen wie er. Nur mein Räuspern verrät meine Unsicherheit. „Wo sind die anderen?" frage ich. Seine Begrüßung erwidere ich nicht.

„Deine Mutter und deine Schwester sind einkaufen gefahren. Seit wann hast du übrigens einen Hund? Noch dazu ein solches Monstrum?"

„Adolf ist kein Monstrum, er ist eine Deutsche Dogge", sage ich feindselig. Es ist das erste Mal, dass ich den Hund verteidige, aber es steht Finn nicht zu, sich über ihn lustig zu machen. Die Dogge gehört jetzt zu mir. Finn nicht. Dass ich sauer auf Adolf bin, weil er den Hamster gefressen hat, lasse ich lieber unerwähnt.

„Die Kinder und dieser ... Rafael bauen einen Schneemann." Das Zögern in Finns Stimme erinnert mich daran, dass er Rafael in Wirklichkeit noch nie begegnet ist, sondern nur in meinen Träumen. „Er ist ein Hochstapler, oder?" fragt Finn. „Das ist doch irgendein Trick mit den Flügeln? Ich meine ... ein Engel?" Er ist ebenso skeptisch wie ich am Anfang, aber auch genauso neugierig.

Ich zucke abweisend mit den Schultern. „Gibt's Kaffee?" Es ist mir egal, was Finn von Rafael denkt. In meinen Träumen hat er sich mit ihm verstanden, er wird es auch jetzt wieder tun.

Finn zeigt seine Verärgerung, indem er mir mit einer brüsken Bewegung einen Pott Kaffee auf den Tisch knallt. Die schwarze Brühe schwappt über und bildet einen feuchten Ring auf der Tischplatte. „Hier", sagt er und wendet sich wieder dem Abwasch zu. Er hat mit Absicht keinen Zucker dazugestellt, dabei weiß er genau, dass ich ungesüßten Kaffee nicht mag.

Ich laufe auf nackten Füßen über die kühlen Bodenplatten und setze mich mit hoch gezogenen Beinen auf einen Stuhl am Tisch. „Mir ist kalt", sage ich.

„Dann zieh dir was an oder dreh die Heizung auf", erhalte ich knapp zur Antwort.

Die Vergangenheit steht wie eine Mauer zwischen uns. Diesseits und jenseits der aufgeschichteten Steine haben wir unsere Eitelkeiten, unsere Wunden und Verletzungen gepflegt, haben uns verändert, auseinander entwickelt und nun wissen wir nicht, ob wir noch dieselbe Sprache sprechen.

Ich wärme mir die Hände an der Kaffeetasse. Auf dem Tisch liegt eine angebrochene Schachtel *Marlboro*. „Ich wusste nicht, dass du angefangen hast zu rauchen", sage ich erstaunt und nehme mir ohne zu fragen eine Zigarette.

„Du weißt eine ganze Menge nicht", erwidert Finn. Mit großem Getöse lässt er einen Stapel Besteck ins Abwaschwasser gleiten.

„Ich habe genug gesehen, um mir eine Meinung zu bilden", gebe ich bissig zurück und registriere mit Befriedigung, wie Finn zusammenzuckt.

Wir schweigen. Im Radio singen die *Fischerchöre* inbrünstig „O du fröhliche" und ich würde den Kasten am liebsten genauso inbrünstig zum Fenster hinauswerfen. Meine Stimmung entspricht jetzt eher „Highway to Hell" von *AC/DC* oder sonst einem Lied, bei dem Gitarren auf der Bühne zertrümmert werden. Vor dem Haus rollen Simon und Rafael eine große Schneekugel über den Vorplatz. Annika sitzt etwas abseits im Matsch und lutscht gedankenverloren an der Möhre, die Rafael bestimmt für die Nase des Schneemanns vorgesehen hat. Weiß der Himmel, wo er die aufgetrieben hat. Die Federn von Rafaels mächtigen Flügeln wehen in einer leichten Brise und ich höre Simons aufgeregtes Kinderlachen. Was für ein Gegensatz: Draußen herrscht winterliche Postkartenidylle; hier drinnen werden heimlich die Messer gewetzt. Der Engel schaut für einen Moment auf, sieht mich und nickt mir aufmunternd zu. Er weiß genau, was gerade in der Küche abläuft.

Finn stützt seine Hände am Spülbecken auf und starrt in das schmutzige, schäumende Wasser. Es fällt ihm schwer, ruhig zu bleiben. „Warum bist du hier, Marco?" fragt er. „Seit unserer Trennung keine Nachricht, kein Anruf, kein einziges Wort. Ich hatte gerade begonnen, mich mit deiner Verachtung abzufinden – und dann tauchst du plötzlich vor meiner Haustür auf. Warum?"

Hilflos blase ich Zigarettenrauch in die Luft. Ich weiß die Antwort selber nicht.

Rafael hat mich hierher geschleift, denke ich. Aber das ist etwas, was Finn nicht verstehen kann, und im Grunde ist es auch nicht richtig. Ich bin hier, weil ich meinen Frieden mit Finn machen will. Nein. Verärgert lasse ich bei diesem letzten Gedanken meine Hand auf den Tisch fallen. Wenn es Zeit ist, Ordnung in mein Leben zu bringen, dann ist es auch Zeit, mir selbst die Wahrheit einzugestehen: Ich bin hier, weil ich hoffe, dass noch etwas zu retten ist.

„Ich …" beginne ich, aber Finn schneidet mir das Wort ab.

„Bist du gekommen, um dich daran zu weiden, wie schlecht es mir geht, wie sehr ich darunter leide, was passiert ist?"

Er schnaubt auf, als wäre mein Schweigen eine Bestätigung seiner Vermutung. „Hätte ich mir ja denken können. Du kriegst den Hals wohl nicht voll genug, was? Ja, es geht mir schlecht!" sagt er mit lauter werdender, schneidender Stimme. „Ja, ich leide darunter, dass ich mit Lars in der Kiste war, und ich würde wer weiß was dafür tun, wenn ich es ungeschehen machen könnte! Reicht dir das oder bist du erst zufrieden, wenn ich mich vor dir auf dem Boden winde?"

„Aber so ist es ganz und gar nicht!" schreie ich ihn an. Obwohl es genau das ist, was ich mir ausgemalt habe, seitdem ich Finn mit Lars erwischt habe. Obwohl es genau die Entschuldigung ist, die ich hören wollte, fühle ich mich auf einmal missverstanden und völlig unfair behandelt. Bin ich so selbstgerecht, rachsüchtig und hartherzig, wie Finns Worte mich erscheinen lassen? „Du blöder Arsch!" brülle ich ihn an. „Wie kannst du so was von mir denken?"

„Wieso?" fragt er kaltschnäuzig. „Du wolltest mich doch am liebsten tot sehen!"

Seine Worte sind wie ein Faustschlag mitten ins Gesicht. Ich springe vom Stuhl und renne aus der Küche. Es war ein Fehler, hierher zu kommen, eine weitere Schnapsidee von Rafael. Ich habe es gleich gewusst. Finn wird mir niemals verzeihen. Er empfindet nichts mehr für mich, er ist derjenige von uns beiden, der den anderen verachtet. So schnell ich kann, stürze ich die Treppen wieder hoch, zurück ins Schlafzimmer. Meine Gedanken kreisen einzig und allein um Flucht. Ich will nur noch weg hier. So schnell und so weit weg wie möglich. Den Namen Finn werde ich aus meinem Gedächtnis verbannen, für immer und ewig.

Aber Finn läuft mir hinterher. Er ist zwar nicht so flink und wendig wie ich, aber seine Behäbigkeit macht er durch lange Schritte wieder wett. Ich höre seine Schuhe die Treppe emporpoltern, er nimmt zwei Stufen auf einmal. Noch bevor ich auch nur eine Socke anziehen kann, hat er mich eingeholt. Mit einem Knall stößt er die Schlafzimmertür auf und lässt sie hinter sich ins Schloss krachen.

„Glaub ja nicht, dass du dich so einfach wieder verpissen kannst, Marco", stößt er atemlos hervor. „Du bist mir was schuldig!"

„Ich schulde dir gar nichts, du Mistkerl!" brülle ich ihn zornig an. „Erst wenn die Hölle zufriert! Du wolltest doch unbedingt mit Lars in die Kiste! Dann steh auch zu den Konsequenzen!"

„Hör doch auf, uns beiden etwas vorzumachen! Es geht dir doch gar nicht um Lars! Dass es Lars war, mit dem ich dich betrogen habe, interessiert dich doch gar nicht!"

„Stimmt!" schreie ich ihn an. „Es geht darum, dass du mein Vertrauen missbraucht und mich hintergangen hast. Dass du nur darauf gewartet hast, dass ich dir den Rücken zudrehe!"

Finn verliert endgültig die Fassung, springt mit wutentbranntem Gesicht auf mich zu und will sich auf mich werfen. Doch ich habe diesen Schritt vorausgesehen und trete im letzten Moment zur Seite, mit dem Ergebnis, dass Finn nur meine Beine erwischt, während er wie ein gefällter Baum zu Boden geht. Trotz seines schmerzverzerrten Gesichts lässt er nicht los. Ich versuche, mich seinem Griff zu entwinden, aber er ist zu stark, seine Hände sind wie Stahlklammern und er zieht mich zu sich herab, bis wir plötzlich beide auf dem Boden liegen, miteinander ringen, als ginge es um Leben und Tod. Wut, Zorn und Enttäuschung spiegeln sich in unseren Augen wider. Es ist, als reichten unsere Worte nicht aus, als könnte nur die pure Gewalt entscheiden, wessen Argumente schwerer wiegen. Verbissen streiten wir um die Oberhand in diesem Kampf, stumm und keuchend wetteifern wir um den Sieg.

Finn ist kräftiger als ich und normalerweise hätte ich keine Chance gegen ihn, aber ich habe immer noch nur meine Boxershorts an und der Schweiß, der sich auf meinem Körper bildet, mir den Nacken, die Brust und den Rücken hinunterläuft, bietet Finns Angriffen keinen Halt. Immer wieder gelingt es mir, mich zu befreien. Mein Fuß stößt gegen den Nachttisch und die Leselampe fällt scheppernd zu Boden, Finn rempelt gegen einen Kleiderständer, der krachend gegen den Schrank fällt, aber keiner von uns beiden hält inne. Schon nach wenigen Minuten sieht das Zimmer aus wie ein Schlachtfeld.

Unsere Wut aufeinander und die frustrierende Erkenntnis, dass keiner von uns freiwillig nachgibt, verleiht uns ungeahnte Kräfte und wir werden immer rücksichtsloser. Schon nach kurzer Zeit haben wir blaue Flecken, Schrammen und Prellungen, aber Finn und ich scheren uns nicht darum. Wir schenken uns nichts. Es ist, als ob diese äußerlichen Verletzungen niemals den Schmerz aufwiegen konnten, den wir uns zugefügt haben.

„Du hast es dir selbst zuzuschreiben!" keuche ich, als mich Finn in den Schwitzkasten nimmt. „Du hast mich betrogen. Ich habe immer gewusst, dass du mir nicht treu sein wolltest!" Mit letzter Kraft ramme ich Finn meinen Ellbogen in die Magengrube. Er wird kalkweiß im Gesicht, ringt nach Luft und löst seinen Griff um meine Kehle. Wie zwei angeschlagene Boxer taumeln wir in die entgegengesetzten Ecken des Schlafzimmers. Aber die Auszeit währt nur wenige Augenblicke.

„Du selbstgefällige kleine Kröte!" faucht Finn mich an, als er wieder sprechen kann. Er stürzt auf mich zu und mit einem Griff dreht er mir den Arm auf den Rücken, bis ich das Gefühl habe, dass jeden Moment meine Schulter ausgekugelt wird. Ich kann Finns Atem auf meinem Nacken spüren, als er mir ins Ohr zischt. „Du hast mich behandelt wie ein Stück Dreck! Du hast doch nur darauf gewartet, dass ich es tue. Du wolltest, dass ich es tue, damit du dir sagen konntest, dass du von Anfang an Recht gehabt hast. Du hast mich schon verurteilt, als ich es noch gar nicht getan hatte!"

„Das ist nicht wahr!" Ich kann mich kaum bewegen. Mein linker Arm tut so weh, dass ich am liebsten um Gnade betteln würde. Aber ich will mir keine Blöße geben. Ich werde nicht derjenige sein, der sich geschlagen gibt. Mit rechts lange ich an Finns Kopf und ziehe so fest ich kann an seinen Haaren, bis er schreiend meinen Arm loslässt. „Aber ich habe gewusst, dass es passieren wird, seit dem Moment, als du mit diesem Carl geflirtet hast! Und ich *habe* Recht gehabt!" sage ich gehässig und ziehe seinen Kopf immer weiter nach unten, bis er in einer Geste der Unterwerfung vor mir kniet. „Du bist wie alle anderen! Nein, du bist schlimmer! Du kannst noch nicht mal zu deinen Fehlern stehen!"

Finn brüllt auf wie ein Löwe, der sein Revier verteidigen muss, und für einen kurzen, irrealen Augenblick denke ich daran, dass er genau dasselbe Geräusch macht, wenn er kommt. Dann verdreht er mir die Hand, mit der ich mich in seinen Haaren festgekrallt habe, und schlägt mit seiner Handkante gegen meine Kniekehlen, sodass ich wie ein Mehlsack zu Boden gehe. Bevor er sich auf mich wirft, kann ich mich im letzten Moment auf den Rücken rollen und meine Knie anwinkeln. Sein Kinn schlägt auf meiner Kniescheibe auf und ich höre ein lautes Knacken. Ich bin völlig außer Atem und habe das Gefühl, jeden Augenblick platzen meine Lungen. Mein Puls rast, und mein Adrenalinspiegel ist außer Kontrolle. Lange kann ich bei diesem Gefecht nicht mehr mithalten. Doch ich habe den Sieg vor Augen. Finn lässt sich benommen auf den Teppich fallen und betastet vorsichtig seinen Kieferknochen.

„Wie kann man jemandem sagen, dass man ihn am liebsten tot sehen würde?" fragt Finn keuchend. „Wie kann man einen anderen Menschen so sehr vernichten wollen?"

„Wenn du glaubst, ich entschuldige mich, dann kannst du warten, bis du schwarz wirst", erwidere ich herablassend.

Aber diesen letzten Satz hätte ich wohl besser heruntergeschluckt, denn Finn hebt seinen Kopf und in seinen Augen kann ich eine Entschlossenheit lesen, die ich vorher noch nie bei ihm gesehen habe.

„O doch, das wirst du, Marco!" sagt er leise und kommt drohend auf mich zu wie ein kampferprobter Sumo-Ringer.

Erneut stürzt er sich auf mich und ich bin so überrascht von den Kräften, die noch in ihm stecken, dass ich nicht schnell genug reagiere. Nach wenigen Augenblicken liege ich bewegungslos am Boden und Finn sitzt auf meinem Brustkorb, hält meine Arme fest und drückt mit dem Ellenbogen gegen meine Kehle, bis ich Sterne sehe. Ich strampele mit den Beinen, versuche verzweifelt, mich zu befreien, und sehe Finns Grinsen, mit dem er meine vergeblichen Bemühungen registriert. Das Blatt hat sich gewendet.

Finn drückt seinen Ellenbogen noch ein bisschen fester an meine Kehle. Ich spüre, wie sich das Blut in meinem Kopf staut.

„Und jetzt sag es, Marco", flüstert Finn, und auf einmal ist sein Gesicht nur wenige Zentimeter von meinem entfernt. Ganz nah sind wir uns, fast wie ein Liebespaar. So nah, dass ich den Puls in seinen Schläfen pochen sehen kann und die Sehnsucht in seinem Blick. „Deshalb bist du doch zu mir gekommen!"

„Niemals!" röchele ich und spüre, wie Finn unbarmherzig den Druck verstärkt.

„Sag es!" wiederholt er. In seiner Stimme ist plötzlich ein Flehen zu hören, als wäre dies sein letzter Versuch, mich umzustimmen. „Bitte, sag es!" Und dann bekomme ich auf einmal wieder Luft. Finn hat seinen Ellbogen von meiner Kehle genommen und lässt mutlos die Schultern hängen. Hastig sauge ich Sauerstoff in meine Lungen, doch anstatt meine Chance zu nutzen, den Kampf wieder aufzunehmen, bleibe ich liegen und spüre, wie mein Körper jede weitere Gegenwehr verweigert.

„Es tut mir Leid", flüstere ich endlich. „Es tut mir Leid." Und meine Entschuldigung umfasst nicht nur diesen einen hasserfüllten Satz, sondern alles, was ich falsch gemacht habe in unserer Beziehung, mein Misstrauen, meine Eifersucht, meine Unfähigkeit zu verzeihen, meine Ungläubigkeit, dass er mich wirklich liebt.

Ich spüre, wie Tränen der Erleichterung sich hinter meinen Augen sammeln. Mit den Händen ziehe ich Finns Kopf ganz zu mir herunter.

Unsere Lippen berühren sich, zögernd, vorsichtig, unsicher, es ist fast wie bei unserem ersten Kuss. Aber dann zuckt Finn plötzlich zurück. „Spinnst du?" sagt er überrumpelt. „Glaubst du wirklich, mit einem kleinen Ringkampf und einer lapidaren Entschuldigung sei alles vorbei und vergessen? Hast du sie noch alle?"

Ich fühle mich, als hätte er mir einen weiteren Schlag versetzt, aber diesmal einen, der mich völlig unvorbereitet trifft, ein hinterhältiges K.o., nachdem der Kampf vom Ringrichter abgepfiffen wurde. „Was ... was meinst du?" stottere ich. „Ich verstehe nicht."

„Was ich meine?" fragt Finn entgeistert zurück. „Dass ich nicht einfach da weitermachen kann, wo wir aufgehört haben!"

Ich traue meinen Ohren nicht und kann meine Fassungslosigkeit kaum verbergen. Meine Gesichtsmuskeln arbeiten, ich muss kämpfen, damit mir die Tränen nicht über die Wangen laufen.

Alles war umsonst, denke ich bitter. Es hat alles nichts genützt. Wie konnte ich nur so dumm sein und mir Hoffnungen machen! „Und jetzt?" frage ich mit belegter Stimme. Ich komme mir so lächerlich vor. Mein ganzer Körper ist angespannt und Finns Nähe fühlt sich auf einmal falsch und unpassend an.

Finn richtet sich auf. „Zeit", sagt er plötzlich leise und unerwartet und streicht mir mit einer behutsamen Geste übers Haar. „Gib uns Zeit. Was haben wir zu verlieren?"

In diesem Moment wird hinter uns die Schlafzimmertür aufgerissen und Rafael sagt: „Habt ihr euch endlich ausgesprochen? Ganz zivilisiert, so wie es sich für zwei erwachsene Männer gehört?"

Finn und ich fahren auseinander, als hätte uns jemand bei einer kriminellen Handlung erwischt. Gegenseitig helfen wir uns vom Boden auf und sehen uns betreten in die Augen.

Rafael grinst. „Sabine und deine Mutter sind vom Einkaufen zurück", informiert er mich. „Ich glaube, sie haben den halben Tante-Emma-Laden im nächsten Dorf leer gekauft, aber Finn hatte auch wirklich nichts mehr im Haus außer einem Glas Gurken im Kühlschrank und vergammelte Wurst. Kerl, du hast dich ganz schön gehen lassen!" fügt er kopfschüttelnd zu Finn gewandt hinzu.

Später, bei einem opulenten Mittagessen, sind Finn und ich sehr schweigsam und überlassen die Unterhaltung den anderen. Simon schielt mit großen, fragenden Augen auf unsere blauen Flecken und geschwollenen Gesichter, aber die warnenden Blicke meiner Schwester halten ihn davon ab, etwas zu sagen. Ich habe keinen Hunger, schiebe Fleischstückchen und Salatblätter auf dem Teller hin und her. Irgendwann halte ich es nicht mehr aus und verlasse wortlos und ohne Entschuldigung den Tisch.

„Marco …", ruft mir meine Mutter hinterher, aber ich bedeute ihr mit einer unwirschen Handbewegung, dass sie mich in Ruhe lassen soll.

Ich wandere allein durch das Haus und versuche, meine Gedanken zu ordnen. Die Tür zu Finns Arbeitszimmer ist angelehnt und ich stoße sie auf. Das Zimmer ist staubig, durch die Zugluft schweben Wollmäuse über den Boden und verhaken sich in den ausgetretenen Schlingen des Teppichs. An der Wand stehen die voll gestopften Bücherregale mit den zerfledderten Taschenbuchausgaben der Krimis, die Finn so gerne liest. Agatha Christie, Elizabeth George, Ingrid Noll. Mordgeschichten, die meist nicht sehr blutrünstig sind und einen feinen, ironischen Unterton haben.

Der Kamin in der Ecke ist kalt und ausgefegt, daneben ist fein säuberlich eine Reihe von Holzscheiten gestapelt. Abgestandener Rußgeruch hängt in den Gardinen. Anscheinend hat Finn in den letzten Wochen mehr den Kamin in der Küche genutzt und sich nur selten in diesem Raum aufgehalten. Die Fenster sind so schmutzig, dass man kaum hinausblicken kann. Ich lasse mich auf einen der ausgeleierten, mit dunkelgrünem Cord bezogenen Sessel fallen und schaue mich um.

Mein Blick fällt auf den behäbigen Schreibtisch vor dem Fenster. Im Gegensatz zum Rest des Raums ist die Schreibunterlage nicht eingestaubt, ebenso wenig der Stuhl, auf dem Finn sitzt, wenn er seine Post erledigt. Der Tisch und der Papierkorb darunter quellen über mit zerknüllten Zetteln. Ich stehe auf und greife neugierig nach einer der Papierkugeln, streife den Briefbogen so gut es geht wieder glatt. „Lieber Marco, es tut mir Leid. Bitte glaub mir …“, lese ich. Weiter ist Finn nicht gekommen. Nervös fingere ich nach einer anderen Kugel. „Lieber Marco …“ Es ist wie ein Déjà-vu-Erlebnis. Und auch die dritte und vierte Kugel beinhalten immer wieder den gleichen Satz. Ich begreife nicht. Wieso ist dieser Traum anscheinend tatsächlich passiert und der andere nicht? Habe ich wirklich alles nur geträumt oder hat Rafael mich ein Stück Realität sehen lassen, während ich geschlafen habe? Je länger ich darüber nachdenke, was wirklich geschehen ist, desto verwirrter werde ich. Nur eines verstehe ich endlich: Finn hat Recht. Meine Hoffnung, wir könnten einfach da weitermachen, wo wir aufgehört haben, und so tun, als wäre nichts geschehen, war naiv. Unsere Verletzungen sind real, wir beide haben Narben davongetragen, die noch immer schmerzen. Wir brauchen Zeit, um uns aneinander heranzutasten, wieder Vertrauen zu fassen. Aber ich begreife auch, dass wir nur dann eine Chance haben, wenn wir die Vergangenheit hinter uns lassen. Ansonsten wird das, was gewesen ist, immer einen Schatten über das werfen, was sein könnte. Wenn wir beide dasselbe wollen, nämlich uns, Finn und Marco, dann müssen wir voneinander lernen und uns gegenseitig helfen.

Entschlossen lege ich ein paar Holzscheite in den Kamin, öffne die Abzugsluke und zünde den Stapel Holz mit einigen von Finns Briefentwürfen an. Schon nach wenigen Minuten lodern die Flammen und wärmen die Luft in dem kalten Raum.

Die Tür quietscht und Finn kommt herein. Er hat geduscht, sich die Haare gewaschen und den Bart abgenommen. Fast sieht er wieder aus wie der Finn, den ich kenne. Nur in seinen Augen kann ich noch etwas von der Traurigkeit erkennen, mit der er in den letzten Wochen gerungen hat und für die ich verantwortlich bin. „Ich habe noch nie gut aufschreiben können, was ich empfinde", sagt er und deutet auf seine Versuche, sich bei mir zu entschuldigen. „Deshalb habe ich keinen dieser Briefe abgeschickt."

„Ich habe davon geträumt", sage ich, „ich habe geträumt, dass du mir schreiben wolltest." Ich schlucke und versuche, meinen nächsten Satz so neutral und emotionslos wie möglich zu formulieren, aber ohne Erfolg. „Ich … ich habe auch geträumt, dass du dich umbringst. Hast du …?" Ich verstumme und schaue zu Boden. Ich habe Angst vor der Schuld, die Finn mir mit einem „Ja" aufbürden würde.

Aber Finn schüttelt abwehrend den Kopf und vermeidet eine klare Antwort. Wir haben noch einen weiten Weg vor uns. Doch dann spüre ich, wie die Finger seiner Hand die Finger meiner Hand suchen, stockend und ängstlich. Zusammen schauen wir schweigend in das Feuer des Kamins. Immerhin, es ist ein Anfang.

Die Sonne des frühen Nachmittags lockt uns schließlich nach draußen, wo meine Schwester, Rafael und mein Neffe sich schon eine geraume Weile rund um den Schneemann eine ungestüme Schneeballschlacht liefern. Alle drei haben vor Kälte rot glühende Gesichter. Adolf tollt aufgeregt und mit hechelnder Zunge den Geschossen hinterher, in der unerfüllbaren Hoffnung, er könnte das weiße Nass apportieren. Meine Mutter steht neben der Haustür, trägt Annika auf dem Arm und sieht dem Treiben lachend zu. Von Kopf bis Fuß eingewickelt in Decken, Anorak, Wollmütze und Fäustlinge sieht meine Nichte aus wie eine zu klein geratene Mumie.

Ich habe meinen Fuß gerade vor die Tür gesetzt, als aus Rafaels Richtung ein Schneeball auf mich zufliegt und mich am Arm trifft. Finn prustet amüsiert auf und ich greife zum Boden und reibe sein Gesicht mit einer Ladung Schnee ein.

„Was gibt es da zu lachen?" frage ich feixend.

Er protestiert lautstark und versucht, sich von mir loszureißen. Als er sein Gesicht vom Schnee befreit hat, grinsen wir uns an und stürzen uns in den tobenden Kampf. Schon bald haben sich zwei Fronten gebildet. Finn und ich auf der einen Seite, Sabine, Rafael und Simon auf der anderen. Hektisch formen wir mit frierenden Fingern den Schnee zu Bällen, zielen wahllos auf unsere Gegner und jubeln, wenn wir einen Volltreffer landen. Es fühlt sich gut an, für einige Zeit wieder Kind zu sein.

Nach einer Viertelstunde geben sich die anderen lachend geschlagen und Sabine und mein Neffe laufen ins Haus, um sich trockene Sachen anzuziehen. Finn folgt ihnen, er will meiner Schwester auf der Suche nach einem Fön behilflich sein, den er im Keller eingelagert hat. Auch meine Mutter geht hinein, Annika ist trotz des Krachs auf ihrem Arm eingeschlafen. Plötzlich sind nur noch Rafael und ich übrig.

Rafael lässt sich atemlos in den Schnee fallen. Sein nackter Brustkorb hebt und senkt sich hektisch und ich wundere mich zum wiederholten Male, dass ihm die Kälte nichts anhaben kann. Er starrt lächelnd in den Himmel und bewegt dann plötzlich seine Arme und Beine hin und her, schaufelt den frisch gefallenen Schnee um sich herum zur Seite.

„Was tust du da?" frage ich.

„Ich mache einen Schneeengel, Dummkopf!" sagt Rafael.

„Das ist kindisch!" erwidere ich.

„Quatsch! Komm, leg dich neben mich, das macht Spaß!"

Ich lasse mich zögernd neben Rafael nieder, bewege Arme und Beine wie eine Marionette auf und ab, bis die frei geschaufelten Stellen im Schnee vage an einen Engel erinnern. Gegen meinen Willen fange ich an zu lachen. Rafael hat Recht. Es macht Spaß.

Urplötzlich versiegt unser Gelächter. Wir schweigen und schauen erneut in den blauen Himmel. Keine einzige Wolke ist mehr zu sehen, nur die Sonne und ein wenig weißer Rauch, der aus dem Kamin von Finns Haus aufsteigt und sich in der Luft kräuselt. Zum ersten Mal seit langer, langer Zeit spüre ich so etwas wie Glück in mir aufsteigen. Es ist ein fast vergessenes, wohliges Gefühl, das mich von innen wärmt und mich unentwegt lächeln lässt. Ich wünschte, ich könnte diesen Moment festhalten, für alle Ewigkeit, zumindest aber für den Rest meines Lebens.

Rafael dreht mir den Kopf zu und legt seine Hand in meine. Ich schlucke und weiß sofort, was er mir jetzt sagen will. Auch wenn sich an diesem Tag so viele Dinge ereignet haben – ich habe diesen Moment nicht vergessen, ich habe mich heimlich davor gefürchtet, habe das Wissen um meine Angst verdrängt und versucht, nicht daran zu denken –, aber jetzt ist es soweit.

„Ich muss gehen", sagt Rafael und sieht mich mit seinen dunklen Augen an. Ein paar Haarsträhnen fallen ihm in die Stirn und glitzern feucht im Sonnenlicht.

„Ich wünschte, du könntest bleiben – nur noch ein paar Stunden", bettele ich.

„Meine Zeit ist abgelaufen. Mein Auftrag ist erfüllt."

„Ja", erwidere ich leise, „ich weiß."

„Du brauchst meine Hilfe nicht mehr", versucht Rafael mich aufzumuntern. „Ihr werdet zurechtkommen, du und Finn."

„Wie kannst du dir so sicher sein?" frage ich zweifelnd. „Wir haben uns angeschrien und uns geprügelt heute Morgen!"

Rafael lächelt. „Ihr habt einen Anfang gemacht", spricht er mir Mut zu.

„Aber was ist mit deiner Verbannung? Wann ist sie aufgehoben worden? Woher weißt du, dass du wieder zurück darfst?" Ich angele nach Strohhalmen, in der Hoffnung, das Unausweichliche verhindern zu können.

„Hast du diesen Unfug tatsächlich geglaubt? Du solltest wirklich ein bisschen bibelfester werden, mein Lieber!" grinst Rafael verschmitzt. „Der einzige Engel, der jemals aus dem Himmel verbannt worden ist, war Luzifer."

„Du hast mich reingelegt!" rufe ich empört aus und vergesse für einen Augenblick, wie traurig ich eigentlich bin.

„Ein bisschen", sagt Rafael. „Nur ein bisschen."

„Ich werde dich nicht mehr wiedersehen, oder?" Ein dicker Kloß schnürt mir die Kehle zu.

„Wer weiß", erwidert der Engel. „Aber ich werde dir zuhören, wenn du mit mir sprichst. Jederzeit und überall."

Ich nicke. Es ist ein beruhigender Gedanke.

Rafael lächelt mir ein letztes Mal zu und dann entdecke ich wieder dieses helle Licht. Es scheint von nirgendwoher zu kommen und beginnt doch in seiner Brust zu leuchten. Es strömt durch seinen ganzen Körper, bis er vollkommen eingehüllt wird davon. Immer heller und strahlender wird es, bis es sogar den Sonnenschein um uns herum übertrifft. Geblendet muss ich für einen Moment die Augen schließen, und als ich sie wieder öffne, ist das Licht erloschen und Rafael verschwunden. Nur dort, wo er gelegen hat, sind deutlich die Umrisse eines Schneeengels zu erkennen.

Meines Engels.

Die Haustür öffnet sich und meine Schwester kommt auf mich zu.

„Wo ist Rafael?" fragt sie, als sie mich allein im Schnee liegen sieht.

„Weg", erwidere ich traurig. „Er ist weg."

Sabine versteht sofort und hilft mir schweigend hoch. Fast zärtlich klopft sie mir den Schnee von den Sachen. Dann gehen wir zusammen ins Haus zurück.

„Himmelfahrt am Heiligabend", sagt meine Schwester und boxt mich aufmunternd in die Seite. „Was für ein Chaot!"

Am Ende …

… ist es wieder Sommer und es ist heiß. Die Hitze liegt schon seit Wochen über dem kleinen Städtchen, lässt die Rasenflächen vertrocknen und die Blätter der Bäume den Herbst erahnen. Die Auspuffgase stauen sich in den Straßen und erschweren das Atmen und die Menschen zollen dem Wetter mit müden und angestrengten Bewegungen ihren Tribut. Dabei ist hier in den Bergen das Klima noch erträglich. Unten im Tal liegt die Luft wie eine Dunstglocke über den Häusern. Nur die Kinder sind unbeeindruckt von der Hitzewelle. Badeseen und Springbrunnen sind erfüllt mit ausgelassenem Geschrei und Gelächter, die Eisdielen machen das Geschäft ihres Lebens.

Der alte Mann schließt die Haustür hinter sich und schaut mit einem unwirschen Blick in den wolkenlosen Himmel, als fühlte er sich durch die Wärme persönlich angegriffen. Dann setzt er einen Hut auf seinen mit Altersflecken übersäten, kahlen Schädel und macht sich mit langsamen, vorsichtigen Schritten und leicht gebeugtem Gang auf den Weg. An den Blumenbeeten, die er neben dem Haus angelegt hat, bleibt er für einen Moment stehen und schüttelt missmutig den Kopf. Die Erde ist hart wie Beton; die Dahlien und die Gerbera lassen schon wieder die Köpfe hängen, obwohl er sie erst am Morgen gewässert hat. Selbst der Efeu, der die Dachrinne emporklettert, sieht grau und ausgelaugt aus. Der alte Mann stochert einen Moment unentschlossen mit seinem Stock im Boden herum, versucht ihn aufzulockern und gibt dann auf.

„Sinnlos", schnauft er verärgert, „nächstes Jahr werde ich Plastikblumen in die Erde stecken."

Er schlurft auf den Bürgersteig und biegt nach links ab, wo sich ein paar Straßen entfernt hinter dem kleinen Park ein Supermarkt befindet, den er jeden Tag nach dem Mittagessen besucht. Viel braucht der alte Mann nicht, manchmal läuft er die Strecke nur wegen einem halben Liter Milch oder zwei Äpfeln, aber dieser tägliche Gang gehört zu seiner Routine, er ist eine Art Verbindung zur Außenwelt, die er nicht abreißen lassen möchte.

Den Rest des Tages verbringt er normalerweise im Haus, streichelt den namenlosen, einäugigen Kater, der ihm vor einem halben Jahr zugelaufen ist, liest mit zittrigen Händen die Zeitung oder er sitzt am Fenster und beobachtet, was auf der Straße vor sich geht. Abends schaut er meist fern, lässt sich berieseln, hin und wieder telefoniert er mit dem einen oder anderen Freund, der noch übrig geblieben ist. Alle paar Wochen bekommt er Besuch von seiner Nichte oder seinem Neffen. Sie wechseln sich ab, bringen Kuchen und manchmal sogar ihre Kinder mit, schauen nach dem Rechten. Die Kinder nennen ihn Opa, obwohl er gar nicht ihr richtiger Großvater ist. Für sie ist dieser Ort in den Bergen ein kleines Stück Ferien, ein Abenteuerspielplatz, sie sind in Gegenden aufgewachsen, wo schon eine kleine Bodenerhebung als Hügel bezeichnet wird.

Der alte Mann freut sich über die Abwechslung, auch wenn er weiß, dass es Pflichtbesuche sind. Es stört ihn zwar, dass seine Nichte verstohlen überprüft, ob er regelmäßig wäscht und das Haus in Schuss hält, und er findet es beschämend, dass sein Neffe die Regelung seiner Finanzen übernommen hat, aber wenn er ehrlich ist, muss er zugeben, dass er mit dem bürokratischen Aufwand seiner Geldangelegenheiten überfordert ist. Er ist ein Relikt, er kann mit der heutigen Welt nicht mehr Schritt halten, er hat seine Zeit überlebt. Manchmal fühlt er sich genauso alt, wie sein Spiegelbild bei der morgendlichen Rasur aussieht, dann tut ihm sein Knie weh oder er hat wieder Brustschmerzen, aber meistens kann er gar nicht glauben, dass es wirklich er selber ist, der sich hinter diesem fremden Gesicht aus Falten, Leberflecken und Furchen verbirgt, dass die trüben und rotgeäderten Augen wirklich seine eigenen sind. Er kann sich noch immer daran erinnern, wie er mit zwanzig, dreißig und vierzig Jahren ausgesehen hat, in seiner Wahrnehmung ist er eigentlich nie alt geworden und es fühlt sich merkwürdig an, in dem Körper eines Greises gefangen zu sein.

Der alte Mann läuft langsam den Bürgersteig entlang, dankbar über jeden Zentimeter Schatten, der von den Büschen der angrenzenden Vorgärten auf den Gehweg geworfen wird. Alle hundert Meter gönnt er sich eine kleine Verschnaufpause, lehnt sich auf seinen Stock und wartet, bis sich sein rasselnder Atem beruhigt hat.

Vor einigen Wochen hat seine Nichte zum ersten Mal das Wort „Seniorenheim" in den Mund genommen, ganz nebenbei, als sie die Staubsaugerschnur aufgerollt hat, aber er hat rigoros abgeblockt, hat erklärt, dass er dieses Haus, diese Wohnung nur verlässt, wenn er hinausgetragen wird, und zwar mit den Füßen zuerst. Er kann hier nicht weg, die Hälfte seines Lebens hat er hier verbracht. Wie soll er all die Erinnerungen mitnehmen, die sich in einer so langen Zeit angesammelt haben? Ihm darf einfach nicht mehr schwindelig werden, er darf einfach nicht mehr fallen.

Der alte Mann setzt sich wieder in Bewegung; im Park kommen ihm ein paar vertraute Gesichter entgegen, die er nicht sofort einordnen kann. Nachbarn? Bekannte? Er tippt sich mit einer fahrigen Geste an den Hut und murmelt einen unverfänglichen Gruß. Als er den Supermarkt vor sich sieht, atmet er gegen seinen Willen erleichtert auf.

Damals, als er hierher gezogen ist, gab es den Supermarkt noch nicht. Es gab auch keinen Park und es gab noch nicht einmal eine Nachbarschaft. Einzig sein, *ihr* Haus stand schon da, umgeben von einem dunklen Tannenwald; das nächste Gehöft war Kilometer weit entfernt, getrennt durch

Ackerboden und Felder. Nur die Berge, die hat es damals auch schon gegeben. Es hat lange gedauert, bis er mit der Abgeschiedenheit klar kam, weil er das Leben in der Großstadt gewohnt war, aber schließlich war er damals ja nicht allein. Es ist seine Entscheidung gewesen, hierher zu kommen, und er hat sie nicht bereut. Das Städtchen entstand im Lauf der Jahre um sie herum, es war eine schleichende, fast unmerkliche Eroberung. Erst hier ein Haus, dann dort ein Zufahrtsweg, eine Straße, dann auf einmal eine Schule, ein Spielplatz und dann musste der Tannenwald dem Park und dem Supermarkt weichen.

Die Tür des Einkaufszentrums öffnet sich automatisch, als der alte Mann auf sie zugeht. Er nimmt sich einen Einkaufswagen und läuft mit schleppenden Schritten die prall gefüllten Gänge entlang. Aus den Lautsprechern dudelt undefinierbare Musik. Verstört schweift sein Blick über Fischkonserven, Waschmittelangebote und die Käsetheke. Er versucht sich zu erinnern, was er einkaufen wollte, aber die Vielfalt und Unübersichtlichkeit des Angebots verwirren ihn. Erst als er an der Obsttheke vorbeikommt, fallen ihm wieder die zwei Bananen ein, die er besorgen wollte. Bananen, Margarine und ein bisschen Leberwurst für den Kater. Er legt die Artikel in den Wagen und stellt sich an der Kasse an. Die Kassiererin wünscht ihm gelangweilt einen guten Tag, als sie seine Einkäufe über den Scanner zieht. Er sieht sie irritiert an, weil er einen Moment lang befürchtet, die Frau ebenfalls eigentlich kennen zu müssen, aber sie hat ihm nur dieselbe gleichgültige Freundlichkeit zuteil werden lassen wie jedem anderen Kunden auch.

Der alte Mann zieht sein Portemonnaie aus der Hosentasche und verspürt für einen kurzen Moment einen leichten Schmerz in seinem linken Arm. Schweißperlen bilden sich auf seiner Stirn, als er der Kassiererin das Geld reicht.

„Ist Ihnen nicht gut?" fragt sie und sieht ihn einen Moment besorgt an.

„Geht schon", winkt er ab. „Die Hitze, sonst nichts." Nichts wäre ihm peinlicher, als hier vor allen Leuten einen Schwächeanfall zu erleiden.

Er packt so schnell wie möglich seine Einkäufe in eine Tragetasche und verlässt den Supermarkt. Nach der erfrischenden Kühle des klimatisierten Raumes trifft ihn die Hitze draußen, als hätte ihm jemand einen Pflasterstein gegen den Kopf geworfen. Wieder zuckt ein Stich durch seinen linken Arm und der alte Mann verzieht unwillkürlich das Gesicht. Die Tragetasche ist plötzlich unendlich schwer und er stützt sich auf seinen Stock und atmet tief durch. Nach einer Weile geht es ihm besser und er nimmt das erste Stück seines Heimwegs in Angriff.

Im Schneckentempo schlurft er durch den Park, vorbei an immergrünen Büschen, Platanen, die wegen der Wärme ihre Rinde abwerfen, und ein paar von der Sonne verbrannten Rosenstöcken. Zwei halbwüchsige Jungen rasen auf ihren Fahrrädern an ihm vorbei und erschrecken ihn mit ihren lauten Klingeln fast zu Tode. Ansonsten ist er in der flirrenden Nachmittagshitze allein.

Erschöpft setzt er sich auf die Parkbank, auf der er auf dem Rückweg immer eine Pause einlegt. Hier hat er einen guten Blick auf die Berge und eine Entschuldigung, seinem letzten verbliebenen Laster nachzugehen. Die einzige Zigarette, die er sich am Tag gönnt, als Belohnung, dass er die Anstrengung des Einkaufs fast hinter sich gebracht hat. Eigentlich hat er mit dem Rauchen vor Jahren aufgehört, aber diese eine Zigarette lässt er sich nicht nehmen.

Er kramt gerade in seiner Hosentasche nach seinem Feuerzeug, als ein weiterer Stich seinen Arm hinauffährt, sich über die Schulter zu seinem Herzen vorarbeitet und dann seine Brust trifft. Überrascht lässt er die Einkaufstüte fallen, die Margarinedose rollt über den asphaltierten Gehweg. Was für eine Verschwendung, denkt er. Dann fühlt er auf einmal einen großen Druck auf seiner Brust, als wäre er ein Herbstblatt, das unter einem dicken Buch getrocknet und glatt gepresst werden soll. Er hört seinen hastigen, mühevollen Atem. Und dann ist er da, der blitzartige, unbeschreibliche Schmerz, mit dem er heimlich gerechnet hat, und der alte Mann hat das Gefühl, als risse ihm jemand seinen Brustkorb bei lebendigem Leib auseinander. Stöhnend sinkt er in sich zusammen. Der Hut rutscht ihm vom Kopf und bleibt in seinem Schoß liegen.

Plötzlich spürt er, wie sich jemand zu ihm auf die Parkbank setzt. Mühsam öffnet er die Augen und sieht einen jungen Mann mit dunklen Haaren und Grübchen auf den Wangen neben sich. Er trägt eine verwaschene Jeans und ein T-Shirt mit einer fast unleserlichen Aufschrift.

„Hallo, Marco", sagt der Mann merkwürdig unberührt von der Agonie des Alten. „*Long time, no see.*"

„Ah! Du! Ist es also soweit?" krächzt der alte Mann trotz seiner Schmerzen. Er scheint nicht sonderlich erstaunt zu sein. „Du hast dir verdammt viel Zeit gelassen, weißt du das? Und muss es unbedingt so weh tun?"

„Keine Angst, es ist gleich vorbei", erwidert Rafael ruhig und schaut auf seine Armbanduhr, „und zwar genau – jetzt!"

Der Engel hat Recht. Auf einmal kann Marco wieder durchatmen. Der Druck auf seiner Brust und die Schmerzen sind wie weggeblasen. „Gott sei Dank", murmelt er und wischt sich den kalten Schweiß von der Stirn. Dann lächelt er befreit. „Schön, dich wiederzusehen, Rafael", sagt er. „Es ist so lange her ..."

Rafael grinst. „Mir ist es eigentlich nur wie ein Augenzwinkern vorgekommen. Aber ich schätze, ich habe eine etwas andere Perspektive als du."

„Ich habe dich jedenfalls vermisst", erklärt Marco. „Obwohl – in den letzten fünf Jahren habe ich *ihn* mehr vermisst. Es war sehr einsam ohne ihn", fügt er leise hinzu.

„Oh, Finn wartet schon. Er ist noch damit beschäftigt, die Überraschungsparty für dich zu organisie … Mist!" unterbricht sich Rafael und schlägt die Hand vor den Mund. „Jetzt hab ich es doch verraten!"

„Er ist also hier … ich meine, bei dir?" fragt Marco und kann seine Freude nicht verbergen.

Rafael schnaubt belustigt auf. „Wo soll er denn sonst sein, Marco! Bist du bereit?"

Marco nickt.

„Worauf warten wir dann noch? Lass uns gehen!" erwidert Rafael. Die beiden stehen auf und laufen durch den Park. „Du hast übrigens Glück gehabt, dass du nicht letzte Woche dran warst. Da hatten wir echte Aufnahmeschwierigkeiten und Warteschlangen bis hinunter ins Fegefeuer. Die Himmelstür hat geklemmt und Petrus war wie vom Erdboden verschluckt – er ist erst einen Tag später völlig zugedröhnt in einer Ecke der paradiesischen Gärten unter einem Apfelbaum gefunden worden. Jimi hatte ihm ein bisschen was zu rauchen zugesteckt."

„Jimi?"

„Jimi Hendrix natürlich."

Marco schmunzelt. „Weißt du, du hast dich überhaupt nicht verändert, Rafael!"

Dann verlieren sich ihre Stimmen in der Ferne.

Danksagung

Und dann der Himmel zu schreiben hat unglaublich viel Spaß gemacht, aber natürlich wäre der Roman niemals fertig geworden ohne die Hilfe von einigen Menschen um mich herum.

Susanne Bach hat wie immer jedes Kapitel der Rohfassung gelesen und mir wertvolle Ratschläge und Kritik zuteil werden lassen, mich angespornt und nach mehr verlangt, genauso wie Norbert Friederichs und Nina Stressenreuter.

Allen Mitarbeitern des Querverlags gebührt ein dickes Dankeschön für die mittlerweile jahrelange Zusammenarbeit, Ermunterung und Unterstützung, allen voran Jim Baker. Jim hat auch diesmal wieder das Lektorat übernommen und damit die unerfreuliche Aufgabe, mir schonend beizubringen, wo es besser wäre, Text zu streichen und andere Formulierungen zu finden – etwas, wogegen sich Autoren prinzipiell sträuben. Er macht das wirklich wunderbar.

Bedanken möchte ich mich auch bei Christian Möller und meiner Schwester, deren Anekdoten teilweise in den Roman eingeflossen sind, sowie bei Jörg Michaelis, der meinen PC in Schuss hält, und Andreas Walther, der meine Homepage betreut.

Mein größter Dank gebührt allerdings meinem Freund Norbert Friederichs, der seit Jahren mit mir durch Dick und Dünn geht.